增訂版

絕對合格
日檢單字

N1

新制對應！

吉松由美
西村惠子 合著

U0080306

山
田
社

前言

根據2010年開始，
新制日檢的考試內容，
書中又增加了將近500個字。

史上最強的新日檢N1單字集《增訂版 新制對應 絕對合格！日檢單字N1》，是根據日本國際交流基金（JAPAN FOUNDATION）舊制考試基準及新發表的「新日本語能力試驗相關概要」，加以編寫彙整而成的。除此之外，並精心分析從2010年開始的最新日檢考試內容，增加了過去未收錄的N1程度常用單字，接近500字，也據此調整了單字的程度，可說是內容最紮實N1單字書。無論是累積應考實力，或是考前迅速總複習，都是您最完整的學習方案。

新制日檢注重考生「活用」日語的能力，換句話說，新制日檢預期考上「N1」的人，將擁有的能力是：

► （聽）能聽較長的陳述及廣播節目、新聞、演講、專題報導、課堂上稍抽象有邏輯性的內容，瞭解其中的細節、意義，並推測其意義。

► （説）在商務或學術上能有效溝通。職場上能開會做簡報及進行社交活動，課堂上能回答問題、展開討論，表達觀點。

► （讀）活用廣泛的文法、字彙能力，及不同的閱讀技巧，從報紙及社會、人文科學等較抽象、有邏輯性的專欄、評論，還有散文、小説、廣告、資訊雜誌及商務等文章，取得所需的資料。

► （寫）能寫商業書信、課堂上的報告，及不同主題的各種特定文章。

書中還搭配東京腔的精緻朗讀光碟，並附上三回跟新制考試形式完全一樣的單字全真模擬考題。讓您短時間內就能掌握考試方向及重點，節省下數十倍自行摸索的時間。可說是您應考的秘密武器！

內容包括：

1. **單字王**—字義完全不漏接：根據新制規格，精選出N1命中率最高的單字。每個單字所包含的詞性、意義、解釋、類‧對義詞、中譯、用法等等，讓您精確瞭解單字各層面的字義，活用的領域更加廣泛。

2. **速攻王**——掌握單字最準確：配合新制公布的考試範圍，精選出N1的必考單字，依照「詞義」分門別類化成各篇章，幫助您同類單字一次記下來，頭腦清晰再也不混淆。中譯解釋的部份，去除冷門字義，並依照常用的解釋依序編寫而成。讓您在最短時間內，迅速掌握出題的方向。

3. **得分王**——新制對應最完整：新制單字考題中的「替換類義詞」題型，是測驗考生在發現自己「詞不達意」時，是否具備「換句話說」的能力，以及對字義的瞭解度。此題型除了須明白考題的字義外，更需要知道其他替換的語彙及說法。為此，書中精闢點出該單字的類義詞，對應新制內容最紮實。

4. **例句王**——活用單字很貼切：背過單字的人一定都知道，單字學會了，要知道怎麼用，才是真正符合「活用」的精神。至於要怎麼活用呢？書中每個單字下面帶出一個例句，例句精選該單字常接續的詞彙、常使用的場合、常見的表現、常配合的文法（盡可能選N1文法）等等。從例句來記單字，加深了對單字的理解，對根據上下文選擇適切語彙的題型，更是大有幫助，同時也紮實了文法及聽說讀寫的超強實力。

5. **測驗王**——全真新制模試密集訓練：三回跟新制考試形式完全一樣的全真模擬考題，將按照不同的題型，告訴您不同的解題訣竅，讓您在演練之後，不僅能即時得知學習效果，並充份掌握考試方向與精神，以提升考試臨場反應。就像上過合格保證班一樣，成為新制日檢測驗王！

6. **聽力王**——應考力全面提升：強調「活用」概念的新制日檢考試，把聽力的分數提高了。為此，書中還附贈光碟，幫助您熟悉日語語調及正常速度。建議大家充分利用生活中一切零碎的時間，反覆多聽，在密集的刺激下，把單字、文法、生活例句聽熟，同時為聽力打下了堅實的基礎。

　　《增訂版 新制對應 絕對合格！日檢單字N1》本著利用「喝咖啡時間」，也能「倍增單字量」「通過新日檢」的意旨，附贈日語朗讀光碟，讓您不論是站在公車站牌前發呆，一個人喝咖啡，或等親朋好友，都能隨時隨地聽MP3，無時無刻增進日語單字能力，也就是走到哪，學到哪！怎麼考，怎麼過！

目錄

N1 新制對應手冊 ················ 5

1. あ行單字 ················ 16

2. か行單字 ················ 64

3. さ行單字 ················ 150

4. た行單字 ················ 232

5. な行單字 ················ 295

6. は行單字 ················ 314

7. ま行單字 ················ 373

8. や行單字 ················ 401

9. ら行單字 ················ 417

10. わ行單字 ················ 427

新制日檢模擬考題三回 ········ 429

N1 新制對應手冊！

一、什麼是新日本語能力試驗呢

1. 新制「日語能力測驗」

2. 認證基準

3. 測驗科目

4. 測驗成績

二、新日本語能力試驗的考試內容

N1 題型分析

＊以上內容摘譯自「國際交流基金日本國際教育支援協會」的
　「新しい『日本語能力試験』ガイドブック」。

一、什麼是新日本語能力試驗呢

1. 新制「日語能力測驗」

此次改制的重點有項：

1　測驗解決各種問題所需的語言溝通能力

新制測驗重視的是結合日語的相關知識，以及實際活用的日語能力。

因此，擬針對以下兩項舉行測驗：一是文字、語彙、文法這三項語言

知識；二是活用這些語言知識解決各種溝通問題的能力。

2　由四個級數增為五個級數

新制測驗由舊制測驗的四個級數（1級、2級、3級、4級），增加為五個

級數（N1、N2、N3、N4、N5）。新制測驗與舊制測驗的級數對照，如下

所示。最大的不同是在舊制測驗的2級與3級之間，新增了N3級數。

N1	難易度比舊制測驗的1級稍難。合格基準與舊制測驗幾乎相同。
N2	難易度與舊制測驗的2級幾乎相同。
N3	難易度介於舊制測驗的2級與3級之間。（新增）
N4	難易度與舊制測驗的3級幾乎相同。
N5	難易度與舊制測驗的4級幾乎相同。

「N」代表「Nihongo（日語）」以及「New（新的）」。

2. 認證基準

新制測驗共分為N1、N2、N3、N4、N5五個級數。最容易的級數為N

5，最困難的級數為N1。

與舊制測驗最大的不同，在於由四個級數增加為五個級數。以往有許多

通過3級認證者常抱怨「遲遲無法取得2級認證」。為因應這種情況，於舊制

測驗的2級與3級之間，新增了N3級數。

新制測驗級數的認證基準，如表1的「讀」與「聽」的語言動作所示。該

表雖未明載，但應試者也必須具備為表現各語言動作所需的語言知識。

N4與N5主要是測驗應試者在教室習得的基礎日語的理解程度；N1與

N2是測驗應試者於現實生活的廣泛情境下，對日語理解程度；至於新增的N

3，則是介於N1與N2，以及N4與N5之間的「過渡」級數。關於各級數的

「讀」與「聽」的具體題材（內容），請參照表1。

■ 表1 新「日語能力測驗」認證基準

級數	認證基準 各級數的認證基準,如以下【讀】與【聽】的語言動作所示。各級數亦必須具備為表現各語言動作所需的語言知識。
N1	能理解在廣泛情境下所使用的日語 【讀】 ·可閱讀話題廣泛的報紙社論與評論等論述性較複雜及較抽象的文章,且能理解其文章結構與內容。 ·可閱讀各種話題內容較具深度的讀物,且能理解其脈絡及詳細的表達意涵。 【聽】 ·在廣泛情境下,可聽懂常速且連貫的對話、新聞報導及講課,且能充分理解話題走向、內容、人物關係、以及說話內容的論述結構等,並確實掌握其大意。
N2	除日常生活所使用的日語之外,也能大致理解較廣泛情境下的日語 【讀】 ·可看懂報紙與雜誌所刊載的各類報導、解說、簡易評論等主旨明確的文章。 ·可閱讀一般話題的讀物,並能理解其脈絡及表達意涵。 【聽】 ·除日常生活情境外,在大部分的情境下,可聽懂接近常速且連貫的對話與新聞報導,亦能理解其話題走向、內容、以及人物關係,並可掌握其大意。
N3	能大致理解日常生活所使用的日語 【讀】 ·可看懂與日常生活相關的具體內容的文章。 ·可由報紙標題等,掌握概要的資訊。 ·於日常生活情境下接觸難度稍高的文章,經換個方式敘述,即可理解其大意。 【聽】 ·在日常生活情境下,面對稍微接近常速且連貫的對話,經彙整談話的具體內容與人物關係等資訊後,即可大致理解。

困難 *
↑

＊ 容 易 ↓	N4	能理解基礎日語 【讀】‧可看懂以基本語彙及漢字描述的貼近日常生活相關話題的 　　　　文章。 【聽】‧可大致聽懂速度較慢的日常會話。
	N5	能大致理解基礎日語 【讀】‧可看懂以平假名、片假名或一般日常生活使用的基本漢字 　　　　所書寫的固定詞句、短文、以及文章。 【聽】‧在課堂上或周遭等日常生活中常接觸的情境下，如為速度 　　　　較慢的簡短對話，可從中聽取必要資訊。

＊N1最難，N5最簡單。

3. 測驗科目

新制測驗的測驗科目與測驗時間如表2所示。

■ 表2 測驗科目與測驗時間 *①

級數	測驗科目 （測驗時間）			
N1	語言知識（文字、語彙、文法）、讀解 （110分）		聽解 （60分）	→ 測驗科目為「語言知識（文字、語彙、文法）、讀解」；以及「聽解」共2科目。
N2	語言知識（文字、語彙、文法）、讀解 （105分）		聽解 （50分）	→
N3	語言知識（文字、語彙） （30分）	語言知識（文法）、讀解 （70分）	聽解 （40分）	→ 測驗科目為「語言知識（文字、語彙）」；「語言知識（文法）、讀解」；以及「聽解」共3科目。
N4	語言知識（文字、語彙） （30分）	語言知識（文法）、讀解 （60分）	聽解 （35分）	→
N5	語言知識（文字、語彙） （25分）	語言知識（文法）、讀解 （50分）	聽解 （30分）	→

N1與N2的測驗科目為「語言知識（文字、語彙、文法）、讀解」以及「聽解」共2科目；N3、N4、N5的測驗科目為「語言知識（文字、語彙）」、「語言知識（文法）、讀解」、「聽解」共3科目。

由於N3、N4、N5的試題中，包含較少的漢字、語彙、以及文法項目，因此當與N1、N2測驗相同的「語言知識（文字、語彙、文法）、讀解」科目時，有時會使某幾道試題成為其他題目的提示。為避免這個情況，因此將「語言知識（文字、語彙、文法）、讀解」，分成「語言知識（文字、語彙）」和「語言知識（文法）、讀解」施測。

*①：聽解因測驗試題的錄音長度不同，致使測驗時間會有些許差異。

4. 測驗成績

4－1 量尺得分

舊制測驗的得分，答對的題數以「原始得分」呈現；相對的，新制測驗的得分以「量尺得分」呈現。

「量尺得分」是經過「等化」轉換後所得的分數。以下，本手冊將新制測驗的「量尺得分」，簡稱爲「得分」。

4－2 測驗成績的呈現

新制測驗的測驗成績，如表3的計分科目所示。N1、N2、N3的計分科目分爲「語言知識（文字、語彙、文法）」、「讀解」、以及「聽解」3項；N4、N5的計分科目分爲「語言知識（文字、語彙、文法）、讀解」以及「聽解」2項。

會將N4、N5的「語言知識（文字、語彙、文法）」和「讀解」合併成一項，是因爲在學習日語的基礎階段，「語言知識」與「讀解」方面的重疊性高，所以將「語言知識」與「讀解」合併計分，比較符合學習者於該階段的日語能力特徵。

■ 表3　各級數的計分科目及得分範圍

級數	計分科目	得分範圍
N1	語言知識（文字、語彙、文法）	0～60
	讀解	0～60
	聽解	0～60
	總分	0～180
N2	語言知識（文字、語彙、文法）	0～60
	讀解	0～60
	聽解	0～60
	總分	0～180
N3	語言知識（文字、語彙、文法）	0～60
	讀解	0～60
	聽解	0～60
	總分	0～180

N4	語言知識（文字、語彙、文法）、讀解	0～120
	聽解	0～60
	總分	0～180
N5	語言知識（文字、語彙、文法）、讀解	0～120
	聽解	0～60
	總分	0～180

各級數的得分範圍，如表3所示。N1、N2、N3的「語言知識（文字、語彙、文法）」、「讀解」、「聽解」的得分範圍各為0～60分，三項合計的總分範圍是0～180分。「語言知識（文字、語彙、文法）」、「讀解」、「聽解」各占總分的比例是1：1：1。

N4、N5的「語言知識（文字、語彙、文法）、讀解」的得分範圍為0～120分，「聽解」的得分範圍為0～60分，二項合計的總分範圍是0～180分。「語言知識（文字、語彙、文法）、讀解」與「聽解」各占總分的比例是2：1。還有，「語言知識（文字、語彙、文法）、讀解」的得分，不能拆解成「語言知識（文字、語彙、文法）」與「讀解」二項。

除此之外，在所有的級數中，「聽解」均占總分的三分之一，較舊制測驗的四分之一為高。

4－3　合格基準

舊制測驗是以總分作為合格基準；相對的，新制測驗是以總分與分項成績的門檻二者作為合格基準。所謂的門檻，是指各分項成績至少必須高於該分數。假如有一科分項成績未達門檻，無論總分有多高，都不合格。新制測驗設定各分項成績門檻的目的，在於綜合評定學習者的日語能力。

總分與各分項成績的門檻的合格基準相關細節，將於2010年公布。

二、新日本語能力試驗的考試內容

N1 題型分析

測驗科目 (測驗時間)			試題內容		
			題型	小題 題數 *	分析
語言知識、讀解 (110分)	文字、語彙	1	漢字讀音 ◇	6	測驗漢字語彙的讀音。
		2	選擇文脈語彙 ○	7	測驗根據文脈選擇適切語彙。
		3	類義詞替換 ○	6	測驗根據試題的語彙或說法,選擇類義詞或類義說法。
		4	用法語彙 ○	6	測驗試題的語彙在文句裡的用法。
	文法	5	文句的文法1 (文法形式判斷) ○	10	測驗辨別哪種文法形式符合文句內容。
		6	文句的文法2 (文句組構) ◆	5	測驗是否能夠組織文法正確且文義通順的句子。
		7	文章段落的文法 ◆	5	測驗辨別該文句有無符合文脈。
	讀解*	8	理解內容 (短文) ○	4	於讀完包含生活與工作之各種題材的說明文或指示文等,約200字左右的文章段落之後,測驗是否能夠理解其內容。
		9	理解內容 (中文) ○	9	於讀完包含評論、解說、散文等,約500字左右的文章段落之後,測驗是否能夠理解其因果關係或理由。
		10	理解內容 (長文) ○	4	於讀完包含解說、散文、小說等,約1000字左右的文章段落之後,測驗是否能夠理解其概要或作者的想法。

語言知識、讀解 (110分)	讀解 ＊	11	綜合理解	◆	3	於讀完幾段文章（合計600字左右）之後，測驗是否能夠將之綜合比較並且理解其內容。
		12	理解想法 （長文）	◇	4	於讀完包含抽象性與論理性的社論或評論等，約1000字左右的文章之後，測驗是否能夠掌握全文想表達的想法或意見。
		13	釐整資訊	◆	2	測驗是否能夠從廣告、傳單、提供各類訊息的雜誌、商業文書等資訊題材（700字左右）中，找出所需的訊息。
聽解 (60分)		1	理解問題	◇	6	於聽取完整的會話段落之後，測驗是否能夠理解其內容（於聽完解決問題所需的具體訊息之後，測驗是否能夠理解應當採取的下一個適切步驟）。
		2	理解重點	◇	7	於聽取完整的會話段落之後，測驗是否能夠理解其內容（依據剛才已聽過的提示，測驗是否能夠抓住應當聽取的重點）。
		3	理解概要	◇	6	於聽取完整的會話段落之後，測驗是否能夠理解其內容（測驗是否能夠從整段會話中理解說話者的用意與想法）。
		4	即時應答	◆	14	於聽完簡短的詢問之後，測驗是否能夠選擇適切的應答。
		5	綜合理解	◇	4	於聽完較長的會話段落之後，測驗是否能夠將之綜合比較並且理解其內容。

＊「小題題數」為每次測驗的約略題數，與實際測驗時的題數可能未盡相同。此外，亦有可能會變更小題題數。

＊有時在「讀解」科目中，同一段文章可能會有數道小題。

MEMO

日檢單字

N1

新制對應！

亜^あ

T1

0001 亜^あ

_{漢造} 亞，次；（化）亞（表示無機酸中氧原子較少）；用在外語的音譯；亞細亞，亞洲

大将の次は亜将という。

僅次於主將的就是副將。

0002 （お）あいこ

_名 不分勝負，不相上下

あいこになる。

不分勝負。

0003 愛想^{あいそう}・愛想^{あいそ}

類 愛嬌

_名（接待客人的態度、表情等）親切；接待，款待；（在飲食店）算帳，客人付的錢

うちの女将^{おかみ}はいつも愛想^{あいそう}よく客^{きゃく}を迎^{むか}えた。

我們家的老闆娘在顧客上門時總是笑臉迎人。

0004 間柄^{あいだがら}

類 関係

_名（親屬、親戚等的）關係；來往關係，交情

山田^{やまだ}さんとは先輩後輩^{せんぱいこうはい}の間柄^{あいだがら}です。

我跟山田先生是學長與學弟的關係。

0005 相次ぐ^{あいつ}・相継ぐ^{あいつ}

反 絶える
類 続く

_{自五}（文）接二連三，連續不斷

今年^{ことし}は相次^{あいつ}ぐ災難^{さいなん}に見舞^{みま}われた。

今年遭逢接二連三的天災人禍。

0006 合間^{あいま}

_名（事物中間的）空隙，空閒時間；餘暇

仕事^{しごと}の合間^{あいま}を見^みて彼^{かれ}に連絡^{れんらく}した。

趁著工作的空檔時間聯絡了他。

0007 敢えて^あ

_副 敢；硬是，勉強；（下接否定）毫（不），不見得

落^おちると知^しっていたが、あえてあの大学^{だいがく}に願書^{がんしょ}を提出^{ていしゅつ}した。

明知會落榜，卻硬將入學考試申請書提交至那所大學。

0008 仰ぐ^{あお}

反 下を向く、侮る
類 上を向く、敬う

_{他五} 仰，抬頭；尊敬；仰賴，依靠；請，求；服用

彼^{かれ}は困^{こま}ったときに空^{そら}を仰^{あお}ぐ癖^{くせ}がある。

他在不知所措時，總會習慣性地抬頭仰望天空。

0009 仰向け （あおむけ）

名 向上仰

仰向けに寝る。

仰著睡。

0010 垢 （あか）

類 汚れ

名 （皮膚分泌的）污垢；水鏽，水漬，污點

しばらく掃除しなかったため、バスルームが垢で汚れた。

好一陣子沒有打掃，浴室裡沾滿水漬污垢。

0011 あがく

自五 掙扎；手腳亂動

水中であがく。

在水裡掙扎。

0012 証 （あかし）

名 證據，證明

身の証を立てる。

證明自身清白。

0013 赤字 （あかじ）

反 益
類 損

名 赤字，入不敷出；（校稿時寫的）紅字，校正的字

今年、また百万円の赤字になった。

今年又虧損了一百萬。

0014 明かす （あかす）

類 打ち明ける

他五 說出來；揭露；過夜，通宵；證明

記者会見で新たな離婚の理由が明かされた。

在記者會上揭露了新的離婚的原因。

0015 赤の他人 （あかのたにん）

連語 毫無關係的人；陌生人

赤の他人になる。

變為陌生人。

0016 赤らむ （あからむ）

類 赤くなる

自五 變紅，變紅了起來；臉紅

夕日で海が赤らんでいる。

夕陽將海面染成一片通紅。

赤らめる

0017	赤らめる （あか）	他下一 使…變紅 顔を赤らめる。（かお）（あか） 漲紅了臉。
0018	〜上がり （あ）	接尾 〜出身；剛 彼は役人上がりだ。（かれ）（やくにん）（あ） 他剛剛成為公務員。
0019	諦め （あきら） 類 断念（だんねん）	名 斷念，死心，達觀，想得開 留学できないことにあきらめがつかなかった。（りゅうがく） 對於不能去留學這件事，還是無法死心。
0020	悪 （あく） 反 善 類 悪事	名・漢造 惡，壞；壞人；（道德上的）惡，壞；（性質）惡 劣，醜惡 世の中は、貪欲は悪であることを合法化しつつあろう。（なか）（どんよく）（あく）（ごうほうか） 社會上是否正將惡念之貪欲，漸漸加以合法化了呢？
0021	アクセル 【accelerator之略】	名 （汽車的）加速器 下り坂でもアクセルを外さなかった。（くだ）（ざか）（はず） 即使在下坡時也沒有放開油門。
0022	あくどい 類 しつこい	形 （顏色）太濃艷；（味道）太膩；（行為）太過份讓人 討厭，惡毒 あの会社はあくどい商法を行っているようだ。（かいしゃ）（しょうほう）（おこな） 那家公司似乎以惡質推銷手法營業。
0023	憧れ （あこが） 類 憧憬 （しょうけい）	名 憧憬，嚮往 先日、憧れの先輩に会うチャンスがやっと訪れました。（せんじつ）（あこが）（せんぱい）（あ）（おとず） 前幾天，終於有機會前往拜訪一位心儀已久的前輩。
0024	痣 （あざ） 類 でき物	名 痣；（被打出來的）青斑，紫斑 このあざは、若いころ殴り合った時にできたものだ。（わか）（なぐ）（あ）（とき） 這塊淤斑是年輕時與人打架所留下的。

---

025 浅ましい
あさ
類 卑しい
（いやしい）

形 （情形等悲惨而可憐的樣子）惨，悲惨；（作法或想法卑劣而下流）卑鄙，卑劣
ビザ目当てで結婚するなんて浅ましい。
以獲取簽證為目的而結婚，實在太卑劣了。

---

026 欺く
あざむ
類 騙す

他五 欺騙；混淆，勝似
彼の巧みな話術にまんまと欺かれた。
完全被他那三吋不爛之舌給騙了。

---

027 鮮やか
あざ
類 明らか

形動 顏色或形象鮮明美麗，鮮艷；技術或動作精彩的樣子，出色
あの子の美しい姿はみんなに鮮やかな印象を与えた。
那個女孩的美麗身影，讓大家留下了鮮明的印象。

---

028 嘲笑う
あざわら
類 嘲る
（あざける）

他五 嘲笑
彼の格好を見てみんなあざ嘲笑った。
看到他那滑稽的模樣，惹來大家一陣訕笑。

---

029 悪しからず
あ
類 宜しく

連語・副 不要見怪；原諒
少々お時間をいただきますが、どうぞ悪しからずご了承ください。
會耽誤您一些時間，關於此點敬請見諒。

---

030 味わい
あじ
類 趣（おもむき）

名 味，味道；趣味，妙處
この飲み物は、ミルクの濃密な味わいが楽しめる濃縮乳を使用している。
這種飲料加入了奶香四溢的濃縮乳。

---

031 焦る
あせ
類 苛立つ

自五 急躁，著急，匆忙
あなたが焦りすぎたからこのような結果になったのです。
都是因為你太過躁進了，才會導致這樣的結果。

---

032 褪せる
あ
類 薄らぐ

自下一 褪色，掉色
どこ製の服か分からないから、すぐに色が褪せても仕方がない。
不知道是哪裡製的服裝，會馬上褪色也是沒辦法的。

あ

あたい
値

0033

あたい
値

類 値打ち

名 價值；價錢；（數）值

えきまえ　　ちか　　　　まんいじょう　あたい
駅前の地価は5000万以上の値があります。

火車站前的地價，值五千萬日圓以上。

0034

あたい
値する

類 相当する

自サ 值，相當於；值得，有…的價值

かれ　　　　　　い じょう　ぎ ろん　あたい
彼はこれ以上の議論に値しない。

他的事不值得再繼續討論下去。

0035

アダルトサイト
【adult site】

名 成人網站

ぬ
アダルトサイトを抜く。

去除成人網站。

0036

あっか
悪化

反 好転
類 悪くなる

名・自サ 惡化，變壞

けいき　　きゅうそく　あっか
景気は急速に悪化している。

景氣急速地惡化中。

0037

あつか
扱い

類 仕方

名 使用，操作；接待，待遇；（當作…）對待；處理，調停

こわ　　　　　もの　　　　　あつか　　　　じゅうぶんちゅう　い
壊れやすい物なので、扱いには十分注意してください。

這是易損物品，請小心搬運。

0038

あつくる
暑苦しい

形 悶熱的

あつくる　　　へ　や
暑苦しい部屋。

悶熱的房間。

0039

あっけ
呆気ない

反 面白い
類 つまらない

形 因為太簡單而不過癮；沒意思；簡單；草草

たの　　　なつやす　　　　　　　　　　お
楽しい夏休みはあっけなく終わった。

快樂的暑假，轉眼間就結束了。

0040

あっさり

類 さっぱり

副・自サ （口味）輕淡；（樣式）樸素，不花俏；（個性）坦率，淡泊；簡單，輕鬆

た　　もの　　　　　　　　　　　た　　もの
あっさりした食べ物と、こってりした食べ物ではどっちが好きですか。

請問您喜歡吃的食物口味，是清淡的還是濃郁的呢？

041	**斡旋** あっせん （類）仲立ち	（名・他サ）幫助；關照；居中調解，斡旋；介紹 この仕事を斡旋していただけませんか。 しごと　　あっせん 這件案子可以麻煩您居中協調嗎？

042	**圧倒** あっとう （類）凌ぐ（しのぐ）	（名・他サ）壓倒；勝過；超過 勝利を重ねる相手チームの勢いに圧倒されっぱなしだった。 しょうり　かさ　　あいて　　　　いきお　　　あっとう 一路被屢次獲勝的敵隊之氣勢壓倒了。

043	**アットホーム** 【at home】	（形動）舒適自在，無拘無束 アットホームな雰囲気。 ふんいき 舒適的氣氛。

044	**圧迫** あっぱく （類）押さえる	（名・他サ）壓力；壓迫 胸に圧迫を感じて息苦しくなった。 むね　あっぱく　かん　　いきぐる 胸部有壓迫感，呼吸變得很困難。

045	**あつらえる** （類）注文	（他下一）點，訂做 父がこのスーツをあつらえてくれた。 ちち 父親為我訂做了這套西裝。

046	**圧力** あつりょく （類）重圧	（名）（理）壓力；制伏力 今の職場にはものすごく圧力を感じる。 いま　しょくば　　　　　　　あつりょく　かん 對現在的工作備感壓力。

047	**当て** あ （類）目的	（名）目的，目標；期待，依賴；撞，擊；墊敷物，墊布 当てもなく日本へ行った。 あ　　　　　にほん　い 沒有既定目的地就去了日本。

048	**～宛** あて （類）送り先	（造語）（寄，送）給…；每（平分，平均） これは営業部の小林部長あての手紙です。 えいぎょうぶ　こばやしぶちょう　　　てがみ 這封信是寄給業務部的小林經理的。

当て字

0049 T2	**当て字** 類 借り字	名 借用字，假借字；別字 漢字が分からずに、勝手に当て字で書いた。 因為不知道漢字該怎麼寫，就隨便寫了個別字。
0050	**宛てる** 類 直面させる、相手に向ける	他下一 寄給 以前の上司に宛ててお歳暮を送りました。 寄了一份年節禮物給以前的上司。
0051	**跡継ぎ** 類 後継者	名 後繼者，接班人；後代，後嗣 長男の彼がその家業の跡継ぎになった。 身為長子的他繼承了家業。
0052	**アトピー性皮膚炎** 【atopy】	名 過敏性皮膚炎 アトピー性皮膚炎を改善する。 改善過敏性皮膚炎。
0053	**後回し** 類 次回し	名 往後推，緩辦，推遲 それは後回しにして。もっと大事なことがあるでしょう。 那件事稍後再辦，不是還有更重要的事情等著你去做嗎？
0054	**アフターケア** 【aftercare】	名 病後調養 アフターケアを怠る。 疏於病後調養。
0055	**アフターサービス** 【(和)after + service】	名 售後服務 アフターサービスがいい。 售後服務良好。
0056	**油絵** 類 油彩	名 油畫 私は油絵が好きだ。 我很喜歡油畫。

057	アプローチ 【approach】 類 近づく	名·自サ 接近，靠近；探討，研究 比較政治学における研究アプローチにはどのような ひ かくせいじ がく けんきゅう 方法がありますか。 ほうほう 關於比較政治學的研究探討有哪些方法呢？
058	あべこべ 類 逆さ、反対	名·形動（順序、位置、關係等）顛倒，相反 うちの子は靴を左右あべこべにはいていた。 こ くつ さ ゆう 我家的小孩把兩隻鞋子左右穿反了。
059	甘える あま 類 慕う（したう）	自下一 撒嬌；利用…的機會，既然…就順從… 子供は甘えるように母親にすり寄った。 こども あま ははおや よ 孩子依近媽媽的身邊撒嬌。
060	雨具 あま ぐ	名 防雨的用具（雨衣、雨傘、雨鞋等） 天気予報によると雨具を持って行った方がいいということ てん き よ ほう い ほう です。 根據氣象報告，還是帶雨具去比較保險。
061	甘口 あまくち 反 辛口 類 甘党	名 帶甜味的；好吃甜食的人；（騙人的）花言巧語，甜言 蜜語 私は辛口カレーより甘口がいいです。 わたし からくち あまくち 比起辣味咖哩，我比較喜歡吃甜味咖哩。
062	網 あみ 類 ネット	名（用繩、線、鐵絲等編的）網；法網 大量の魚が網にかかっている。 たいりょう さかな あみ 很多魚被捕進漁網裡。
063	操る あやつ 類 操作する	他五 操控，操縱；駕駛，駕馭；掌握，精通（語言） あの大きな機械を操るには三人の大人がいる。 おお きかい あやつ さんにん おとな 必須要有三位成年人共同操作那部大型機器才能運作。
064	危ぶむ あや 反 安心 類 心配	他五 操心，擔心；認為靠不住，有風險 オリンピックの開催を危ぶむ声があったのも事実です。 かいさい あや こえ じ じつ 有人認為舉辦奧林匹克是有風險的，這也是事實。

あ

0065	あやふや ⊗明確 類曖昧	形動 態度不明確的；靠不住的樣子；含混的；曖昧的 あやふやな答えをするな。 不准回答得模稜兩可！
0066	過ち 類失敗	名 錯誤，失敗；過錯，過失 彼はまた大きな過ちを犯した。 他再度犯下了極大的失誤。
0067	歩み 類沿革	名 步行，走；腳步，步調；進度，發展 私はまだ一人で険しい道を歩み続けている。 我還繼續獨自走在險惡之路上。
0068	歩む 類歩く	自五 行走；向前進，邁進 よい結果がでるように歩むしかない。 只好向前進，以便有好的結果了。
0069	予め 類前もって	副 預先，先 予めアポをとった方がいいよ。 事先預約好比較妥當喔！
0070	荒らす 類損なう	他五 破壞，毀掉；損傷，糟蹋；擾亂；偷竊，行搶 酔っ払いが店内を荒らした。 醉漢搗毀了店裡的裝潢陳設。
0071	争い 類競争	名 爭吵，糾紛，不合；爭奪 社員は新製品の開発争いをしている。 員工正在競相研發新產品。
0072	改まる 類改善される、 変わる	自五 改變；更新；革新，一本正經，故裝嚴肅，鄭重其事 年号が改まり平成と称されるようになった。 年號改為「平成」了。

073 **荒っぽい**
類 乱暴

形 性情、語言行為等粗暴、粗野；對工作等粗糙、草率
あいつは相変わらず荒っぽい言葉遣いをしている。
那個傢伙還是跟往常一樣言辭粗鄙。

074 **アラブ**
【Arab】

名 阿拉伯，阿拉伯人
あの店のマスターはアラブ人だそうよ。
聽説那家店的店主是阿拉伯人喔！

075 **霰**
類 雪

名 （較冰雹小的）霰；切成小碎塊的年糕
10月には珍しくあられが降った。
十月份很罕見地下了冰霰。

076 **有様**

名 樣子，光景，情況，狀態
試験勉強しなかったので、結果はご覧のありさまです。
因為考試沒看書，結果就落到這步田地了。

077 **ありのまま**
類 様子

名・副 據實；事實上，實事求是
この小説は人間の欲望に鋭く迫り、ありのままを描いている。
這部小説深切逼視人性，勾勒出人類的欲望。

078 **ありふれる**
類 珍しくない

自下一 常有，不稀奇
あなたの企画はありふれたものばかりだ。
你提出的企畫案淨是些平淡無奇的主意。

079 **アルカリ**
【alkali】

名 鹼；強鹼
わが社は純アルカリソーダを販売することを決めた。
本公司決定了將要販售純鹼蘇打。

080 **アルツハイマー病**
【alzheimer びょう】

名 阿茲海默症
アルツハイマー病を防ぐ。
預防阿茲海默症。

あ

0081	アルミ 【aluminium】 類 アルミニウム	名 鋁（「アルミニウム」的縮寫） 減産を決めたとたん、アルミ価格が急落した。 才決定要減産，鋁價就急遽暴跌。
0082	アワー 【hour】 類 時間	名・造 時間；小時 夜の8時からハッピー・アワーの始まりです。 從晚上八點開始就是暢飲的時段。
0083	淡い 反 厚い 類 薄い	形 顔色或味道等清淡；感覺不這麼強烈，淡薄，微小；物體或光線隱約可見 淡いピンクのバラがあちこちで咲きほこっている。 處處綻放著淺粉紅色的玫瑰。
0084	合わす 類 合わせる	他五 合在一起，合併；總加起來；混合，配在一起；配合，使適應；對照，核對 みんなの力を合わせれば、怖いものはない。 只要集結眾人之力，就沒有什麼好怕的了。
0085	～合わせ	名 （當造語成分用）合在一起；對照；比賽；（猛拉鉤絲）鉤住魚 刺身の盛り合わせをください。 請給我一份生魚片拼盤。
0086	アンコール 【encore】	名・他サ （要求）重演，再來（演，唱）一次；呼聲 J-POP歌手がアンコールに応じて2曲歌った。 J-POP歌手應安可歡呼聲的要求，又唱了兩首歌曲。
0087	暗殺 反 生かす 類 殺す	名・他サ 暗殺，行刺 龍馬は33歳の誕生日に暗殺されました。 坂本龍馬於三十三歲生日當天遭到暗殺。
0088	暗算 類 数える	名・他サ 心算 私は暗算が苦手なので二ケタ越えるともうだめです。 我不善於心算，只要一超過兩位數就不行了。

| 0089 ☐ | 暗示（あんじ） | （名・他サ）暗示，示意，提示
本人（ほんにん）が催眠師（さいみんし）の暗示（あんじ）を受容（じゅよう）しなければ、催眠（さいみん）にかかることはない。
如果本人不接受催眠師的暗示，就不會被催眠。 |

| 0090 ☐ | 案じる（あんじる）
（反）安心
（類）心配 | （他上一）掛念，擔心；（文）思索
娘（むすめ）はいつも父（ちち）の健康（けんこう）を案（あん）じている。
女兒心中總是掛念著父親的身體健康。 |

| 0091 ☐ | 安静（あんせい） | （名）安靜；靜養
医者（いしゃ）から「安静（あんせい）にしてください」と言（い）われました。
被醫師叮囑了「請好好靜養」。 |

| 0092 ☐ | 案の定（あんじょう）
（反）図らずも
（類）果たして | （副）果然，不出所料
案（あん）の定（じょう）、あの男（おとこ）と結（むす）ばれることになった。
果然不出所料，與那個男人結下了姻緣。 |

| 0093 ☐ | 安否（あんぴ） | （名）平安與否；起居
安否（あんぴ）を気遣（きづか）う。
擔心是否平安。 |

| 0094 ☐ | 意（い）
（類）気持ち、意味 | （名・漢造）心意，心情；想法；意思，意義
私（わたし）は遺族（いぞく）に哀悼（あいとう）の意（い）を表（あらわ）した。
我對遺族表達了哀悼之意。 |

| T3
0095 ☐ | 異（い）
（反）同じ
（類）違い | （名・漢造）差異，不同；奇異，奇怪；別的，別處的
部長（ぶちょう）の提案（ていあん）に数名（すうめい）の社員（しゃいん）が異（い）を唱（とな）えた。
有數名員工對經理的提案提出異議。 |

| 0096 ☐ | いい加減（かげん） | （連語・形動・副）適當；不認真；敷衍，馬虎；牽強，靠不住；相當，十分
物事（ものごと）をいい加減（かげん）にするなというのが父親（ちちおや）の口癖（くちぐせ）だった。
老爸的口頭禪是：「不准做事馬馬虎虎！」 |

あ

言い張る

0097	言い張る（いはる）	㊀他五 堅持主張，固執己見 知らないと言い張る。 堅稱不知情。
0098	言い訳（いわけ） ㊥弁明	㊁名・自サ 辯解，分辯；道歉，賠不是；語言用法上的分別 下手な言い訳なら、しない方が賢明ですよ。 不作無謂的辯解，才是聰明。
0099	医院（いいん） ㊥病院	㊂名 （私人經營，沒有住院設施的）醫院，診療所 僕は山田医院の院長をやっています。 我擔任山田醫院的院長。
0100	委員会（いいんかい）	㊃名 委員會 学級委員会に出る。 出席班聯會。
0101	イエス【yes】 ㊐ノー ㊥賛成	㊄感 是，對；同意 イエスかノーかはっきりしろ。 説清楚到底是yes還是no！
0102	家出（いえで）	㊅名・自サ 逃出家門，逃家；出家為僧 婦人警官は家出をした少女を保護した。 女警將離家出走的少女帶回了警局庇護。
0103	生かす（いかす） ㊥活用する	㊆他五 留活口；弄活，救活；活用，利用；恢復；讓食物變美味；使變生動 あんなやつを生かしておけるもんか。 那種傢伙豈可留他活口！
0104	いかなる	㊇連體 如何的，怎樣的，什麼樣的 いかなる危険も恐れない。 不怕任何危險。

105	いかに 　 どう	副・感 如何，怎麼樣；（後面多接「…ても」）無論怎樣 也；怎麼樣；怎麼回事；（古）喂 **いかにして成績をアップできるかが問題だ。** 該如何提高成績才是問題所在。
106	怒り （いか） 　 憤り （いきどおり）	名 憤怒，生氣 **こどもの怒りの表現は親の怒りの表現のコピーです。** 小孩子生氣的模樣正是父母生氣時的翻版。
107	いかにも	副 的的確確，完全；實在；果然，的確 **いかにもありそうな話だから、うそとは言えない。** 整段描述聽起來頗為言之有理，所以沒有理由指稱那是謊言。
108	いかれる	自下一 破舊，（機能）衰退 **エンジンがいかれる。** 引擎破舊。
109	粋 （いき） 　 野暮（やぼ） 　 モダン	名・形動 漂亮，瀟灑，俏皮，風流 **浴衣で夏を粋に着こなしてみませんか。** 要不要穿穿浴衣，穿出漂亮的一夏呢？
110	異議 （いぎ） 　 賛成 　 反対	名 異議，不同的意見 **新しいプロジェクトについて異議を申し立てる。** 對新企畫案提出異議。
111	生き甲斐 （い）（が）（い）	名 生存的意義，生活的價值，活得起勁 **いくつになっても生きがいを持つことが大切です。** 不論是活到幾歲，生活有目標是很重要的。
112	息苦しい （いきぐる）	形 呼吸困難；苦悶，令人窒息 **息苦しく感じる。** 感到沈悶。

意気込む
いきご

0113 ☐	意気込む いきご 類 頑張る	自五 振奮，幹勁十足，踴躍 今度こそ甲子園で優勝するぞとチーム全員意気込んでいる。 こんど こうしえん ゆうしょう ぜんいんいきご 全體隊員充滿鬥志，誓言這次一定要在甲子園棒球場奪得最後勝利
0114 ☐	経緯 いきさつ	名 原委，經過 事のいきさつを説明する。 こと せつめい 説明事情始末。
0115 ☐	行き違い・行き い ちが ゆ 違い ちが 類 擦れ違い	名 走岔開；（聯繫）弄錯，感情失和，不睦 山田さんとの連絡は行き違いになった。 やまだ れんらく い ちが 恰巧與山田小姐錯過了聯絡。
0116 ☐	戦 いくさ	名 戰爭 長い戦となる。 なが いくさ 演變為久戰。
0117 ☐	育成 いくせい 類 養成	名・他サ 培養，培育，扶植，扶育 彼は多くのエンジニアを育成した。 かれ おお いくせい 他培育出許多工程師。
0118 ☐	幾多 いくた 類 沢山	副 許多，多數 今回の山火事で幾多の家が焼けた。 こんかい やまかじ いくた いえ や 這起森林大火燒毀了許多房屋。
0119 ☐	生ける い	他下一 把鮮花，樹枝等插到容器裡；種植物 和室の床の間に花を生ける。 わしつ とこ ま はな い 在和室的壁龕處插花裝飾。
0120 ☐	意向 いこう 類 考え	名 打算，意圖，意向 彼には留学ビザを更新する意向はなかった。 かれ りゅうがく こうしん いこう 他並不打算申請延展留學簽證。

0121 ☐	移行 いこう 類 移る	名・自サ 轉變，移位，過渡 有名なあの「知恵蔵」は休刊するにともない、電子版に移行された。 隨著那本著名的《智慧之庫》實體雜誌於停刊後，轉型為電子書。
0122 ☐	いざ 類 さあ	感（文）喂，來吧，好啦（表示催促、勸誘他人）；一旦（表示自己決心做某件事） いざとなれば私は仕事をやめてもかまわない。 逼不得已時，就算辭職我也無所謂。
0123 ☐	潔い いさぎよ	形 勇敢，果斷，乾脆，毫不留戀，痛痛快快 潔く罪を認める。 いさぎよ つみ みと 痛快地認罪。
0124 ☐	いざ知らず し	慣 姑且不談；還情有可原 そのことはいざ知らず。 し 那件事先姑且不談。
0125 ☐	意思 い し	名 意思，想法，打算 意思が通じる。 い し つう 互相了解對方的意思。
0126 ☐	意地 い じ 類 根性	名（不好的）心術，用心；固執，倔強，意氣用事；志氣，逞強心 おとなしいあの子でも意地を張ることもある。 こ い じ は 就連那個乖巧的孩子，有時也會堅持己見。
0127 ☐	意識不明 い しき ふ めい	名 失去意識，意識不清 意識不明になる。 い しき ふ めい 昏迷不醒。
0128 ☐	移住 い じゅう 類 引っ越す	名・自サ 移居；（候鳥）定期遷徙 暖かい南の島へ移住したい。 あたた みなみ しま い じゅう 好想搬去溫暖的南方島嶼居住。

衣装 (いしょう)

0129 ☐	衣装 (いしょう) 類 衣服	(名) 衣服，（外出或典禮用的）盛裝；（戲）戲服，劇裝 その俳優は何百着も芝居の衣装を持っているそうだ。 聽說那位演員擁有幾百套戲服。
0130 ☐	弄る (いじる) 類 捻くる （ひねくる）	(他五) （俗）（毫無目的地）玩弄，擺弄；（做為娛樂消遣）玩弄，玩賞；隨便調動，改動（機構） 髪をいじらないの！ 不要玩弄頭髮了！
0131 ☐	何れも (いずれも)	(連語) 無論哪一個都，全都 いずれも優れた短編を集める。 集結所有傑出的短篇。
0132 ☐	異性 (いせい) 類 セックス	(名) 異性；不同性質 ネットでの異性交際に関する情報規制が発表された。 已經公布了在網路上與異性交往的相關規範資訊。
0133 ☐	遺跡 (いせき) 類 古跡	(名) 故址，遺跡，古蹟；（死者留下的職業或領地的）繼承人 新たな古代ローマの遺跡が発見された。 新發現一處古代羅馬的遺址。
0134 ☐	依然 (いぜん) 類 相変わらず	(副・形動タルト) 依然，仍然，依舊 あの子の成績は依然としてビリだ。 那個孩子的成績依舊是倒數第一名。
0135 ☐	依存・依存 (いそん・いぞん)	(名・自サ) 依存，依靠，賴以生存 この国の経済は農作物の輸出に依存している。 這個國家的經濟倚賴農作物的出口。
0136 ☐	痛い目 (いたいめ)	(名) 痛苦的經驗 痛い目に遭う。 難堪；倒楣。

37
委託
いたく

類 任せる

名・他サ 委託，託付；（法）委託，代理人
新しい商品の販売は代理店に委託してある。
あたら しょうひん はんばい だいりてん いたく
新商品的販售委由經銷商處理。

38
頂
いただき

名（物體的）頂部；頂峰，樹尖
彼は山の頂を目標に登り続けた。
かれ やま いただき もくひょう のぼ つづ
他以山頂為目標，不斷往上爬。

39
至って
いた

類 とても

副・連語（文）很，極，甚；（用「に至って」的形式）
至，至於
その見解は、至って単純だ。
けんかい いた たんじゅん
彼等論識太過單純了。

40
炒める
いた

他下一 炒（菜、飯等）
中華料理を作る際、玉ねぎやにんにくをいためる順序
ちゅうか りょうり つく さい たま じゅんじょ
が大切だ。
たいせつ
在烹煮中式料理時，依序爆炒洋蔥或蒜瓣的步驟非常重要。

41
労る
いたわ

類 慰める
（なぐさめる）

他五 照顧，怜恤；功勞；慰勞，安慰；（文）患病
心と体をいたわるレシピ本が発行された。
こころ からだ ほん はっこう
已經出版了一本身體保健與療癒心靈的飲食指南書。

42
市
いち

類 市場

名 市場，集市；市街
毎週日曜日、公園で蚤の市が開かれている。
まいしゅうにちようび こうえん のみ いち ひら
每週日均會在公園裡舉辦跳蚤市場。

い

43
一員
いちいん

名 一員；一份子
家族の一員。
かぞく いちいん
家族的一份子。

144
一概に
いちがい

類 一般に

副 一概，一律，沒有例外地（常和否定詞相應）
この学校の学生の生活態度が悪いとは、一概には言えない。
がっこう がくせい せいかつたいど わる いちがい い
不可一概而論地説：「這所學校的學生平常態度惡劣。」

一字違い
（いちじちがい）

0145 □	**一字違い**（いちじちがい）	名 錯一個字 一字違いで大違い。（いちじちがい）（おおちがい） 錯一個字便大不同。
0146 □	**著しい**（いちじるしい） 類 目立つ	形 非常明顯；顯著地突出；顯然 勉強方法を変えたおかげで、このごろ成績が著しくアッ（べんきょうほうほう）（か）（せいせき）（いちじる） プしつつある。 由於改變讀書的方法，最近成績顯著的進步中。
0147 □	**一同**（いちどう） 類 皆	名・副 大家，全體 次のお越しをスタッフ一同お待ちしております。（つぎ）（こ）（いちどう）（ま） 全體員工由衷期盼您再度的光臨。
0148 □	**一部分**（いちぶぶん） 反 大部分 類 一部	名 一冊，一份，一套；一部份 この本の一部分だけプリントが許されている。（ほん）（いちぶぶん）（ゆる） 這本書只能影印部分篇頁，不得全書複印。
0149 □	**一別**（いちべつ） 反 会う 類 別れる	名 一別，分別 彼女は一別以来、綺麗になって見間違えた。（かのじょ）（いちべつ）（いらい）（きれい）（みまちが） 自從上次與她闊別，再次相逢時竟變得更加明豔動人，幾乎令我認 不出來了。
0150 □ T4	**一面**（いちめん） 類 片面	名 一面；另一面；全體，滿；（報紙的）頭版 朝日新聞朝刊の一面広告に載っていた本を探しています。（あさひしんぶんちょうかん）（いちめんこうこく）（の）（ほん）（さが） 我正在尋找刊登在朝日新聞早報全版廣告的那本書。
0151 □	**一目**（いちもく） 類 一見	名・自サ 一隻眼睛；一看，一目；（項目）一項，一款 この問題集は出題頻度とレベルが一目瞭然である。（もんだいしゅう）（しゅつだいひんど）（いちもくりょうぜん） 這本參考書的命中率與程度一目瞭然。
0152 □	**一様**（いちよう） 反 多様 類 同様	名・形動 一様；平常；平等 多くの民族が漢字を使いますが、その発音は一様ではあ（おお）（みんぞく）（かんじ）（つか）（はつおん）（いちよう） りません。 儘管許多民族都使用漢字，但發音卻各有差異。

153

いちりつ
一律

反 多様
類 一様

名 同様的音律；一樣，一律，千篇一律

すべての車は一律の速度で進んでいる。
所有的車輛都以相同的速度前進。

154

いちれん
一連

名 一連串，一系列；（用細繩串著的）一串

南太平洋での一連の核実験は5月末までに終了した。
在南太平洋進行的一連串核子試驗，已經在五月底前全部結束。

155

いっかつ
一括

類 取りまとめる

名・他サ 總括起來，全部

お支払方法については、一括または分割払い、リボ払いがご利用いただけます。
支付方式包含：一次付清、分期付款、以及定額付款等三種。

156

いっき
一気に

類 一度に

副 一口氣地

さて今回は、リスニング力を一気に高める勉強法をご紹介しましょう。
這次就讓我們來介紹能在短時間內快速增進聽力的學習方法吧！

157

いっきょ
一挙に

類 一躍

副 一下子；一次

有名なシェフたちが、門外不出のノウハウをテレビで一挙に公開します。
著名的主廚們在電視節目中一口氣完全公開各自秘藏的訣竅。

158

いっけん
一見

類 一瞥

名・副・他サ 看一次，一看；一瞥，看一眼；乍看，初看

「百聞は一見に如かず」とは、100回聞くより、1回見る方がよくわかるという意味である。
所謂「百聞不如一見」，意思就是與其聽過一百次，不如親眼看過一回，更能徹底瞭解。

い

159

いっこく
一刻

名・形動 一刻；片刻；頑固；愛生氣

一刻も早く会いたい。
迫不及待想早點相見。

160

いっさい
一切

類 全て

名・副 一切，全部；（下接否定）完全，都

私は関東大震災で、家と家財の一切を失った。
我在關東大地震中失去了房屋與所有的財產。

いっしん
一新

0161	一新 いっしん	(名・自他サ) 刷新，革新 気分を一新する。 轉換心情。
0162	一心に いっしん (類) 一途	(副) 專心，一心一意 子供の病気が治るように、一心に神に祈ります。 一心一意向老天爺祈求讓孩子的病能夠早日痊癒。
0163	いっそ (類) むしろ	(副) 索性，倒不如，乾脆就 いっそのこと学校を辞めてしまおうかと何度も思いました。 我頻頻在腦海中浮現出「乾脆辭去學校教職」這個念頭。
0164	一掃 いっそう	(名・他サ) 掃盡，清除 暴力を一掃する。 肅清暴力。
0165	一帯 いったい	(名・副) 一帶；一片；一條 春から夏にかけては付近一帯がお花畑になります。 從春天到夏天，這附近會變成錦簇的花海。
0166	一変 いっぺん (類) 一新	(名・自他サ) 一變，完全改變；突然改變 野球をやめてから、彼の性格が一変した。 自從不打棒球之後，他的個性陡然丕變。
0167	意図 いと (類) 企て （くわだて）	(名・他サ) 心意，主意，企圖，打算 彼の発言の意図は誰にも理解できません。 沒有人能瞭解他發言的意圖。
0168	異動 いどう	(名・自他サ) 異動，變動，調動 今回の異動で彼は九州へ転勤になった。 他在這次的職務調動中，被派到九州去了。

169	営む **類** 経営する	**他五** 舉辦，從事；經營；準備；建造 山田家は代々、この地で和服を営んでいる名家だった。 山田家在當地，是歷代經營和服生意的著名老字號。
170	挑む **類** 挑戦する	**自他五** 挑戰；找碴；打破紀錄，征服；挑逗，調情 生意気な一年を締めてやるつもりで試合に挑んだ。 希望在這意氣風發的一年劃上完美的句點，因此挑戰該項比賽。
171	稲光 **類** 雷	**名** 閃電，閃光 黒かった富士山が次第に赤くなって、その左の方で稲光がしている。 原本墨黑的富士山逐漸變成緒紅，並從左方射出閃光。
172	古 	**名** 古代。 古をしのぶ。 思古幽情。
173	祈り **類** 祈願	**名** 祈禱，禱告 人々は平和のため、祈りをささげながら歩いている。 人們都一面走路一面祈求著世界和平。
174	いびき **類** 息	**名** 鼾聲 夫は高いびきをかいて眠っていた。 丈夫已經鼾聲大作睡著了。
175	今更 **類** 今となっては	**副** 現在才…；（後常接否定語）現在開始；（後常接否定語）現在重新…；（後常接否定語）事到如今，已到了這種地步 いまさら参加したいといっても、もう間に合いません。 現在才説要參加，已經來不及了。
176	未だ **反** もう **類** まだ	**副**（文）未，還（沒），尚未（後多接否定語） 別れてから何年も経つのに未だに彼のことが忘れられない。 明明已經分手多年了，至今仍然無法對他忘懷。

移民 (いみん)

0177	移民 (いみん) 類 移住者	(名・自サ) 移民；（移往外國的）僑民 彼らは日本からカナダへ移民した。 他們從日本移民到加拿大了。
0178	いやいや 類 しぶしぶ	(名・副)（小孩子搖頭表示不願意）搖頭；勉勉強強，不得已而 親の薦めた相手といやいや結婚した。 心不甘情不願地與父母撮合的對象結婚了。
0179	卑しい (いやしい) 類 下品	(形) 地位低下；非常貧窮，寒酸；下流，低級；貪婪 卑しいと思われたくないので、料理を全部食べきらないようにしています。 為了不要讓人覺得寒酸，故意不把菜全吃完。
0180	嫌（に）(いや) 類 嫌悪（けんお）	(形動・副) 不喜歡；厭煩；不愉快；（俗）太；非常；離奇 最近、なにもかもが長続きしない自分が嫌になってきた。 最近愈來愈厭惡起自己，無論做什麼都不能持之以恆。
0181	嫌らしい (いやらしい) 反 可愛らしい 類 憎らしい	(形) 使人產生不愉快的心情，令人討厭；令人不愉快，不正經，不規矩 彼の嫌らしい下心はみんなに見破られた。 他那猥瑣的邪念被看穿了。
0188	意欲 (いよく) 類 根性	(名) 意志，熱情 学習意欲のある人は、集中力と持続力があり、失敗してもすぐに立ち直る。 奮發好學的人，具有專注與持之以恆的特質，就算遭受挫折亦能馬上站起來。
0183	衣料 (いりょう) 類 衣服	(名) 衣服；衣料 花粉の季節は、花粉が衣料につきにくいよう、表面がツルツルした素材を選びましょう。 在花粉飛揚的季節裡，為了不讓花粉沾上衣物，請選擇表面光滑的布料。
0184	威力 (いりょく) 類 勢い	(名) 威力，威勢 その核兵器は、最大30万人を犠牲にする威力を持っているという。 據說那項核武最強的威力可奪走高達三十萬條性命。

0185
衣類（いるい）
類 **着物**

名 衣服，衣裳
私は夏の衣類をあまり持っていない。
我的夏季服裝數量不太多。

0186
色違い（いろちがい）

名 一款多色
色違いのブラウス。
一款多色的襯衫。

0187
異論（いろん）
類 **異議**

名 異議，不同意見
この説に異論を唱えたのが天文学者の小久保英一郎でした。
對這個學說提出異議的是天文學家小久保英一郎。

0188
印鑑（いんかん）
類 **はんこ**

名 印，圖章；印鑑
銀行口座を開くには印鑑が必要です。
銀行開戶需要印章。

0189
陰気（いんき）
反 **陽気**
類 **暗い**

名・形動 鬱悶，不開心；陰暗，陰森；陰鬱之氣
陰気な顔をしていると、変なものが寄ってくるよ。
如果老是愁眉苦臉的話，會惹上背運的晦氣喔！

0190
隠居（いんきょ）
類 **隠退**

名・自サ 隱居，退休，閑居；（閑居的）老人
定年したら年金で静かに質素な隠居生活を送りたいですね。
真希望退休之後，能夠以退休金度過靜謐簡樸的隱居生活。

い

0191
インターチェンジ
【interchange】
類 **インター**

名 高速公路的出入口；交流道
工事のため、インターチェンジは閉鎖された。
由於道路施工，交流道被封閉了。

0192
インターナショナル
【international】
類 **国際的**

名・形動 國際；國際歌；國際間的
国際展示場でインターナショナルフォーラムを開催する。
在國際展示場舉辦國際論壇。

インターホン

0193	**インターホン** 【interphone】	⑧（船、飛機、建築物等的）內部對講機 住まいの安全のため、ドアを開ける前にインターホンで確認しましょう。 為了保障居住安全，在屋內打開門鎖前，記得先以對講機確認對方的身分喔！
0194	**インテリ** 【(俄) intelligentsiya】 類 知識階級	⑧ 知識份子，知識階層 あの部署はインテリの集まりだ。 那個部門菁英濟濟。
0195	**インフォメーション** 【information】 類 情報	⑧ 通知，情報，消息；傳達室，服務台；見聞 貴重なインフォメーションをくれて、ありがとう。 非常感激提供如此寶貴的訊息。
0196	**インフレ** 【inflationの略】 反 デフレ 類 インフレーション	⑧（經）通貨膨脹 今回の金融不安でインフレが引き起こされた。 這次的金融危機引發了通貨膨脹。
0197	**受かる** 類 及第する	⑤ 考上，及格，上榜 今年運転免許の試験に受かるつもりだ。 我預計今年考取駕照。
0198	**受け入れ** 類 承諾	⑧（新成員或移民等的）接受，收容；（物品或材料等的）收進，收入；答應，承認 緊急搬送の受け入れが拒否され、患者が死亡した。 由於緊急運送遭到院方的拒絕，而讓病患死亡了。
0199	**受け入れる** 反 断る 類 引き受ける	⑩下一 收，收下；收容，接納；採納，接受 会社は従業員の要求を受け入れた。 公司接受了員工的要求。
0200	**受け継ぐ** 類 継ぐ	⑩五 繼承，後繼 卒業したら、父の事業を受け継ぐつもりだ。 我計畫在畢業之後接掌父親的事業。

う
T5

---

201 **受け付ける**

反 申し込む
類 受け入れる

(他下一) 受理，接受；容納（特指吃藥、東西不嘔吐）
願書は2月1日から受け付ける。
從二月一日起受理申請。

---

202 **受け止める**

類 理解

(他下一) 接住，擋下；阻止，防止；理解，認識
彼はボールを片手で受け止めた。
他以單手接住了球。

---

203 **受け身**

(名) 被動，守勢，招架；（語法）被動式
上司の鋭い質問に思わず受け身になってしまった。
對於主管的尖銳質問，不由自主地接受了。

---

204 **受け持ち**

類 係り

(名) 擔任，主管；主管人，主管的事情
あの子は私の受け持ちの生徒になった。
那個孩子成了我班上的學生。

---

205 **動き**

類 成り行き

(名) 活動，動作；變化，動向；調動，更動
あのテニス選手は足の動きがいい。
那位網球選手腳步移動的節奏甚佳。

---

206 **うざい**

い

(俗語) 陰鬱，鬱悶（「うざったい」之略）
うざい天気。
陰霾的天氣。

---

207 **渦**

(名) 漩渦，漩渦狀；混亂狀態，難以脫身的處境
北半球ではお風呂の水を抜く時、左回りの渦ができます。
在北半球拔掉洗澡水時，會產生左漩渦。

---

208 **埋める**

類 うめる

(他下一) 掩埋，填上；充滿，擠滿
彼女は私の胸に顔を埋めた。
她將臉埋進了我的胸膛。

うそ
嘘つき

0209	嘘つき うそ 反 正直者 類 不正直者	名 說謊；說謊的人；吹牛的廣告 この嘘つきはまた何を言い出すんだ。 這個吹牛大王這回又要吹什麼牛皮啦？
0210	うたた寝 ね 類 仮寝（かりね）	名・自サ 打瞌睡，假寐 昼はいつもソファーでうたた寝をしてしまう。 中午總是會在沙發上打瞌睡。
0211	打ち明ける う あ 類 告白	他下一 吐露，坦白，老實說 彼は私に秘密を打ち明けた。 他向我坦承了秘密。
0212	打ち上げる う あ	他下一 （往高處）打上去，發射 花火を打ち上げる。 放煙火。
0213	打ち切る う き 類 中止する	他五 （「切る」的強調說法）砍，切；停止，截止，中止； （圍棋）下完一局 安売りは正午で打ち切られた。 大拍賣到中午就結束了。
0214	打ち消し う け 類 否定	名 消除，否認，否定；（語法）否定 政府はスキャンダルの打ち消しに躍起になっている。 政府為了否認醜聞，而變得很急躁。
0215	打ち込む う こ	他五 打進，釘進；射進，扣殺；用力扔到；猛撲，（圍棋）攻入對 方陣地；灌水泥 自五 熱衷，埋頭努力；迷戀 工事のため、地面に杭を打ち込んだ。 在地面施工打樁。
0216	団扇 うちわ 類 おうぎ	名 團扇；（相撲）裁判扇 彼は窓際でうちわを使っていた。 他在窗邊搧了團扇。

217	**内訳** うちわけ	名 細目，明細，詳細內容
		費用の内訳を示してください。
	類 明細	請詳列費用細目。

218	**写し** うつし	名 拍照，攝影；抄本，摹本，複製品
		パスポートの申請には戸籍謄本の写しが必要です。
	類 コピー	申請護照，需要有戶口名簿的影印本。

219	**訴え** うったえ	名 訴訟，控告；訴苦，申訴
		彼女はその週刊誌に名誉毀損の訴えを起こした。
		她控告了那家雜誌毀謗名譽。

220	**うっとうしい**	形 天氣，心情等陰鬱不明朗；煩厭的，不痛快的
		毎日、梅雨らしいうっとうしい天気が続いた。
	反 清々しい 類 陰気	連日來宛如梅雨般的天氣，讓人悶悶不樂。

0221	**鬱病** うつびょう	名 憂鬱症
		うつ病を治す。
		治療憂鬱症。

0222	**俯せ** うつぶせ	名 臉朝下趴著，俯臥
		うつぶせに倒れる。
		臉朝下跌倒，摔了個狗吃屎。

0223	**俯く** うつむく	自五 低頭，臉朝下；垂下來，向下彎
		少女は恥ずかしそうにうつむいた。
	反 見上げる 類 見下ろす	那位少女害羞地低下了頭。

0224	**うつろ**	名·形動 空，空心，空洞；空虛，發呆
		飲み過ぎたのか彼女はうつろな目をしている。
	類 からっぽ	可能是因為飲酒過度，她兩眼發呆。

う

器
うつわ

0225	**器** うつわ 類 入れ物	名 容器，器具；才能，人才；器量 太郎は君より器が大きい。 太郎的器量比你的大得多。
0226	**腕前** うでまえ 類 才能	名 能力，本事，才幹，手藝 彼は交渉者としての腕前を発揮した。 他發揮了身為談判者的本領。
0227	**雨天** うてん 類 雨降り	名 雨天 雨天のため試合は中止になった。 由於天雨而暫停了比賽。
0228	**促す** うなが 類 勧める	他五 促使，促進 父に促されて私は部屋を出た。 在家父催促下，我走出了房間。
0229	**自惚れ** うぬぼ 類 おのぼれ	名 自滿，自負，自大 あいつはうぬぼれが強い。 那個傢伙非常自戀。
0230	**生まれつき** う 類 先天的	名・副 天性；天生，生來 彼女は生まれつき目が見えない。 她生來就看不見。
0231	**埋め立てる** う た 	他下一 填拓（海，河），填海（河）造地 海を埋め立てる。 填海造地。
0232	**梅干し** うめぼ 	名 鹹梅，醃的梅子 お祖母ちゃんは、梅干しを漬けている。 奶奶正在醃漬鹹梅乾。

0233 裏返し
（名）表裡相反，翻裡作面
その発言はきっと不安な気持ちの裏返しですよ。
那一發言必定是心裡不安的表現喔！
（類）反対

0234 売り出し
（名）開始出售；減價出售，賤賣；出名，嶄露頭角
姉は歳末の大売り出しバーゲンに買い物に出かけた。
家姐出門去買年終大特賣的優惠商品。

0235 売り出す
（他五）上市，出售；出名，紅起來
あの会社は建て売り住宅を売り出す予定だ。
那家公司準備出售新成屋。
（類）発行

0236 潤う
（自五）潤濕；手頭寬裕；受惠，沾光
夕立で平野の草木が潤った。
一場驟雨滋潤了平原上的草木。
（類）濡れる

0237 上書き
（名）寫在（信件等）上（的文字）
荷物の上書きを確かめる。
核對貨物上的收件人姓名及地址。

0238 浮気
（名・自サ・形動）見異思遷，心猿意馬；外遇
浮気現場を週刊誌の記者に撮られてしまった。
外遇現場，被週刊記者給拍著了。
（類）移り気

0239 上の空
（名・形動）心不在焉，漫不經心
上の空でいる。
發呆，心不在焉。

う

0240
うわまわ
上回る
反 下回る

自五 超過，超出；（能力）優越
ここ数年、出生率が死亡率を上回っている。
近幾年之出生率超過死亡率。

0241
うわむ
上向く

自五 （臉）朝上，仰；（行市等）上漲
景気が上向く。
景氣回升。

0242
うんえい
運営
類 営む
（いとなむ）

名・他サ 領導（組織或機構使其發揮作用），經營，管理
この組織は30名からなる理事会によって運営されている。
這個組織的經營管理是由三十人組成的理事會負責。

0243
うんざり
類 飽きる

名・自サ 厭膩，厭煩，（興趣）索性
彼のひとりよがりの考えにはうんざりする。
實在受夠了他那種自以為是的想法。

0244
うんそう
運送
類 運ぶ

名・他サ 運送，運輸，搬運
アメリカまでの運送費用を見積もってくださいませんか。
麻煩您幫我估算一下到美國的運費。

0245
うんめい
運命
類 運

名 命，命運；將來
運命のいたずらで、二人は結ばれなかった。
在命運之神的捉弄下，他們兩人終究未能結成連理。

0246
うんゆ
運輸
類 輸送

名 運輸，運送，搬運
運輸業界の景気はどうですか。
運輸業的景氣如何呢？

え

0247
え
柄
類 取っ手

名 柄，把
傘の柄が壊れました。
傘把壞掉了。

T6

248	エアメール 【airmail】 類 航空郵便	名 航空郵件，航空信 エアメールで手紙を送った。 以航空郵件寄送了信函。
249	～営 えい 類 営む	漢造 經營；軍營 新たな経営陣が組織される。 組織新的經營團隊。
250	英字 えいじ	名 英語文字（羅馬字）；英國文學 英字版の小説を読めるようになる。 即將能夠閱讀英文版的小説。
251	映写 えいしゃ 類 投映	名・他サ 放映（影片、幻燈片等） 平和をテーマにした映写会が開催されました。 舉辦了以和平為主題的放映會。
252	衛星 えいせい	名 （天）衛星；人造衛星 10年に及ぶ研究開発の末、ようやく人工衛星の打ち上げに成功した。 經過長達十年的研究開發，人工衛星終於發射成功了。
253	映像 えいぞう 類 イメージ	名 映像，影像；（留在腦海中的）形象，印象 テレビの映像がぼやけている。 電視的影像模模糊糊的。
254	英雄 えいゆう 類 ヒーロー	名 英雄 いつの時代にも英雄と呼ばれる人がいます。 不管什麼時代，總是有被譽為英雄的人。
255	液 えき 類 液体	名・漢造 汁液，液體 これが美肌になれると評判の美容液です。 這是可以美化肌膚，備受好評的美容液。

う

| 0256 | **えぐる** | ⑩五 挖；深挖，追究；（喻）挖苦，刺痛；絞割
心をえぐる。
心如刀絞。 |

| 0257 | **エコ**
【ecology】之略 | 接頭 環保～
エコグッズ。
環保商品。 |

| 0258 | **エスカレート**
【escalate】 | 名・自他サ 逐步上升，逐步升級
紛争がエスカレートする。
衝突與日俱增。 |

| 0259 | **閲覧**
類 見る | 名・他サ 閲覽；查閱
いつもは、図書館で新聞を閲覧している。
通常這個時候都在圖書館裡看報紙。 |

| 0260 | **獲物**
類 戦利品 | 名 獵物；掠奪物，戰利品
ライオンは獲物を追いかけるとき、驚くべきスピードを出します。
獅子在追捕獵物時，會使出驚人的速度。 |

| 0261 | **襟** | 名 （衣服的）領子；脖頸，後頸；（西裝的）硬領
コートの襟を立てている人は、山田さんです。
那位豎起外套領子的人就是山田小姐。 |

| 0262 | **エリート**
【(法)elite】 | 名 菁英，傑出人物
エリート意識が強い。
優越感特別強烈。 |

| 0263 | **エレガント**
【elegant】
類 上品 | 形動 雅致（的），優美（的），漂亮（的）
花子はエレガントな女性にあこがれている。
花子非常嚮往成為優雅的女性。 |

0264 縁 えん

（名・漢造）廊子；關係，因緣；血緣，姻緣；邊緣；緣分，機緣

（類）繋がり

ご縁があったらまた会いましょう。
有緣再相會吧！

0265 円滑 えんかつ

（名・形動）圓滑；順利

（類）円満

最近仕事は円滑に進んでいる。
最近工作進展順利。

0266 縁側 えんがわ

（名）廊子，走廊

（類）廊下

仕事を終えて、縁側でビールを飲むのは最高だ。
做完工作後，坐在面向庭院的迴廊上暢飲啤酒，可謂是人生最棒的事。

0267 沿岸 えんがん

（名）沿岸

正月の旅行は、琵琶湖沿岸のホテルに泊まる予定だ。
這次新年旅遊預定住在琵琶湖沿岸的旅館。

0268 婉曲 えんきょく

（形動）婉轉，委婉

（類）遠回し

あまり直接的な言い方にせず、婉曲に伝えた方がいい場合もあります。
有時候，説法要婉轉不要太直接，較為恰當。

0269 演出 えんしゅつ

（名・他サ）（劇）演出，上演；導演

ミュージカルの演出には素晴らしい工夫が凝らされていた。
舞台劇的演出，可是煞費心思製作的。

0270 演じる えん

（他上一）扮演，演；做出

（類）出演

彼はハムレットを演じた。
他扮演了哈姆雷特。

0271 沿線 えんせん

（名）沿線

新幹線沿線の住民のため、騒音防止工事を始めた。
為了緊鄰新幹線沿線居民的安寧，開始進行防止噪音工程。

え

縁談
えんだん

0272	縁談 えんだん	(名) 親事，提親，說媒 山田さんの縁談はうまくまとまったそうだ。 山田小姐的親事似乎已經談妥了。
0273	塩分 えんぶん	(名) 鹽分，鹽濃度 塩分を取り除く。 除去鹽分。
0274	遠方 えんぽう (反) 近い (類) 遠い	(名) 遠方，遠處 遠方のところをよくおいでくださいました。 勞駕您從遠方長途跋涉而來。
0275	円満 えんまん (類) スムーズ	(形動) 圓滿，美滿，完美 彼らは40年間夫婦として円満に暮らしてきた。 他們結褵四十載，一直過著幸福美滿的生活。
0276	尾 お (類) しっぽ	(名) （動物的）尾巴；（事物的）尾部；山腳 犬が尾を振るのは、うれしい時だそうですよ。 據說狗兒搖尾巴是高興的表現。
0277	追い込む おいこむ (類) 追い詰める	(他五) 趕進；逼到，迫陷入；緊要，最後關頭加把勁；緊排，縮排（文字）；讓（病毒等）內攻 牛を囲いに追い込んだ。 將牛隻趕進柵欄裡。
0278	追い出す おいだす (類) 追い払う	(他五) 趕出，驅逐；解雇 猫を家から追い出した。 將貓兒逐出家門。
0279	老いる おいる (類) 年取る	(自上一) 老，上年紀；衰老；（雅）（季節）將盡 彼は老いてますます盛んだ。 他真是老當益壯呀！

お T7

オイルショック
【(和)oil + shock】

⑨ 石油危機

オイルショックの与えた影響。

石油危機帶來的影響。

0280

負う

⑩担ぐ（かつぐ）

他五 背；負責；背負，遭受；多虧，借重

彼女は子供を負ってやって来た。

她背著孩子來了。

0281

応急

⑩臨時

⑨ 應急，救急

けが人のために応急のベッドを作った。

為傷患製作了急救床。

0282

黄金

⑩金

⑨ 黄金；金錢

東北地方のどこかに大量の黄金が埋まっているらしい。

好像在東北地方的某處，埋有大量的黄金。

0283

往診

⑰宅診

名・自サ（醫生的）出診

先生はただ今往診中です。

醫師現在出診了。

0284

応募

⑰募集
⑩申し出る

名・自サ 報名參加；認購（公債，股票等），認捐；投稿應徵

会員募集に応募する。

參加會員招募。

0285

え

おおい

㊂（在遠方要叫住他人）喂，嗨（亦可用「おい」）。

「おおい、どこだ。」「ここよ。あなた。」

「喂～妳在哪兒呀？」「親愛的，人家在這裡嘛！」

0286

大方

⑰一部分
⑩大部分

名・副 大部分，多半，大體；一般人，大家，諸位

この件については、すでに大方の合意が得られています。

有關這件事，已得到大家的同意了。

0287

おおがら
大柄

0288

おおがら
大柄

反 小柄

名・形動 身材大，骨架大；大花樣

おおがら じょせい す
大柄な女性が好きだ。

我喜歡高頭大馬的女生。

0289

オーケー
【OK】

反 ノー
類 受け入れる

名・自サ・感 好，行，對，可以；同意

ぜんぜん
そうしたら、全然オーケーです。

如果是那樣的話，一點也沒有問題。

0290

おおげさ

類 誇張

形動 做得或說得比實際誇張的樣子；誇張，誇大

おお ひょうじょう うそ み
大げさな表情はかえって嘘っぽく見えます。

表情太誇張，反而讓人看起來很假。

0291

おおごと
大事

名 重大事件，重要的事情

おおごと
それは大事だ。

那事情很重要。

0292

おおすじ
大筋

類 大略

名 內容提要，主要內容，要點，梗概

この件については、大筋で合意しています。
けん   おおすじ ごうい

關於這件事，原則上已經大致同意了。

0293

おおぞら
大空

類 空

名 太空，天空

かいせい おおぞら なが きぶん
快晴の大空を眺めるのは気分がいいものです。

眺望萬里的晴空，叫人感到神清氣爽。

0294

オーダーメイド
【(和)order + made】

名 訂做的貨，訂做的西服

ふく
この服はオーダーメイドだ。

這件西服是訂做的。

0295

オートマチック
【automatic】

類 自動的

名・形動・造 自動裝置，自動機械；自動裝置的，自動式的

しゃ もともとからだ ふじゆう ひと かいはつ
オートマチック車は元々体の不自由な人のために開発さ
れたものです。

自動裝置式車子原本是為身體殘障人士開發的。

0296 □	**オーバー** 【over】 類 超過	名・自他サ・形動ダ 超過，超越；外套 そんなにスピード出さないで、制限速度をオーバーするよ。 不要開那麼快，會超過速限喔！
0297 □	おおはば **大幅** 反 小幅 類 かなり	名・形動 寬幅（的布）；大幅度，廣泛 料金の大幅な引き上げのため、国民は不安に陥った。 由於費用大幅上漲，造成民眾惶惶不安。
0298 □	おお **大まか** 類 おおざっぱ	形動 不拘小節的樣子，大方；粗略的樣子，概略，大略 父は大まかな人間です。 家父是不拘小節的人。
0299 □	おおみず **大水** 類 洪水	名 大水，洪水 下流一帯に大水が出た。 下游一帶已經淹水成災。
0300 □	おおむ **概ね**	名・副 大概，大致，大部分 おおむね分かった。 大致上明白了。
0301 □	おおめ **大目**	名 大眼睛；寬恕，饒恕，容忍 大目に見る。 寬恕，不追究。
0302 □	おおやけ **公** 反 私（わたくし） 類 政府	名 政府機關，公家，集體組織；公共，公有；公開 公の施設を利用するには身分証の提示が必要です。 使用政府機關的設備，需要出示身份證。
0303 □	おお **大らか**	形動 落落大方，胸襟開闊，豁達 おおらかな性格。 落落大方的個性。

お

犯す

0304	犯す （おか） 類 犯罪	他五 犯錯；冒犯；汙辱 僕は取り返しのつかない過ちを犯してしまった。 我犯下了無法挽回的嚴重錯誤。
0305	侵す （おか） 類 侵害	他五 侵犯，侵害；侵襲；患，得（病） 国籍不明の航空機があの国の領空を侵した。 國籍不明的飛機侵犯了該國的領空。
0306	冒す （おか） 類 冒険	他五 冒著，不顧；冒充 それは命の危険を冒してもする価値のあることか。 那件事值得冒著生命危險去做嗎？
0307	臆病 （おくびょう） 反 豪胆（ごうたん） 類 怯懦（きょうだ）	名・形動 戰戰兢兢的；膽怯，怯懦 娘は臆病なので暗がりを恐がっている。 我的女兒膽小又怕黑。
0308	遅らす （おく） 類 遅らせる	他五 延遲，拖延；（時間）調慢，調回 来週の会議を一日ほど遅らせていただけないでしょうか。 請問下週的會議可否順延一天舉行呢？
0309	厳か （おごそ） 類 厳めしい （いかめしい）	形動 威嚴而莊重的樣子；莊嚴，嚴肅 彼は厳かに開会の宣言をした。 他嚴肅地宣布了會議開始。
0310	行い （おこな） 類 行動	名 行為，形動；舉止，品行 正しい行いをするというのが父の口癖である。 「行得正」是父親的口頭禪。
0311	奢る （おご） 類 ご馳走	自五・他五 奢侈，過於講究；請客，作東 ここは私が奢ります。 這回就讓我作東了。

0312 □	治まる おさ 反 乱れる 類 落ち着く	自五 安定，平息 村同士の争いはやっと治まった。 むらどうし　あらそ　　　　　　おさ 同村居民之間的紛爭終於平息了。

0313 □	収まる・納まる おさ　　　おさ 類 静まる	自五 容納；（被）繳納；解決，結束；滿意，泰然自若；復原 本は全部この箱に収まるだろう。 ほん　ぜんぶ　　　　はこ　　おさ 所有的書應該都能收得進這個箱子裡吧！

0314 □	お産 さん 類 出産	名・他サ 生孩子，分娩 彼女のお産はいつごろになりそうですか。 かのじょ　　　さん 請問她的預產期是什麼時候呢？

0315 □	押し切る お　き 類 押し通す	他五 切斷；排除（困難、反對） 親の反対を押し切って、彼と結婚した。 おや　はんたい　お　き　　　かれ　けっこん 她不顧父母的反對，與他結婚了。

0316 □	押し込む お　こ 類 詰め込む	自五 闖入，硬擠；闖進去行搶　他五 塞進，硬往裡塞 駅員が満員電車に乗客を押し込んでいる。 えきいん　まんいんでんしゃ　じょうきゃく　お 火車站的站務人員，硬把乘客往擁擠的火車中塞。

0317 □	（お）しまい	名 完了，終止，結束；完蛋，絕望 これでおしまいにする。 就此為止，到此結束。

お

0318 □	惜しむ お 類 残念がる	他五 吝惜，捨不得；惋惜，可惜 彼との別れを惜しんで、たくさんの人が集まった。 かれ　　わか　　お　　　　　　　　ひと　あつ 由於捨不得跟他離別，聚集了許多人（來跟他送行）。

0319 □	押し寄せる お　よ 類 押し掛ける	自下一 湧進來；蜂擁而來　他下一 挪到一旁 津波が海岸に押し寄せてきた。 つなみ　かいがん　お　よ 海嘯洶湧撲至岸邊。

雄
おす

0320 □	**雄** おす 反 雌 (めす) 類 男性	名 （動物的）雄性，公；牡 一般的に、オスのほうがメスより大きいです。 一般而言，（體型上）公的比母的大。
0321 □	**お世辞** せ じ 類 おべっか	名 恭維（話），奉承（話），獻殷勤的（話） 心にもないお世辞を言うな。 別說那種口是心非的客套話！
0322 □	**お節料理** せちりょう り	名 年菜 お節料理を作る。 煮年菜。
0323 □	**おせっかい**	名・形動 愛管閒事，多事 おせっかいを焼く。 好管他人閒事。
0324 □	**襲う** おそ 類 襲撃	他五 襲擊，侵襲；繼承，沿襲；衝到，闖到 恐ろしい伝染病が町を襲った。 可怕的傳染病侵襲了全村。
0325 □	**遅くとも** おそ 類 遅くも	副 最晚，至遲 主人は遅くとも1月2日には帰ってきます。 外子最晚也會在一月二日之前回來。
0326 □	**恐れ** おそ 類 不安	名 害怕，恐懼；擔心，擔憂，疑慮 急に気温が上がったので、雪崩が発生する恐れがあります。 由於氣溫急劇上升，恐怕會引發雪崩。
0327 □	**恐れ入る** おそ い 類 恐縮	自五 真對不起；非常感激；佩服，認輸；感到意外；吃不消，為難 たびたびの電話で大変恐れ入ります。 多次跟您打電話，深感惶恐。

328	**おだてる** 題 扇動する （せんどうする）	他下一 慫恿，搧動；高捧，拍 おだてたって駄目よ。何もでないから。 就算你拍馬屁也沒有用，你得不到什麼好處的。
329	**落ち込む** （お こ） 題 陥る （おちいる）	自五 掉進，陷入；下陷；（成績、行情）下跌；得到，落到 手裡 昨日の雨で地盤が落ち込んだ。 昨天的那場雨造成地表下陷。
330	**落ち着き** （お つ） 題 安定	名 鎮靜，沈著，安詳；（器物等）穩當，放的穩；穩妥，協調 Aチームは落ち着きを取り戻してから、試合の流れが変 わった。 自從A隊恢復冷靜沈著之後，賽局的情勢頓時逆轉了。
331	**落ち葉** （お ば） 題 落葉 （らくよう）	名 落葉，淺咖啡色 秋になると落ち葉の掃除に忙しくなる。 到了秋天就得忙著打掃落葉。
332	**乙** （おっ） 題 第二位	名 （天干第二位）乙；第二（位），乙；別緻，有風味 両方ともすばらしいから、甲乙をつけがたい。 雙方都非常優秀，不分軒輊。
333	**お使い** （つか）	名 被打發出去辦事，跑腿 あの子はよくお使いに行ってくれる。 那個孩子常幫我出去辦事。
334	**おっかない** 題 恐ろしい	形 （俗）可怕的，令人害怕的，令人提心吊膽的 大きな犬にいきなり追いかけられて、おっかないといっ たらない。 突然被大狗追著跑，叫人害怕極了。
335	**おっちょこちょい**	名・形動 輕浮，冒失，不穩重；輕浮的人，輕佻的人 おっちょこちょいなところがある。 有冒失之處。

お

0336	お手上げ （て あ）	㊄ 束手無策，毫無辦法，沒輒 1分44秒で泳げたら、もうお手上げだね。 如果他能游出1分44秒的成績，那麼我只好甘拜下風。
0337	おどおど	㊌・自サ 提心吊膽，忐忑不安 彼はおどおどして何も言えずに立っていた。 他心裡忐忑不安，不發一語地站了起來。
0338	脅す・威す （おど）（おど） ㊞ 脅迫する	㊃五 威嚇，恐嚇，嚇唬 殺すぞと脅されて金を出した。 對方威脅要宰了他，逼他交出了錢財。
0339	訪れる （おとず） ㊞ 訪問する	㊊下一 拜訪，訪問；來臨；通信問候 チャンスが訪れるのを待ってるだけではだめですよ。 只有等待機會的來臨，是不行的。
0340	お供 （とも） ㊞ お付き	㊁・自サ 陪伴，陪同，跟隨；陪同的人，隨員 僕は社長の海外旅行のお供をした。 我陪同社長去了國外旅遊。
0341	衰える （おとろ） ㊥ 栄える ㊞ 衰弱する	㊊下一 衰落，衰退 どうもここ2年間、体力がめっきり衰えたようだ。 覺得這兩年來，體力明顯地衰退。
0342	驚き （おどろ）	㊁ 驚恐，吃驚，驚愕，震驚 彼が優勝するとは驚きだ。 他能得第一真叫人驚訝。
0343	同い年 （おな）（どし）	㊁ 同年齡，同歲 山田さんは私と同い年だ。 山田小姐和我同年齡。

344 （お）似合い

名 相稱，合適
お似合いのカップル。
郎才女貌的一對情侶。

345 自ずから

類 ひとりでに

副 自然而然地，自然就
努力すれば道は自ずから開けてくる。
只要努力不懈，康莊大道自然會為你展開。

346 自ずと

副 自然而然地
おのずと分かってくる。
自然會明白。

347 お早う

寒暄 早安
田中さん、お早う。
田中先生，早安！

348 怯える

類 怖がる

自下一 害怕，懼怕；做惡夢感到害怕
子供はその光景におびえた。
小孩子看到那幅景象感到十分害怕。

349 夥しい

類 沢山

形 數量很多，極多，眾多；程度很大，厲害的，激烈的
異様な気候で、おびただしい数のバッタが発生した。
由於天氣異常，而產生了大量的蝗蟲。

お

350 脅かす

類 脅す（おどす）

他五 威脅；威嚇，嚇唬；危及，威脅到
あの法律が通れば、表現の自由が脅かされる恐れがある。
那個法律通過的話，恐怕會威脅到表現的自由。

351 帯びる

類 引き受ける

他上一 帶，佩帶；承擔，負擔；帶有，帶著
夢のような計画だったが、ついに現実味を帯びてきた。
如夢般的計畫，終於有實現的可能了。

0352	オファー 【offer】	名·他サ 提出，提供；開價，報價 オファーが来る。 報價單來了。
0353	お袋 ふくろ 反 おやじ 類 母	名 （俗）母親，媽媽 これはまさにお袋の味です。 這正是媽媽的味道。
0354	オプション 【option】	名 選擇，取捨 オプション機能を追加する。 增加選項的功能。
0355	覚え おぼ 反 忘却（ぼうきゃく） 類 記憶	名 記憶，記憶力；體驗，經驗；自信，信心；信任，器重； 記事 あの子は仕事の覚えが早い。 那個孩子學習新工作，一下子就上手了。
0356	お負け ま 類 景品	名·他サ （作為贈品）另外贈送；另外附加（的東西）；算便宜 きれいなお姉さんだから、500円おまけしましょう。 小姐真漂亮，就少算五百元吧！
0357	（お）見合い み あ	名·他サ 相親 お見合い結婚で幸せになる。 透過相親結婚而得到幸福。
0358	お宮 みや 類 神社	名 神社 元旦の早朝、みなでお宮に初詣に行く。 大家在元旦的早晨，前往神社做今年的初次參拜。
0359	おむつ 類 おしめ	名 尿布 この子はまだおむつが取れない。 這個小孩還需要包尿布。

---

360 重い
おも

㊒ 重；（心情）沈重，（脚步，行動等）遲鈍；（情況，程度等）嚴重
き おも
気が重い。
心情沈重。

---

361 思い切る
おも き

㊒五 斷念，死心
おも き
思い切ってやってみる。
狠下心做看看。

---

362 思い詰める
おも つ

㊒下一 想不開，鑽牛角尖
おも つ
あまり思い詰めないで。
別想不開。

---

363 表向き
おもて む

㊐・㊛ 表面（上），外表（上）
おもて む し
表向きは知らんぷりをする。
表面上裝作不知情。

---

364 趣
おもむき

㊐ 旨趣，大意；風趣，雅趣；風格，韻味，景象；局面，情形
やくぶん げんぶん おもむき じゅうぶん った
訳文は原文の趣を十分に伝えていない。
譯文並未恰如其分地譯出原文的意境。

㊣ 味わい

---

365 赴く
おもむ

㊒五 赴，往，前往；趨向，趨於
かれ にん ち おもむ
彼はただちに任地に赴いた。
他隨即走馬上任。

㊣ 向かう

お

---

366 重んじる・重んずる
おも おも

㊒サ 注重，重視；尊重，器重，敬重
みあ けっこん いえがら がくれき おも
お見合い結婚では、家柄や学歴が重んじられることが多い。
透過相親方式的婚姻，通常相當重視雙方的家境與學歷。

㊣ 尊重する

---

367 親父
おや じ

㊐ 父親，我爸爸；老頭子
えきまえ い ざか や おや じ いっしょ いっぱい
駅前の居酒屋で、親父と一緒に一杯やってきた。
跟父親在火車站前的居酒屋，喝了一杯。

㊫ お袋
㊣ 父

およ
及び

0368 ☐	及<ruby>及<rt>およ</rt></ruby>び 類 また	接續 和，與，以及 <ruby>此<rt>じょうれい</rt></ruby>条例は<ruby>東京都<rt>とうきょうと</rt></ruby>及び<ruby>神奈川<rt>かながわ</rt></ruby>で<ruby>実施<rt>じっし</rt></ruby>されている。 此條例施行於東京都暨神奈川縣。
0369 ☐	<ruby>及<rt>およ</rt></ruby>ぶ 類 達する	自五 到，到達；趕上，及 <ruby>家<rt>いえ</rt></ruby>の<ruby>建<rt>た</rt></ruby>て<ruby>替<rt>か</rt></ruby>え<ruby>費用<rt>ひよう</rt></ruby>は1<ruby>億円<rt>おくえん</rt></ruby>にも<ruby>及<rt>およ</rt></ruby>んだ。 重建自宅的費用高達一億日圓。
0370 ☐	<ruby>折<rt>おり</rt></ruby> 類 機会	名 折，折疊；折縫，折疊物；紙盒小匣；時候；機會，時機 <ruby>彼<rt>かれ</rt></ruby>は<ruby>折<rt>おり</rt></ruby>を<ruby>見<rt>み</rt></ruby>て<ruby>借金<rt>しゃっきん</rt></ruby>の<ruby>話<rt>はなし</rt></ruby>を<ruby>切<rt>き</rt></ruby>り<ruby>出<rt>だ</rt></ruby>した。 他看準時機提出借款的請求。
0371 ☐	オリエンテーション 【orientation】	名 定向，定位，確定方針；新人教育，事前說明會 オリエンテーションでは<ruby>授業<rt>じゅぎょう</rt></ruby>のカリキュラムについて<ruby>説明<rt>せつめい</rt></ruby>があります。 在新生說明會上，會針對上課的全部課程進行說明。
0372 ☐	<ruby>折<rt>お</rt></ruby>り<ruby>返<rt>かえ</rt></ruby>す 類 引き返す	他五 折回；翻回；反覆；折回去 5<ruby>分後<rt>ふんご</rt></ruby>に、<ruby>折<rt>お</rt></ruby>り<ruby>返<rt>かえ</rt></ruby>しお<ruby>電話<rt>でんわ</rt></ruby><ruby>差<rt>さ</rt></ruby>し<ruby>上<rt>あ</rt></ruby>げます。 五分鐘後，再回您電話。
0373 ☐	<ruby>織物<rt>おりもの</rt></ruby> 類 布地	名 紡織品，織品 <ruby>当社<rt>とうしゃ</rt></ruby>は<ruby>伝統的<rt>でんとうてき</rt></ruby>な<ruby>織物<rt>おりもの</rt></ruby>を<ruby>販売<rt>はんばい</rt></ruby>しています。 本公司販賣的是傳統的紡織品。
0374 ☐	<ruby>織<rt>お</rt></ruby>る 類 紡織	他五 織；編 <ruby>絹糸<rt>きぬいと</rt></ruby>でブラウス<ruby>布地<rt>ぬのじ</rt></ruby>を<ruby>織<rt>お</rt></ruby>る。 以絹絲織成女用短衫。
0375 ☐	<ruby>俺<rt>おれ</rt></ruby> 類 私	代 （對平輩，晚輩的自稱）我，俺 <ruby>俺<rt>おれ</rt></ruby>は<ruby>俺<rt>おれ</rt></ruby>、<ruby>君<rt>きみ</rt></ruby>は<ruby>君<rt>きみ</rt></ruby>、<ruby>何<rt>なん</rt></ruby>も<ruby>関係<rt>かんけい</rt></ruby>がないんだ。 我是我，你是你，咱們之間啥關係都沒有！

376 愚か

類 浅はか

形動 智力或思考能力不足的樣子；不聰明；愚蠢，愚昧，糊塗

大変愚かな行為だったと、心から反省しています。

我由衷地反省著，我做了極為愚笨的事。

377 卸売・卸売り

名 批發

卸売業者から卸値で買う。

向批發商以批發價購買。

378 疎か

反 丁寧
類 いいかげん

形動 將該做得事放置不管的樣子；忽略；草率

彼女は仕事も家事も疎かにせず、完ぺきにこなしている。

她工作跟家事一點都不馬虎，都做得很完美。

379 おんぶ

名・他サ （幼兒語）背，背負；（俗）讓他人負擔費用，依靠別人

その子は「おんぶして」とせがんだ。

那小孩央求著説：「背我嘛！」。

380 オンライン

【on-line】

反 オフライン

名 （球）落在線上，壓線；（電・計）在線上

このサイトなら、無料でオンラインゲームが楽しめます。

這網頁可以免費上網玩線上遊戲。

381 温和

類 暖かい

形動ノ （氣候等）溫和，溫暖；（性情、意見等）柔和，溫和

房総半島は温和な気候です。

房總半島的氣候很溫和。

お

MEMO

画
が

か		

T9

0382
画
が
類 絵

漢造 畫；電影，影片；（讀做「かく」）策劃，筆畫
有名な日本の美人画のひとつに『見返り美人』がある。
日本著名的美女圖裡，其中一幅的畫名為〈回眸美女〉。

0383
ガーゼ
【(德)Gaze】

名 紗布，藥布
ガーゼを傷口に当てる。
把紗布蓋在傷口上。

0384
カーペット
【carpet】
類 絨毯

名 地毯
ソファーからカーペットに至るまで、部屋のデコレーシ
ンにはとことんこだわりました。
從沙發到地毯，非常講究房間裡的裝潢陳設。

0385
下位
かい

名 低的地位；次級的地位
下位分類。
下層分類。

0386
〜海
かい
反 陸
類 海洋

漢造 海；廣大
日本海には対馬海流が流入している。
對馬海流會流經日本海。

0387
〜界
かい
類 境（さかい）

漢造 界限；各界；（地層的）界
自然界では、ただ強い生き物のみが生き残れる。
在自然界中，唯有強者才得以生存。

0388
〜街
がい
類 ストリート

漢造 （有時唸「かい」）街道，大街
お正月が近づくと、商店街は普段にもまして賑やかに
なる。
愈接近新年，商圈市集裡的逛街人潮就比平時還要熱鬧。

0389
改悪
かいあく
反 改善
類 直す

名・他サ 危害，壞影響，毒害
憲法改正反対の声もあれば、憲法改悪反対の声もある。
贊成修憲與反對修憲看法分歧，分為兩派。

390

海運
かいうん

類 水運

名 海運，航運

（海運業者により）船便の方が航空便より安上がりです。
かいうんぎょうしゃ　　　　　　ふなびん　ほう　こうくうびん　やすあ

（海運業者説）海運運費比空運運費便宜。

391

外貨
がいか

名 外幣，外匯；進口貨，外國貨

この銀行ではあらゆる外貨を扱っています。
ぎんこう

這家銀行可接受兌換各國外幣。

392

貝殻
かいがら

類 殻

名 貝殻

小さいころよく浜辺で貝殻を拾ったものだ。
ちい　　　　　　はまべ　かいがら　ひろ

我小時候常去海邊揀貝殻唷！

393

外観
がいかん

類 見かけ

名 外觀，外表，外型

あの建物は、外観は飛び抜けて美しいが、設備はいまいちです。
たてもの　がいかん　と　ぬ　うつく　せつび

雖然那棟建築物的外觀極具特色且美輪美奐，內部設施卻尚待加強。

394

階級
かいきゅう

類 等級

名 （軍隊）級別；階級；（身份的）等級；階層

出場する階級によって体重制限が違う。
しゅつじょう　かいきゅう　たいじゅうせいげん　ちが

選手們依照體重等級標準參加不同的賽程。

395

海峡
かいきょう

類 瀬戸（せと）

名 海峽

日本で最初に建設された海底トンネルは、関門海峡にあります。
にほん　さいしょ　けんせつ　かいてい　かんもんかいきょう

日本首條完工的海底隧道位於關門海峽。

か

396

会見
かいけん

類 面会

名・自サ 會見，會面，接見

オリンピックに参加する選手が会見を開いて抱負を語った。
さんか　せんしゅ　かいけん　ひら　ほうふ　かた

即將出賽奧運的選手舉行記者會，以宣示其必勝決心。

397

介護
かいご

類 看護

名・他サ 照顧病人或老人

彼女はただ両親の介護のためのみに地元に帰った。
かのじょ　りょうしん　かいご　じもと　かえ

她獨為了照料雙親而回到了老家。

買い込む
<small>か こ</small>

0398 ☐	買い込む <small>か こ</small>	（他五）（大量）買進，購買 食糧を買い込む。 <small>しょくりょう か こ</small> 大量購買食物。
0399 ☐	開催 <small>かい さい</small> (類) 催す （もよおす）	（名・他サ）開會，召開；舉辦 雨であれ、晴れであれ、イベントは予定通り開催される。 <small>あめ は よ てい どお かい さい</small> 無論是雨天，還是晴天，活動依舊照預定舉行。
0400 ☐	回収 <small>かい しゅう</small>	（名・他サ）回收，收回 事故の発生で、商品の回収を余儀なくされた。 <small>じ こ はっ せい しょうひん かいしゅう よ ぎ</small> 發生意外之後，只好回收了商品。
0401 ☐	改修 <small>かい しゅう</small>	（名・他サ）修理，修復；修訂 私の家は築35年を超えているので改修が必要です。 <small>わたし いえ ちく ねん こ かいしゅう ひつよう</small> 我家的屋齡已經超過三十五年，因此必須改建。
0402 ☐	怪獣 <small>かい じゅう</small>	（名）怪獸 子供に付き合って、三時間からある怪獣の映画を見た。 <small>こ ども つ あ さん じ かん かいじゅう えい が み</small> 陪小孩足足看了3個小時的怪獸電影。
0403 ☐	解除 <small>かい じょ</small> (類) 取り消す	（名・他サ）解除；廢除 本日午後5時を限りに、契約を解除します。 <small>ほんじつ ご ご じ かぎ けいやく かいじょ</small> 合約將於今日下午5點解除。
0404 ☐	外相 <small>がい しょう</small> (類) 外務大臣	（名）外交大臣，外交部長，外相 よくぞ聞いてくれたとばかりに、外相は一気に説明を始めた。 <small>き がいしょう いっ き せつめい はじ</small> 外交部長露出一副問得好的表情，開始全盤說明。
0405 ☐	害する <small>がい</small> (類) 損なう	（他サ）損害，危害，傷害；殺害 怒ったのではなく、ちょっと気分を害したまでのことだ。 <small>おこ き ぶん がい</small> 我沒有生氣，只是感覺有點受傷。

406
概説
がいせつ

類 概論

(名・他サ) 概説，概述，概論
次のページは東南アジアの歴史についての概説です。
つぎ　　　　　　　とうなん　　　　　　れきし　　　　　　　がいせつ
下一頁的內容提及東南亞歷史概論。

407
回送
かいそう

類 転送

(名・他サ) (接人、裝貨等)空車調回；轉送，轉遞；運送
温泉街のホテルでは、手荷物を宿から宿に回送するサー
おんせんがい　　　　　　　てにもつ　やど　　　やど　　かいそう
ビスがある。
温泉區的旅館提供一項貼心服務，可幫旅客將行李轉送至同區域的其他旅館。

408
階層
かいそう

類 等級

(名) (社會)階層；(建築物的)樓層
彼は社会の階層構造について研究している。
かれ　しゃかい　かいそうこうぞう　　　　　けんきゅう
他正在研究社會階級結構。

409
解像度
かいぞうど

(名) 解析度
解像度が高い。
かいぞうど　たか
解析度很高。

410
海賊
かいぞく

(名) 海盜
海賊に襲われる。
かいぞく　おそ
被海盜襲擊。

411
開拓
かいたく

類 開墾
(かいこん)

(名・他サ) 開墾，開荒；開闢
顧客の新規開拓なくして、業績は上げられない。
こきゃく　しんきかいたく　　　　　ぎょうせき　あ
不開發新客戶，就無法提升業績。

412
会談
かいだん

類 会議

(名・自サ) 面談，會談；(特指外交等)談判
文書への署名をもって、会談を終了いたします。
ぶんしょ　　しょめい　　　　　　かいだん　しゅうりょう
最後請在文件上簽署，劃下會談的句點。

413
改定
かいてい

類 改める

(名・他サ) 重新規定
従来にもまして、法律の改定が求められています。
じゅうらい　　　　　　ほうりつ　かいてい　もと
修訂法律的迫切性較以往為高。

0414	かいてい 改訂 類 改正	名・他サ 修訂 じつじょう み あ 実情に見合うようにマニュアルを改訂する必要がある。 操作手冊必須依照實際狀況加以修訂。
0415	ガイド【guide】 類 案内人	名・他サ 導遊；指南，入門書；引導，導航 こんかい 今回のツアーガイドときたら、現地の情報について何も 知らなかった。 這次的導遊完全不知道任何當地的相關訊息。
0416	かいとう 解凍	名・他サ 解凍 かいとう や 解凍してから焼く。 先解凍後烤。
0417	かいどう 街道 類 道	名 大道，大街 さくら まんかい じき かいどう はなみきゃく 桜が満開の時期とあって、街道は花見客でいっぱいだ。 由於正是櫻花盛開的時期，街上滿是賞花的遊客。
0418	がいとう 街頭 類 街	名 街頭，大街上 がいとう えんぜつ かわき にんき いっき たか 街頭での演説を皮切りにして、人気が一気に高まった。 自從在街頭演說之後，支持度就迅速攀升。
0419	がいとう 該当 類 当てはまる	名・自サ 相當，適合，符合（某規定、條件等） じょうけん がいとう じんぶつ さが この条件に該当する人物を探しています。 我正在尋找符合這項資格的人士。
0420	ガイドブック 【guidebook】 類 案内書	名 指南，入門書 いちにち よ 200ページからあるガイドブックを一日で読みきった。 多達200頁的參考書，一天就看完了。
0421	かいにゅう 介入 類 口出し	名・自サ 介入，干預，參與，染指 みんじじけん こんかい せいふ かいにゅう 民事事件とはいえ、今回ばかりは政府が介入せずにはす まないだろう。 雖說是民事事件，但這次政府總不能不介入干涉了吧！

0422 □	がいねん **概念** 類 コンセプト	名（哲）概念；概念的理解 きそ ぜんてい がいねん ちが きょうりょく むずか **基礎となる前提や概念が違えば、協力は難しい。** 假如最基本的前提或概念不同，就很難提供協助。
0423 □	かいはつ **開発** 類 開拓	名・他サ 開發，開墾；啟發；（經過研究而）實用化；開創， 發展 かいはつ おく はつばいかいし び へんこう よ ぎ **開発の遅れにより、発売開始日の変更を余儀なくされた。** 基於開發上的延誤，不得不更改上市販售的日期。
0424 □ T10	かいばつ **海抜** 類 標高	名 海拔 かいばつ たか たか さんそ うす **海抜が高くなれば高くなるほど、酸素が薄くなる。** 海拔越高，氧氣越稀薄。
0425 □	かいほう **介抱** 類 看護	名・他サ 護理，服侍，照顧（病人、老人等） かのじょ ねっしん りょうしん かいほう **彼女は熱心に両親の介抱をしている。** 她非常盡力地照護雙親。
0426 □	かいぼう **解剖** 類 解体	名・他サ（醫）解剖；（事物、語法等）分析 かいぼう しいん あき ひつよう **解剖によって死因を明らかにする必要がある。** 必須藉由解剖以查明死因。
0427 □	かいめい **解明** 	名・他サ 解釋清楚 しんじつ かいめい **真実を解明する。** 解開真相。
0428 □	がいらい **外来** 	名 外來，舶來；（醫院的）門診 がいらい えいきょう おお じょうきょう **外来からの影響が大きい状況にあって、コントロール むずか が難しい。** 在遭受外界影響甚鉅的情況下，很難予以操控。
0429 □	かいらん **回覧** 類 巡覧	名・他サ 傳閱；巡視，巡覽 ぼうねんかい かいさい しゃないかいらん まわ **忘年会の開催について、社内回覧を回します。** 在公司內部傳閱迴覽有關舉辦年終聯歡會的通知。

か

0430	がいりゃく **概略** 類 大体	（名・副）概略，梗概，概要；大致，大體 プレゼンを始める前に、報告全体の概略を述べたほうがいい。 在開始簡報之前，最好先陳述整份報告的概要。
0431	かいりゅう **海流** 類 潮（しお）	（名）海流 にほんれっとうしゅうへん　　よっ　　かいりゅう 日本列島周辺には四つの海流がある。 有四條洋流流經日本列島的周圍。
0432	かいりょう **改良** 類 改善	（名・他サ）改良，改善 どじょう　　かいりょう　　さいばい　てき　　かんきょう　ととの 土壌を改良して栽培に適した環境を整える。 透過土壌改良，創造適合栽種的環境。
0433	かいろ **回路** 類 電気回路	（名）（電）回路，線路 あに　でんしかいろ　せっけい　じゅうじ 兄は電子回路の設計に従事しています。 家兄從事電路設計的工作。
0434	かいろ **海路** 類 航路	（名）海路 あんぜん　こうかいじかん　みじか　かいろ　かいたく 安全で航海時間が短い海路を開拓したい。 希望能拓展一條既安全，航行時間又短的航海路線。
0435	かえり **省みる** 類 反省	（他上一）反省，反躬，自問 じこ　かえり 自己を省みることなくして、成長することはない。 不自我反省就無法成長。
0436	かえり **顧みる** 類 振り返る	（他上一）往回看，回頭看；回顧；顧慮；關心，照顧 しゅみ　きょう　ぜんぜんかてい　かえり 趣味に興じっぱなしで、全然家庭を顧みない。 一直沈迷於自己的興趣，完全不顧家庭。
0437	かえる **蛙** 	（名）青蛙 かえる　な 蛙が鳴く。 蛙鳴。

0438	顔付き ^{かお つ} 類 容貌	⑧ 相貌，臉龐；表情，神色 何の興味もないとばかりに、顔付き一つ変えずに話を ^{なん きょうみ かお つ ひと か はなし} 聞いている。 ^き 一副完全沒興趣的樣子，面無表情地聽著談話內容。
0439	課外 ^{か がい}	⑧ 課外 今学期は課外活動が多いので楽しみだ。 ^{こんがっき か がいかつどう おお たの} 這學期有許多課外活動，真令人期待呀！
0440	抱え込む ^{かか こ}	⑩五 雙手抱 悩みを抱え込む。 ^{なや かか こ} 懷抱著煩惱。
0441	掲げる ^{かか} 類 掲示	⑩下一 懸，掛，升起；舉起，打著；挑，掀起，撩起；刊 登，刊載；提出，揭出，指出 掲げられた公約が必ずしも実行されるとは限らない。 ^{かか こうやく かなら じっこう かぎ} 已經宣布的公約，未必就能付諸實行。
0442	書き取る ^{か と} 類 書き留める	⑩五 （把文章字句等）記下來，紀錄，抄錄 発言を一言も漏らさず書き取ります。 ^{はつげん ひとこと も か と} 將與會人士的發言，一字不漏地完整記錄。
0443	掻き回す ^{か まわ} 類 混ぜる	⑩五 攪和，攪拌，混合；亂翻，翻弄，翻攪；攪亂，擾 亂，胡作非為 新入社員の彼にかき回されるしまつだ。 ^{しんにゅうしゃいん かれ か まわ} 落到被新進員工的他從中攪和的地步。
0444	家業 ^{か ぎょう}	⑧ 家業；祖業；（謀生的）職業，行業 家業を継ぐ。 ^{か ぎょう つ} 繼承家業。
0445	限りない ^{かぎ}	⑱ 無限，無止盡；無窮無盡；無比，非常 限りない悲しみ。 ^{かぎ かな} 無盡的悲痛。

か

欠く
^か

0446	欠く ^か 類 損ずる	他五 缺，缺乏，缺少；弄壞，少（一部分）；欠，欠缺，怠慢 まだ2名欠いているので、会議は始められません。 由於尚缺兩位出席者，因此還無法開始舉行會議。
0447	角 ^{かく} 類 方形	名・漢造 角；隅角；四方形，四角形；稜角，四方；競賽 引っ越ししたので、新しい部屋にぴったりの角テーブルを新調したい。 我們搬了新家，想添購一張能與新房間搭配得宜的角桌。
0448	核 ^{かく} 類 芯	名・漢造 （生）（細胞）核；（植）核，果核；要害；核（武器） 問題の核となるポイントに焦点を当てて討論する。 將焦點放在問題的核心進行討論。
0449	格 ^{かく} 類 地位	名・漢造 格調，資格，等級；規則，格式，規格 プロともなると、作品の格が違う。 當上專家，作品的水準就會不一樣。
0450	～画 ^{かく} 類 字画	名 （漢字的）筆劃 一画で書ける平仮名はいくつありますか? 有幾個平假名能以一筆書寫完成的呢？
0451	学芸 ^{がくげい} 類 学問	名 學術和藝術；文藝 小学校では1学期に1回、学芸会を開きます。 小學每學期舉辦一次藝文成果發表會。
0452	格差 ^{かくさ} 類 差	名 （商品的）級別差別，差價，質量差別；資格差別 社会的格差の広がりが問題になっている。 階級差距愈趨擴大，已衍生為社會問題。
0453	拡散 ^{かくさん}	名・自サ 擴散；（理）漫射 細菌が周囲に拡散しないように、消毒しなければならない。 一定要消毒傷口，否則細菌將蔓延至周圍組織。

0454 学士（がくし）

(名) 學者；（大學）學士畢業生

彼女は今年大学を卒業し、文学学士を取得した。

她今年大學畢業，取得文學學士學位。

類 学者

0455 各種（かくしゅ）

(名) 各種，各樣，每一種

顧客のニーズを満たすため、各種のサービスを提供しています。

商家提供各種服務以滿足顧客的需求。

類 いろいろ

0456 隔週（かくしゅう）

(名) 每隔一週，隔週

編集会議は隔週で開かれる。

每兩週舉行一次編輯會議。

0457 確信（かくしん）

(名・他サ) 確信，堅信，有把握

彼女は無実だと確信しています。

我們確信她是無辜的。

反 疑う
類 信じる

0458 革新（かくしん）

(名・他サ) 革新

評価するに足る革新的なアイディアだ。

真是個值得嘉許的創新想法呀！

反 保守
類 改革

0459 学説（がくせつ）

(名) 學說

古い学説であれ、新しい学説であれ、現状に応じて検討する余地がある。

無論是舊學說或是新學說，均尚有依現況議論的空間。

反 実践
類 理論

か

0460 確定（かくてい）

(名・自他サ) 確定，決定

このプロジェクトの担当者は伊藤さんに確定した。

已經確定由伊藤先生擔任這個企畫案的負責人。

類 決定

0461 カクテル【cocktail】

(名) 雞尾酒

お酒に弱いので、ワインはおろかカクテルも飲めません。

由於酒量不佳，別說是葡萄酒，就連雞尾酒也喝不得。

類 混合酒

かくとく
獲得

0462	かくとく **獲得** 類 入手	名·他サ 獲得，取得，爭得 ただ伊藤さんのみ5ポイント獲得し、予選を突破した。 只有伊藤先生拿到5分，初選闖關成功了。
0463	がくふ **楽譜** 類 譜	名（樂）譜，樂譜 彼女は楽譜を見なくても、完ぺきに演奏できる。 她就算不看樂譜，也能演奏得無懈可擊。
0464	かくほ **確保** 【cut】 類 保つ	名·他サ 牢牢保住，確保 生活していくに足る収入源を確保しなければならない。 必須確保維持生活機能的收入來源。
0465	かくめい **革命** 類 一新	名 革命；（某制度等的）大革新，大變革 1789年にフランス革命が起きた。 法國革命發生於1789年。
0466	かくりつ **確立** 【cup】	名·自他サ 確立，確定 子供のときから正しい生活習慣を確立したほうがいい。 從小就應該養成良好的生活習慣。

T11

0467	か **掛け**	名 賒帳；帳款，欠賬；重量 掛けにする。 記在帳上。
0468	か **～掛け**	接尾（前接動詞連用形）表示動作已開始而還沒結束，或是中途停了下來；（表示掛東西用的）掛 あの小説はあまりにつまらなかったので、読みかけたまま放ってある。 那本小説實在太枯燥乏味，只看了一些，就沒再往下讀了。
0469	か **賭け** 類 ばくち	名 打賭；賭（財物） 賭けごとはやめた方が身のためです。 為了自己，最好別再沈迷於賭博。

0470

崖 がけ

類 懸崖

名 断崖，懸崖
崖から下を見下ろすと足がガクガク震える。
站在懸崖旁俯視，雙腿不由自主地顫抖。

0471

駆け足 かけあし

反 歩く
類 走る

名・自サ 快跑，快步；跑步似的，急急忙忙；策馬飛奔
待っていたとばかりに、子供が駆け足でこちらに向かってくる。
小孩子迫不及待地衝來這裡。

0472

家計 かけい

類 生計

名 家計，家庭經濟狀況
彼女は家計のやりくりの達人です。
她非常擅於運用有限的家庭收支。

0473

駆けっこ かけっこ

類 駆け競べ
（かけくらべ）

名・自サ 賽跑
幼稚園の運動会の駆けっこで、娘は一等になった。
我的女兒在幼稚園的賽跑中獲得第一名。

0474

賭ける かける

類 賭する

他下一 打賭，賭輸贏
私は君が勝つ方に賭けます。
我賭你會贏。

0475

加工 かこう

名・他サ 加工
この色は天然ではなく加工されたものです。
這種顏色是經由加工而成的，並非原有的色彩。

か

0476

化合 かごう

名・自サ （化）化合
鉄と硫黄を合わせて加熱し化合すると、悪臭が発生する。
當混合鐵與硫磺且加熱化合後，就會產生惡臭。

0477

風車 かざぐるま

名 風車
風車を回す。
轉動風車。

かさ張る

0478	かさ張る 類 かさむ	自五 （體積、數量等）增大，體積大，增多 冬の服はかさばるので収納しにくい。 冬天的衣物膨鬆而佔空間，不容易收納。
0479	かさむ 類 かさ張る	自五 （體積、數量等）增多 今月は洗濯機やパソコンが壊れたので、修理費用がかさんだ。 由於洗衣機及電腦故障，本月份的修繕費用大增。
0480	箇条書き	名 逐條地寫，引舉，列舉 何か要求があれば、箇条書きにして提出してください。 如有任何需求，請分項詳列後提交。
0481	頭 類 あたま	名 頭，腦袋；頭髮；首領，首腦人物；頭一名，頂端，最初 かしら付きの鯛は切り身よりも高くなる。 連頭帶尾的鯛魚比切片鯛魚來得昂貴。
0482	微か 類 微弱	形動 微弱，些許；微暗，朦朧；貧窮，可憐 島がはるか遠くにかすかに見える。 隱約可見遠方的小島。
0483	霞む 類 曇る	自五 有霞，有薄霧，雲霧朦朧 霧で霞んで運転しにくい。 雲霧瀰漫導致視線不清，有礙行車安全。
0484	かする	他五 掠過，擦過；揩油，剝削；（書法中）寫出飛白；（容器中東西過少）見底 ちょっとかすっただけなので、たいした怪我ではない。 只不過稍微擦傷罷了，不是什麼嚴重的傷勢。
0485	火星	名 （天）火星 火星は太陽から四番目の惑星です。 火星是從太陽數來的第四個行星。

0486 化石 （かせき）

（名・自サ）（地）化石；變成石頭
4万年前の化石が発見された。
發現了四萬年前的化石。

0487 稼ぎ （かせぎ）

（名）做工；工資；職業
稼ぎが少ない。
賺得很少。

0488 化繊 （かせん）

類 化学繊維

（名）化學纖維
化学繊維が肌に触れて湿疹が出るなら、化繊アレルギーかもしれません。
假如肌膚碰觸到化學纖維就會引發濕疹症狀，可能是化纖過敏反應。

0489 河川 （かせん）

類 川

（名）河川
河川の管理は国土交通省の管轄内です。
河川管理屬於國土交通省之管轄業務。

0490 過疎 （かそ）

反 過密
類 疎ら（まばら）

（名）（人口）過稀，過少
少子化の影響を受け、過疎化の進む地域では小学校の閉鎖を余儀なくさせられた。
受到少子化的影響，人口劇減的地區不得不關閉小學了。

0491 片～ （かた）

類 片方

（漢造）（表示一對中的）一個，一方；表示遠離中心而偏向一方；表示不完全；表示極少
私は片目だけ二重です。
我只有一邊是雙眼皮。

0492 ～難い （がたい）

類 しにくい

（接尾）上接動詞連用形，表示「很難（做）…」的意思
これだけの資料では判断しがたいです。
光憑現有的資料，很難下結論。

0493 片思い （かたおもい）

類 片恋

（名）單戀，單相思
好きになるべからざる相手に、片思いしています。
我單戀著不該喜歡上的人。

か

片言
かたこと

0494 □	片言 かたこと 類 へんげん	名（幼兒，外國人的）不完全的詞語，隻字片語，單字羅列；一面之詞 片言の日本語しかまだ話せません。 かたこと　にほんご　　　　　　　はな 我的日語不太流利。
0495 □	片時 かたとき	名 片刻 片時も忘れられない。 かたとき　わす 片刻難忘。
0496 □	傾ける かたむ 類 傾げる （かしげる）	他下一 使…傾斜，使…歪偏；飲（酒）等；傾注；傾，敗（家），使（國家）滅亡 有権者あっての政治家ですから、有権者の声に耳を傾けるべきだ。 ゆうけんしゃ　　　　せいじか　　　　　　ゆうけんしゃ　こえ　みみ　かたむ 有投票者才能產生政治家，所以應當聆聽投票人的心聲才是。
0497 □	固める かた 類 凝固 （ぎょうこ）	他下一（使物質等）凝固，堅硬；堆集到一處；堅定，使鞏固；加強防守；使安定，使走上正軌；組成 基礎をしっかり固めてから応用問題に取り組んだ方がいい。 きそ　　　　　　かた　　　　　おうようもんだい　と　く　　　ほう 先打好穩固的基礎，再挑戰應用問題較為恰當。
0498 □	傍ら かたわ 類 そば	名 旁邊；在…同時還…，一邊…一邊… 校長先生の傍らに立っている女性は彼の奥さまです。 こうちょうせんせい　かたわ　た　　　　　じょせい　かれ　おく 站在校長身旁的那位女性是他的夫人。
0499 □	花壇 かだん 類 庭	名 花壇，花圃 公園まで散歩がてら、公園の花壇の手入れをするのが日課です。 こうえん　　さんぽ　　　　こうえん　かだん　てい　　　　　　　　にっか 到公園散步的同時，順便修剪公園裡的花圃是我每天必做的事。
0500 □	家畜 かちく 類 畜類	名 家畜 家畜の世話は365日休めない。 かちく　せわ　　　　　　にちやす 照料家畜的工作得從年頭忙到年尾，無法偷閒。
0501 □	且つ か 類 及び	副・接 一邊…一邊…；且…且…；且 簡単かつおいしいパスタのレシピを教えてください。 かんたん　　　　　　　　　　　　　　　おし 請您教我做簡便且可口的義大利麵。

502 画期 (かっき)

(名) 劃時代

彼のアイデアは非常に画期的なものだ。

他的想法極具劃時代的創新。

503 がっくり

(副・自サ) 頹喪，突然無力地

父を亡くし、彼女はがっくり憔悴しきっている。

父親過世後，她因哀傷而變得憔悴。

(類) がっかり

504 がっしり

(副・自サ) 健壯，堅實；嚴密，緊密

あの一家はみながっしりした体格をしている。

那家人的身材體格，個個精壯結實。

(類) がっちり

505 合致 (がっち)

(名・自サ) 一致，符合，吻合

顧客のニーズに合致したサービスでなければ意味がない。

如果不是符合顧客需求的服務，就沒有任何意義。

(類) 一致

506 がっちり

(副・自サ) 嚴密吻合

2社ががっちり手を組めば苦境も脱することができるでしょう。

只要兩家公司緊密攜手合作，必定能夠擺脫逆境。

(類) 頑丈

507 かつて

(副) 曾經，以前；（後接否定語）至今（未曾），從來（沒有）

彼に反抗した者はいまだかつて誰一人としていない。

從來沒有任何一個人反抗過他。

(類) 昔

か

508 勝手 (かって)

(名) 廚房；情況；任意

勝手を言って申し訳ありませんが、ミーティングを30分遅らせていただけますか。

可否將會議延後三十分鐘再開始舉行呢？擅自提出這種無禮的請求，真的非常抱歉。

(類) わがまま

509 カット 【cut】

(名・他サ) 切，削掉，刪除；剪頭髮；插圖

今日はどんなカットにしますか。

請問您今天想剪什麼樣的髮型呢？

(類) 切る

かっぱつ
活発

| 0510 | かっぱつ
活発
⑨生き生き | ㊧動 動作或言談充滿活力；活潑，活躍
かのじょ
彼女はとても活発でクラスの人気者です。
她的個性非常活潑，是班上的開心果。 |

| 0511 | がっぺい
合併
⑨併合 | ㊂·自他サ 合併
がっぺい
合併ともなれば、様々な問題を議論する必要がある。
一旦遭到合併，就有必要議論種種的問題點。 |

| 0512 | **カテゴリー**
【（德）Kategorie】
⑨範疇
（はんちゅう） | ㊂ 範疇
ぞくせい
属性によってカテゴリー別に分類します。
依照屬性加以分門別類。 |

| 0513 | かな
叶う
⑨気に入る | ㊀五 適合，符合，合乎；能，能做到；（希望等）能實現，
能如願以償
ゆめ かな かな ゆめ
夢が叶おうが叶うまいが、夢があるだけすばらしい。
無論夢想能否實現，心裡有夢就很美了。 |

| 0514 | かな
叶える
⑨応える | ㊀下一 使…達到（目的），滿足…的願望
ゆめ かな
夢を叶えるためとあれば、どんな努力も惜しまない。
若為實現夢想，不惜付出任何努力。 |

| 0515 | **かなわない**
㊉勝つ
⑨負ける | ㊧（「かなう」的未然形）不是對手，敵不過，趕不上的
なに かれ けっきょく
何をやっても彼には結局かなわない。
不管我如何努力，總是比不過他。 |

| 0516 | か にゅう
加入
⑨仲間入り | ㊂·自サ 加上，參加
しゃかいじん せいめいほけん か にゅう
社会人になってから生命保険に加入した。
自從我開始工作後，就投保了人壽保險。 |

| 0517 | **かねて**
⑨予め
（あらかじめ） | ㊀ 事先，早先，原先
きょう よやく
今日はかねてから予約していたヘアーサロンに行ってきた。
我今天去了已經事先預約好的髮廊。 |

---

518 庇う かば

類 守る

他五 庇護，袒護，保護

左足を怪我したので、かばいながらしか歩けない。

由於左腳受傷，只能小心翼翼地走路。

---

519 華美 か び

名·形動 華美，華麗

華美な服装。

華麗的衣服。

---

520 株式 かぶしき

名 （商）股份；股票；股權

新政権にとって、株式市場の回復が目前の重要課題です。

對新政權而言，當前最重要的課題是提振低迷的股票市場。

---

521 かぶれる

類 爛れる
（ただれる）

自下一 （由於漆、膏藥等的過敏與中毒而）發炎，起疹子；
（受某種影響而）熱中，著迷

山に散策に行ったら、草木にかぶれてしまったようだ。

到山裡散步時，皮膚似乎被碰觸到的植物刺激得長出紅腫搔癢的疹塊。

---

522 花粉 か ふん

名 （植）花粉

花粉が飛びはじめるや、すぐ目がかゆくなる。

花粉才開始飛揚四散，眼睛立刻發癢。

---

523 貨幣 か へい

類 金

名 （經）貨幣

記念貨幣には文化遺産などが刻印されたものもある。

某些紀念幣上面印有文化遺產的圖案。

---

524 構え かま

類 造り

名 （房屋等的）架構，格局；（身體的）姿勢，架勢；
（精神上的）準備

彼は最後まで裁判を戦い抜く構えを見せている。

他始終展現出要打贏這場官司的氣勢，直至最後一刻。

---

525 構える かま

類 据える

自他下一 修建，修築；（轉）自立門戶，住在（獨立的房屋）；採取某種姿
勢，擺出姿態；準備好；假造，裝作，假托

彼女は何事も構えすぎるきらいがある。

她對任何事情總是防範過度。

0526	**加味** かみ 類 加える	（名・他サ）調味，添加調味料；添加，放進，採納 その点を加味すると、計画自体を再検討せざるを得ない。 整個計畫在加入那項考量之後，不得不重新全盤檢討。
0527	**噛み切る** か き 類 食い切る	（他五）咬斷，咬破 隣の家の犬が鎖を噛み切って脱走した。 隔壁鄰居所飼養的狗，將狗鍊咬斷後逃跑了。
0528	**過密** か みつ 反 過疎（かそ）	（名・形動）過密，過於集中 人口の過密が問題の地域もあれば、過疎化が問題の地域もある。 某些區域的問題是人口過於稠密，但某些區域的問題卻是人口過於稀少。
0529	**上手** かみ て	（名・形動）高處，上方；上風處；上流；高明；採取威脅的態度 上手から登場する。 從高處登場。
0530	**カムバック** 【comeback】	（名・自サ）（名聲、地位等）重新恢復，重回政壇；東山再起 カムバックはおろか、退院の目処も立っていない。 別說是痊癒，就連能不能出院也都沒頭緒。
0531	**体付き** からだ つ 類 体格	（名）體格，體型，姿態 彼の体付きを見れば、一目でスポーツ選手だとわかる。 只要瞧一眼他的體魄，就知道他是運動選手。
0532	**絡む** から 類 まといつく	（自五）纏在…上；糾纏，無理取鬧，找碴；密切相關，緊密糾纏 収賄事件に絡んだ人が相次いで摘発された。 與賄賂事件有所牽連的人士，一個接著一個遭到舉發。
0533 T13	**借り** か 反 貸し 類 借金	（名）借，借入；借的東西；欠人情；怨恨，仇恨 5000万円からある借りを少しずつ返していかなければならない。 足足欠有5000萬日圓的債務，只得一點一點償還了。

534
狩り
<ruby>か<rt>か</ruby>り</ruby>
類 狩猟
（しゅりょう）

名 打獵；採集；遊看，觀賞；搜查，拘捕

秋になると、イノシシ狩りが解禁される。

禁止狩獵山豬的規定，到了秋天就得以解禁。

535
仮に
<ruby>か<rt>か</ruby>り</ruby>に
類 もし

副 暫時；姑且；假設；即使

仮にこの仮説が正しいとすれば、世紀の大発見になる。

如果這個假説是正確的，那將成為世紀性的重大發現。

536
～がる
接尾 覺得…；自以為…

面白がる。

覺得好玩。

537
カルテ
【（德）Karte】
類 診療簿

名 病歴

カルテの整理は看護婦の仕事のひとつです。

彙整病歷是護理人員的工作之一。

538
ガレージ
【garage】
類 車庫

名 車庫

我が家のガレージには2台車をとめることができる。

我家的車庫可以停得下兩輛車。

539
涸れる・枯れる
<ruby>か<rt>か</ruby>れる</ruby>・<ruby>か<rt>か</ruby>れる</ruby>
類 乾く

自下一 （水分）乾涸；（能力、才能等）涸竭；（草木）凋零，枯萎，枯死（木材）
乾燥；（修養、藝術等）成熟，老練，圓熟；（身體等）枯瘦，乾癟，（機能等）衰萎

井戸の水が涸れ果ててしまった。

井裡的水已經乾涸了。

か

540
過労
<ruby>か<rt>か</ruby>ろう</ruby>
類 疲れる

名 勞累過度

親父は過労のあまり、倒れるしまつだ。

爸爸太過於疲勞，最後就累倒了。

541
辛うじて
<ruby>か<rt>か</ruby>ろうじて</ruby>
類 やっと

副 好不容易才…，勉勉強強地…

かろうじて第一試験を通過したといったところだ。

好不容易才通過第一階段的測驗。

交わす

0542 ☐	**交わす** か 園 交換する	他五 交，交換；交結，交叉，互相… 二人はいつも視線を交わして合図を送り合っている。 他們兩人總是四目相交、眉目傳情。
0543 ☐	**代わる代わる** か　　　が 園 交代に	副 輪流，輪換，輪班 夜間は2名の看護婦がかわるがわる病室を見回ることになっている。 晚上是由兩位護理人員輪流巡視病房。
0544 ☐	**官** かん 園 役人	名・漢造 （國家、政府的）官，官吏；國家機關，政府；官職，職位 私は小さいときからずっと警察官にあこがれていた。 我從小就嚮往當警察。
0545 ☐	**管** かん 園 くだ	名・漢造・接尾 管子；（接數助詞）支；圓管；筆管；管樂器 マイナス4度以下になると、水道管が凍結したり、破裂する危険がある。 氣溫一旦低於零下四度，水管就會發生凍結甚或迸裂的危險。
0546 ☐	**癌** がん 園 キャンサー	名・漢造 （醫）癌；癥結 癌といえども、治療法はいろいろある。 就連癌症亦有各種治療方式。
0547 ☐	**簡易** かん　い 園 簡単	名・形動 簡易，簡單，簡便 持ち運びが可能な赤ちゃん用の簡易ベッドを探しています。 我正在尋找方便搬運的簡易式嬰兒床。
0548 ☐	**眼科** がん　か	名 （醫）眼科 毎年一回は眼科に行って、視力検査をする。 每年去一次眼科檢查視力。
0549 ☐	**感慨** かんがい	名 感慨 感慨深い。 感觸很深。

550

かんがい
灌漑

類注ぐ（そそぐ）

名・他サ 灌漑

こうつうもう せいび かんがいせつび けんせつ こっかけんせつ きそ
交通網の整備や灌漑設備の建設は国家建設の基礎となります。

興建交通道路與灌漑設施，將成為國家建設的基礎。

551

かんかん

副・自サ 硬物相撞聲；火、陽光等炎熱強烈貌；大發脾氣

ちち おこ
父はかんかんになって怒った。

父親批哩啪啦地大發雷霆。

552

がんがん

副・自サ 噹噹，震耳的鐘聲；強烈的頭痛或耳鳴聲；喋喋不休的責備貌

かぜ あたま
風邪で頭ががんがんする。

因感冒而頭痛欲裂。

553

かん き
寒気

名 寒冷，寒氣

かん き
寒気がきびしい。

酷冷。

554

がんきゅう
眼球

類目玉

名 眼球

いしゃ がんきゅう うご
医者は眼球の動きをチェックした。

醫師檢查了眼球的轉動情形。

555

がん ぐ
玩具

類おもちゃ

名 玩具

がんぐうりば さい さい こども つ おやこ
玩具売場は2歳から6歳ぐらいの子供を連れた親子づれでいっぱいだ。

許多兩歲至六歲左右的孩子們與他們的父母，擠滿了整個玩具賣場。

か

556

かんけつ
簡潔

反複雑
類簡単

名・形動 簡潔

ようてん かんけつ せつめい
要点を簡潔に説明してくださいますか。

可以請您簡單扼要地説明重點嗎？

557

かんげん
還元

反酸化

名・自他サ （事物的）歸還，回復原樣；（化）還原

しゃいん かいしゃ りえき しゃいん かんげん
社員あっての会社だから、利益は社員に還元するべきだ。

沒有職員就沒有公司，因此應該將利益回饋到職員身上。

漢語
かん ご

0558	漢語 かん ご ⊗和語 類字音語	名 中國話；音讀漢字 明治時代には日本製の漢語である『和製漢語』がたくさん生まれている。 めい じ じ だい に ほんせい かん ご わ せいかん ご 在明治時期中，誕生了許多日本自創的漢字，亦即「和製漢語」。
0559	看護 かん ご 類介抱	名・他サ 護理（病人），看護，看病 看護の仕事は大変ですが、その分やりがいもありますよ。 かん ご し ごと たいへん ぶん 雖然照護患者的工作非常辛苦，正因為如此，更能凸顯其價值所在。
0560	頑固 がん こ 類強情	名・形動 頑固，固執；久治不癒的病，痼疾 頑固も個性だが、やはり度を越えすぎないほうがいい。 がん こ こ せい ど こ 雖然頑固也是一種性格，最好不要過度孤行己見。
0561	刊行 かん こう 類発行	名・他サ 刊行；出版，發行 インターネットの発達に伴い、電子刊行物が増加してきた。 はったつ ともな でん し かんこうぶつ ぞう か 隨著網路的發達，電子刊物的數量也愈來愈多。
0562	慣行 かん こう 類したきり	名 例行，習慣行為；慣例，習俗 悪しき慣行や体質は改善していかなければならない。 あ かんこう たいしつ かいぜん 一定要改掉壞習慣與體質才行。
0563	勧告 かん こく 類勧める	名・他サ 勸告，說服 政府から勧告を受けた状態にあって、業務が一時停止している。 せい ふ かんこく う じょうたい ぎょう む いち じ てい し 收到政府的警告通知，暫時停止業務。
0564	換算 かん さん	名・他サ 換算，折合 1000ドルを日本円に換算するといくらになりますか。 に ほんえん かんさん 一千元美金換算為日圓，是多少錢呢？
0565	監視 かん し 類見張る	名・他サ 監視；監視人 どれほど監視しようが、どこかに抜け道はある。 かん し ぬ みち 無論怎麼監視，總還會有疏漏的地方。

0566 慣習
かんしゅう

類 習慣

名 習慣，慣例

各国にはそれぞれに異なる暮らしの慣習がある。

每個國家均各有各自截然不同的生活習慣。

0567 観衆
かんしゅう

類 観客

T14

名 觀眾

観衆あっての映画ですから、観衆の興味に注意を払うべきだ。

有觀眾才有電影的存在，所以應當留意觀眾們的興趣所在。

0568 願書
がんしょ

類 書類

名 申請書

1月31日までに希望の大学に願書を提出しなければならない。

提送大學入學申請書的截止日期是元月三十一日。

0569 干渉
かんしょう

類 口出し

名・自サ 干預，參與，干涉；（理）（音波，光波的）干擾

息が詰まらんばかりの干渉に、反発の声が高まっている。

讓人幾無喘息空間的干預，引發日漸高漲的反彈聲浪。

0570 頑丈
がんじょう

類 丈夫

形動 （構造）堅固；（身體）健壯

このパソコンは衝撃や水濡れに強い頑丈さが売りです。

這台個人電腦的賣點是耐撞力高與防水性強。

0571 感触
かんしょく

類 触感

名 觸感，觸覺；（外界給予的）感觸，感受

球児たちが甲子園球場の芝の感触を確かめている。

青少年球員們正在撫觸感受著甲子園棒球場的草皮。

か

0572 肝心・肝腎
かんじん　かんじん

類 大切

名・形動 肝臟與心臟；首要，重要，要緊；感激

どういうわけか肝心な時に限って風邪をひきがちです。

不知道什麼緣故，每逢緊要關頭必定會感冒。

0573 歓声
かんせい

名 歡呼聲

彼が舞台に登場するや、大歓声が沸きあがった。

他一登上舞台，就響起了一片歡呼聲。

かんぜい
関税

0574
かんぜい
関税

㊂ 關稅，海關稅
かんぜい か りゆう こくないさんぎょう ほ ご
関税を課す理由のひとつに国内産業の保護があります。
課徵關稅的理由之一是保護國內產業。

0575
がんせき
岩石

㊅石

㊂ 岩石
に ほんれっとう ち いき こと がんせき ぶん ぶ
日本列島には地域によって異なる岩石が分布している。
不同種類的岩石分布在日本列島的不同區域。

0576
かんせん
幹線

㊋支線

㊂ 主要線路，幹線
かんせんどう ろ ふ きん そうおん なや じゆうたく
幹線道路付近では騒音に悩まされている住宅もある。
緊鄰主要交通幹道附近的部分居民常為噪音所苦。

0577
かんせん
感染

㊅うつる

㊂・自サ 感染；受影響
かんせん て あら
インフルエンザに感染しないよう、手洗いとうがいを
ひんぱん
頻繁にしています。
時常洗手和漱口，以預防流行性感冒病毒入侵。

0578
かん そ
簡素

㊋複雑
㊅簡単

㊗ 簡單樸素，簡樸
かん そ どくとく おもむき
このホテルは簡素ですが、独特の趣がある。
這家旅館雖然質樸，卻饒富獨特風情。

0579
かんてん
観点

㊅立場

㊂ 觀點，看法，見解
かんてん し こう
その観点のみならず、思考プロセスもたいしたものです。
不單只是那個觀點，就連思考的過程也都令人敬佩。

0580
かん ど
感度

㊂ 敏感程度，靈敏性
きかい かん ど よ ご さ どう お
機械の感度が良すぎて、かえって誤作動が起こる。
機械的敏感度太高，反倒容易被誤觸啟動開關。

0581
かん さわ
癇に障る

㊔ 觸怒，令人生氣
はな かた かん さわ
あの話し方が癇に障る。
那種說話方式真令人生氣。

582 カンニング
【cunning】
（名・自サ）（考試時的）作弊
ほかの人の回答をカンニングするなんて、許すまじき行為だ。
竟然偷看別人的答案，這行為真是不可原諒。
（類）騙す

583 がんねん
元年
（名）（西元的）元年
平成元年を限りに運行は停止しています。
從平成元年起就停止運行了。

584 カンパ
【(俄)kampanija】
（名・他サ）（「カンパニア」之略）勸募，募集的款項募集金；應募捐款
救援資金をカンパする。
募集救援資金。

0585 かんぶ
幹部
（名）主要部分；幹部（特指領導幹部）
幹部であれ、普通の職員であれ、責任は同じだ。
不只幹部該負起責任，一般職員亦不能置身事外。
（類）重役

0586 かんぺき
完璧
（名・形動）完善無缺，完美
書類はミスなく完璧に仕上げてください。
請將文件製作得盡善盡美，不得有任何錯漏。
（類）パーフェクト

0587 かんべん
勘弁
（名・他サ）饒恕，原諒，容忍；明辨是非
今回だけは勘弁してあげよう。
這次就饒了你吧！
（類）許す

0588 かんむりょう
感無量
（名・形動）（同「感慨無量」）感慨無量
長年の夢が叶って、感無量です。
總算達成多年來的夢想，令人感慨萬千。
（類）感慨無量

0589 かんゆう
勧誘
（名・他サ）勸誘，勸說；邀請
消費者生活センターには悪質な電話勧誘に関する相談が寄せられている。
消費者諮詢中心受理民眾遭行電話推銷的求助事宜。
（類）誘う

か

関与
かんよ

0590 ☐	関与 かんよ 類 参与	名・自サ **干與，參與** 事件に関与しているなら、事実を供述した方がいい。 じけん　かんよ　　　　　　じじつ　きょうじゅつ　ほう 如果是與案情有所牽涉，還是誠實供述方為上策。
0591 ☐	寛容 かんよう 類 寛大	名・形動・他サ **容許，寬容，容忍** 本人も反省していますので、寛容な処分をお願いします。 ほんにん　はんせい　　　　　　　　かんよう　しょぶん　ねが 既然他本人已表現悔意，請您從寬處分。
0592 ☐	慣用 かんよう 類 常用	名・他サ **慣用，慣例** 慣用句を用いると日本語の表現がさらに豊かになる。 かんようく　もち　　　　にほんご　ひょうげん　　　　ゆた 使用日語時加入成語，將使語言的表達更為豐富多采。
0593 ☐	元来 がんらい 類 そもそも	副 **本來，原本** 君の解釈は文章元来の意味とは大きく異なる。 きみ　かいしゃく　ぶんしょうがんらい　いみ　　　おお　こと 你的解釋與文章原意大相逕庭。
0594 ☐	観覧 かんらん 類 見物	名・他サ **觀覽，參觀** 紅白歌合戦をNHKの会場で観覧した。 こうはくうたがっせん　　　　かいじょう　かんらん 我是在NHK的會場觀賞紅白歌唱大賽的。
0595 ☐	官僚 かんりょう 類 役人	名 **官僚，官吏** あの事件にはひとり政治家だけでなく、官僚や大企業 じけん　　　　　　せいじか　　　　　　かんりょう　だいきぎょう 経営者が関与していた。 けいえいしゃ　かんよ 不只是政客，就連官僚和大企業家也都涉及這個案件。
0596 ☐	慣例 かんれい 類 習わし	名 **慣例，老規矩，老習慣** 本案は会社の慣例に従って、処理します。 ほんあん　かいしゃ　かんれい　したが　　　しょり 本案將遵循公司過去的慣例處理。
0597 ☐	還暦 かんれき 類 華甲	名 **花甲，滿60周歲的別稱** 父は還暦を迎えると同時に退職した。 ちち　かんれき　むか　　　　どうじ　たいしょく 家父在六十歲那年退休。

598	**貫録** <ruby>貫<rt>かん</rt></ruby><ruby>録<rt>ろく</rt></ruby> **類 権威**	(名) 尊嚴，威嚴；威信；身份 <ruby>最近<rt>さいきん</rt></ruby>、<ruby>彼<rt>かれ</rt></ruby>には<ruby>横綱<rt>よこづな</rt></ruby>としての<ruby>貫録<rt>かんろく</rt></ruby>が<ruby>出<rt>で</rt></ruby>てきた。 他最近逐漸展現身為最高榮譽相撲選手—橫綱的尊榮氣度。

599	**緩和** <ruby>緩<rt>かん</rt></ruby><ruby>和<rt>わ</rt></ruby> **反 締める** **類 緩める**	(名·自他サ) 緩和，放寬 <ruby>規制<rt>きせい</rt></ruby>を<ruby>緩和<rt>かんわ</rt></ruby>しようと、<ruby>緩和<rt>かんわ</rt></ruby>しまいと、<ruby>大<rt>たい</rt></ruby>した<ruby>違<rt>ちが</rt></ruby>いはない。 放不放寬制度，其實都沒有什麼差別。

600	**気合い** <ruby>気<rt>き</rt></ruby><ruby>合<rt>あ</rt></ruby>い	(名) 運氣，運氣時的聲音，吶喊；（聚精會神時的）氣勢； 呼吸；情緒，性情 <ruby>気合<rt>きあ</rt></ruby>いを<ruby>入<rt>い</rt></ruby>れる。 鼓足幹勁。

601	**議案** <ruby>議<rt>ぎ</rt></ruby><ruby>案<rt>あん</rt></ruby> **類 議題**	(名) 議案 <ruby>議案<rt>ぎあん</rt></ruby>が<ruby>可決<rt>かけつ</rt></ruby>されるかどうかは、<ruby>表決<rt>ひょうけつ</rt></ruby>が<ruby>行<rt>おこな</rt></ruby>われるまで<ruby>分<rt>わ</rt></ruby>からない。 在表決結束之前，尚無法確知該議案是否能夠通過。

15

0602	**危害** <ruby>危<rt>き</rt></ruby><ruby>害<rt>がい</rt></ruby> **反 利** **類 毒害**	(名) 危害，禍害；災害，災禍 <ruby>健康<rt>けんこう</rt></ruby>に<ruby>危害<rt>きがい</rt></ruby>を<ruby>加<rt>くわ</rt></ruby>える<ruby>食品<rt>しょくひん</rt></ruby>は<ruby>避<rt>さ</rt></ruby>けた<ruby>方<rt>ほう</rt></ruby>が<ruby>賢明<rt>けんめい</rt></ruby>です。 比較聰明的作法是盡量避免攝取會危害健康的食品。

0603	**気が重い** <ruby>気<rt>き</rt></ruby>が<ruby>重<rt>おも</rt></ruby>い	(慣) 心情沉重 <ruby>試験<rt>しけん</rt></ruby>のことで<ruby>気<rt>き</rt></ruby>が<ruby>重<rt>おも</rt></ruby>い。 因考試而心情沉重。

か

0604	**気が利く** <ruby>気<rt>き</rt></ruby>が<ruby>利<rt>き</rt></ruby>く	(慣) 機伶，敏慧 <ruby>新人<rt>しんじん</rt></ruby>なのに<ruby>気<rt>き</rt></ruby>が<ruby>利<rt>き</rt></ruby>く。 雖是新人但做事機敏。

0605	**気が気でない** <ruby>気<rt>き</rt></ruby>が<ruby>気<rt>き</rt></ruby>でない	(慣) 焦慮，坐立不安 <ruby>彼女<rt>かのじょ</rt></ruby>のことを<ruby>思<rt>おも</rt></ruby>うと<ruby>気<rt>き</rt></ruby>が<ruby>気<rt>き</rt></ruby>でない。 一想到她就坐立難安。

きかく
企画

0606	企画（きかく） 類 企て（くわだて）	名・他サ 規劃，計畫 あなたの協力（きょうりょく）なくしては、企画（きかく）は完成（かんせい）できなかっただろう。 沒有你的協助，應該無法完成企劃案吧。
0607	規格（きかく） 類 標準（ひょうじゅん）	名 規格，標準，範範 部品（ぶひん）の規格（きかく）いかんでは、海外（かいがい）から新機器（しんきき）を導入（どうにゅう）する必要（ひつよう）がある。 根據零件的規格，有必要從海外引進新的機器。
0608	着飾る（きかざる） 類 盛装（せいそう）する	他五 盛裝，打扮 どんなに着飾（きかざ）ろうが、人間中身（にんげんなかみ）は変（か）えられない。 不管再怎麼裝扮，人的內在是沒辦法改變的。
0609	気が済む（きがすむ）	慣 滿意，心情舒暢 謝（あやま）られて気（き）が済（す）んだ。 得到道歉後就不氣了。
0610	気兼ね（きがね） 類 遠慮（えんりょ）	名・自サ 多心，客氣，拘束 彼女（かのじょ）は気兼（きが）ねなく何（なん）でも話（はな）せる親友（しんゆう）です。 她是我的摯友，任何事都可對她毫無顧忌地暢所欲言。
0611	気が向く（きがむく）	慣 心血來潮；有心 気（き）が向（む）いたら来（き）てください。 等你有意願時請過來。
0612	気軽（きがる） 反 気重（きおも） 類 気楽（きらく）	形動 坦率，不受拘束；爽快；隨便 何（なに）かあればお気軽（きがる）にお問（と）い合（あ）わせください。 如有任何需求或疑問，請不必客氣，儘管洽詢服務人員。
0613	器官（きかん）	名 器官 外来（がいらい）からの刺激（しげき）を感（かん）じ取（と）るのが感覚器官（かんかくきかん）です。 可以感受到外界刺激的是感覺器官。

614
季_き刊_{かん}
類 発行

名 季刊
季_{きかん}刊誌_しは三_{さん}ヶ月_{かげつ}に一回発行_{いっかいはっこう}される。
季刊雜誌是每三個月出版一期。

615
気_き管_{かん}支_し炎_{えん}

名 （醫）支氣管炎
気_{きかんしえん}管支炎になる。
得支氣管炎。

616
危_き機_き
類 ピンチ

名 危機，險關
1997年にタイを皮_{かわ}切_きりとして東_{とうなん}南アジア通_{つうか}貨危_{きき}機が生_{しょう}じた。
1997年從泰國開始，掀起了一波東南亞的貨幣危機。

617
聞_きき取_とり
類 ヒアリング

名 聽見，聽懂，聽後記住；（外語的）聽力
今_{きょう}日の試_{しけん}験では、普_{ふだん}段にもまして聞_きき取りが悪_{わる}かった。
今天考試的聽力部份考得比平時還糟。

618
効_きき目_め
類 効果

名 效力，效果，靈驗
この薬_{くすり}の効_きき目_めいかんで、手_{しゅじゅつ}術するかしないかが決_きまる。
是否動手術，就看這個藥的效果了。

619
帰_き京_{きょう}

名・自サ 回首都，回東京
単_{たんしん}身赴_{ふにん}任を終_おえ、三_{さんねん}年ぶりに帰_{ききょう}京することになった。
結束了單身赴任的生活，決定回到睽違三年的東京。

き

620
戯_ぎ曲_{きょく}
類 ドラマ

名 劇本，腳本；戲劇
音_{おんがく}楽好_すきが極_{きわ}まって、ついに戯_{ぎきょく}曲を作_{さくせい}成するまでになった。
因為太喜歡音樂了，竟然還寫起劇本來了。

621
基_き金_{きん}
類 元手

名 基金
同_{どうききん}基金は、若_{わか}い美_{びじゅつか}術家の育_{いくせい}成を支_{しえん}援するために設_{せつりつ}立されました。
本基金會之宗旨為協助培育年輕的藝術家。

喜劇
きげき

0622 ☐	**喜劇** きげき ⑤ 悲劇 ⑳ コメディー	⑧ 喜劇，滑稽劇；滑稽的事情 気持ちが沈んでいるときには、喜劇を見て気晴らしすることが多い。 當情緒低落時，多半可藉由觀賞喜劇以掃除陰霾。
0623 ☐	**議決** ぎけつ ⑳ 決める	⑧・他サ 議決，表決 次の条項は、委員会による議決を経なければなりません。 以下的條款，必須經由委員會的表決。
0624 ☐	**棄権** きけん	⑧・他サ 棄權 マラソンがスタートするや否や、棄権を強いられた。 馬拉松才剛起跑，立刻被迫棄權了。
0625 ☐	**起源** きげん ⑤ 終わり ⑳ 始まり	⑧ 起源 七夕行事の起源についてはいろいろな説がある。 關於七夕之慶祝儀式的起源，有各式各樣的說法。
0626 ☐	**機構** きこう ⑳ 体系	⑧ 機構，組織；（人體、機械等）結構，構造 民間団体も本機構の運営に参与しています。 民間團體亦共同參與本機構之營運。
0627 ☐	**気心** きごころ	⑧ 性情，脾氣 気心の知れた友人。 知心朋友。
0628 ☐	**既婚** きこん ⑤ 未婚	⑧ 已婚 ただ既婚者のみならず、結婚を控えているカップルも参加してよい。 不僅是已婚者，即將結婚的男女朋友也都可以參加。
0629 ☐	**気障** きざ ⑳ 気取る	形動 裝模作樣，做作；令人生厭，刺眼 ラブストーリーの映画にはきざなセリフがたくさん出てくる。 在愛情電影裡，常出現很多矯情造作的台詞。

0630 記載（きさい）
類 載せる

名・他サ 刊載，寫上，刊登
賞味期限（しょうみきげん）は包装右上（ほうそうみぎうえ）に記載（きさい）してあります。
食用期限標註於外包裝的右上角。

0631 気さく（き）

形動 坦率，直爽，隨和
気（き）さくな人柄（ひとがら）。
隨和的性格。

0632 兆し（きざ）
類 兆候

名 預兆，徵兆，跡象；萌芽，頭緒，端倪
午前中（ごぜんちゅう）にもまして、回復（かいふく）の兆（きざ）しが出（で）てきた。
比起上午的天氣，下午出現了好轉的徵兆。

0633 気質（きしつ）
類 気だて

名 氣質，脾氣；風格
気質（きしつ）は生（う）まれつきの要素（ようそ）が大（おお）きく、変（か）わりにくい。
氣質多為與生俱來，不易改變。

0634 期日（きじつ）
類 期限

名 日期；期限
提出期日（ていしゅつきじつ）を過（す）ぎた論文（ろんぶん）は評価（ひょうか）するにはあたらない。
超過繳交期限的論文不需予以評分。

0635 議事堂（ぎじどう）

名 國會大廈；會議廳
中学生（ちゅうがくせい）の時（とき）、社会見学（しゃかいけんがく）で国会議事堂（こっかいぎじどう）を参観（さんかん）した。
我曾在中學時代的社會課程校外教學時，參觀過國會議事堂。

き

0636 軋む（きし）
類 響く

自五 （兩物相摩擦）吱吱嘎嘎響
この家（いえ）は古（ふる）いので、床（ゆか）がきしんで音（おと）がする。
這間房子的屋齡已久，在屋內踏走時，地板會發出嘎吱聲響。

0637 記述（きじゅつ）
類 記録

名・他サ 描述，記述；闡明
あなたが見（み）た情景（じょうけい）を正確（せいかく）に記述（きじゅつ）してください。
請詳實記錄您所看到的景象。

気象
きしょう

0638	気象 き しょう 類 気候	名 氣象；天性，秉性，脾氣 世界的な異常気象のせいで、今年の桜の開花予想は例年にもまして難しい。 因為全球性的氣候異常，所以要預測今年的櫻花開花期要比往年更加困難。
0639	築く きず 類 築き上げる	他五 築，建築，修建；構成，（逐步）形成，累積 同僚と良い関係を築けば、より良い仕事ができるでしょう。 如果能建立良好的同事情誼，應該可以提昇工作成效吧！
0640	傷付く きず つ 類 負傷する	自五 受傷，負傷；弄出瑕疵，缺陷，毛病，缺陷，毛病（威信、名譽等）遭受損害或敗壞，（精神）受到創傷 相手が傷つこうが、言わなければならないことは言います。 就算會讓對方受傷，該說的話還是要說。
0641	傷付ける きず つ	他下一 弄傷；弄出瑕疵，缺陷，毛病，傷痕，損害，損傷；敗壞 子供は知らず知らずのうちに相手を傷つけてしまうことある。 小孩子或許會在不自覺的狀況下，傷害到其他同伴。
0642	規制 き せい 類 規定	名・他サ 規定（章則），規章；限制，控制 昨年、飲酒運転に対する規制が強化された。 自去年起，酒後駕車的相關規範已修訂得更為嚴格。
0643	犠牲 ぎ せい	名 犧牲；（為某事業付出的）代價 時には犠牲を払ってでも手に入れたいものもある。 某些事物讓人有時不惜犧牲亦勢在必得。
0644	汽船 き せん 類 蒸気船	名 輪船，蒸汽船 太平洋を最初に航海した汽船の名前はなんですか。 第一艘航行於太平洋的蒸汽船，叫作什麼船名呢？
0645	寄贈 き ぞう 類 寄付	名・他サ 捐贈，贈送 これは私の恩師が大学に寄贈した貴重な書籍です。 這些寶貴的書籍是由我的恩師捐贈給大學的。

646 偽造
きぞう
類 偽物

名·他サ 偽造，假造
偽造貨幣を見分ける機械はますます精密になってきている。
偽鈔辨識機的鑑別力越來越精確。

647 貴族
きぞく
類 貴人

名 貴族
貴族の豪華な食事にひきかえ、平民の食事は質素なものだった。
相較於貴族們的豪華用餐，平民的用餐儉樸了許多。

648 議題
ぎだい
類 議案

名 議題，討論題目
次回の会合では、省エネ対策が中心議題になるでしょう。
下次會議將以節能對策為主要議題吧！

649 鍛える
きたえる
類 鍛錬する

他下一 鍛，錘鍊；鍛錬
常に体を鍛えているので、どんなに走ろうが息が切れない。
因為我常鍛鍊身體，所以不管怎麼跑都不會喘。

650 気立て
きだて
類 性質

名 性情，性格，脾氣
彼女はただ気立てがいいのみならず、社交的で話しやすい。
她不僅脾氣好，也善於社交，聊起來很愉快。

651 来る
きたる
反 去る
類 くる

自五·連體 來，到來；引起，發生；下次的
来る12月24日のクリスマスイブのために、3メートルからあるツリーを飾りました。
為了即將到來的12月24日耶誕夜，裝飾了一棵高達三公尺的耶誕樹。

き

652 きちっと
類 ちゃんと、きちんと

副 整潔，乾乾淨淨；恰當；準時；好好地
きちっと断ればいいものを、あいまいな返事をするから事件に巻き込まれることになる。
當初若斬釘截鐵拒絕就沒事了，卻因給了模稜兩可的回覆，才會被捲入麻煩中。

653 几帳面
きちょうめん
反 不真面目
類 真面目

名·形動 （行動）規規矩矩，一絲不苟；（自律）嚴格，（注意）周到
この子は小さい時から几帳面すぎるきらいがある。
這孩子從小時候就愛精打細算。

きっかり

0654	**きっかり** 類 丁度	副 正，洽 9時きっかりに部長から電話がかかってきた。 經理於準九點整打電話來了。
0655	**きっちり** 類 ぴったり	副・自サ 正好，恰好 1円まできっちりミスなく計算してください。 請仔細計算帳目至分毫不差。
0656	**きっぱり** 類 はっきり	副・自サ 乾脆，斬釘截鐵；清楚，明確 いやなら、きっぱり断った方がいいですよ。 如果不願意的話，斷然拒絕比較好喔！
0657	**規定** き てい 類 決まり	名・他サ 規則，規定 法律で定められた規定に則り、適切に処理します。 依循法定規範採取適切處理。
0658	**起点** き てん 反 終点 類 出発点	名・自サ 起點，出發點 山手線は起点は品川駅、終点が田端駅です。 山手線的起點為品川站，終點為田端站。
0659	**軌道** き どう 類 コース	名 （鐵路、機械、人造衛星、天體等的）軌道；正軌 会社が軌道に乗るまで、しばらくは苦しい日々が続くか しれない。 直到公司的營運狀況步上軌道之前，或許還得咬牙苦撐一段日子。
0660	**気長** き なが	名・形動 緩慢，慢性；耐心，耐性 気長に待つ。 耐心等待。
0661	**気に食わない** き く	慣 不稱心；看不順眼 気に食わない奴だ。 我看他不順眼。

662	ぎのう **技能** 類 **腕前**	⑧ 技能，本領 ちょうりし しかく と ぎのうしけん ごうかく **調理師の資格を取るには技能試験に合格しなければならない。** 必須要先通過技能檢定，方能取得廚師執照。
663	きはん **規範** 類 **手本**	⑧ 規範，模範 だいがく けんきゅうしゃ たい こうどうきはん さだ **大学は研究者に対して行動規範を定めています。** 大學校方對於研究人員的行為舉止，訂有相關規範。
664	きひん **気品** 類 **品格**	⑧ （人的容貌、藝術作品的）品格，氣派 きひん じょせい じょせい **気品のある女性とはどのような女性ですか?** 什麼樣的女性會被形容為氣質優雅呢？
665	きふう **気風** 類 **性質**	⑧ 風氣，習氣；特性，氣質；風度，氣派 けんじつ にほんじん きふう かんが ひと **堅実さが日本人の気風だと考える人もいる。** 某些人認為忠實可靠是日本人的秉性。
666	きふく **起伏** 反 **平ら** 類 **でこぼこ**	名・自サ 起伏，凹凸；榮枯，盛衰，波瀾，起落 かんじょう きふく じぶん **感情の起伏は自分でどうしようもできないものでもない。** 感情起伏並非無法自我掌控。
667	きぼ **規模** 類 **仕組み**	⑧ 規模；範圍；榜樣，典型 だいきぼ けいかく みなお よぎ かのうせい **大規模な計画の見直しを余儀なくさせる可能性がある。** 有可能得大規模重新評估計畫。
668	きまぐ **気紛れ** 類 **移り気**	名・形動 反覆無敘，忽三忽四；反復無常，變化無常 かれ ほんとう き **やったり、やめたり、彼は本当に気まぐれといったらない。** 他一下子要做，一下子又不做，實在反覆無常。
669	きまじめ **生真面目** 反 **不真面目** 類 **几帳面**	名・形動 一本正經，非常認真；過於耿直 かれ いぜん きまじめ **彼は以前にもまして生真面目になっていた。** 他比以前更加倍認真。

0670 □	きまつ **期末** 反 期首	名 期末 期末テストが近づき、毎日、試験勉強を遅くまでしている。 隨著期末考試的日期越來越近，每天都讀到很晚才上床睡覺。
0671 □	**きまり悪い** 類 気恥ずかしい	形 趕不上的意思；不好意思，拉不下臉，難為情，害羞，尷尬 会話が盛り上がらずに、お互いきまりわるいといったらない。 談聊不投機，彼此都很尷尬。
0672 □	きめい **記名** 類 署名	名・自サ 記名，簽名 アンケート用紙には名前を忘れず記名してください。 請不要忘記在問卷上留下姓名。
0673 □	きやく **規約** 類 規則	名 規則，規章，章程 ただ規約に規定されている状況のみ、許可される。 許可範圍僅限於規章上所規定的情況。
0674 □	きゃくしょく **脚色**	名・他サ （小說等）改編成電影或戲劇；添枝加葉，誇大其詞 脚色によって作品は良くも悪くもなる。 編劇之良莠會影響整部作品的優劣。
0675 □	ぎゃくてん **逆転** 類 逆回転	名・自他サ 倒轉，逆轉；反過來；惡化，倒退 残り2分で逆転負けするなんて、悔しいといったらない。 在最後兩分鐘被對方反敗為勝，真是難以言喻的悔恨。
0676 □	きゃくほん **脚本** 類 台本	名 （戲劇、電影、廣播等）劇本；腳本 脚本あっての芝居ですから、役者は物語りの意味をしっかりとらえるべきだ。 戲劇建立在腳本之上，演員必須要確實掌握故事的本意才是。
0677 □	きゃしゃ **華奢** 類 か弱い	形動 身體或容姿纖細，高雅，柔弱；東西做得不堅固，容易壞；纖細，苗條；嬌嫩，不結實 彼女は本当に華奢で今にも折れてしまいそうです。 她的身材真的很纖瘦，宛如被風一吹，就會給吹跑似的。

0678	客観 きゃっかん 反 主観	名 客観 率直に客観的な意見を言ったまでのことです。 そっちょく きゃっかんてき いけん い 只不過坦率説出客觀意見罷了。
0679	キャッチ 【catch】 類 捉える	名・他サ 捕捉，抓住；（棒球）接球 ボールを落とさずキャッチした。 お 在球還沒有落地之前就先接住了。
0680	キャップ 【cap】	名 運動帽，棒球帽；筆蓋 万年筆のキャップ。 まんねんひつ 鋼筆筆蓋。
0681	ギャラ 【guarantee 之略】	名 （預約的）演出費，契約費 ギャラを支払う。 しはら 支付演出費。
0682	キャリア 【career】 類 経歴	名 履歴，經歷；生涯，職業；（高級公務員考試及格的）公務員 これはひとりキャリアだけでなく、人生にかかわる じんせい 問題です。 もんだい 這不僅是一段歷程，更攸關往後的人生。
0683	救援 きゅうえん 類 救う	名・他サ 救援；救濟 被害の状況が明らかになるや否や、救援隊が相次いで多 ひがい じょうきょう あき いな きゅうえんたい あいつ おお く現場に駆けつけた。 げんば か 一得知災情，許多救援團隊就接續地趕到了現場。
0684	休学 きゅうがく	名・自サ 休學 体調が思わしくないので、しばらく休学するまでだ。 たいちょう おも きゅうがく 身體違和，只能暫時休學。
0685	究極 きゅうきょく 反 始め 類 終わり	名・自サ 畢竟，究竟，最終 私にとって、これは究極の選択です。 わたし きゅうきょく せんたく 對我而言，這是最終極的選擇。

き

T17

きゅうくつ
窮屈

0686	きゅうくつ **窮屈** ⟨反⟩ 広い ⟨類⟩ 狭い	⟨名・形動⟩（房屋等）窄小，狹窄，（衣服等）緊；感覺拘束，不自由；死板 ちょっと窮屈ですが、しばらく我慢してください。 或許有點狹窄擁擠，請稍微忍耐一下。
0687	きゅうこん **球根** ⟨類⟩ 根茎	⟨名⟩（植）球根，鱗莖 春に植えた球根は夏に芽を出します。 在春天種下的球根，到了夏天就會冒出新芽。
0688	きゅうさい **救済** ⟨類⟩ 救助	⟨名・他サ⟩ 救濟 政府が打ち出した救済措置をよそに、株価は大幅に下落した。 儘管政府提出救濟措施，股價依然大幅下跌。
0689	きゅうじ **給仕** ⟨類⟩ 使用人	⟨名・自サ⟩ 伺候（吃飯）；服務生 官邸には専門の給仕スタッフがいる。 官邸裡有專事服侍的雜役工友。
0690	きゅうしょく **給食** ⟨類⟩ 食事	⟨名・自サ⟩（學校、工廠等）供餐，供給飲食 私が育った地域では、給食は小学校しかありませんでした。 在我成長的故鄉，只有小學才會提供營養午餐。
0691	きゅうせん **休戦** ⟨類⟩ 停戦	⟨名・自サ⟩ 休戰，停戰 両国は12月31日をもって休戦することで合意した。 兩國達成協議，將於12月31日停戰。
0692	きゅうち **旧知** ⟨類⟩ 昔なじみ	⟨名⟩ 故知，老友 彼とは旧知の仲です。 他是我的老朋友。
0693	きゅうでん **宮殿** ⟨類⟩ 皇居	⟨名⟩ 宮殿；祭神殿 ベルサイユ宮殿は豪華な建築と広く美しい庭園が有名だ。 凡爾賽宮以其奢華繁複的建築與寬廣唯美的庭園著稱。

0694	きゅうぼう **窮乏** ⬜ ㋪ **富んだ** ㊣ **貧しい**	名・自サ **貧窮，貧困** かのじょ いき いっか きゅうぼう うった 彼女はため息ながらに一家の窮乏ぶりを訴えた。 她嘆了氣，描述家裡的貧窮窘境。
0695	きゅうゆう **旧友** ⬜	名 **老朋友** きゅうゆう さいかい 旧友と再会する。 和老友重聚。
0696	き よ **寄与** ⬜ ㊣ **貢献**	名・自サ **貢獻，奉獻，有助於…** しゅしょう しゅくじ へいわ はってん き よ かた 首相は祝辞で「平和と発展に寄与していきたい」と語った。 首相在賀辭中提到「期望本人能對和平與發展有所貢獻」。
0697	きょう **共** ⬜	漢造 **共同，一起** きょうはん 共犯。 共犯。
0698	きょう **供** ⬜	漢造 **供給，供應，提供** しょくじ きょう 食事を供する。 供膳。
0699	きょう **強** ⬜ ㋪ **弱** ㊣ **強い**	名・漢造 **強者；（接尾詞用法）強，有餘；強，有力；加強；硬** **是，勉強** きょう ちょうせい クーラーを「強」に調整してください。 請將空調的冷度調至「強」。
0700	きょう **～橋** ⬜ ㊣ **はし**	名・漢造 **（解）腦橋；橋** きょうと と げつきょう ゆうめい かんこう 京都の渡月橋はとても有名な観光スポットです。 京都的渡月橋是處極富盛名的觀光景點。
0701	きょう い **驚異** ⬜	名 **驚異，奇事，驚人的事** かのじょ きょう い てき うで 彼女は驚異的なスピードでゴルフの腕をあげた。 她打高爾夫球的技巧，進步速度之快令人瞠目結舌。

き

きょうか
教科

0702	きょう か **教科**	名 教科，學科，課程 ちゅうがっこう　　　きょうか　　　　おし　　　せんせい　　こと 中学校からは、教科ごとに教える先生が異なります。 從中學階段開始，每門學科都由不同教師授課。
0703	きょうかい **協会** 類 団体	名 協會 せいしきめいしょう　　にほんほうそうきょうかい NHKの正式名称は日本放送協会です。 NHK的正式名稱為日本放送協會。
0704	きょうがく **共学**	名・自サ （男女或黑白人種）同校，同班（學習） こうりつ　　こうこう　　　　　　　きょうがく 公立の高校はほとんどが共学です。 公立高中幾乎均為男女同校制。
0705	きょうかん **共感** 類 共鳴	名・自サ 同感，同情，共鳴 あいて　　きも　　　　きょうかん　　　　　　とき　　たいせつ 相手の気持ちに共感することも時には大切です。 有些時候，設身處地為對方著想是相當重要的。
0706	きょう ぎ **協議** 類 相談	名・他サ 協議，協商，磋商 きょう ぎ　　けっか　　けいかく　　み あわ 協議の結果、計画を見合すことになった。 協商的結果，該計畫暫緩研議。
0707	きょうぐう **境遇** 類 身の上	名 境遇，處境，遭遇，環境 かれ　　ふ こう　　きょうぐう　　き　　　　　なみだ 彼の不幸な境遇を聞くだに、涙がこぼれた。 一聽到他不幸的遭遇，眼淚就流了出來。
0708	きょうくん **教訓** 類 教え	名・他サ 教訓，規戒 とき　　きょうくん　　　　　　いま　　わたし　　そんざい あの時の教訓なしに、今の私は存在しないだろう。 要是沒有那時的教訓，就不會有現在的我。
0709	きょうこう **強行** 類 強引	名・他サ 強行，硬幹 こうくうがいしゃ　　しゃいん　　ちんあ　　　もと　　　　　　　　　　　　きょうこう 航空会社の社員が賃上げを求めてストライキを強行した。 航空公司員工因要求加薪而強行罷工。

0710 **教材**
<rt>きょうざい</rt>

類 教科書

名 教材
生徒の進度にあった教材を選択しなければなりません。
<rt>せいと しんど きょうざい せんたく</rt>
教師必須配合學生的進度擇選教材。

0711 **凶作**
<rt>きょうさく</rt>

反 豊作
類 不作

名 災荒，欠收
今年は寒害のため、4年ぶりに米が凶作となった。
<rt>ことし かんがい ねん こめ きょうさく</rt>
農作物由於今年遭逢寒害，四年來稻米首度欠收。

0712 **業者**
<rt>ぎょうしゃ</rt>

類 同業者

名 工商業者
仲介を通さず、専門の業者に直接注文した方が安い。
<rt>ちゅうかい とお せんもん ぎょうしゃ ちょくせつちゅうもん ほう やす</rt>
不要透過仲介商，直接向上游業者下訂單比較便宜。

0713 **享受**
<rt>きょうじゅ</rt>

名・他サ 享受；享有
経済発展の恩恵を享受できるのは一部の国の人々だ。
<rt>けいざいはってん おんけい きょうじゅ いちぶ くに ひとびと</rt>
僅有少數國家的人民得以享受到經濟發展的好處。

0714 **教習**
<rt>きょうしゅう</rt>

類 教育

名・他サ 訓練，教習
運転免許を取るため3ヶ月間も自動車教習場に通った。
<rt>うんてんめんきょ と かげつかん じどうしゃきょうしゅうじょう かよ</rt>
為取得駕照，已經去駕駛訓練中心連續上了三個月的課程。

0715 **郷愁**
<rt>きょうしゅう</rt>

類 ホームシック

名 鄉愁，想念故鄉；懷念，思念
冬にして郷愁を感じる。
<rt>ふゆ きょうしゅう かん</rt>
時序入冬，深感鄉愁。

0716 **教職**
<rt>きょうしょく</rt>

名 教師的職務；（宗）教導信徒的職務
教職の免許はあるが、実際に教鞭をとったことはない。
<rt>きょうしょく めんきょ じっさい きょうべん</rt>
雖然我擁有教師證書，卻從未真正執過教鞭。

0717 **興じる**
<rt>きょう</rt>

類 楽しむ

自上一 （同「興ずる」）感覺有趣，愉快，以…自娛，取樂
趣味に興じっぱなしで、全然家庭を顧みない。
<rt>しゅみ きょう ぜんぜんかてい かえり</rt>
一直沈迷於自己的興趣，完全不顧家庭。

き

きょうせい
強制

0718
きょうせい
強制
⑨ 強いる

(名・他サ) 強制，強迫

パソコンがフリーズしたので、強制終了した。
由於電腦當機，只好強制關機了。

0719
きょうせい
矯正

(名・他サ) 矯正，糾正

あくへき　　きょうせい
悪癖を矯正する。
糾正惡習。

0720
ぎょうせい
行政

(名) （相對於立法、司法而言的）行政；（行政機關執行的）政務

ぎょうせい　かいにゅう　　　　いな　　しじょう　　お　　つ　　　と　もど
行政が介入するや否や、市場は落ち着きを取り戻した。
行政機關一介入，市場立刻恢復穩定。

0721
ぎょうせき
業績
⑨ 手柄

(名) （工作、事業等）成就，業績

えいぎょう　　　　　　　ぎょうせき　　あ
営業マンとして、業績を上げないではすまない。
身為業務專員，不提升業績是説不過去的吧。

0722
きょうそん　　きょうぞん
共存・共存

(名・自サ) 共處，共存

にんげん　　どうぶつ　　きょうぞん
人間と動物が共存できるようにしなければならない。
人類必須要能夠與動物共生共存。

0723
きょうちょう
協調
⑨ 協力

(名・自サ) 協調；合作

きょうちょうせい　な　　　す　　　　　にんげんかんけい
協調性無さ過ぎると、人間関係はうまくいかない。
如果極度缺乏互助合作精神，就不會有良好的人際關係。

0724
きょうてい
協定
⑨ 約する

(名・他サ) 協定

あつりょく　くっ　　むす　　　　　　　きょうてい　ていけつ
圧力に屈し、結ぶべからざる協定を締結した。
屈服於壓力而簽署了不應簽訂的協定。

0725
きょう　ど
郷土
⑨ ふるさと

(名) 故鄉，鄉土；鄉間，地方

ふゆ　　　　　　　きょうど　　あじ　　なつ
冬になると郷土の味が懐かしくなる。
每逢冬季，就會開始想念故鄉美食的滋味。

0726 □ T18	きょうはく **脅迫** 類 脅す	名・他サ **脅迫，威脅，恐嚇** 知らない男に電話で脅迫されて、怖いといったらない。 陌生男子來電恐嚇，令人心生恐懼至極點。
0727 □	ぎょうむ **業務** 類 仕事	名 **業務，工作** 担当の業務が多すぎて、毎日残業ばかりです。 由於負責的業務太多，每天都得加班。
0728 □	きょうめい **共鳴**	名・自サ **（理）共鳴，共振；共鳴，同感，同情** 彼の講演には、共鳴させられっぱなしだった。 他的演講始終令人產生共鳴。
0729 □	きょうり **郷里** 類 田舎（いなか）	名 **故鄉，鄉里** 郷里の良さは、一度離れてみないと分からないものか もしれない。 不曾離開過故鄉，或許就無法體會到故鄉的好。
0730 □	きょうれつ **強烈**	形動 **強烈** 彼女の印象は非常に強烈です。 她腦海裡的印象非常深刻。
0731 □	きょうわ **共和**	名 **共和** アメリカは共和党と民主党の二大政党体制だ。 美國是由共和黨與民主黨這兩大政黨所組成的體制。
0732 □	きょくげん **局限**	名・他サ **侷限，限定** 早急に策を講じたので、被害は局限された。 由於在第一時間就想出對策，得以將受害程度減到最低。
0733 □	きょくたん **極端** 類 甚だしい	名・形動 **極端；頂端** あまりに極端な意見に、一同は顔を見合せた。 所有人在聽到那個極度偏激的意見時，無不面面相覷。

き

きょじゅう
居住

0734	居住 _{きょじゅう} 類 住まい	名・自サ 居住；住址，住處 チャイナタウン周辺には華僑が多く居住している。 許多華僑都住在中國城的周邊。

0735	拒絶 _{きょぜつ} 反 受け入れる 類 断る	名・他サ 拒絕 拒絶されなかったまでも、見通しは明るくない。 就算沒遭到拒絕，前途並不樂觀。

0736	漁船 _{ぎょせん}	名 漁船 強風に煽られ漁船が一瞬で転覆した。 漁船遭到強風的猛力吹襲，剎那間就翻覆了。

0737	漁村 _{ぎょそん}	名 漁村 漁村は長年人手不足に苦しんでいる。 漁村多年來始終深受人手不足之苦。

0738	拒否 _{きょひ} 反 受け入れる 類 拒む	名・他サ 拒絕，否決 ただ拒否するのみならず、その理由も明確にするべきです。 不單只拒絕，亦應明確表明其理由。

0739	許容 _{きょよう} 類 許す	名・他サ 容許，允許，寬容 あなたの要求は我々の許容範囲を大きく超えている。 你的要求已經遠超過我們的容許範圍了。

0740	清らか _{きよ} 反 汚らわしい 類 清い	形動 沒有污垢；清澈秀麗；清澈 清らかな水の中、魚が気持ちよさそうに泳ぎまわっている。 魚兒在清澈見底的水裡悠遊自在地游來游去。

0741	きらびやか 類 輝かしい	形動 鮮豔美麗到耀眼的程度；絢麗，華麗 コンサート会場はきらびやかにデコレーションされている。 演唱會場的裝飾極盡華麗眩目之能事。

0742 **切り**
き

類 区切り

名 切，切開；（常寫成「限」）限度；段落；（能劇等的）煞尾

子供は甘やかしたらきりがない。

假如太過寵溺孩子，他們將會得寸進尺。

0743 **〜きり**

類 しか

副助 只，僅；一…（就…）；（結尾詞用法）只，全然

2ヶ月前食事に行ったきり、彼女には会っていません。

自從兩個月前跟她一起聚過餐後，我們就再也沒見過面了。

0744 **義理**
ぎ り

類 筋

名 （交往上應盡的）情意，禮節，人情；緣由，道理

義理チョコの意味は何ですか。

什麼叫作「人情巧克力」呢？

0745 **切り替え**
き か

類 転換

名 轉換，切換；兌換；（農）開闢森林成田地（過幾年後再種樹）

気分の切替が上手な人は仕事の効率も良いといわれている。

據説善於調適情緒的人，工作效率也很高。

0746 **切り替える**
き か

類 転換する

他下一 轉換，改換，掉換；兌換

仕事とプライベートの時間は切り替えた方がいい。

工作的時間與私人的時間都要適度調配轉換比較好。

0747 **気流**
き りゅう

名 氣流

気流の乱れで飛行機が大きく揺れた。

飛機因遇到亂流而搖晃得很嚴重。

き

0748 **切れ目**
き め

類 区切り

名 間斷處，裂縫；間斷，中斷；段落；結束

野菜に切れ目を入れて、花の模様を作る。

在蔬果上雕出花朵的圖案。

0749 **キレる**

自下一 （俗）突然生氣，發怒

キレる子供たち。

暴怒的孩子們。

きわく
疑惑

| 0750 | 疑惑
ぎわく
類 疑い | 名 疑惑，疑心，疑慮
疑惑を晴らすためとあれば、法廷で証言してもかまわない。
假如是為釐清疑點，就算要到法庭作證也行。 |

| 0751 | 極めて
きわ
類 非常に | 副 極，非常
このような事態が起こり、極めて遺憾に思います。
發生如此事件，令人至感遺憾。 |

| 0752 | 極める
きわ | 他下一 查究；到達極限
山頂を極める。
攻頂。 |

| 0753 | 菌
きん
類 ウイルス | 名・漢造 細菌，病菌，霉菌；蘑菇
傷口から菌が入って、化膿した。
傷口因細菌感染而化膿了。 |

| 0754 | 近眼
きんがん
反 遠視
類 近視 | 名 （俗）近視眼；目光短淺
近眼はレーザーで治療することができる。
可採用雷射方式治療近視。 |

| 0755 | 緊急
きんきゅう
類 非常 | 名・形動 緊急，急迫，迫不及待
緊急の場合は、以下の電話番号に連絡してください。
如遇緊急狀況，請撥打以下的電話號碼與我們聯絡。 |

| 0756 | 近郊
きんこう | 名 郊區，近郊
近郊には散策にぴったりの下町がある。
近郊有處還留存著懷舊風情的小鎮，非常適合踏訪漫步。 |

| 0757 | 均衡
きんこう
類 バランス | 名・自サ 均衡，平衡，平均
両足への荷重を均衡に保って歩いたほうが、足の負担が軽減できる。
行走時，將背負物品的重量平均分配於左右雙腳，可以減輕腿部的承重負荷。 |

0758	きんし 近視 ⑤ 遠視 ⑩ 近眼	⑧ 近視，近視眼 小さいころから近視で、メガネが手放せない。 因我從小就罹患近視，因此無時無刻都得戴著眼鏡。
0759	きん 禁じる ⑩ 禁止する	他上一 禁止，不准；禁忌，戒除；抑制，控制 機内での喫煙は禁じられています。 禁止在飛機機內吸菸。
0760	きんべん 勤勉 ⑤ 不真面目 ⑩ 真面目	名·形動 勤勞，勤奮 勤勉だからと言って、成績が優秀とは限らない。 即使勤勉用功讀書，也未必保證成績一定優異。
0761	ぎんみ 吟味 ⑩ 検討	名·他サ （吟頌詩歌）仔細體會，玩味；（仔細）斟酌，考慮 低価格であれ、高価格であれ、品質を吟味する必要がある。 不管價格高低，都必須審慎考量品質。
0762	きんむ 勤務 ⑩ 役目	名·自サ 工作，勤務，職務 勤務時間に私用の電話はしないでください。 上班時，請不要撥打或接聽私人電話。
0763	きんもつ 禁物	⑧ 嚴禁的事物；忌諱的事物 試験中、私語は禁物です。 考試中禁止交頭接耳。
0764	きんり 金利	⑧ 利息；利率 金利を引き下げる。 降低利息。
0765	きんろう 勤労 ⑩ 労働	名·自サ 勤勞，勞動（狹意指體力勞動） 11月23日は勤労感謝の日で祝日です。 11月23日是勤勞感謝日，當天為國定假日。

き

0766 苦（く）
類 苦い

名・漢造 苦（味）；痛苦；苦惱；辛苦
人生苦もあれば、楽もあるとはうまく言ったものだ。
「人生有苦有樂」這句話說得真貼切。

0767 ～区（く）
類 ブロック

名 地區，區域
六本木は港区にあります。
六本木屬於港區。

0768 食い違う（くいちがう）
類 矛盾

自五 不一致，有分歧；交錯，錯位
ただその一点のみ、双方の意見が食い違っている。
雙方的意見僅就那一點相左。

0769 空間（くうかん）
類 スペース

名 空間，空隙
あの部屋のデザインは大きな空間ならではだ。
正因為空間夠大，所以那房間才能那樣設計。

0770 空前（くうぜん）

名 空前
空前の大ブーム。
空前盛況。

0771 空腹（くうふく）
反 満腹
類 飢える

名 空腹，空肚子，餓
空腹を我慢しすぎるとめまいがします。
如果強忍空腹太久，就會導致暈眩。

0772 区画（くかく）
類 地域

名・他サ 區劃，劃區；（劃分的）區域，地區
都市計画に即して、土地の区画整理を行います。
依照都市計劃進行土地重劃。

0773 区間（くかん）

名 區間，段
この区間の乗車料は一定です。
在這個區間內的乗車費用是固定的。

774

茎
く ぎ

類 みき

（名）茎；梗；柄；秤
茎が太い方が大きな実ができる。
植物的莖部越粗壯，所結的果實越碩大。

775

区切り
く ぎ

類 段落

（名）句讀；文章的段落；工作的階段
子供が大学を卒業し、子育てに区切りがついた。
孩子已經大學畢業，養兒育女的任務總算告一段落了。

776

くぐる

類 通り抜ける

（他五）捆扎；綁上，縛住；總結，總括；括，括起來；吊，勒
門をくぐると、宿の女将さんが出迎えてくれた。
走進旅館大門後，老闆娘迎上前來歡迎我們。

777

籤引き
く じ び

類 抽籤

（名・自サ）抽籤
商店街のくじ引きで、温泉旅行を当てた。
我參加市集商家所舉辦的抽獎活動，抽中了溫泉旅行獎項。

778

くすぐったい

類 こそばゆい

（形）被搔癢到想發笑的感覺；發癢，癢癢的
足の裏を他人に触られると、くすぐったく感じるのはなぜだろうか。
為什麼被別人碰觸腳底時，就會感覺搔癢難當呢？

779

愚痴
ぐ ち

反 満足
類 不満

（名・形動）愚蠢，無知；（無用的，於事無補的）牢騷，抱怨
愚痴を言おうが、言うまいが、テスト勉強をしなければならない。
你抱怨也好，不抱怨也好，但都得為考試做準備。

780

口ずさむ
くち

類 歌う

（他五）（隨興之所致）吟，詠，誦
今日はご機嫌らしく、父は朝から歌を口ずさんでいる。
爸爸今天的心情似乎很好，打從大清早就一直哼唱著歌曲。

781

嘴
くちばし

（名）（動）鳥嘴，嘴，喙
鳥の種類によってくちばしの形が違う。
鳥類的喙因其種類不同，形狀亦各異。

ぐちゃぐちゃ

0782	**ぐちゃぐちゃ**	副（因飽含水分）濕透；出聲咀嚼；抱怨，發牢騷的樣子 ぐちゃぐちゃと文句を言う。 不斷抱怨。

0783	**朽ちる** く 類 腐る	自上一 腐朽，腐爛，腐壞；默默無聞而終，埋沒一生；（轉） 衰敗，衰亡 校舎が朽ち果てて、廃墟と化している。 校舎已經殘破不堪，變成廢墟。

0784	**覆す** くつがえ 類 裏返す	他五 打翻，弄翻，翻轉；（將政權、國家）推翻，打倒； 徹底改變，推翻（學說等） 一審の判決を覆し、二審では無罪となった。 二審改判無罪，推翻了一審的判決結果。

0785	**くっきり** 類 明らか	副・自サ 特別鮮明，清楚 最初の出だしで、勝敗がすでにくっきり分かれていた。 打從一開始，勝負早已立見分曉了。

0786	**屈折** くっせつ 類 折れ曲がる	名・自サ 彎曲，曲折；歪曲，不正常，不自然 理科の授業で光の屈折について実験した。 在自然科的課程中，進行光線折射的實驗。

0787	**ぐったり**	副 虛軟無力，虛脫 ぐったりと横たわる。 虛脫躺平。

0788	**ぐっと** 類 一気に	副 使勁；一口氣地；更加；啞口無言；（俗）深受感動 安全性への懸念をよそに、最近になって使用者がまたぐっと増えた。 未受安全上的疑慮影響，最近又大為增加許多新用戶。

0789	**首飾り** くびかざ 類 ネックレス	名 項鍊 古代の首飾りは現代のものとは違い重い。 古代的頸飾與現代製品不同，非常沈重。

首輪 くびわ 類 首飾り	名 項鍊；狗，貓等的脖圈 子犬に首輪をつけたら、嫌がって何度も吠えた。 小狗被戴上頸圈後，厭惡似地連連狂吠。
組み合わせる く　あ 類 取り合わせる	他下一 編在一起，交叉在一起，搭在一起；配合，編組 上と下の数字を組み合わせて、それぞれ合計10になる ようにしてください。 請加總上列與下列的數字，使每組數字的總和均為10。
組み込む く　こ 類 組み入れる	他五 編入；入伙；（印）排入 このテーマも議題に組み込んでください。 請將這個主題一起併入討論議題之中。
くよくよ	副 鬧彆扭；放在心上，想不開，煩惱 小さいことにくよくよするな。 別為小事想不開。
蔵 くら 類 倉庫	名 倉庫，庫房；穀倉，糧倉；財源 日本の東北地方には伝統的な蔵が今も多く残っている。 日本的東北地區迄今仍保存著許多古倉。
グレー 【gray】 類 灰色	名 灰色；銀髮 このネクタイにはグレーのスーツの方が似合うと思う。 我覺得這條領帶應該很適合用以搭配灰色西裝。
グレードアップ 【grade-up】	名・自他サ 提高水準 商品のグレードアップを図る。 訴求提高商品的水準。
クレーン 【crane】 類 起重機	名 吊車，起重機 崖から墜落した乗用車をクレーンで引きあげた。 起重機把從懸崖掉下去的轎車吊起來。

く

原型 (げんけい)

0798

暮れる (く)

自下一 天黑，日暮；過去；不知所措，束手無策

日が暮れる。

夕陽西下。

0799

玄人 (くろうと)

名 內行，專家

たとえ玄人であれ、失敗することもある。

就算是行家，也都會有失手的時候。

反 素人
類 プロ

0800

黒字 (くろじ)

名 黑色的字；（經）盈餘，賺錢

業績が黒字に転じなければ、社員のリストラもやむを得ない。

除非營業業績轉虧為盈，否則逼不得已只好裁員。

反 赤字
類 利益

0801

食わず嫌い (く・ぎら)

名 沒嘗過就先說討厭，（有成見而）不喜歡；故意討厭

夫のジャズ嫌いは食わず嫌いだ。

我丈夫對爵士樂抱有成見。

0802

群 (ぐん)

名・漢造 群，類；成群的；數量多的

彼女の成績は常に群を抜いて優秀だ。

她的成績總是出類拔萃，十分優異。

類 集団

0803

軍艦 (ぐんかん)

名 軍艦

海軍の主要軍備といえば、軍艦をおいてほかにない。

提到海軍的主要軍備，非軍艦莫屬。

類 兵船

0804

軍事 (ぐんじ)

名 軍事，軍務

軍事に関する情報は、外部に公開されないことが多い。

軍事相關情報通常不對外公開。

0805

君主 (くんしゅ)

名 君主，國王，皇帝

彼には君主ゆえの風格がただよっている。

他展現出君王特有的決決風範。

類 帝王

806
群集
ぐんしゅう

⑩ 群れ

名·自サ 群集，聚集；人群，群
あぜ道にきれいな花が群集になって咲いている。
みち　　　さ
美麗的花朵成叢地綻放於田埂上。

807
群衆
ぐんしゅう

⑩ 集まり

名 群眾，人群
法廷前に、群衆が押し寄せ混乱をきたした。
ほうていまえ　　　ぐんしゅう　　お　よ　こんらん
群眾在法庭前互相推擠，造成混亂的場面。

808
軍備
ぐん び

⑩ 武備

名 軍備，軍事設備；戰爭準備，備戰
ある国が軍備を拡張すると、周辺地域の緊張が高まる。
くに　ぐんび　かくちょう　　　しゅうへんちいき　きんちょう　たか
每當某國擴張軍備後，就會造成周邊區域的緊張情勢不斷升高。

0809
軍服
ぐんぷく

名 軍服，軍裝
遺影の祖父は軍服を着て微笑んでいる。
いえい　そふ　ぐんぷく　き　ほほえ
在遺照裡的先祖父身著軍裝，面露微笑。

0810
刑
けい

⑩ 刑罰

名·漢造 徒刑，刑罰
死刑囚の刑が執行されたという情報が入った。
しけいしゅう　けい　しっこう　　　　　じょうほう　はい
我們得到消息，據說死刑犯已經被行刑了。

720

0811
～系
けい

⑩ 系統

漢造 系統；系列；系別；（地層的年代區分）系
文系の学生より理系の学生の方が就職率が高いというの
ぶんけい　がくせい　りけい　がくせい　ほう　しゅうしょくりつ　たか
は本当ですか。
ほんとう
聽說理科學生的就業率，較文科學生的要來得高，這是真的嗎？

0812
芸
げい

⑩ 技能

名·漢造 武藝，技能；演技；曲藝，雜技；藝術，遊藝
あのお猿さんは人間顔負けの芸を披露する。
さる　　　にんげんかおま　　げい　ひろう
那隻猿猴表演的技藝令人類甘拜下風。

0813
経緯
けい い

⑩ プロセス

名 （事情的）經過，原委，細節；經度和緯度
経緯のいかんによらず、結果は結果です。
けいい　　　　　　　けっか　けっか
不管來龍去脈如何，結果就是結果了。

経過
_{けい か}

0814 ☐	**経過** ^{けい か} 類 過ぎる	名・自サ （時間的）經過，流逝，度過；過程，經過 あの会社が経営破綻して、一ヶ月が経過した。 ^{かいしゃ けいえいはたん いっか げつ けい か} 那家公司自經營失敗以來，已經過一個月了。
0815 ☐	**軽快** ^{けいかい} 類 軽やか	名・形動・自サ 輕快；輕鬆愉快；輕便；（病情）好轉 彼は軽快な足取りで、グラウンドに駆け出して行った。 ^{かれ けいかい あしど か だ い} 他踩著輕快的腳步奔向操場。
0816 ☐	**警戒** ^{けいかい} 類 注意	名・他サ 警戒，預防，防範；警惕，小心 通報を受け、一帯の警戒を強めているまでのことです。 ^{つうほう う いったい けいかい つよ} 在接獲報案之後，才加強了這附近的警力。
0817 ☐	**契機** ^{けい き} 類 きっかけ	名 契機；轉機，動機，起因 サブプライムローン問題を契機に世界経済が急速に悪化した。 ^{もんだい けい き せかいけいざい きゅうそく あっ} 次級房貸問題是世界經濟急遽惡化的導火線。
0818 ☐	**計器** ^{けい き} 類 メーター	名 測量儀器，測量儀表 お菓子を作るときは計器を使って材料をきっちり計ります。 ^{か し つく けい き つか ざいりょう はか} 在製作甜點時，要用磅秤精確秤計材料的份量。
0819 ☐	**敬具** ^{けい ぐ} 反 拝啓 類 敬白	名 （文）敬啟，謹具 「拝啓」で始まる手紙は「敬具」で結ぶのが基本です。 ^{はいけい はじ てがみ けい ぐ むす きほん} 信函的起首為「敬啟者」，末尾就要加註「敬上」，這是書寫信函 的基本形式。
0820 ☐	**軽減** ^{けいげん} 類 載せる	名・自他サ 減輕 足腰への負担を軽減するため、体重を減らさなければ ならない。 ^{あしこし ふたん けいげん たいじゅう へ} 為了減輕腰部與腿部的負擔，必須減重才行。
0821 ☐	**掲載** ^{けいさい}	名・他サ 刊登，登載 著者の了解なしに、勝手に掲載してはいけない。 ^{ちょしゃ りょうかい かって けいさい} 不可在未經作者的同意下擅自刊登。

傾斜 けいしゃ

類 傾き

名・自サ 傾斜，傾斜度；傾向

45度以上の傾斜の坂道は、歩くだけでも息が上がる。

在傾斜度超過45度的斜坡上，光是行走就足以讓人呼吸急促。

0822

形成 けいせい

名・他サ 形成

台風が形成される過程を収めたビデオがある。

有支錄影帶收錄了颱風形成的過程。

0823

形勢 けいせい

類 動向

名 形勢，局勢，趨勢

序盤は不利な形勢だったが、後半持ち直し逆転優勝を収めた。

比賽一開始雖然屈居劣勢，但下半場急起直追，最後逆轉局勢獲得勝利。

0824

形跡 けいせき

名 形跡，痕跡

形跡を残す。

留下痕跡。

0825

軽率 けいそつ

反 慎重
類 軽はずみ

形動 軽率，草率，馬虎

外務大臣としてあるまじき軽率な発言に国民は落胆した。

國民對外交部長，不該發的輕率言論感到很灰心。

0826

形態 けいたい

類 かたち

名 型態，形狀，樣子

雇用形態は大きく正社員、契約社員、派遣社員、パート

社員に分けられる。

聘僱員工的類型大致分為以下幾種：正式員工、約聘員工、派遣員工、以及兼職員工。

0827

け

刑罰 けいばつ

反 賞
類 ばつ

名 刑罰

重い刑罰を科すことが犯罪防止につながるとは限らない。

採取重罰未必就能防止犯罪。

0828

経費 けいひ

類 費用

名 經費，開銷，費用

不況のため、全社を挙げて経費削減に取り組んでいる。

由於不景氣，公司上下都致力於削減經費。

0829

けいぶ
警部

0830	警部 けいぶ	名 警部（日本警察職稱之一） 警部としてあるまじき暴言に、一同は愕然とした。 所有人對巡官不該有的言語暴力感到相當錯愕。

0831	軽蔑 けいべつ 類 蔑む	名・他サ 輕視，藐視，看不起 噂を耳にしたのか、彼女は軽蔑の眼差しで僕を見た。 不曉得她是不是聽過關於我的流言，她以輕蔑的眼神瞅了我。

0832	経歴 けいれき 類 履歴	名 經歷，履歷；經過，體驗；周遊 採用するかどうかは、彼の経歴いかんだ。 錄不錄用就要看他的個人履歷了。

0833	経路 けいろ 類 道順	名 路徑，路線 病気の感染経路が明らかになれば、対応策を採りやすくなる。 如果能夠弄清楚疾病的傳染路徑，就比較容易採取因應對策。

0834	汚す けが	他五 弄髒；拌和 名誉を汚す。 敗壞名聲。

0835	汚らわしい けが 反 美しい 類 醜い	形 像對方的污穢要威染到自己身上一樣骯髒，討厭，卑鄙 トルストイの著書に「この世で成功を収めるのは卑劣で汚らわしい人間ばかりである」という一文がある。 托爾斯泰的著作中，有段名言如下：「在這世上能功成名就的，全是些卑劣齷齪的人。」

0836	汚れ けが	名 污垢 汚れを洗い流す。 洗淨髒污。

0837	汚れる けが	自下一 髒 汚れた金。 髒錢。

劇団
げきだん

（名）劇團

彼は俳優として活躍するかたわら、劇団も主宰している。

他一邊活躍於演員生涯，同時自己也組了一個劇團。

激励
げきれい

（名・他サ）激勵，鼓勵，鞭策

（類）励ます

皆さんからたくさんの激励をいただき、気持ちも新たに出直します。

在得到大家的鼓勵打氣後，讓我重新振作起來。

消し去る
け　　さ

（他五）消滅，消除

記憶を消し去る。

消除記憶。

ゲスト【guest】

（名）客人，旅客；客串演員

（類）客

あの番組はひとりゲストだけでなく、司会者も大物です。

那個節目不只來賓著名，就連主持人也很有份量。

獣
けだもの

（名）獣；畜生，野獣

（類）獣類

怒りのあまり彼は獣のごとく叫んだ。

他氣憤得如野獸般地嘶吼著。

決
けつ

（名・漢造）決定，表決；（提防）決堤；決然，毅然；（最後）決心，決定

（類）決める

役員の意見が賛否両論に分かれたので、午後、決を採ります。

由於董事們的意見分成贊成與反對兩派，下午將進行表決。

決意
けつい

（名・自他サ）決心，決意；下決心

（類）決心

どんなに苦しかろうが、最後までやりとおすと決意した。

不管有多辛苦，我都決定要做到完。

結核
けっかく

（名）結核，結核病

（類）結核症

結核の初期症状は風邪によく似ている。

結核病的初期症狀很像感冒。

けっかん
血管

0846	けっかん **血管** 類 動脈	名 血管 お風呂に入ると血管が拡張し、血液の流れが良くなる。 泡澡會使血管擴張，促進血液循環。
0847	けつぎ **決議** 類 決定する	名・他サ 決議，決定；議決 国連の決議に則って、部隊をアフガニスタンに派遣した。 依據聯合國決議，已派遣軍隊至阿富汗。
0848	けっこう **決行** 類 断行	名・他サ 斷然實行，決定實行 無理に決行したところで、成功するとは限らない。 即使勉強斷然實行，也不代表就會成功。
0849	けつごう **結合** 類 結び合わせる	名・自他サ 結合；黏接 原子と原子の結合によって多様な化合物が形成される。 藉由原子與原子之間的鍵結，可形成各式各樣的化合物。
0850	けっさん **決算** 反 予算 類 総決算	名・自他サ 結帳；清算 3月は決算期であるがゆえに、非常に忙しい。 因為3月是結算期，所以非常忙碌。
0851	げっしゃ **月謝** 類 授業料	名 （每月的）學費，月酬 子供が3人いれば、塾や習い事の月謝もばかになりません。 養了三個孩子，光是每個月要支付的補習費與才藝學費，就是一筆小觑的支出。
0852	けっしょう **決勝** 類 ファイナル	名 （比賽等）決賽，決勝負 決勝戦ならではの盛り上がりを見せている。 這場比賽呈現出決賽才會有的高漲氣氛。
0853	けっしょう **結晶**	名・自サ 結晶；（事物的）成果，結晶 氷は水の結晶です。 冰是水的結晶。

354 結成
(名・他サ) 結成，組成
離党した国会議員数名が、新たに党を結成した。
幾位已經退黨的國會議員，組成了新的政黨。

355 結束
(名・自他サ) 捆綁，捆束；團結；準備行裝，穿戴（衣服或盔甲）
チームの結束こそが勝利の鍵です。
團隊的致勝關鍵在於團結一致。

類 団結する

356 げっそり
(副・自サ) 突然減少；突然消瘦很多；（突然）灰心，無精打采
病気のため、彼女はここ2ヶ月余りでげっそり痩せてしまった。
這兩個多月以來，她因罹病而急遽消瘦憔悴。

類 がっかり

357 ゲット【get】
(名・他サ)（籃球、兵上曲棍球等）得分；（年輕人用語）取得，獲得
欲しいものをゲットする。
取得想要的東西。

358 月賦
(名) 月賦，按月分配；按月分期付款
駐車場料金は月賦払いです。
停車場的租金是以每月分期付款的方式繳納。

反 受け取り
類 支払い

359 欠乏
(名・自サ) 缺乏，不足
鉄分が欠乏すると貧血を起こしやすくなる。
如果身體缺乏鐵質，將容易導致貧血。

類 不足

360 蹴飛ばす
(他五) 踢；踢開，踢散，踢倒；拒絕
ボールを力の限り蹴とばすと、スカッとする。
將球猛力踢飛出去，可以宣洩情緒。

類 蹴る

361 貶す
(他五) 譏笑，貶低，排斥
二人は貶しつ貶されつ、結局仲がいい。
那兩人互相批貶，其實感情還是很好。

反 褒める
類 腐す

0862	煙たい けむたい 類 けぶたい	形 煙氣嗆人，煙霧瀰漫；（因為自己理虧覺得對方）難以親近，使人不舒服 煙たいと思ったら、キッチンが煙まみれになっていた。 才覺得房裡有煙氣，廚房裡立刻就變得滿室氤氳。
0863	煙る けむる 類 燻る	自五 冒煙；模糊不清，朦朧 雨煙る兼六園は非常に趣があります。 煙雨迷濛中的兼六園極具另番風情。
0864	獣 けもの 類 獣類	名 獸；野獸 森の奥に入ると、獣臭いにおいがしてくる。 才踏進森林，野獸的體臭立刻撲鼻而來。
0865	家来 けらい 反 主君 類 家臣	名 （效忠於君主或主人的）家臣，臣下；僕人 豊臣秀吉は織田信長の家来になり、その後大名にまでのしあがった。 豐臣秀吉原本是織田信長的部屬，其後躍居至諸侯之尊。
0866	下痢 げり 反 便秘 類 腹下し	名・自サ （醫）瀉肚子，腹瀉 食あたりで、今朝から下痢が止まらない。 因為食物中毒，從今天早晨開始就不停地腹瀉。
0867	件 けん 類 事柄	名・接尾・漢造 事情，事件；（助數詞用法）件 お問い合わせの件ですが、担当者不在のため、改めてこちらから連絡差し上げます。 關於您所詢問的事宜，由於承辦人員目前不在，請容我們之後再與您聯繫回覆。
0868	～圏 けん 類 区域	漢造 圓圈；區域，範圍 来年から英語圏の国に留学する予定です。 我預計明年去英語系國家留學。
0869	権威 けんい 類 貫禄	名 權勢，權威，勢力；（具說服力的）權威，專家 改めて紹介するまでもなく彼は考古学における権威者だ。 他是考古學領域的權威，這不用我再多介紹了。

| 870 | 幻覚
げんかく | 名 幻覺，錯覺
幻覚を見る。
げんかく　み
產生幻覺。 |

| 871 | 兼業
けんぎょう
類 かけもち | 名・他サ 兼營，兼業
日本には依然として兼業農家がたくさんいます。
にほん　　　　いぜん　　　　　　けんぎょうのうか
日本迄今仍有許多兼營農業的農民。 |

| 872 | 原型
げんけい | 名 原型，模型
この建物は文化財としてほぼ原型のまま保存されている。
たてもの　ぶんかざい　　　　　　　げんけい　　　　ほぞん
這棟建築物被指定為文化資產古蹟，其原始樣貌在幾無異動的狀態
下，被完整保存下來。 |

| 873 | 原形
げんけい | 名 原形，舊觀，原來的形狀
車が壁に衝突し、原形を留めていない。
くるま　かべ　しょうとつ　　げんけい　と
汽車撞上牆壁，已經潰不成型。 |

| 874 | 権限
けんげん
類 権利 | 名 權限，職權範圍
それは私の権限が及ばない範囲です。
わたし　けんげん　およ　　　　はんい
這件事已經超出我的權限範圍。 |

| 875 | 現行
げんこう | 名 現行，正在實行
何をおいても現行の規制を維持しなければならない。
なに　　　　　　　げんこう　きせい　いじ
無論如何都必須堅守現行制度。 |

| 876 | 健在
けんざい
類 健康 | 名・形動 健在
自身の健在を示さんがために、最近、彼は精力的に
じしん　けんざい　しめ　　　　　　さいきん　かれ　せいりょくてき
活動を始めた。
かつどう　はじ
他為了展現自己寶刀未老，最近開始精神抖擻地四處活動。 |

| 877 | 原作
げんさく | 名 原作，原著，原文
原作をアレンジして、映画を作成した。
げんさく　　　　　　　　えいが　さくせい
將原著重新編劇，拍攝成電影。 |

け

0878　検事
けんじ

名（法）檢察官

検事に訴えたところで、聞き入れてもらえるとは思えない。
けんじ　うった　　　　　　　　き　い　　　　　　　　　　　　　　　おも

即使向檢察官提告，亦不認為會被接受。

0879　原子
げんし

名（理）原子；原子核

原子とは物質を構成する最小の粒子です。
げんし　　ぶっしつ　こうせい　　さいしょう　りゅうし

原子是物質構造中的最小粒子。

0880　元首
げんしゅ

類 王

名（國家的）元首（總統、國王、國家主席等）

元首たる者は国民の幸福を第一に考えるべきだ。
げんしゅ　もの　こくみん　こうふく　だいいち　かんが

作為一國之元首，應以國民的幸福為優先考量。

0881　原住民
げんじゅうみん

名 原住民

アメリカ原住民。
げんじゅうみん

美國原住民。

0882　原書
げんしょ

類 原本

名 原書，原版本；（外語的）原文書

80年前の原書が今でも国会図書館に保存されている。
ねんまえ　げんしょ　いま　　　こっかいとしょかん　ほぞん

八十年前的原版書，迄今仍被收藏在國會圖書館裡。

0883　懸賞
けんしょう

名 懸賞；賞金，獎品

懸賞に当たる確率は少ないと分かっていますが、応募します。
けんしょう　あ　　かくりつ　すく　　　わ　　　　　　　　　おうぼ

儘管知道中獎的機率很低，不過我還是要去參加抽籤。

0884　減少
げんしょう

反 増加
類 減る

名・自他サ 減少

子供の数が減少し、少子化が深刻になっている。
こども　かず　げんしょう　しょうしか　しんこく

兒童總人數逐年遞減，少子化的問題正日趨惡化。

0885　健全
けんぜん

類 元気

形動（身心）健康，健全；（運動、制度等）健全，穩固

子供たちが健全に育つような社会環境が求められている。
こども　　　けんぜん　そだ　　　　しゃかいかんきょう　もと

民眾所企盼的，是能夠培育出孩子們之健全人格的社會環境。

886
元素 げんそ

⊛（名）（化）元素；要素

元素の発見経緯には興味深いものがある。

發現化學元素的來龍去脈，十分引人入勝。

0887
現像 げんぞう

類 写す

⊛（名・他サ）顯影，顯像，沖洗

カメラ屋で写真を現像する。

在沖印店沖洗照片。

0888
原則 げんそく

類 決まり

⊛（名）原則

彼は侵すべからざる原則を侵した。

他犯了不該犯的原則。

0889
見地 けんち

類 観点

⊛（名）觀點，立場；（到建築預定地等）勘查土地

この政策については、道徳的な見地から反対している人もいる。

關於這項政策，亦有部分人士基於道德立場予以反對。

0890
現地 げんち

類 現場

⊛（名）現場，發生事故的地點；當地

知事は自ら現地に赴き、被害状況を視察した。

縣長親赴現場視察受災狀況。

0891
限定 げんてい

⊛（名・他サ）限定，限制（數量，範圍等）

限定品なので、手に入れようにも手に入れられない。

因為是限定商品，想買也買不到。

け

0892
原典 げんてん

⊛（名）（被引證，翻譯的）原著，原典，原來的文獻

シェークスピアの作品「ロミオとジュリエット」の原典を読んだ。

我已經讀完莎士比亞名劇《羅密歐與茱莉葉》的原著了。

0893
原点 げんてん

類 出発点

⊛（名）（丈量土地等的）基準點，原點；出發點

これが私の原点たる信念です。

這是我信念的原點。

げんてん
減点

0894	げんてん **減点** ㋠マイナス	(名・他サ) 扣分；減少的分數 テストでは、正しい漢字を書かなければ1点減点されます。 在這場考試中，假如沒有書寫正確的漢字，就會被扣一分。
0895	げんばく **原爆** ㊟原子爆弾	(名) 原子彈 原爆の被害者は何年にもわたり後遺症に苦しみます。 原子彈爆炸事件的受害者，多年來深受輻射暴露後遺症之苦。
0896	げんぶん **原文**	(名)（未經刪文或翻譯的）原文 翻訳文を原文と照らし合わせて確認してください。 請仔細核對確認譯文與原文是否一致。
0897	げんみつ **厳密**	(形動) 嚴密；嚴格 厳密にいえば、クジラは魚ではなく哺乳類です。 嚴格來説，鯨魚屬於哺乳類而非魚類。
0898	けんめい **賢明** ㊟賢い	(形動) 賢明，英明，高明 分からないなら、経験者に相談するのが賢明だと思う。 假如有不明白之處，比較聰明的作法是去請教曾有相同經驗的人。
0899	けんやく **倹約** ㋠浪費 ㊟節約	(名・他サ・形動) 節省，節約，儉省 マイホームを買わんがために、一家そろって倹約に励んでいる。 為了要買下屬於自己的家，一家人都很努力節儉。
0900	げんゆ **原油** ㊟石油	(名) 原油 原油価格の上昇があらゆる物価の上昇に影響を与えている。 原油價格上漲將導致所有的物價同步上漲。
0901	けんよう **兼用** ㊟共用	(名・他サ) 兼用，兩用 この傘は男女兼用です。 這把傘是男女通用的中性款式。

0902	権力 けんりょく	名 權力 権力の濫用は法で禁じられている。 法律禁止濫用權力。
0903	言論 げんろん 類 主張	名 言論 何をおいても言論の自由は守られるべきだ。 無論如何都應保障言論自由。
0904 T23	〜戸 こ	接尾 戸 この地区は約 100 戸ある。 這地區約有 100 戶。
0905	故〜 こ 類 昔の	漢造 陳舊，故；本來；死去；有來由的事；特意 故美空ひばりさんは日本歌謡界の大スターでした。 已故的美空雲雀是日本歌唱界的大明星。
0906	語彙 ご い 類 言葉	名 詞彙，單字 語彙が少ないので、文章を作ろうにも作れない。 知道的語彙太少，想寫文章也寫不成。
0907	恋する こい 反 嫌う 類 好く	他サ 戀愛，愛 恋したがさいご、君のことしか考えられない。 一旦墜入愛河，就滿腦子想的都是你。
0908	甲 こう 類 よろい	名・漢造 甲冑，鎧甲；甲殼；手腳的表面；（天干的第一位）甲；第一名 契約書にある甲は契約書作成者を指し、乙は受諾者を指す。 契約書中的甲方指的是擬寫契約者，乙方則指同意該契約者。
0909	〜光 こう 類 ひかり	漢造 光亮；光；風光；時光；榮譽；（當作敬語）光 太陽光のエネルギーを利用した発電方式はソーラー発電とも呼ばれる。 利用陽光的能量產生電力的方式，亦稱之為太陽能發電。

け

こう い
好意

0910	**好意** こう い 類 好感	名 好意，善意，美意 それは彼の好意ですから、深く考えずそのまま受け止めてください。 那是他的一片好意，請接受他的誠意，別想太多。
0911	**行為** こう い 類 行い	名 行為，行動，舉止 言葉よりも行為の方が大切です。 坐而言不如起而行。
0912	**合意** ごう い 類 同意	名・自サ 同意，達成協議，意見一致 双方が合意に達しようと達しまいと、業績に影響はないと考えられる。 不管雙方有無達成共識，預計都不會影響到業績。
0913	**交易** こうえき	名・自サ 交易，貿易；交流 海上交易が盛んになったのは何世紀ごろからですか。 請問自西元第幾世紀起，航海交易開始變得非常熱絡興盛呢？
0914	**公演** こうえん	名・自他サ 公演，演出 公演するといえども、聴衆はわずか20人です。 雖說要公演，但是聽眾僅有20人而已。
0915	**後悔** こうかい 類 残念	名・他サ 後悔，懊悔 もう少し早く駆けつけていればと、後悔してやまない。 如果再早一點趕過去就好了，對此我一直很後悔。
0916	**公開** こうかい	名・他サ 公開，開放 似顔絵が公開されるや、犯人はすぐ逮捕された。 一公開了肖像畫，犯人馬上就被逮捕了。
0917	**航海** こうかい 類 航路	名・自サ 航海 大西洋を航海して、アメリカ大陸に上陸した。 航行於大西洋，然後在美洲大陸登陸上岸。

0918 工学（こうがく）
名 工學，工程學
工学（こうがく）を志望（しぼう）する学生（がくせい）は女性（じょせい）より男性（だんせい）の方（ほう）が圧倒的（あっとうてき）に多（おお）い。
立志就讀理工科的學生中，男性占壓倒性多數。

0919 抗議（こうぎ）
名・自サ 抗議
自分（じぶん）がリストラされようとされまいと、みんなで団結（だんけつ）して会社（かいしゃ）に抗議（こうぎ）する。
不管自己是否會被裁員，大家都團結起來向公司抗議。

0920 合議（ごうぎ）
名・自他サ 協議，協商，集議
提案（ていあん）の内容（ないよう）がほかの課（か）に関係（かんけい）する場合（ばあい）、関係（かんけい）する課長（かちょう）に合議（ごうぎ）する必要（ひつよう）がある。
類 相談
假若提案的內容牽涉到其他課別，必須與相關課長共同商討研議。

0921 皇居（こうきょ）
名 皇居
皇居前広場（こうきょまえひろば）の一番人気（いちばんにんき）の観光（かんこう）スポットは、二重橋（にじゅうばし）が望（のぞ）める場所（ばしょ）です。
類 御所
皇居前的廣場的人氣景點，是能眺望到二重橋的地方。

0922 好況（こうきょう）
名 （經）繁榮，景氣，興旺
消費（しょうひ）の拡大（かくだい）は好況（こうきょう）ならではだ。
反 不況
類 景気
只有在經濟景氣的時候，消費能力才會成長。

0923 興業（こうぎょう）
名 振興工業，發展事業
事業（じぎょう）を新（あら）たに起（お）こすことを興業（こうぎょう）といいます。
創立新事業就叫作創業。

0924 鉱業（こうぎょう）
名 礦業
カナダは優（すぐ）れた鉱業国（こうぎょうこく）として、世界的（せかいてき）な評価（ひょうか）を受（う）けている。
類 鉱山業
加拿大是世界知名的礦產工業國。

0925 高原（こうげん）
名 （地）高原
高原（こうげん）のすべてが台地状（だいちじょう）というわけではなく、山（やま）の麓（ふもと）に広（ひろ）がる平坦地（へいたんち）も高原（こうげん）という。
所有的高原並非都是台地狀的，山腳下寬廣的平坦地也稱為高原。

こ

交互
こうご

0926 □	交互 こうご 類 かわるがわる	(名) 互相，交替 これは左右の握り手を交互に動かし、スムーズな歩行をサポートする歩行補助器だ。 這是把手左右交互活動，讓走路順暢的步行補助器。
0927 □	煌々（と） こうこう	形動タルト （文）光亮，通亮 あの家だけ、深夜2時を過ぎてもこうこうと明かりがともっている。 唯獨那一戶，即使過了深夜兩點，依舊滿屋燈火通明。
0928 □	考古学 こうこがく	(名) 考古學 考古学は人類が残した痕跡の研究を通し、人類の活動とその変化を研究する学問である。 考古學是透過研究人類遺留下來的痕跡，進而研究人類的活動及其變化的學問。
0929 □	工作 こうさく 類 作る	(名・他サ)（機器等）製作；（土木工程等）修理工事；（小學生的）手工；（暗中計畫性的）活動 夏休みの工作の課題を牛乳パックで作成した。 我用牛奶空盒完成了暑假勞作作業。
0930 □	耕作 こうさく 類 耕す	(名・他サ) 耕種 彼は不法に土地を耕作したとして、起訴された。 他因違法耕作土地而遭到起訴。
0931 □	鉱山 こうざん 類 山	(名) 礦山 鉱山の採掘現場で土砂崩れが起き、生き埋め事故が発生した。 礦場發生了砂石崩落事故，造成在場人員慘遭活埋。
0932 □	講習 こうしゅう	(名・他サ) 講習，學習 夏期講習に参加して、英語をもっと磨くつもりです。 我去參加暑期講習，打算加強英語能力。
0933 □	口述 こうじゅつ 類 話す	(名・他サ) 口述 口述試験はおろか、筆記試験も通らなかった。 連筆試都沒通過，遑論口試。

934
こうじょ
控除

類 差し引く

（名・他サ）扣除

しょとく ひく ひと しょとくぜい こうじょ そ ち と
所得が低い人には所得税を控除する措置が採られる。

收入較低者適用所得稅之減免。

935
こうしょう
交渉

類 掛け合い

（名・自サ）交涉，談判；關係，聯繫

かれ こうしょう いそ けいこく
彼は交渉を急ぐべきでないと警告している。

他警告我們談判時切勿操之過急。

936
こうしょう
高尚

反 下品
類 上品

（形動）高尚；（程度）高深

こうしょう あい つ よ はんきょう たか しめ
高尚なコメントが相次いで寄せられ、反響の高さを示した。

不落俗套的意見相繼湧現，顯示大眾之熱烈迴響。

937
こうじょう
向上

類 発達

（名・自サ）向上，進步，提高

かがく ぎじゅつ こうじょう ひとびと せいかつ
科学技術がいかに向上しようがするまいが、人々の生活は
つづ
続いていく。

不管科學是否蓬勃發展，人們依然繼續生活下去。

938
こうしょきょうふしょう
高所恐怖症

（名）懼高症

こうしょきょうふしょう かんらんしゃ の
高所恐怖症なので観覧車には乗りたくない。

我有懼高症所以不想搭摩天輪。

939
こうしん
行進

反 退く
類 進む

（名・自サ）（列隊）進行，前進

うんどうかい はじ こども こうしん にゅうじょう
運動会が始まり、子供たちが行進しながら入場してきた。

小朋友們行進入場，揭開了運動會的序幕。

940
こうしんりょう
香辛料

類 スパイス

（名）香辣調味料（薑，胡椒等）

しゅるい こうしんりょう あじ き
30種類からある香辛料を調合して味を決める。

足足混合了30種調味料來調味。

941
こうすい
降水

（名）（氣）降水（指雪雨等的）

あした ごぜん こうすいかくりつ
明日午前の降水確率は30%です。

明日上午的降雨機率為30%。

こ

こうずい
洪水

0942 ☐	こうずい **洪水** 類 大水	名 洪水，淹大水；洪流 ひとり大雨だけでなく、洪水の被害もひどかった。 不光下大雨而已，氾濫災情也相當嚴重。
0943 ☐	ごうせい **合成**	名・他サ （由兩種以上的東西合成）合成（一個東西）； （化）（元素或化合物）合成（化合物） 現代の技術を駆使すれば、合成写真を作るのは簡単だ。 只要採用現代科技，簡而易舉就可做出合成照片。
0944 ☐	こうせいぶっしつ **抗生物質**	名 抗生素 抗生物質を投与する。 投藥抗生素。
0945 ☐	こうぜん **公然**	副・形動 公然，公開 政府が公然と他国を非難することはあまりない。 政府鮮少公然譴責其他國家。
0946 ☐	こうそう **抗争** 類 戦う	名・自サ 抗爭，對抗，反抗 内部で抗争があろうがあるまいが、表面的には落ち着いている。 不管內部有沒有在對抗，表面上看似一片和平。
0947 ☐	こうそう **構想** 類 企て	名・他サ （方案、計畫等）設想；（作品、文章等）構思 構想を実現せんがため、10年の歳月を費やした。 為了要實現構想，花費了十年歲月。
0948 ☐	こうそく **拘束** 類 制限	名・他サ 約束，束縛，限制；截止 警察に拘束されて5時間が経つが、依然事情聴取が行われているようだ。 儘管嫌犯已經遭到警方拘留五個小時，至今似乎仍然持續進行偵訊。
0949 ☐	こうたい **後退** 反 進む 類 退く	名・自サ 後退，倒退 全体的な景気の後退が何ヶ月も続いている。 全面性的景氣衰退已經持續了好幾個月。

0950

こうたく
光沢

☐

類 艶

名 光澤

ダイヤモンドのごとき光沢に惚れ惚れする。
宛如鑽石般的光澤，令人無比神往。

0951

こうだん
公団

☐

名 公共企業機構（政府經營的特種公用事業組織）

にほんどうろこうだん
日本道路公団はすでに民営化された。
日本道路公用事業單位已經民營化了。

0952

こうちょう
好調

☐

反 不順
類 順調

名・形動 順利，情況良好

ふちょう つづ きょねん ことし で
不調が続いて、去年にひきかえ、今年は出だしから
こうちょう
好調だ。
相較去年接二連三不順，今年從一開始運氣就很好。

0953

こうとう
口頭

☐

類 口述

名 口頭

こうとう せつめい わ ほうこくしょ か
口頭で説明すれば分かることなので、わざわざ報告書を書
くまでもない。
這事用口頭説明就可以懂的，沒必要特地寫成報告。

0954

こうどく
講読

☐

類 講義

名・他サ 講解（文章）

そぼ まいしゅう こてん こうどくかい さんか
祖母は毎週、古典の講読会に参加している。
祖母每星期都去參加古文讀書會。

0955

こうどく
購読

☐

名・他サ 訂閱，購閲

さくねん えいじしんぶん こうどく
昨年から英字新聞を購読している。
我從去年開始訂閱英文報紙。

0956

こうにゅう
購入

☐

反 売る
類 買う

名・他サ 購入，買進，購置，採購

きっぷ こうにゅう えんび
インターネットで切符を購入すると500円引きになる。
透過網路訂購票券可享有五百元優惠。

0957

こうにん
公認

☐

類 認める

名・他サ 公認，國家機關或政黨正式承認

とう こうにん え しじあつ ほんそう
党からの公認を得んがため、支持集めに奔走している。
為了得到黨內的正式認可而到處奔走爭取支持。

0958	こうはい 荒廃	名・自サ 荒廢，荒蕪；（房屋）失修；（精神）頹廢，散漫
		このあたりは土地が荒廃し、住人も次々に離れていった。
		這附近逐漸沒落荒廢，居民也陸續搬離。

0959	こうばい 購買	名・他サ 買，購買
	類 買い入れる	消費者の購買力は景気の動向に大きな影響を与える。
		消費者購買力的強弱對景氣影響甚鉅。

0960	こうひょう 好評	名 好評，稱讚
	類 人気	好評ゆえ、販売期間を延長する。
		因為備受好評，所以決定延長販售的時間。

0961	こうふ 交付	名・他サ 交付，交給，發給
	類 渡す	年金手帳を紛失したので、再交付の手続きを行った。
		我遺失了養老金手冊，只得去申辦重新核發。

0962	こうふく 降伏	名・自サ 降服，投降
	類 降参	敵の姿を見るが早いか、降伏した。
		才看到敵人，就馬上投降了。

0963	こうぼ 公募	名・他サ 公開招聘，公開募集
	反 私募	公募を公開するそばから、希望者が殺到した。
		才開放公開招募，應徵者就蜂擁而至。

0964	こうみょう 巧妙	形動 巧妙
	反 下手 類 上手	あまりに巧妙な手口に、警察官でさえ騙された。
		就連警察也被這實在高明的伎倆給矇騙了。

0965	こうよう 公用	名 公用；公務，公事；國家或公共集團的費用
	反 私用 類 公務	知事が公用車でパーティーに参加したことが問題となった。
		縣長搭乘公務車參加私人派對一事，已掀起軒然大波。

0966 小売り こうり
名・他サ 零售，小賣
小売り価格は卸売り価格より高い。
零售價格較批發價格為高。

0967 公立 こうりつ
名 公立
公立の大学は私立大学に比べ授業料が格段に安い。
公立大學的學費比私立大學的學費便宜許多。

0968 効率 こうりつ
名 效率
機械化したところで、必ずしも効率が上がるとは限らない。
即使施行機械化，未必就會提升效率。

0969 護衛 ごえい
名・他サ 護衛，保衛，警衛（員）
大統領の護衛にはどのくらいの人員が動員されますか。
大約動用多少人力擔任總統的隨扈呢？
類 ガードマン

0970 コーナー【corner】
名 角，拐角；小賣店，專櫃；（棒、足球）角球
相手をコーナーに追いやってパンチを浴びせた。
將對方逼到角落處，並對他飽以老拳。
類 隅

0971 ゴールイン【(和)goal + in】
名 抵達終點，跑到終點；（足球）射門；結婚
ゴールインして夫婦になる。
抵達愛情的終點，而結婚了。

0972 ゴールデンタイム【(和)golden + time】
名 黃金時段（晚上7到9點）
ゴールデンタイムのドラマ。
黃金時段的連續劇。

0973 小柄 こがら
名 身體短小；（布料、裝飾等的）小花樣，小碎花
小柄なりによく頑張った。
以身形不高而言，算是相當努力了。
反 大柄

こ

こぎって
小切手

0974 ☐	こぎって **小切手**	⑧ 支票 げんこうりょう しはら こぎって **原稿料の支払いは小切手になります。** 稿費以支票支付。
0975 ☐	こきゃく **顧客**	⑧ 顧客 こきゃくめいぼ **顧客名簿。** 顧客名冊。
0976 ☐	ご く **語句** 類 **言葉**	⑧ 語句，詞句 ご く い み くわ かいせつ **この語句の意味を詳しく解説していただけますか。** 可以請您詳細解釋這個詞語的意思嗎？
0977 ☐	こくさん **国産**	⑧ 國產 こくさん しょくひん ゆにゅうひん たか **国産の食品は輸入品より高い。** 國產食品比進口食品更貴。
0978 ☐	こく ち **告知**	⑧ 通知，告訴 かんじゃ びょうめい こくち **患者に病名を告知する。** 告知患者疾病名稱。
0979 ☐	こくてい **国定**	⑧ 國家制訂，國家規定 こくていこうえん どうぶつ せいそく **国定公園には、さまざまな動物が生息している。** 各式各樣種類的動物棲息在國家公園裡。
0980 ☐	こく ど **国土**	⑧ 國土，領土，國家的土地；故鄉 こく ど ちょう しりょう にほん こく ど いじょう しんりん **国土庁の資料によると、日本の国土の60％以上は森林です。** 根據國土廳的統計資料，日本國土的60％以上均為森林地。
0981 ☐	こくはく **告白** 類 **白状**	⑧・他サ 坦白，自白；懺悔；坦白自己的感情 うちまく こくはく かっかい だいはんきょう よ **内幕を告白するや否や、各界の大反響を呼んだ。** 才剛吐露了內幕，旋即引發各界的熱烈迴響。

0982 国防（こくぼう）
類 防備

T25

名 國防
中国の国防費は毎年二ケタ成長を続けている。
中國的國防經費每年以兩位數百分比的速度持續增加。

0983 国有（こくゆう）

名 國有
国有の土地には勝手に侵入してはいけない。
不可隨意擅入國有土地。

0984 極楽（ごくらく）
反 地獄
類 天国

名 極樂世界；安定的境界，天堂
温泉に入って、おいしい食事をいただいて、まさに極楽です。
浸泡溫泉、享受美食，簡直快樂似神仙。

0985 国連（こくれん）
類 国際連合

名 聯合國
国連たる機関は様々な国の人々が参与し、運営されている。
作為聯合國的機構，有各種國家跟人民的參與與營運。

0986 焦げ茶（こげちゃ）
類 焦げ茶色

名 濃茶色，深棕色，古銅色
こげ茶のジャケットと黒のジャケットではどちらが私（わたし）に似合（にあ）いますか。
我比較適合穿深褐色的外套，還是黑色的外套呢？

0987 語源（ごげん）

名 語源，詞源
語源を調べると、面白い発見をすることがあります。
調查語詞的起源時，有時會發現妙譚軼事。

0988 個々（ここ）
類 それぞれ

名 每個，各個，各自
個々の案件ごとに検討して、対処します。
分別檢討個別案件並提出因應對策。

0989 心地（ここち）
類 気持ち

名 心情，感覺
憧（あこが）れのアイドルを目（め）の前（まえ）にして、まさに夢心地（ゆめごこち）でした。
仰慕的偶像近在眼前，簡直如身處夢境一般。

こ

こころ え
心得

0990	こころ え **心得**	⑧ 知識，經驗，體會；規章制度，須知；（下級代行上級職務）代理，暫代 いま めんせつ こころ え はなし 今から面接の心得についてお話します。 現在就我面試的經驗，來跟大家分享。
0991	こころ が **心掛け** 爾 心構え	⑧ 留心，注意；努力，用心；人品，風格 せいかつ なか く ふう こころ が せつやく 生活の中の工夫や心掛けひとつで、いろいろ節約できる。 只要在生活細節上稍加留意與運用巧思，就能夠節約不少金錢與物資。
0992	こころ が **心掛ける** 爾 気をつける	⑩下一 留心，注意，記在心裡 さいてい に かい こころ が ミスを防ぐため、最低二回はチェックするよう心掛けている。 為了避免錯誤發生，特別謹慎小心地至少檢查過兩次。
0993	こころぐる **心苦しい**	⑱ 感到不安，過意不去，擔心 つら おも こころぐる 辛い思いをさせて心苦しいんだ。 讓您吃苦了，真過意不去。
0994	こころざし **志** 爾 志望	⑧ 志願，志向，意圖；厚意，盛情；表達心意的禮物；略表寸意 こころざし じっさい こうどう す ば ただ志のみならず、実際の行動も素晴らしい。 不只志向遠大，連實踐方式也很出色。
0995	こころざ **志す** 爾 期する	⑤他五 立志，志向，志願 おさな とき じゅうびょう ご い しゃ こころざ 幼い時重病にかかり、その後医者を志すようになった。 小時候曾罹患重病，病癒後就立志成為醫生。
0996	こころづか **心遣い**	⑧ 關照，關心，照料 あたた こころづか 温かい心遣い。 熱情關照。
0997	こころづよ **心強い** ⑳ 心細い 爾 気強い	⑱ 因為有可依靠的對象而感到安心；有信心，有把握 きみ こころづよ 君がいてくれて、心強いかぎりだ。 有你陪在我身邊，真叫人安心啊！

0998
心細い
こころぼそ
㊀ 因為沒有依靠而感到不安；沒有把握
風邪をひいたり体調を壊したときは、心細くなる。
かぜ　　　　　たいちょう　こわ　　　　　　　　　　こころぼそ
人在罹患感冒或身體不適時，往往感到很無助。
㊁ 心強い
㊂ 心配

0999
試み
こころ
㊀ 試，嘗試
これは初めての試みだから、失敗する可能性もある。
　　　はじ　　　こころ　　　　　しっぱい　　　かのうせい
這是第一次的嘗試，不排除遭到失敗的可能性。
㊂ 企て

1000
試みる
こころ
㊀ 試試，試驗一下
突撃取材を試みたが、警備員に阻まれ失敗に終わった。
とつげきしゅざい　こころ　　　　けいびいん　はば　　しっぱい　お
儘管試圖突擊採訪，卻在保全人員的阻攔下未能完成任務。
㊂ 試す

1001
快い
こころよ
㊀ 高興，愉快，爽快；（病情）良好
快いお返事をいただき、ありがとうございます。
こころよ　　へんじ
承蒙您爽快回覆，萬分感激。
㊂ 爽やか

1002
誤差
ごさ
㊀ 誤差；差錯
これぐらいの誤差なら、気にするまでもない。
　　　　　　ごさ　　　き
如果只是如此小差池，不必過於在意。
㊂ 食い違い

1003
ございます
㊀ 有；在；來；去
こちらが、当社の新製品でございます。
　　　　　とうしゃ　しんせいひん
這是敝公司的新產品。
㊂ ある

1004
孤児
こじ
㊀ 孤兒；沒有伴兒的人，孤獨的人
震災の孤児が300人もいると聞いて、胸が痛む。
しんさい　こじ　　　にん　　　　　き　　　　むね　いた
聽說那場震災造成多達三百名孩童淪為孤兒，令人十分悲憫不捨。
㊂ 孤子

1005
ごしごし
㊀ 使力的，使勁的
床をごしごし拭く。
ゆか　　　　　　ふ
使勁地擦洗地板。

こじ
拗らせる

1006 □	こじ **拗らせる**	他下一 搞壞，使複雜，使麻煩；使加重，使惡化，弄糟 もんだい 問題をこじらせる。 使問題複雜化。
1007 □	こじ **拗れる** 類悪化	自下一 彆扭，執拗；（事物）複雜化，惡化，（病）纏綿不癒 はや　　　　　　はな　　あ 早いうちに話し合わないから、仲がこじれて取り返し がつかなくなるしまつだ。 就因為不趁早協商好，所以才落到關係惡化最後無法收拾的下場。
1008 □	こ　じん **故人** 類亡き人	名 故人，舊友；死者，亡人 こじん　　　　　　　　ついとうかい　　ひら 故人をしのんで追悼会を開いた。 眾人在對往生者滿懷思念中，為他舉行追悼會。
1009 □	**こす** 類濾過（ろか）	他五 過濾，濾 つか　お　　　　　あ　　あぶら　　　あ　　　　　　　　　　　ほぞん 使い終わった揚げ油は、揚げカスをこしてから保存する。 先將炸完之食用油上的油炸殘渣撈撈乾淨後，再予以保存。
1010 □	こずえ **梢** 類枝	名 樹梢，樹枝 こずえ　　ことり　　　　　　　と 梢に小鳥のつがいが止まっている。 一對小鳥棲停於樹梢。
1011 □	こ　せい **個性** 類パーソナリティー	名 個性，特性 こども　　こせい　　たいせつ　　そだ　　　　ほう 子供の個性は大切に育てた方がいい。 應當重視培育孩子的個人特質。
1012 □	こ　せき **戸籍**	名 戶籍，戶口 こせき　　ほんせき　　ちが 戸籍と本籍の違いはなんですか。 戶籍與籍貫有什麼差異呢？
1013 □	こ　だい **古代** 類大昔	名 古代 こだい　　　　　　　　　　　　　　　　　　　いちにち　　　な 古代から「ローマは一日にして成らず」ということわ ざがある。 有句古諺：「羅馬不是一天造成的」。

1014 炬燵

反 冷房
類 暖房

名（架上蓋著被，用以取暖的）被爐，暖爐
コタツには日本ゆえの趣がある。
被爐具有日本的獨特風情。

1015 拘る

類 関係する

自五 拘泥；妨礙，阻礙，抵觸
これは私の得意分野ですから、拘らずにはおかない。
這是我擅長的領域，所以會比較執著。

1016 誇張

類 おおげさ

名・他サ 誇張，誇大
視聴率を上げんがため、誇張した表現を多く用いる
傾向にある。
媒體為了要提高收視率，有傾向於大量使用誇張的手法。

1017 骨

名・漢造 骨；遺骨，骨灰；要領，秘訣；品質；身體
豚骨ラーメンのスープは非常に濃厚です。
豬骨湯麵的湯頭非常濃稠。

1018 滑稽

類 おかしい

名・形動 滑稽，可笑；詼諧
懸命に弁解すれば弁解するほど、滑稽に聞こえる。
愈是拚命辯解，聽起來愈是可笑。

1019 国交

類 外交

名 國交，邦交
国交が回復されるや否や、経済効果がはっきりと現れた。
才剛恢復邦交，經濟效果就明顯地有了反應。

こ

1020 こつこつ

副・形動 孜孜不倦，堅持不懈，勤奮；（硬物相敲擊）咚咚聲
こつこつと勉強する。
孜孜不倦的讀書。

1021 骨董品

類 アンティーク

名 古董
骨董品といえども、100万もする代物ではない。
雖說是骨董，但這東西也不值100萬日幣。

こ てい
固定

1022	**固定** こ てい 類 定置	名・自他サ 固定 会議に出席するのは固定のメンバーだけです。 只有固定成員始得出席會議。
1023	**事柄** こと がら 類 事情	名 事情，情況，事態 本来なら私が言うまじき事柄ですが、ちょっと一言述べ させていただきます。 原本不應對此事置喙，但容我說一句。
1024 T26	**孤独** こ どく 類 ロンリー	名 孤獨，孤單 孤独なればこそ、強く成長する。 就是因為孤單一人，才會成長茁壯。
1025	**ことごとく** 類 全て	名・副 所有，一切，全部 最近ことごとくついていない。 最近實在倒楣透頂。
1026	**言付け（る）** こと づ 類 命令	名 傳聞，傳說；口信，致意 他下一 託付，帶口信 自下一 假託，藉口 いつものことなので、あえて彼に言付けるまでもない。 已經犯過很多次了，無須特地向他告狀。
1027	**言伝** こと づて	名 傳聞；帶口信 言伝に聞く。 傳聞。
1028	**殊に** こと 類 特に	副 特別，格外 わが社は殊にアフターサービスに力を入れています。 本公司特別投力於售後服務。
1029	**ことによると** 類 或は	連語・副 可能，說不定，或許 ことによると、私の勘違いかもしれません。 或許是因為我有所誤會。

030

粉々
（こなごな）

<u>類</u> こなみじん

③ 粉碎，粉末

ガラスコップが粉々に砕けた。

玻璃杯被摔得粉碎。

031

コネ
【connection 之略】

③ 關係，門路

コネを頼って就職する。

利用關係找工作。

032

好ましい
（この）

<u>反</u> 厭わしい
<u>類</u> 好もしい

⑱ 因為符合心中的愛好與期望而喜歡；理想的，滿意的

社会人として好ましくない髪形です。

以上班族而言，這種髮型不太恰當。

033

碁盤
（ごばん）

③ 圍棋盤

京都市内の道路は碁盤の目状に整備されている。

京都市區之道路規劃為棋盤狀。

034

個別
（こべつ）

<u>類</u> それぞれ

③ 個別

ひとり個別面接のみならず、集団面接も行われる。

不只個別面試，也會進行集體面試。

035

コマーシャル
【commercial】
<u>類</u> 広告

③ 商業（的），商務（的）；商業廣告

コマーシャルの出来は商品の売れ行きを左右する。

商品的銷售業績深受廣告製作效果的影響。

036

ごまかす

<u>類</u> 偽る

他五 欺騙，欺瞞，蒙混，愚弄；蒙蔽，掩蓋，搪塞，敷衍；作假，搗鬼，舞弊，侵吞（金錢等）

どんなにごまかそうが、結局最後にはばれる。

不管再怎麼隱瞞，結果最後還是會被拆穿。

1037

細やか
（こま）

<u>類</u> 細かい

形動 深深關懷對方的樣子；深切，深厚

細やかなお気遣いをいただき、感謝申し上げます。

渥蒙諸位之體諒關懷，無任感荷。

こ

込み上げる

1038	込み上げる	自下一 往上湧，油然而生 涙がこみあげる。 涙水盈眶。
1039	込める 類 詰める	他下一 裝填；包括在內，計算在內；集中（精力），貫注（全神） 心を込めてこの歌を歌いたいと思います。 請容我竭誠為各位演唱這首歌曲。
1040	コメント 【comment】 類 論評	名・自サ 評語，解說，註釋 ファンの皆さんに、一言コメントをいただけますか。 可以麻煩您對影迷們講幾句話嗎？
1041	御尤も	形動 對，正確 おっしゃることはごもっともです。 您說得沒錯。
1042	子守歌・子守唄	名 搖籃曲 子守唄を聞く。 聽搖籃曲。
1043	籠もる 類 引きこもる	自五 閉門不出；包含，含蓄；（煙氣等）停滯，充滿，（房間等）不通風 娘は恥ずかしがって部屋の奥にこもってしまった。 女兒因為害羞怕生而躲在房裡不肯出來。
1044	固有 類 特有	名 固有，特有，天生 柴犬や土佐犬は日本固有の犬種です。 柴犬與土佐犬為日本原生狗種。
1045	雇用	名・他サ 雇用；就業 不況の影響を受けて、雇用不安が高まっている。 受到不景氣的影響，就業不穩定的狀況愈趨嚴重。

---

046 暦
こよみ

類 カレンダー

名 暦，暦書

暦の上では春とはいえ、まだまだ寒い日が続く。
こよみ　うえ　　　はる　　　　　　　　　　　さむ　ひ　つづ

雖然日曆上已進入春天，但是寒冷的天氣依舊。

---

047 凝らす
こ

類 集中させる

他五 凝集，集中

素人なりに工夫を凝らしてみました。
しろうと　　　　くふう　こ

以外行人來講，算是相當費盡心思了。

---

048 御覧なさい
ご　らん

類 見なさい

敬 看，觀賞

いつものこととて、ざっと見ずにしっかり御覧なさい。
み　　　　　　ご　らん

別因為是平常的事，就粗略看看，請仔細看過。

1049 孤立
こ　りつ

名・自サ 孤立

孤立が極まって、彼はいよいよ会社にいられなくなった。
こ　りつ　きわ　　　かれ　　　　　　かいしゃ

在公司，他被孤立到就快待不下去了。

1050 懲りる
こ

類 悔やむ

自上一 （因為吃過苦頭）不敢再嘗試

これに懲りて、もう二度と同じ失敗をしないようにして下さい。
こ　　　　　　に　ど　おな　しっぱい　　　　　　　　　　くだ

請以此為戒，勿再犯同樣的錯誤。

1051 根気
こん　き

類 気力

名 耐性，毅力，精力

パズルを完成させるには根気が必要です。
かんせい　　　　　こん　き　ひつよう

必須具有足夠的毅力才能完成拼圖。

こ

1052 根拠
こん　きょ

類 証拠

名 根據

証人の話は全く根拠のないものでもない。
しょうにん　はなし　まった　こん　きょ

證詞並非毫無根據。

1053 混血
こん　けつ

名・自サ 混血

厚生労働省の調査によると、30人に一人の赤ちゃんが
こうせいろうどうしょう　ちょう　さ　　　　　　　にん　ひとり　あか
混血児です。
こんけつじ

根據日本厚生勞働省的調查，國內每三十個嬰兒中，就有一個是混血兒。

1054	**コンタクト** 【contact lens之略】 類 コンタクト レンズ	名 隱形眼鏡 コンタクトがずれて、目が痛い。 隱形眼鏡戴在眼球上的位置偏移了，眼睛疼痛難當。
1055	**昆虫** こんちゅう 類 虫	名 昆蟲 彼は子供のころからずっと昆虫の標本を収集している。 他從小就開始一直收集昆蟲標本。
1056	**根底** こんてい 類 根本	名 根底，基礎 根底にある問題を解決しなければ、解決したとは言えない。 假如沒有排除最根本的問題，就不能説事情已經獲得解決。
1057	**コンテスト** 【contest】 類 コンクール	名 比賽；比賽會 彼女はコンテストに参加するため、ダイエットに励んでいる。 她為了參加比賽，正在努力減重。
1058	**混同** こんどう	名・自他サ 混同，混淆，混為一談 公職に就く人は公私混同を避けなければならない。 擔任公職者必須極力避免公私不分。
1059	**コントラスト** 【contrast】 類 対照	名・自サ 對比，對照；（光）反差，對比度 このスカートは白黒のコントラストがはっきりしていてきれいです。 這條裙子設計成黑白對比分明的款式，顯得美麗大方。
1060	**コントロール** 【control】 類 指揮	名・他サ 支配，控制，節制，調節 いかなる状況でも、自分の感情をコントロールすることが大切です。 無論身處什麼樣的情況，重要的是能夠控制自己的情緒。
1061	**コンパス** 【（荷）kompas】 類 円規	名 圓規；羅盤，指南針；腿（的長度），腳步（的幅度） コンパスを使えばきれいな円を描くことができる。 只要使用圓規就可以繪製出完美的圓形。

062 **根本** こんぽん 類 **根源**	名 根本，根源，基礎 ないかく し じ りつていめい こんぽん せい じ ふ しん **内閣支持率低迷の根本には政治不信がある。** 內閣支持率低迷的根源在百姓不信任政治。

MEMO

さ

1063	さ	終助 向對方強調自己的主張，說法較隨便；（接疑問詞後）表示抗議、追問的語氣；（插在句中）表示輕微的叮嚀 そのぐらい、僕だってできるさ。天才だからね。 那點小事，我也會做啊！因為我是天才嘛！
1064	ざあざあ	副 （大雨）嘩啦嘩啦聲；（電視等）雜音 雨がざあざあ降っている。 雨嘩啦嘩啦地下。
1065	差異	名 差異，差別 差異がない。 沒有差別。
1066	財 類 金銭	名・漢造 財產，錢財；財寶，商品，物資 バブル経済のころには、不動産で財を築く人が多かった。 有非常多人在泡沫經濟時期，藉由投資不動產累積龐大財富。
1067	再会 類 会う	名・自サ 重逢，再次見面 20年ぶりに再会できて喜びにたえない。 相隔20年後的再會，真是令人掩飾不住歡喜。
1068	災害 反 人災 類 天災	名 災害，災難，天災 首相は被害地域を訪れ、災害の状況を視察した。 首相來到災區視察受災狀況。
1069	細菌 類 ウイルス	名 細菌 私たちの消化器官には、いろんな種類の細菌が住み着いている。 有各式各樣的細菌，定住在我們的消化器官中。
1070	細工 類 手芸	名・他サ 精細的手藝（品），工藝品；耍花招，玩弄技巧，搞鬼 一度ガラス細工体験をしてみたいです。 我很想體驗一次製作玻璃手工藝品。

1071	採掘 さいくつ 類 掘り出す	(名·他サ) 採掘，開採，採礦 アフリカ南部のレソト王国で世界最大級のダイヤモンドが採掘された。 在非洲南部的萊索托王國，挖掘到世界最大的鑽石。
1072	サイクル 【cycle】 類 周期	(名) 周期，循環，一轉；自行車 環境のサイクルは一度壊れると元に戻りにくい。 生態環境的循環一旦遭受破壞，就很難恢復回原貌了。
1073	採決 さいけつ 類 表決	(名·自サ) 表決 その法案は起立による採決で強行採決された。 那一法案以起立表決，而強行通過了。
1074	再建 さいけん	(名·他サ) 重新建築，重新建造；重新建設 再建の手を早く打たなかったので、来月に倒産するしまつだ。 因為沒有及早設法重新整頓公司，結果下個月公司竟然倒閉了。
1075	再現 さいげん	(名·自他サ) 再現，再次出現，重新出現 東京の街をリアルに再現した３D仮想空間が今冬に公開される。 東京街道逼真再現的3D假想空間，將在今年冬天公開。
1076	財源 ざいげん	(名) 財源 財源を確保しなければ、計画もくそもない。 倘若無法確保財源，遑論執行計畫。
1077	在庫 ざいこ	(名) 庫存，存貨；儲存 在庫を確認しておけばいいものを、しないから処理に困ることになる。 如先確認過庫存就好了，正因為沒做才變得處理棘手。
1078	再婚 さいこん	(名) 再婚，改嫁 父は再婚した。 父親再婚了。

さ

1079	採算 さいさん	名（收支的）核算，核算盈虧 人件費が高すぎて、会社としては採算が合わない。 對公司而言，人事費過高就會不敷成本。
1080	採集 さいしゅう 類 集める	名・他サ 採集，捜集 秋になると山へ行ってキノコと栗を採集する。 秋天來臨時就到山裡採集野菇與栗子。
1081	サイズ 【size】 類 大きさ	名（服裝，鞋，帽等）尺寸，大小；尺碼，號碼；（婦女的）身材 Mサイズはおろか、Lサイズも入りません。 別説M號，連L號也穿不下。
1082	再生 さいせい 類 蘇生	名・自他サ 重生，再生，死而復生；新生，（得到）改造；（利用廢品加工，成為新產品）再生；（已錄下的聲音影像）重新播放 重要な個所を見過ごしたので、もう一度再生してください。 我沒看清楚重要的部分，請倒帶重新播放一次。
1083	財政 ざいせい 類 経済	名 財政；（個人）經濟情況 政府は異例ずくめの財政再建政策を打ち出した。 政府提出了史無前例的財政振興政策。
1084	最善 さいぜん 反 最悪 類 ベスト	名 最善，最好；全力 私なりに最善を尽くします。 我會盡我所能去辦好這件事。
1085	採択 さいたく	名・他サ 採納，通過；選定，選擇 採択された決議に基づいて、プロジェクトグループを立ち上げた。 依據作成之決議，組成專案小組。
1086	サイドビジネス 【(和)side+business】	名 副業，兼職 サイドビジネスを始める。 開始兼職副業。

087 栽培 さいばい

（反）自生
（類）培植

（名・他サ）栽培，種植

栽培方法によっては早く成長する。

採用不同的栽培方式可以提高生長速率。

---

088 再発 さいはつ

（名・他サ）（疾病）復發，（事故等）又發生；（毛髮）再生

病気の再発は避けられないものでもない。

並非無法避免症狀復發。

---

089 細胞 さいぼう

（名）（生）細胞；（黨的）基層組織，成員

細胞を採取して、検査する。

採集細胞樣本進行化驗。

---

090 採用 さいよう

（名・他サ）採用（意見），採取；錄用（人員）

採用試験では試験の成績もさることながら、面接が重視される傾向にある。

錄取考試中考試成績當然重要，但更有重視面試的傾向。

---

091 遮る さえぎる

（類）妨げる

（他五）遮擋，遮住，遮蔽；遮段，遮攔，阻擋

彼の話はあまりにしつこいので、遮らずにはおかない。

他説起話來又臭又長，讓人不得不打斷他的話。

---

092 さえずる

（類）鳴く

（自五）（小鳥）婉轉地叫，嘰嘰喳喳地叫，歌唱

小鳥がさえずる声で目が覚めるのは、本当に気持ちがいい。

在小鳥啁啾聲中醒來，使人感覺十分神清氣爽。

さ

---

093 冴える さえる

（自下一）寒冷，冷峭；清澈，鮮明；（心情、目光等）清醒，清爽；（頭腦、手腕等）靈敏，精巧，純熟

コーヒーの飲みすぎで、頭がさえて眠れません。

喝了過量的咖啡，頭腦極度清醒，完全無法入睡。

---

094 竿 さお

（類）棒

（名・接尾）竿子，竹竿；釣竿；船篙；（助數詞用法）桿，根

今は、伸縮性のある物干し竿もあります。

現在甚至有具伸縮性的晾衣桿問世。

栄える

1095 ☐	栄える （さかえる） ⊠ 衰える 類 繁栄	自下一 繁榮，興盛，昌盛；榮華，顯赫 どんなに国が栄えようと、栄えまいと、貧富の差はなく らない。 不論國家繁容與否，貧富之差終究還是會存在。
1096 ☐	差額 （さがく）	名 差額 後ほど差額を計算して、お返しします。 請容稍後計算差額，再予以退還。
1097 ☐	杯 （さかずき） 類 酒杯	名 酒杯；推杯換盞，酒宴；飲酒為盟 お酒が杯からあふれんばかりだ。 美酒差點從杯緣溢了出來。
1098 ☐ T28	逆立ち （さかだち） 類 倒立	名・自サ （體操等）倒立，倒豎；顛倒 体育の授業で逆立ちの練習をした。 在體育課中練習了倒立。
1099 ☐	盛る （さかる）	自五 旺盛；繁榮；（動物）發情 火が盛る。 火勢旺盛。
1100 ☐	先 （さき）	名 尖端，末梢；前面，前方；事先，先；優先，首先；將來，未來；後來（的情況）；以前，過去；目的地；對方 目と鼻の先。 極短的距離。
1101 ☐	先に （さきに） 類 以前に	副 以前，以往 先に電話で空席があるかどうか確認してから、行きましょう。 先打個電話確定店家還有空位後，再一起出發吧！
1102 ☐	詐欺 （さぎ） 類 インチキ	名 詐欺，欺騙，詐騙 ひとり老人のみならず、若者も詐欺グループにまんまと騙された。 不光是老年人而已，就連年輕人也是詐騙集團的受害者。

作 `さく`

⑬作品

（名・漢造）著作，作品；耕種，耕作；收成；振作；動作
手塚治虫さん作の漫画は、今でも高い人気を誇っている。
手塚治先生繪製的漫畫，至今依舊廣受大眾喜愛。

柵 `さく`

⑬囲い

（名）柵欄；城寨
道路脇に柵を設けて、車の転落を防止する。
這個柵欄的高度不足以預防人們跌落。

策 `さく`

⑬はかりごと

（名・漢造）計策，策略，手段；鞭策；手杖
反省はおろか、何の改善策も打ち出していない。
不用說是有在反省，就連個補救方案也沒提出來。

削減 `さくげん`

⑤増やす
⑬減らす

（名・自他サ）削減，縮減；削弱，使減色
景気が悪いので、今年のボーナスが削減されてしまった。
由於景氣差，今年的年終獎金被削減了。

錯誤 `さくご`

⑬誤り

（名）錯誤；（主觀認識與客觀實際的）不相符，謬誤
試行錯誤を繰り返し、ようやく成功した。
經過幾番摸索改進後，終於獲得成功。

作戦 `さくせん`

⑬戦略

（名）作戰，作戰策略，戰術；軍事行動，戰役
それは関心を引かんがための作戦だ。
那是為了要引分散對方的注意力所策劃的戰略。

叫び `さけび`

（名）喊叫，尖叫，呼喊
叫び声。
尖叫聲。

裂ける `さける`

⑬破れる

（自下一）裂，裂開，破裂
冬になると乾燥のため唇が裂けることがある。
到了冬天，有時會因氣候乾燥而嘴唇乾裂。

さ

1111	**捧げる** さ さ 類 あげる	他下一 雙手抱拳，捧拳；供，供奉，敬獻；獻出，貢獻 この歌は、愛する妻に捧げます。 うた あい つま ささ 僅以這首歌曲獻給深愛的妻子。
1112	**差し掛かる** さ か 類 通りかかる	自五 來到，路過（某處），靠近；（日期等）臨近， 逼近，緊迫；垂掛，籠罩在…之上 企業の再建計画は正念場に差し掛かっている。 きぎょう さいけんけいかく しょうねんば さ か 企業的重建計畫正面臨最重要的關鍵時刻。
1113	**指図** さし ず 類 命令	名・自サ 指示，吩咐，派遣，發號施令；指定，指明；圖面，設計圖 彼はもうベテランなので、私がひとつひとつ指図する かれ わたし さし ず までもない。 他已經是老手了，無需我一一指點。
1114	**差し出す** さ だ 類 提出	他五 （向前）伸出，探出；（把信件等）寄出，發出； 提出，交出，獻出；派出，派遣，打發 彼女は黙って辞職届を差し出した。 かのじょ だま じしょくとどけ さ だ 她不聲不響地提出辭呈。
1115	**差し支える** さ つか 類 邪魔	自下一 （對工作等）妨礙，妨害，有壞影響；感到不方便， 發生故障，出問題 たとえ計画の進行に差し支えても、メンバーを変更せずにはすまない。 けいかく しんこう さ つか へんこう 即使會影響到計畫的進度，也得更換組員。
1116	**差し引き** さ ひ	名・自他サ 扣除，減去；（相抵的）餘額，結算（的結果）； （潮水的）漲落，（體溫的）升降 電話代や電気代といった諸経費は事業所得から差し引きしてもいい でん わ だい でん き だい しょけいひ じぎょうしょとく さ ひ 電話費與電費等各項必要支出經費，可自企業所得中予以扣除。
1117	**指す** さ	他五 （用手）指，指示；點名指名；指向；下棋；告密 指で指す。 ゆび さ 用手指指出。
1118	**授ける** さず 反 奪う 類 与える	他下一 授予，賦予，賜給；教授，傳授 功績が認められて、ナイトの称号が授けられた。 こうせき みと しょうごう さず 由於功績被認可，而被授予爵士的稱號。

119	さする 類 擦る（する）	他五 摩，擦，搓，撫摸，摩挲 膝が痛いので、手でさすって痛みを和らげる。 伸手撫摸按摩膝蓋以減緩其疼痛。
120	さぞ 類 きっと	副 想必，一定是 残り3分で逆転負けするなんて、さぞ悔しいことでしょう。 離終場三分鐘時遭慘逆轉賽局吃下敗仗，想必懊悔不已。
121	さぞかし	副 （「さぞ」的強調）想必，一定 さぞかし喜ぶでしょう。 想必很開心吧。
122	定まる 類 決まる	自五 決定，規定；安定，穩定，固定；確定，明確；（文）安靜 まだ視点が定まらないまでも、命に別条はない。 即使視力焦距還對不準，卻沒有生命危險。
123	定める 類 決める	他下一 規定，決定，制定；平定，鎮定；奠定；評定，論定 給料の規定については、契約書に明確に定めてあります。 薪資之相關規定，均載明於契約書中。
124	座談会 類 会議	名 座談會 衆議院が解散したので、テレビは緊急の座談会番組を放送した。 由於眾議院已經散會，電視台緊急播放座談節目。
125	雑 反 精密 類 粗末	名・形動・漢造 雜類；（不單純的）混雜；摻雜；（非主要的）雜項；粗雜；粗糙；粗枝大葉 雑に仕事をすると、あとで結局やり直すことになりますよ。 如果工作時敷衍了事，到頭來仍須重新再做一次喔！
126	雑貨 反 小間物 類 荒物	名 生活雜貨 彼女の部屋はこまごまとした雑貨まみれだ。 她的房間裡堆滿了零碎的雜物。

さ

錯覚(さっかく)

1127	錯覚(さっかく) 類(るい) 勘違(かんちが)い	(名・自サ) 錯覺；錯誤的觀念；誤會，誤認為 左(ひだり)の方(ほう)が大(おお)きく見(み)えるのは目(め)の錯覚(さっかく)で、実際(じっさい)は二(ふた)つと同(おな)じ大(おお)きさです。 左邊的圖案看起來比較大，是因為眼睛的錯覺，其實兩個圖案的大小完全相同。
1128	早急(さっきゅう)・早急(そうきゅう) 類(るい) 至急(しきゅう)	(形動) 盡量快些，趕快，趕緊 その件(けん)は早急(さっきゅう)に解決(かいけつ)する必要(ひつよう)がある。 那件事必須盡快解決。
1129	殺人(さつじん)	(名) 殺人，兇殺 未遂(みすい)であれ、殺人(さつじん)の罪(つみ)は重(おも)い。 即使是殺人未遂，罪行依舊很重。
1130	察(さっ)する 類(るい) 推(お)し量(はか)る	(他サ) 推測，觀察，判斷，想像；體諒，諒察 娘(むすめ)を嫁(よめ)にやる父親(ちちおや)の気持(きも)ちは察(さっ)するに難(かた)くない。 不難猜想父親出嫁女兒的心情。
1131	雑談(ざつだん) 類(るい) お喋(しゃべ)り	(名・自サ) 閒談，說閒話，閒聊天 久(ひさ)しぶりの再会(さいかい)で雑談(ざつだん)に花(はな)が咲(さ)いて、2時間以上(じかんいじょう)も話(はな)しました。 與久逢舊友聊得十分起勁，足談了兩個多小時。
1132	さっと	(副) (形容風雨突然到來) 倏然，忽然；(形容非常迅速) 忽然，一下子 家(いえ)に帰(かえ)ったら、先(さき)にさっと宿題(しゅくだい)を仕上(しあ)げてしまいなさい。 回到家第一件事，請先迅速完成課後作業。
1133 T29	悟(さと)る 類(るい) 悟得(ごとく)	(他五) 醒悟，覺悟，理解，認識；察覺，發覺，看破；(佛) 悟道，了悟 その言葉(ことば)を聞(き)いて、彼(かれ)に騙(だま)されていることを悟(さと)った。 聽到那番話後，赫然頓悟自己遭到他的欺騙。
1134	最中(さなか) 類(るい) さいちゅう	(名) 最盛期，正當中，最高 披露宴(ひろうえん)のさなかに、大(おお)きな地震(じしん)が発生(はっせい)した。 正在舉行典禮時，突然發生大地震。

135
裁く
さば

類 裁判する

他五 裁判，審判；排解，從中調停，評理

<ruby>人<rt>ひと</rt></ruby>が<ruby>人<rt>ひと</rt></ruby>を<ruby>裁<rt>さば</rt></ruby>くことは<ruby>非常<rt>ひじょう</rt></ruby>に<ruby>難<rt>むずか</rt></ruby>しい。

由人來審判人，是非常困難的。

136
座標
ざ ひょう

名 （數）座標；標準，基準

<ruby>2<rt></rt></ruby><ruby>点<rt>てん</rt></ruby>の<ruby>座標<rt>ざひょう</rt></ruby>から<ruby>距離<rt>きょり</rt></ruby>を<ruby>計算<rt>けいさん</rt></ruby>しなさい。

請計算這兩點座標之間的距離。

137
さほど

類 それほど

副 （後多接否定語）並（不是），並（不像），也（不是）

さほどひどくない<ruby>怪我<rt>けが</rt></ruby>ですから、<ruby>入院<rt>にゅういん</rt></ruby>せずにすむでしょう。

那並不是什麼嚴重的傷勢，應該不需要住院吧。

138
サボる

反 励む
類 怠ける

他五 （俗）怠工；偷懶，逃（學），曠（課）

<ruby>授業<rt>じゅぎょう</rt></ruby>をサボりっぱなしで、テストは<ruby>散々<rt>さんざん</rt></ruby>だった。

一直翹課，所以考試結果慘不忍睹。

139
寒気
さむ け

類 寒さ

名 寒冷，風寒，發冷；憎惡，厭惡感，極不愉快感覺

<ruby>今朝<rt>けさ</rt></ruby>から<ruby>寒気<rt>さむけ</rt></ruby>もさることながら、<ruby>頭痛<rt>ずつう</rt></ruby>がひどい。

今晨寒氣逼人，使得頭疼加劇。

1140
侍
さむらい

類 武士

名 （古代公卿貴族的）近衛；古代的武士；有骨氣，行動果決的人

<ruby>一昔前<rt>ひとむかしまえ</rt></ruby>、<ruby>侍<rt>さむらい</rt></ruby>はみなちょんまげを<ruby>結<rt>ゆ</rt></ruby>っていました。

過去，武士全都梳髮髻。

さ

1141
さも

類 いかにも

副 （從一旁看來）非常，真是；那樣，好像

<ruby>彼<rt>かれ</rt></ruby>はさも<ruby>事件現場<rt>じけんげんば</rt></ruby>にいたかのように<ruby>話<rt>はな</rt></ruby>した。

他描述得活靈活現，宛如曾親臨現場。

1142
作用
さ よう

類 働き

名・自サ 作用；起作用

レモンには<ruby>美容作用<rt>びようさよう</rt></ruby>があるといわれています。

聽說檸檬具有美容功效。

さようなら

1143 ☐	**さようなら**	寒暄 再會，再見 さようなら、また明日。 再會，明天見。
1144 ☐	**さらう** 反 与える 類 奪う	他五 攫，奪取，拐走；（把當場所有的全部）拿走，取得，贏走 彼が監督する映画は、いつも各界の話題をさらってきた。 他所導演的電影，總會成為各界熱烈討論的話題。
1145 ☐	**更なる**	連體 更 更なるご活躍をお祈りします。 預祝您有更好的發展。
1146 ☐	**障る** 類 邪魔	自五 妨礙，阻礙，障礙；有壞影響，有害 もし気に障ったなら、申し訳ありません。 假如造成您的不愉快，在此致上十二萬分歉意。
1147 ☐	**〜さん**	接尾 先生；小姐，女士 佐藤さん。 佐藤先生（小姐）。
1148 ☐	**酸**	名・漢造 酸味；辛酸，痛苦；（化）酸 疲れた時には、クエン酸を摂ると良いといわれています。 據說在身體疲憊時攝取檸檬酸，有助於恢復體力。
1149 ☐	**酸化**	名・自サ （化）氧化 リンゴは空気に触れて酸化すると、表面が黒くなる。 蘋果被切開後接觸到空氣，果肉表面會因氧化而泛深褐色。
1150 ☐	**山岳**	名 山岳 山岳救助隊は遭難した登山者の救出を専門にしている。 山岳救難隊專責救助遇到山難的登山客。

1151

さんぎいん
参議院

反 衆議院
類 参院

名 参議院，參院（日本國會的上院）

さんぎいんぎいんにんきねん
参議院議員の任期は6年です。

参議院議員任期是六年。

1152

サンキュー
【thank you】
類 ありがとう

感 謝謝

はなえいご
おばあちゃんが話せる英語は「サンキュー」だけです。

奶奶會說的英語只有「3Q」而已。

1153

さんきゅう
産休

類 出産休暇

名 產假

かいしゃふくりわるさんきゅうと
会社の福利が悪く、産休もろくに取れないしまつだ。

公司的福利差，結果連產假也沒怎麼休到。

1154

ざんきん
残金

類 残高

名 餘款，餘額；尾欠，差額

つうちょうきちょうざんきんたし
通帳に記帳して、残金を確かめます。

補摺確認帳戶裡的存款餘額。

1155

さんご
産後

名 （婦女）分娩之後

さんごたいりょくかいふくきゅうそくほうよ
産後は体力が回復するまでじっくり休息した方が良い。

生產後應該好好靜養，直到恢復體力為止。

1156

ざんこく
残酷

類 ひどい

名・形動 殘酷，殘忍

ざんこくえけつだん
いくら残酷といえども、これはやむを得ない決断です。

即使再怎麼殘忍，這都是不得已的抉擇。

さ

1157

さんしゅつ
産出

類 生産

名・他サ 生產；出產

せきゆさんしゅつくにいっぱんてきゆたせいかつおうか
石油を産出する国は、一般的に豊かな生活を謳歌している。

石油生產國家的生活，通常都極盡享受之能事。

1158

さんしょう
参照

類 参看

名・他サ 參照，參看，參閱

しょうさいてんぷさんしょう
詳細については、添付ファイルをご参照ください。

相關詳細內容請參考附檔。

さんじょう
参上

| 1159 | 参上 さんじょう 類 参る | (名・自サ) 拝訪，造訪
いよいよ、冬の味覚牡蠣参上!
冬季珍饈的代表——牡蠣，終於開始上市販售! |

| 1160 | 残高 ざんだか 類 残金 | (名) 餘額
残高はたったの約120万円というところです。
餘額僅餘約莫120萬日圓而已。 |

| 1161 | サンタクロース 【Santa Claus】 | (名) 聖誕老人
サンタクロースは煙突から入ってくるんですか。
聖誕老公公會從煙囪爬進屋子裡面嗎? |

| 1162 | 桟橋 さんばし 類 港 | (名) 碼頭；跳板
花火を見るため、桟橋には人があふれかえっている。
想看煙火施放的人們，將碼頭擠得水洩不通。 |

| 1163 | 賛美 さんび 類 称賛する | (名・他サ) 讚美，讚揚，歌頌
彼の行いは賛美にたえません。
他的行為非常值得讚許。 |

| | 山腹 さんぷく 類 中腹 | (名) 山腰，山腹
大地震のため、山腹で土砂崩れが発生した。
山腰處因大地震引發了土石崩塌。 |

| 1164 | 産婦人科 さんふじんか | (名) (醫) 婦產科
彼女は女医がいる産婦人科を探しています。
她正在尋找有女醫師駐診的婦產科。 |

| 1165 | 産物 さんぶつ 類 物産 | (名) (某地方的) 產品，產物，物產；(某種行為的結果所產生的) 產物
世紀の大発見といわれているが、実は偶然の産物です。
雖然被稱之為世紀性的重大發現，其實卻只是偶然之下的產物。 |

1166 □	山脈 {さんみゃく}	名 山脈 数々の難題が、私の前に山脈のごとく立ちはだかっている。 {かずかず　なんだい　わたし　まえ　さんみゃく　た} 有太多的難題，就像一座山阻擋在我眼前一般。
1167 □ T30	師 {し} 類 師匠	名・漢造 軍隊；（軍事編制單位）師；老師；從事專業技術的人 彼は私が師と仰ぐ人物です。 {かれ　わたし　し　あお　じんぶつ} 他是我所景仰的師長。
1168 □	死 {し} 反 生 類 死ぬ	名・自サ・漢造 死亡；死罪；無生氣，無活力；殊死，拼命 死期を迎えても、父は最後まで気丈にふるまっていた。 {しき　むか　ちち　さいご　きじょう} 儘管面臨死神的召喚，先父直到最後一刻依舊展現神采奕奕的風範。
1169 □	～士 {し}	名・漢造 人（多指男性），人士；武士；士官；軍人；（日本自衛隊中最低的一級）士；有某種資格的人；對男子的美稱 二人目の日本人女性宇宙飛行士が誕生した。 {ふたりめ　にほんじんじょせいうちゅうひこうし　たんじょう} 第二位日籍女性太空人誕生了。
1170 □	～児 {じ} 反 親 類 こども	漢造 幼兒；兒子；人；可愛的年輕人 天才児とはどのような子供のことを言いますか。 {てんさいじ　こども　い} 所謂天才兒童是指什麼樣的小孩子呢？
1171 □	仕上がり {しあ} 類 できばえ	名 做完，完成；（迎接比賽）做好準備 本物のごとき仕上がりに、みんなからため息が漏れた。 {ほんもの　しあ　も} 成品簡直就像真的一樣，讓大家讚嘆不已。
1172 □	仕上げ {しあ} 類 でき上がり	名・他サ 做完，完成；做出的結果；最後加工，潤飾 仕上げに醤油をさっと回しかければ、一品出来上がりです。 {しあ　しょうゆ　まわ　ひとしなできあ} 在最後起鍋前，再迅速澆淋少許醬油，即可完成一道美味佳餚。
1173 □	仕上げる {しあ} 類 作り上げる	他下一 做完，完成，（最後）加工，潤飾，做出成就 汗まみれになって何とか課題作品を仕上げた。 {あせ　なん　かだいさくひん　しあ} 經過汗流浹背的奮戰，總算完成了要繳交的作業。

さ

しいく
飼育

1174	飼育	⑧・他サ 飼養（家畜） 野生動物の飼育は決して容易なものではない。 飼養野生動物絕非一件容易之事。
1175	強いて ⑳ 無理に	⑩ 強迫；勉強；一定… 特に好きな作家はいませんが、強いて言えば村上春樹 んです。 我沒有特別喜愛的作家，假如硬要選出一位的話，那麼就是村上春樹先生。
1176	シート 【seat】 ⑳ 席	⑧ 座位，議席；防水布 拭くなり、洗うなり、シートの汚れをきれいに取ってく ださい。 請用擦拭或清洗的方式去除座位上的髒污。
1177	ジーパン 【(和) jeans+ pants之略】 ⑳ ジーンズ	⑧ 牛仔褲 このTシャツにはジーパンが合う。 這件襯衫很適合搭配牛仔褲。
1178	強いる ⑳ 強制する	他上一 強迫，強使 その政策は国民に多大な負担を強いることになるで しょう。 這項政策恐怕會將莫大的負擔，強加於國民的身上。
1179	仕入れる ⑳ 売る ⑳ 買う	他下一 購入，買進，採購（商品或原料）；（喻）由他處 取得，獲得 お寿司屋さんは毎朝、市場で新鮮な魚を仕入れる。 壽司店家每天早晨都會到市場採購新鮮的魚貨。
1180	死因	⑧ 死因 死因は心臓発作だ。 死因是心臟病發作。
1181	潮 ⑳ 潮汐	⑧ 海潮；海水，海流；時機，機會 大潮の時は、潮の流れが速くなるので注意が必要です。 漲潮的時候，潮汐的流速將會增快，必須特別小心。

| 1182 | **歯科** しか | ⓐ（醫）牙科，歯科
小学校では定期的に歯科検診が実施されます。
しょうがっこう　ていきてき　しかけんしん　じっし
小學校方會定期舉辦學童牙齒健檢。 |

| 1183 | **自我** じ が
⊘ 相手
⊜ 自分 | ⓐ 我，自己，自我；（哲）意識主體
大体何歳ぐらいから自我が目覚めますか。
だいたいなんさい　　　　じ が　め ざ
人類大約從幾歲時開始有自我意識呢？ |

| 1184 | **市街** し がい
⊜ まち | ⓐ 城鎮，市街，繁華街道
この写真はパリの市街で撮影したものです。
しゃしん　　　　し がい　さつえい
這幅照片拍攝於巴黎的街頭。 |

| 1185 | **視覚** し かく | ⓐ 視覚
小さい時高熱のため、右目の視覚を失った。
ちい　　ときこうねつ　　　みぎめ　し かく　うしな
由於小時候曾生病高燒不退，導致失去右眼的視覺。 |

| 1186 | **自覚** じ かく
⊜ 自意識 | 名・他サ 自覺，自知，認識；覺悟，覺悟；自我意識
胃に潰瘍があると診断されたが、全く自覚症状があり
い　かいよう　　　　しんだん　　　　　まった　じ かくしょうじょう
ません。
儘管被診斷出胃部有潰瘍，卻完全沒有自覺症狀。 |

| 1187 | **仕掛け** し か
⊜ わな | ⓐ 開始做，著手；製作中，做到中途；找碴，挑釁；裝
置，結構，規模；陷阱
サルを捕まえるための仕掛けに、ウサギが捕まっていた。
つか　　　　　　し か　　　　　　　　つか
為了捕捉猴子而設的陷阱，卻捉到兔子。 |

| 1188 | **仕掛ける** し か
⊜ 仕向ける | 他下一 開始做，著手；做到途中；主動地作；挑釁，尋
釁；裝置，設置，布置；準備，預備
社長室に盗聴器が仕掛けられていた。
しゃちょうしつ　とうちょうき　し か
社長室裡被裝設了竊聽器。 |

| 1189 | **しかしながら**
⊜ しかし | 副・接續 （「しかし」的強調）可是，然而；完全
彼はまだ19歳です。しかしながら彼の考え方は、非常
かれ　　　　　さい　　　　　　　　　　かれ　かんが　かた　　　ひ じょう
に古い。
ふる
他才十九歲，但是思考模式卻非常守舊。 |

し

指揮

1190	指揮 (しき)　類 統率	名·他サ 指揮 合唱コンクールで指揮をすることになった。 我當上了合唱團的指揮。
1191	磁気 (じき)	名 （理）磁性，磁力 このマグネットは非常に強い磁気を帯びています。 這塊磁鐵的磁力非常強。
1192	磁器 (じき)	名 瓷器 あの店はひとり磁器のみならず、陶器も豊富にそろえている。 那家店不單販售瓷器而已，連陶器的品項也十分齊全。
1193	色彩 (しきさい)　類 彩り	名 彩色，色彩；性質，傾向，特色 彼女がデザインするドレスはどれも色彩豊かです。 她所設計的洋裝，件件均為七彩斑斕的顏色。
1194	式場 (しきじょう)　類 会場	名 舉行儀式的場所，會場，禮堂 結婚式場には続々と親族や友人が集まっている。 親戚與朋友們陸續來到婚禮會場。
1195	じきに	副 很接近，就快了 じきに追いつくよ。 就快追上了喔！
1196	事業 (じぎょう)　類 仕事	名 事業；（經）企業；功業，業績 新しいサービスの提供を皮切りに、この分野での事業を拡大していく計画だ。 我們打算以提供新服務為開端，來擴大這個領域的事業。
1197	仕切る (しき)　類 区切る	他五·自五 隔開，間隔開，區分開；結帳，清帳；完結，了結 部屋を仕切って、小さな子供部屋を二部屋作った。 將原本的房間分隔成兩間較小的兒童房。

1198 □	資金 しきん ⑳ 元手	㊂ 資金，資本 資金のいかんにかかわらず、このプロジェクトを完成させなければならない。 不管要花多少成本，都一定要完成這個計畫案。
1199 □	軸 じく ⑳ 車軸	㊂・接尾・漢造 車軸；畫軸；（助數詞用法）書，畫的軸；（理）運動的中心線 次の衆議院選挙は9月を軸に調整が進んでいるそうです。 下屆眾議院選舉似乎將自九月啟動運作主軸，開始進行選戰調整。
1200 □	仕組み しくみ ⑳ 結構	㊂ 結構，構造；（戲劇，小說等）結構，劇情；企畫，計畫 機械のしくみを理解していなければ、修理できない。 如果不瞭解機械的構造，就沒有辦法著手修理。
1201 □	死刑 しけい ⑳ 死罪	㊂ 死刑，死罪 死刑の執行は法務大臣の許可を得たうえで行われる。 執行死刑之前，必須先得到法務部長的批准。
1202 □	湿気る しける ⑳ 濡れる	㊀五 潮濕，帶潮氣，受潮 煎餅が湿気って、サクサク感が全くなくなった。 米果已經受潮，一點兒也沒有酥脆的口感。
1203 □ T31	自己 じこ ㊉ 相手 ⑳ 自分	㊂ 自己，自我 会社の面接では自己PRをしっかりすることが大切だ。 去公司面試時，盡量展現自己的優點是非常重要的。
1204 □	志向 しこう ⑳ 指向	㊂・他サ 志向；意向 消費者の志向を注視しなければ、ビジネスは成功しない。 如果沒有著眼於消費者的喜好，事業就不會成功。
1205 □	思考 しこう ⑳	㊂・自他サ 思考，考慮；思維 彼女はいつもマイナス思考に陥りがちだ。 她總是深陷在負面思考情緒中。

し

しこう　せこう
施行・施行

1206	施行・施行 しこう・せこう 類 実施	名 施行，實施；實行 この法律は昨年12月より施行されています。 ほうりつ　さくねん　がつ　しこう 這項法令自去年十二月起實施。
1207	嗜好 しこう 類 好み	名・他サ 嗜好，愛好，興趣 コーヒーカンパニーは定期的に消費者の嗜好調査を行っている。 ていきてき　しょうひしゃ　しこうちょうさ　おこな 咖啡公司會定期舉辦消費者的喜好調查。
1208	事項 じこう 類 事柄	名 事項，項目 重要事項については、別途書面で連絡いたします。 じゅうようじこう　べっとしょめん　れんらく 相關重要事項，將另以書面方式聯絡。
1209	地獄 じごく 反 極楽 類 冥府	名 地獄；苦難；受苦的地方；（火山的）噴火口 地獄たる世界は、だれにも想像できない。 じごく　せかい　そうぞう 所謂的地獄世界，任誰都無法想像。
1210	時刻表 じこくひょう 類 時間表	名 時間表 時刻表通りにバスが来るとは限らない。 じこくひょうどお　く　かぎ 巴士未必會依照班次時刻表準時到達。
1211	時差 じさ	名 （各地標準時間的）時差；錯開時間 日本と台湾には1時間の時差があります。 にほん　たいわん　じかん　じさ 日本與台灣之間的時差為一小時。
1212	自在 じざい 反 不自由 類 自由	名 自在，自如 このソフトを用いれば、画像を自在に縮小・拡大できる。 もち　がぞう　じざい　しゅくしょう　かくだい 只要使用這個軟體，就可以隨意將圖像縮小或放大。
1213	視察 しさつ	名・他サ 視察，考察 関係者の話を直接聞くため、社長は工場を視察した。 かんけいしゃ　はなし　ちょくせつき　しゃちょう　こうじょう　しさつ 社長為直接聽取相關人員的說明，親自前往工廠視察。

1214 □	**資産** しさん 類 財産	名 資産，財産；（法）資産 バブル経済のころに、不動産で資産を増やした人がたくさんいる。 有許多人在泡沫經濟時期，藉由投資不動產增加了資產。
1215 □	**支持** しじ 類 支える	名·他サ 支撐；支持，擁護，贊成 皆さんに支持していただいたおかげです。 這一切多虧各位的支持鼓勵。
1216 □	**自主** じしゅ	名 自由，自主，獨立 誰が言うともなしに、みな自主的に行動しはじめた。 沒有任何人下令，大家已開始採取自發性的行動。
1217 □	**自首** じしゅ	名·自サ （法）自首 自首しようが自首しまいが、遅かれ早かれ逮捕されるでしょう。 不管自不自首，被逮捕只是早晚的事了。
1218 □	**刺繍** ししゅう 類 縫い取り	名·他サ 刺繍 ベッドカバーにはきれいな刺繍がほどこしてある。 床罩上綴飾著精美的刺繡。
1219 □	**思春期** ししゅんき	名 青春期 思春期の少女の心。 青春期少女的心。
1220 □	**市場** しじょう 類 マーケット	名 菜市場，集市；銷路，銷售範圍，市場；交易所 アメリカの景気回復なくしては、世界の市場は改善されない。 美國的景氣尚未復甦，全球經濟市場亦無法好轉。
1221 □	**辞職** じしょく 類 辞める	名·自他サ 辭職 入社以来、運の悪いことずくめでわずか2ヶ月で辞職した。 自從進了公司以後，就倒楣事連連，僅僅2個月就辭職了。

し

滴

1222	滴 しずく 類 滴り	名 水滴，水點 屋根のトイから雨のしずくがぽたぽた落ちている。 雨滴沿著屋簷的排水管滴滴答答地落下。
1223	システム 【system】 類 組織	名 組織；體系，系統；制度 今の社会システムの下では、ただ官僚のみが甘い汁を吸っている。 在現今的社會體制下，只有當官的才能得到好處。
1224	沈める しず 類 沈没	他下一 把…沈入水中，使沈沒 潜水カメラを海に沈めて、海水中の様子を撮影した。 把潛水攝影機沈入海中，拍攝海水中的模樣。
1225	施設 し せつ 類 設備	名・他サ 設施，設備；（兒童，老人的）福利設施 この病院には最先端の医療施設が整っている。 這家醫院擁有最新科技的醫療設施。
1226	慈善 じ ぜん	名 慈善 慈善団体。 慈善團體。
1227	子息 し そく 類 むすこ	名 兒子 ご子息もご一緒にいらしてください。 歡迎令郎與您也一同蒞臨。
1228	持続 じ ぞく 反 絶える 類 続く	名・自他サ 持續，繼續，堅持 このバッテリーの持続時間は15時間です。 這顆電池的電力可維持十五個小時。
1229	自尊心 じ そんしん 類 プライド	名 自尊心 自尊心を高めるにはどうすればいいですか。 請問該怎麼做才能提高自尊心呢？

1230
□

下味
したあじ

名 預先調味，底味

下味をつける。
したあじ

事先調好底味。

1231
□

字体
じたい

名 字體；字形

テーマの部分は字体を変えて、分かりやすいようにしてください。
ぶぶん じたい か わ

請將標題變換為能被清楚辨識的字體。

1232
□

辞退
じたい

名・他サ 辭退，謝絕

自分で辞退すると決心したなら、悔やむべからず。
じぶん じたい けっしん く

如果是自己決定要離職的，就不要後悔。

1233
□

類 憧れる

慕う
した

他五 愛慕，懷念，思慕；敬慕，敬仰，景仰；追隨，跟隨

多くの人が彼を慕って遠路はるばるやってきた。
おお ひと かれ した えんろ

許多人因為仰慕他，不遠千里長途跋涉來到這裡。

1234
□

類 本心

下心
したごころ

名 內心，本心；別有用心，企圖，（特指）壞心腸

あなたが信じようが信じまいが、彼には下心がありますよ。
しん しん かれ したごころ

信不信由你，他是不懷好意的。

1235
□

類 基礎

下地
したじ

名 準備，基礎，底子；素質，資質；真心；布等的底色

敏感肌の人でも使える化粧下地を探しています。
びんかんはだ ひと つか けしょうしたじ さが

我正在尋找敏感肌膚的人也能使用的妝前粉底。

1236
□

親しまれる
した

自五 (「親しむ」的受身形) 被喜歡

子供に親しまれる。
こども した

被小孩所喜歡。

1237
□

類 懇ろ

親しむ
した

自五 親近，親密，接近；愛好，喜愛

子供たちが自然に親しめるようなイベントを企画しています。
こども しぜん した きかく

我們正在企畫可使孩子們自然而然親近熟稔的活動。

下調べ

1238	下調べ したしら 類 下見	（名・他サ）**預先調查，事前考察；預習** 明日に備えて、十分に下調べせずにはおかない。 為了替明天做準備，所以事先一定得充分地調查才行。
1239	仕立てる した 類 縫い上げる	（他下一）**縫紉，製作（衣服）；培養，訓練；準備，預備； 喬裝，裝扮** 新しいスーツを仕立てるために、オーダーメード専門店に行った。 我特地去了專門為顧客量身訂做服裝的店鋪做套新的西裝。
1240	下取り したど	（名・他サ）**（把舊物）折價貼錢換取新物** この車の下取り価格を計算してください。 請估算賣掉這輛車子，可折抵多少購買新車的金額。
1241	下火 したび	（名）**火勢漸弱，火將熄滅；（流行，勢力的）衰退；底火** 3月になり、インフルエンザはそろそろ下火になってきました。 時序進入三月，流行性感冒的傳染高峰期也差不多接近尾聲了。
1242	下回る したまわ	（自五）**低於，達不到** 平年を下回る気温。 低於常年的溫度。
1243	自治体 じちたい	（名）**自治團體** 自治体の権限。 自治團體的權限。
1244	実 じつ 類 真実	（名・漢造）**實際，真實；忠實，誠意；實質，實體；實的；籽** 彼女は一見派手に見えますが、実のところそんなことはない。 乍看之下她很豔麗奢華，但實際上卻不是那樣的人。
T32		
1245	実家 じっか 類 ふるさと	（名）**娘家；親生父母家** 実家への恩は忘れるべからず。 勿忘父母恩。

| 1246 | しっかく
失格
(反) 及第
(類) 落第 | (名・自サ) **失去資格**
ファウルを三回して失格になった。
他在比賽中犯規屆滿三次，被取消出賽資格。 |

| 1247 | しつぎ
質疑 | (名・自サ) **質疑，疑問，提問**
論文の内容もさることながら、その後の質疑応答がまたすばらしかった。
論文的內容當然沒話說，在那之後的回答問題部份更是精采。 |

| 1248 | しっきゃく
失脚
(類) 失墜 | (名・自サ) **失足（落水、跌跤）；喪失立足地，下台；賠錢**
軍部の反乱によって、大統領はあっけなく失脚した。
在遭到軍隊叛變後，總統大位瞬間垮台。 |

| 1249 | じつぎょう
実業 | (名) **產業，實業**
実業に従事する。
從事買賣。 |

| 1250 | じつぎょうか
実業家 | (名) **實業鉅子**
実業家とはどのような人のことですか。
什麼樣的人會被稱為企業家呢？ |

| 1251 | **シック**
【(法)chic】
(反) 野暮
(類) 粋 | (形動) **時髦，漂亮；精緻**
彼女はいつもシックでシンプルな服装です。
她總是穿著設計合宜、款式簡單的服裝。 |

| 1252 | **じっくり** | (副) **慢慢地，仔細地，不慌不忙**
誤解あっての衝突ですから、じっくり話し合う必要がある。
有誤解才會起衝突，所以有必要互相好好溝通。 |

| 1253 | しつけ
躾
(類) 礼儀 | (名) **（對孩子在禮貌上的）教養，管教，訓練；習慣**
子供のしつけには根気が要ります。
管教小孩需要很大的耐性。 |

し

躾ける

1254 □	躾ける しつ	他下一 教育，培養，管教，教養（子女） 子犬をしつけるのは難しいですか。 こ いぬ　　　　　　　むずか 調教訓練幼犬是件困難的事嗎？
1255 □	執行 しっこう	名・他サ 執行 死刑を執行する。 し けい　しっこう 執行死刑。
1256 □	実質 じっしつ 反 形式 類 中身	名 實質，本質，實際的內容 当社の今年上半期の成長率は実質ゼロです。 とうしゃ ことしかみはんき せいちょうりつ じっしつ 本公司在今年上半年的業績實質成長率為零。
1257 □	実情 じつじょう 類 まごころ	名 實情，真情；實際情況 それぞれの家庭の実情に応じてアドバイスします。 か てい　じつじょう　おう 依照各個家庭的實際情況分別提供建議。
1258 □	湿疹 しっしん	名 濕疹 湿疹ができる。 しっしん 長濕疹。
1259 □	実践 じっせん 類 実行	名・他サ 實踐，自己實行 この本ならモデル例に即してすぐ実践できる。 ほん　　　　　れい そく　　　　じっせん 如果是這本書，可以作為範例立即實行。
1260 □	質素 しっ そ 反 派手 類 地味	名・形動 素淡的，質樸的，簡陋的，樸素的 貴族の豪華な食事にひきかえ、平民の食事は質素なもの きぞく こうか しょくじ へいみん しょくじ しっそ だった。 相較於貴族們的豪華用餐，平民的用餐儉樸了許多。
1261 □	実態 じったい 類 実情	名 實際狀態，實情 実態に即して臨機応変に対処しなければならない。 じったい そく　りんきおうへん　たいしょ 必須按照實況隨機應變。

262 <ruby>失調<rt>しっちょう</rt></ruby>	名 失衡，不調和；不平衡，失常

<ruby>失調<rt>しっちょう</rt></ruby>

名 失衡，不調和；不平衡，失常

アフリカなどの<ruby>発展<rt>はってん</rt></ruby><ruby>途上国<rt>と じょうこく</rt></ruby>には、<ruby>栄養<rt>えいよう</rt></ruby><ruby>失調<rt>しっちょう</rt></ruby>の<ruby>子供<rt>こ ども</rt></ruby>がたくさんいます。

在非洲這類開發中國家，有許多營養失調的孩子們。

---

263 <ruby>嫉妬<rt>しっ と</rt></ruby>

類 やきもち

名・他サ 嫉妒

<ruby>欲<rt>ほ</rt></ruby>しいものを<ruby>全<rt>すべ</rt></ruby>て<ruby>手<rt>て</rt></ruby>にした<ruby>彼<rt>かれ</rt></ruby>に<ruby>対<rt>たい</rt></ruby>し、<ruby>嫉妬<rt>しっ と</rt></ruby>を<ruby>禁<rt>きん</rt></ruby>じえない。

看到他想要什麼就有什麼，不禁讓人忌妒。

---

264 しっとり

副 寧靜，沈靜；濕潤，潤澤

しっとりした<ruby>感<rt>かん</rt></ruby>じの<ruby>女性<rt>じょせい</rt></ruby>。

感覺文靜的女子。

---

265 じっとり

副 濕漉漉，濕淋淋

じっとりと<ruby>汗<rt>あせ</rt></ruby>をかく。

汗流夾背。

---

266 <ruby>実費<rt>じっ ぴ</rt></ruby>

類 費用

名 實際所需費用；成本

<ruby>会場<rt>かいじょう</rt></ruby>までの<ruby>交通費<rt>こうつう ひ</rt></ruby>は<ruby>実費<rt>じっ ぴ</rt></ruby><ruby>支給<rt>し きゅう</rt></ruby>になります。

前往會場的交通費，採用實支實付方式給付。

---

267 <ruby>指摘<rt>し てき</rt></ruby>

名・他サ 指出，指摘，揭示

<ruby>指摘<rt>し てき</rt></ruby>を<ruby>受<rt>う</rt></ruby>けるなり、<ruby>彼<rt>かれ</rt></ruby>の<ruby>態度<rt>たい ど</rt></ruby>はコロっと<ruby>変<rt>か</rt></ruby>わった。

他一遭到指責，頓時態度不變。

し

---

268 <ruby>視点<rt>し てん</rt></ruby>

類 観点

名 （畫）（遠近法的）視點；視線集中點；觀點

この<ruby>番組<rt>ばんぐみ</rt></ruby>は<ruby>専門的<rt>せんもんてき</rt></ruby>な<ruby>視点<rt>し てん</rt></ruby>でニュースを<ruby>解説<rt>かいせつ</rt></ruby>してくれます。

這個節目從專業觀點切入解說新聞。

---

269 <ruby>自転<rt>じ てん</rt></ruby>

反 公転

名・自サ （地球等的）自轉；自行轉動

<ruby>地球<rt>ち きゅう</rt></ruby>の<ruby>自転<rt>じ てん</rt></ruby>はどのように<ruby>証明<rt>しょうめい</rt></ruby>されましたか。

請問地球的自轉是透過什麼樣的方式被證明出來的呢？

自動詞
じ どう し

| 1270 | **自動詞**
じ どう し
⊠ 他動詞 | 图（語法）自動詞
自動詞と他動詞をしっかり使い分けなければならない。
一定要確實分辨自動詞與他動詞的不同用法。 |

| 1271 | **しとやか**
⊠ がさつ
類 物柔らか | 形動 說話與動作安靜文雅；文靜
彼女の立ち振る舞いはしとやかといったらない。
她的談吐舉止優雅端莊，無可挑剔。 |

| 1272 | **萎びる**
しな
類 枯れる | 自上一 枯萎，乾癟
旅行に行っている間に、花壇の花がみな萎びてしまった。
在外出旅遊的期間，花圃上的花朵全都枯萎凋謝了。 |

| 1273 | **シナリオ**
【scenario】
類 台本 | 图 電影劇本，腳本；劇情說明書；走向
今月の為替相場のシナリオを予想してみました。
我已先對這個月的外幣兌換率做出了預測。 |

| 1274 | **屎尿**
し にょう | 图 屎尿，大小便
ゴミや屎尿を適切に処理しなければ、健康を害することも免れない。
如未妥適處理垃圾與穢物污水問題，勢必會對人體健康造成危害。 |

| 1275 | **辞任**
じ にん | 图·自サ 辭職
大臣を辞任する。
請辭大臣職務。 |

| 1276 | **地主**
じ ぬし
類 持ち主 | 图 地主，領主
私の祖先は江戸時代には地主だったそうです。
我的祖先在江戶時代據說是位大地主。 |

| 1277 | **凌ぐ**
しの
類 我慢 | 他五 忍耐，忍受，抵禦；躲避，排除；闖過，擺脫，應付，冒著；凌駕，超過
彼は師匠を凌がんばかりに活躍している。
他非常活躍，幾乎凌駕在師父之上。 |

278 忍び寄る（しのびよる）

自五 偷偷接近，悄悄地靠近

すりが忍び寄る。

扒手偷偷接近。

---

279 芝（しば）

類 芝草

名（植）（鋪草坪用的）矮草，短草

芝の手入れは定期的にしなければなりません。

一定要定期修整草皮。

---

280 始発（しはつ）

反 終発

名（最先）出發；始發（車，站）；第一班車

始発に乗ればよかったものを、一本遅らせたから遅刻した。

早知道就搭首班車，可是卻搭了下一班才會遲到。

---

281 耳鼻科（じびか）

名 耳鼻科

彼は耳鼻科を開くかたわら、ボランティア活動にも精を出している。

從小兒科到耳鼻喉科，全國各地都發生醫師人力不足的現象。

---

282 渋い（しぶい）

類 渋味

形 澀的；不高興或沒興致，悶悶不樂，陰沈；吝嗇的；厚重深沈，渾厚，雅致

栗の薄皮は渋いですから、取り除いてから料理します。

因為栗子的薄皮味道苦澀，所以要先將之剝除乾淨再烹調。

1283 私物（しぶつ）

反 公物

名 個人私有物件

会社の部品を彼は私物のごとく扱っている。

他使用了公司的零件，好像是自己的一樣。

1284 しぶとい

類 粘り強い

形 對痛苦或逆境不屈服，倔強，頑強

倒れても倒れてもあきらめず、彼はしぶといといったらありはしない。

他不管被打倒幾次依舊毫不放棄，絕不屈服的堅持令人讚賞。

1285 司法（しほう）

名 司法

明日、司法の裁きを受けることになっている。

明天將接受司法審判。

し

志望（しぼう）

1286	志望（しぼう） 類 志す（こころざす）	名・他サ 志願，希望 志望大学に受験の申込用紙を送付した。 已經將入學考試申請書送達擬報考的大學了。
1287 T33	脂肪（しぼう）	名 脂肪 運動を継続しなければ筋肉が脂肪に変わり、体が弛んでしまうまでのことだ。 不持續運動的話肌肉就會變成脂肪，到頭來整個身體就會鬆弛了。
1288	始末（しまつ） 類 成り行き（なりゆき）	名・他サ （事情的）始末，原委；情況，狀況；處理，應付；儉省，節約 ミスの後始末はいったい誰がするんですか。 發生這種失誤，到底該由誰來收拾殘局呢？
1289	染みる（しみる） 類 滲む（にじむ）	自上一 染上，沾染，感染；刺，殺，痛；銘刻（在心），痛（感） シャツにインクの色が染み付いてしまった。 襯衫被沾染到墨水，留下了漬印。
1290	滲みる（しみる） 類 滲透（しんとう）	自上一 滲透，浸透 この店のおでんは大根によく味が滲みていておいしい。 這家店的關東煮裡面的白蘿蔔非常入味可口。
1291	使命（しめい） 類 責任（せきにん）	名 使命，任務 使命を果たすためとあれば、いかなる犠牲も惜しまない。 如為完成使命，不惜任何犠牲。
1292	地元（じもと） 類 膝元（ひざもと）	名 當地，本地；自己居住的地方 地元の反発をよそに、移転計画は着々と実行されている。 無視於當地的反彈，遷移計畫仍照計劃逐步進行著。
1293	指紋（しもん）	名 指紋 指紋押なつ。 蓋指印。

1294 視野
しや

類 視界

名 視野；（觀察事物的）見識，眼界，眼光
グローバル化した社会にあって、大きな視野が必要だ。
是全球化的社會的話，就必須要有廣大的視野。

1295 弱
じゃく

反 強

名·接尾·漢造 （文）弱，弱者；不足；年輕
イベントには300人弱の人が参加する予定です。
預計將有接近三百人參加這場活動。

1296 社交
しゃこう

類 付き合い

名 社交，交際
私はあまり社交的ではありません。
我不太擅於社交。

1297 謝罪
しゃざい

名 謝罪；賠禮
失礼を謝罪する。
為失禮而賠不是。

1298 謝絶
しゃぜつ

反 受け入れる
類 断る

名·他サ 謝絶，拒絶
面会謝絶とあって、彼を不安にしないではおかない。
發現病人謝絶訪客，使他憂心不安。

1299 社宅
しゃたく

名 公司的員工住宅，職工宿舍
社宅の家賃は一般のマンションに比べ格段に安い。
公司宿舍的房租比一般大廈的房租還要便宜許多。

1300 若干
じゃっかん

反 たくさん
類 少し

名 若干；少許，一些
新事業の立ち上げと職員の異動があいまって、社内は若
干混乱している。
著手新的事業又加上員工的流動，公司內部有些混亂。

1301 三味線
しゃみせん

類 三弦

名 三弦
これなくしては、三味線は弾けない。
缺了這個，就沒有辦法彈奏三弦。

し

斜面
しゃめん

1302	斜面 しゃめん 類 斜め	名 斜面，傾斜面，斜坡 山の斜面にはたくさんキノコが生えています。 山坡上長了不少野菇。
1303	砂利 じゃり 類 小石	名 沙礫，碎石子 庭に砂利を敷き詰めると、雑草が生えにくくなりますよ。 在庭院裡鋪滿砂礫碎石，就不容易生長雜草喔！
1304	洒落る しゃれる 類 装う	自下一 漂亮打扮，打扮得漂亮；說俏皮話，詼諧；別緻，有風趣；狂妄，自傲 しゃれた造りのレストランですから、行けばすぐ見つかりますよ。 那家餐廳的裝潢非常獨特有型，只要到那附近，絕對一眼就能夠認出它。
1305	ジャングル 【jungle】	名 叢林 ジャングルを探検する。 進到叢林探險。
1306	ジャンパー 【jumper】 類 上着	名 工作服，運動服；夾克，短上衣 今年一番人気のジャンパーはどのタイプですか。 今年銷路最好的夾克外套是什麼樣的款式呢？
1307	ジャンプ 【jump】 類 跳躍	名・自サ （體）跳躍；（商）物價暴漲 彼のジャンプは技の極みです。 他的跳躍技巧可謂登峰造極。
1308	ジャンボ 【jumbo】 類 巨大	名・造 巨大的 この店の売りはジャンボアイスです。 這家店的主打商品是巨無霸冰淇淋。
1309	ジャンル 【（法）genre】 類 種類	名 種類，部類；（文藝作品的）風格，體裁，流派 ジャンルごとに資料を分類してください。 請將資料依其領域分類。

1310	しゅ **主**	（名・漢造）主人；主君；首領；主體，中心；居首者；東道主 かれ ほうこく しゅ ぎろん く ひろ 彼の報告を主とした議論が繰り広げられた。 以他的報告內容作為主要議題，進而展開了討論。
1311	しゅ **種**	（名・漢造）種類；（生物）種；種植；種子 ひと いどう がいらいしゅ しょくぶつ おお み 人やモノの移動により、外来種の植物が多く見られる ようになった。 隨著人類與物體的遷移，本地發現了愈來愈多的外來品種植物。
1312	しゅう **私有** （反）公有	（名・他サ）私有 さき しゅうち しんにゅうきんし これより先は私有地につき、進入禁止です。 前方為私有土地，禁止進入。
1313	しゅう **衆** （類）人々	（名・漢造）眾多，眾人；一夥人 ゆうめい や おとこ にんしゅう わたし まち 有名なちんどん屋の男5人衆が私の町にやってくる。 由五個男人所組成的著名廣告宣傳鑼鼓團來到我們鎮上。
1314	しゅう **〜宗** （類）宗派	（名）（宗）宗派；宗旨 しんごんしゅう くうかい ひら にほん ぶっきょうしゅうは 真言宗は空海により開かれた日本の仏教宗派のひとつです。 空海大師所創立的真言宗，為日本佛教宗派之一支。
1315	じゅう **住** （類）住まい	（名・漢造）居住，住處；停住；住宿；住持 けいき ていたい しんこく いしょくじゅう ちょくげき 景気の停滞が深刻になり、衣食住を直撃するほどのインフ じょうたい レ状態です。 景氣停滯狀況益發嚴重，通貨膨脹現象已經直接衝擊到基本民生所需。
1316	しゅうえき **収益**	（名）收益 しゅうえき しゃいん きゅうりょう かなら しはら 収益のいかんにかかわらず、社員の給料は必ず支払わな ければならない。 不論賺多賺少，都必須要支付員工薪水。
1317	しゅうがく **就学**	（名・自サ）學習，求學，修學 しゅうがくしきん たいよ せいど 就学資金を貸与する制度があります。 備有助學貸款制度。

1318	しゅう き **周期**	名 周期 じんつう はじ いた しゅうきてき おそ 陣痛が始まり、痛みが周期的に襲ってくる。 一旦開始陣痛，週期性疼痛就會一波接著一波來襲。
1319	しゅう ぎ いん **衆議院**	名（日本國會的）眾議院 こうげん とお かれ しゅうぎ いんせんきょ りっこうほ 公言していた通り、彼は衆議院選挙に立候補した。 如同之前所公開宣示的，他成了眾議院選舉的候選人。
1320	しゅうぎょう **就業**	名・自サ 開始工作，上班；就業（有一定職業），有工作 にゅうしゃ いじょう しゅうぎょう き そく したが 入社した以上、就業規則に従わなければなりません。 既然已經進入公司工作，就應當遵循從業規則。
1321	じゅうぎょういん **従業員**	名 工作人員，員工，職工 ふ きょう う じゅうぎょういん さくげん え 不況のあおりを受けて、従業員を削減せざるを得ない。 受到景氣衰退的影響，資方亦不得不裁減部分人力。
1322	しゅうけい **集計** 類 合計	名・他サ 合計，總計 せんきょけっか しゅうけい はんにち 選挙結果の集計にはほぼ半日かかるでしょう。 應當需要耗費約莫半天時間，才能彙集統計出投票結果。
1323	しゅうげき **襲撃** 類 攻撃	名・他サ 襲撃 しゅうげき はや ま に だ 襲撃されるが早いか、あっという間に逃げ出した。 才剛被襲擊，轉眼間就逃掉了。
1324	しゅう し **収支** 類 会計	名 收支 か けい ぼ ねんかん しゅう し 家計簿をつけて、年間の収支をまとめてみましょう。 讓我們嘗試每天記帳，記錄整年度的家庭收支吧！
1325	しゅう し **修士** 類 マスター	名 碩士；修道士 けいえいがく しゅう し か てい しゅうりょう 経営学の修士課程を修了した。 已經修畢管理學之碩士課程。

326 **終始** しゅうし

(副・自サ) 末了和起首；從頭到尾，一貫

マラソンは終始、抜きつ抜かれつの好レースだった。

這場馬拉松從頭至尾互見輸贏，賽程精彩。

327 **従事** じゅうじ

(名・自サ) 作，從事

叔父は30年間、金融業界に従事してきた。

家叔已投身金融業長達三十年。

328 **終日** しゅうじつ

(名) 整天，終日

補修工事のため、明日は終日通行止めになります。

因該處進行修復工程，明日整天禁止通行。

(類) 一日中

329 **充実** じゅうじつ

(名・自サ) 充實，充沛

ただ仕事のみならず、私生活も充実している。

不只是工作而已，私生活也很充實。

330 **収集** しゅうしゅう

(名・他サ) 收集，蒐集

私は記念切手の収集が趣味です。

我的興趣是蒐集紀念郵票。

(類) 集める

331 **修飾** しゅうしょく

(名・他サ) 修飾，裝飾；（文法）修飾

この部分はどの言葉を修飾しているのですか。

這部分是用來修飾哪個語詞呢？

(類) 修辞

し

332 **十字路** じゅうじろ

(名) 十字路，岐路

車は十字路にさしかかるや、バイクと正面衝突した。

車子剛駛過十字路口，就迎面撞上了機車。

(類) 四つ角

333 **執着** しゅうちゃく

(名・自サ) 迷戀，留戀，不肯捨棄，固執

自分の意見ばかりに執着せず、人の意見も聞いた方がいい。

不要總是固執己見，也要多聽取他人的建議比較好。

(類) 執心

習得
（しゅうとく）

1334	習得 （しゅうとく） ☐	（名・他サ）**學習，學會** 日本語を習得する。 學會日語。
1335	柔軟 （じゅうなん） ☐ （反）頑固	（形動）**柔軟；頭腦靈活** こちらが下手に出るや否や、相手の姿勢が柔軟になった。 這邊才放低身段，對方的態度立見軟化。
1336	重箱 （じゅうばこ） ☐	（名）**多層方木盒，套盒** お節料理を重箱に詰める。 將年菜裝入多層木盒中。
1337	周波数 （しゅうはすう） ☐	（名）**頻率** ラジオの周波数。 無線電廣播頻率。
1338	重複・重複 （じゅうふく）（ちょうふく） ☐ （類）重なる	（名・自サ）**重複** 5ページと7ページの内容が重複していますよ。 第五頁跟第七頁的內容重複了。
1339	重宝 （じゅうほう） ☐	（名）**貴重寶物** 重宝を保管する。 保管寶物。
1340	収容 （しゅうよう） ☐	（名・他サ）**收容，容納；拘留** このコンサートホールは最高何人まで収容できますか。 請問這間音樂廳最多可以容納多少聽眾呢？
1341	従来 （じゅうらい） ☐ （類）いままで	（名・副）**以來，從來，直到現在** 開発部門には、従来にもまして優秀な人材を投入していく所存です。 開發部門一直以來，都抱持著培育更多優秀人才的理念。

342

修了
しゅうりょう

類 卒業

名・他サ 學完（一定的課程）

博士課程を修了してから、研究職に就こうと考えている。
はかせ かてい しゅうりょう けんきゅうしょく つ かんが

目前計畫等取得博士學位後，能夠從事研究工作。

343

守衛
しゅえい

類 警備

名 （機關等的）警衛，守衛；（國會的）警備員

守衛の仕事内容とは具体的にどういったものですか。
しゅえい しごとないよう ぐたいてき

請問守衛人員的具體工作內容包含哪些項目呢？

344

主演
しゅえん

反 助演

名・自サ 主演，主角

彼女が主演する映画はどれも大成功を収めている。
かのじょ しゅえん えいが だいせいこう おさ

只要是由她所主演的電影，每一部的票房均十分賣座。

345

主観
しゅかん

反 客観

名 （哲）主觀

分析は主観ではなく客観的な資料に基づいて行わなけれ
ぶんせき しゅかん きゃっかんてき しりょう もと おこな

ばなりません。

必須依據客觀而非主觀的資料進行分析。

346

修行
しゅぎょう

名・自サ 修（學），練（武），學習（技藝）

調理師の資格を取得すべく、日夜勉強と修行を続けている。
ちょうりし しかく しゅとく にちや べんきょう しゅぎょう つづ

為了取得廚師的證照，而不分晝夜不斷地磨練手藝。

347

塾
じゅく

名・漢造 補習班；私塾

息子は週に3日塾に通っています。
むすこ しゅう か じゅく かよ

我的兒子每星期去上三次補習班。

し

1348

祝賀
しゅくが

名・他サ 祝賀，慶祝

開校150周年を記念して、祝賀パーティーが開かれた。
かいこう しゅうねん きねん しゅくが ひら

舉辦派對以慶祝創校一百五十周年紀念。

1349

宿命
しゅくめい

類 運命

名 宿命，注定的命運

これが私の宿命なら、受け入れるしかないでしょう。
わたし しゅくめい う い

假如這就是我的宿命，那麼也只能接受。

しゅげい
手芸

1350	しゅげい **手芸** 類 刺繍	名 手工藝（刺繍、編織等） かのじょ しゅげい とくい あ 彼女は手芸が得意で、セーターを編むこともできます。 她擅長做手工藝，連打毛衣也不成問題。
1351	しゅけん **主権** 類 統治権	名 （法）主權 にほんこくけんぽう しゅけん こくみん ざい めいき 日本国憲法では主権は国民に在すると明記してあります。 日本憲法中明訂主權在民。
1352	しゅさい **主催** 類 催す	名・他サ 主辦，舉辦 かのじょ しゅさい しゅふぎょう 彼女はNGOを主催するかたわら、主婦業もしっかりこな している。 她一面主持社會運動組織，同時也不忘盡到家庭主婦的職責。
1353	しゅざい **取材**	名・自他サ （藝術作品等）取材；（記者）採訪 こんごう とくしゅうきじ しゅざい ちから い 今号の特集記事とあって、取材に力を入れている。 因為是這個月的特別報導，採訪時特別賣力。
1354	しゅし **趣旨** 類 趣意	名 宗旨，趣旨；（文章、說話的）主要內容，意思 きかく しゅし せつめい この企画の趣旨を説明させていただきます。 請容我說明這個企畫案的預定目標。
1355	しゅじゅ **種々** 類 いろいろ	名・副 種種，各種，多種，多方 しゅじゅ ほうほう ちりょう こころ せいか み 種々の方法で治療を試みたが、成果は見られなかった。 儘管已經嘗試過各種治療方法，卻都未能收到療效。
1356	しゅしょく **主食** 反 副食	名 主食（品） にほんじん しゅしょく 日本人の主食はコメです。 日本人的主食為稻米。
1357	しゅじんこう **主人公** 反 脇役 類 主役	名 （敬）家長；（小說等的）主人公，主角 かのじょ しゅじんこう 彼女はいつもドラマの主人公のごとくふるまう。 她的一舉一動總像是劇中的主角一般。

| 1358 | 主体
しゅたい
反 客体 | 名 （行為，作用的）主體；事物的主要部分，核心；有意識的人
同組織はボランティアが主体となって運営されています。
どうそしき　　　　　　　　　　　　　しゅたい　　　　　　　うんえい
該組織是以義工作為營運主體。 |

| 1359 | 主題
しゅだい
類 テーマ | 名 （文章、作品、樂曲的）主題，中心思想
少子高齢化を主題にしている論文を検索した。
しょうしこうれいか　しゅだい　　　　　　　ろんぶん　けんさく
我搜尋了主題為「少子高齡化」的論文。 |

| 1360 | 出演
しゅつえん
類 演じる | 名・自サ 演出，登台
舞台への出演を限りに、芸能界を引退した。
ぶたい　　しゅつえん　かぎ　　　げいのうかい　いんたい
於公演結束後，就退出了演藝界。 |

| 1361 | 出血
しゅっけつ | 名・自サ 出血；（戰時士兵的）傷亡，死亡；虧本，犧牲血本
出血を止めんがために、腕をタオルで縛った。
しゅっけつ　と　　　　　　　　うで　　　　　　　しば
為了止血而把毛巾綁在手臂上。 |

| 1362 | 出現
しゅつげん
類 現れる | 名・自サ 出現
パソコンの出現により、文字を書く機会が大幅に減少
した。
自從電腦問世後，就大幅降低了提筆寫字的機會。 |

| 1363
T35 | 出産
しゅっさん
類 産む | 名・自他サ 生育，生產，分娩
陣痛の間隔が縮まり、今にも出産せんばかりだ。
じんつう　かんかく　ちぢ　　　いま　　　しゅっさん
陣痛的間隔變短，眼看就要生了。 |

| 1364 | 出社
しゅっしゃ
反 退社
類 出勤 | 名・自サ 到公司上班
朝礼の10分前には必ず出社します。
ちょうれい　　ぷんまえ　　かなら　しゅっしゃ
一定會在朝會開始前十分鐘到達公司。 |

| 1365 | 出生
しゅっしょう | 名・自サ 出生，誕生；出生地
週刊誌が彼女の出生の秘密を暴いた。
しゅうかんし　かのじょ　しゅっしょう　ひみつ　あば
八卦雜誌揭露了關於她出生的秘密。 |

出世

1366	しゅっせ **出世** ⑱ 栄達	名・自サ 下凡；出家，入佛門；出生；出息，成功，發跡 彼は部長に出世するなり、態度が大きくなった。 他才榮升經理就變跩了。
1367	しゅつだい **出題**	名・自サ （考試、詩歌）出題 期末試験では、各文法からそれぞれ一題出題します。 期末考試內容將自每種文法類別中各出一道題目。
1368	しゅつどう **出動**	名・自サ （消防隊、警察等）出動 110番通報を受け警察が出動した。 警察接獲民眾電話撥打110報案後立刻出動。
1369	しゅっぴ **出費** ⑱ 費用	名・自サ 費用，出支，開銷 出費を抑えるため、できるだけ自炊するようにしています。 盡量在家烹煮三餐以便削減開支。
1370	しゅっぴん **出品** ⑱ 出展	名・自サ 展出作品，展出產品 展覧会に出品する作品の作成に追われている。 正在忙著趕製即將於展覽會中展示的作品。
1371	しゅどう **主導**	名・他サ 主導；主動 このプロジェクトは彼が主導したものです。 這個企畫是由他所主導的。
1372	しゅにん **主任**	名 主任 主任に昇格すると年収が100万ほど増えます。 榮升為主任後，年薪大約增加一百萬。
1373	しゅのう **首脳** ⑱ リーダー	名 首腦，領導人 一国の首脳ともなると、さすがに風格が違う。 畢竟是一國之相，氣度果然不同。

| 374 | 守備
しゅび | (名・他サ) 守備，守衛；（棒球）防守 |
| | 類 守る | 守備を固めんがために、監督はメンバーの変更を決断した。
為了要加強防禦，教練決定更換隊員。 |

| 375 | 手法
しゅほう | (名) （藝術或文學表現的）手法 |
| | 類 技法 | それは相手を惑わさんがための彼お得意の手法です。
那是他為混淆對手視聽的拿手招數。 |

| 376 | 樹木
じゅもく | (名) 樹木 |
| | 類 立ち木 | いくつ樹木の名前を知っていますか。
您知道幾種樹木的名稱呢？ |

| 1377 | 樹立
じゅりつ | (名・自他サ) 樹立，建立 |
| | | 彼はマラソンの世界新記録を難なく樹立した。
他不費吹灰之力就創下馬拉松的世界新紀錄。 |

| 1378 | 準急
じゅんきゅう | (名) （鐵）準快車，快速列車 |
| | 類 準急行列車 | 準急に乗れば、10分早く目的地に到着できる。
只要搭乘平快車，就可以提早十分鐘到達目的地。 |

| 1379 | 準じる
じゅん | (自上一) 以…為標準，按照；當作…看待 |
| | 類 従う | 以下の書類を各様式に準じて作成してください。
請依循各式範例製備以下文件。 |

し

| 1380 | ～書
しょ | (名・漢造) 書，書籍；書法；書信；書寫；字述；五經之一 |
| | | 契約書にサインする前には、必ずその内容を熟読しなさい。
在簽署合約之前，請務必先詳讀其內容。 |

| 1381 | 仕様
しよう | (名) 方法，辦法，作法 |
| | 類 仕方 | 新製品は従来仕様に比べて、20％もコンパクトになっています。
新製品相較於過去的產品，體積縮小多達20%。 |

しょう
私用

1382	私用（しょう） 反 公用	名・他サ 私事；私用，個人使用；私自使用，盗用 勤務中（きんむちゅう）に私用（しよう）のメールを送（おく）っていたことが上司（じょうし）にばれてしまった。 被上司發現了在上班時間寄送私人電子郵件。
1383	〜症（しょう） 類 症状	漢造 病症 熱中症（ねっちゅうしょう）にかからないよう、水分（すいぶん）を十分（じゅうぶん）に補給（ほきゅう）しましょう。 為預防中暑，讓我們一起隨時補充足夠的水分吧！
1384	〜証（しょう） 類 証拠	名・漢造 證明；證據；證明書；證件 運転免許証（うんてんめんきょしょう）の期限（きげん）が来月（らいげつ）で切（き）れます。 駕照有效期限於下個月到期。
1385	情（じょう） 反 意 類 感情	名・漢造 情，情感；同情；心情；表情；情慾 情（じょう）に流（なが）されると、正（ただ）しい判断（はんだん）ができなくなる。 倘若過於感情用事，就無法做出正確判斷。
1386	〜条（じょう） 類 条項	名・接助・接尾 項，款；由於，所以；（計算細長物）行，條 憲法（けんぽう）第九条（だいきゅうじょう）では日本（にほん）の平和主義（へいわしゅぎ）を規定（きてい）している。 憲法第九條中明訂日本秉持和平主義。
1387	〜嬢（じょう）	名・漢造 姑娘，少女；（敬）小姐，女士 ご令嬢様（れいじょうさま）がご婚約（こんやく）なさったとのこと、おめでとうございます。 非常恭喜令嬡訂婚了。
1388	上位（じょうい） 反 下位	名 上位，上座 最後（さいご）まであきらめず走（はし）りぬき、何（なん）とか上位（じょうい）に食（く）い込（こ）んだ。 絕不放棄地堅持跑完全程，總算名列前茅。
1389	上演（じょうえん） 類 演じる	名・他サ 上演 この芝居（しばい）はいつまで上演（じょうえん）されますか。 請問這部戲上演到什麼時候呢？

1390	じょう か **城下**	名 城下；（以諸侯的居成為中心發展起來的）城市，城邑 てん じ じょう な ご や じょう じょう か はってん き ろく し りょう てん じ 展示場では名古屋城と城下の発展を記録した資料を展示 しています。 展示會場中陳列著名古屋城與城郭周邊之發展演進的紀錄資料。
1391	しょうがい **生涯** 類 一生	名 一生，終生，畢生；（一生中的）某一階段，生活 かのじょ しょうがいけっこん どくしん つらぬ 彼女は生涯結婚することなく、独身を貫きました。 她一輩子都雲英未嫁。
1392	しょうきょ **消去**	名・自他サ 消失，消去，塗掉；（數）消去法 ほ ぞん し りょう せいり ふ ひつよう しょうきょ 保存してある資料を整理して、不必要なものは消去して ください。 請整理儲存的資料，將不需要的部分予以刪除。
1393	じょうくう **上空** 類 空	名 高空，天空；（某地點的）上空 なんきょく じょうくう おお 南極の上空には大きなオゾンホールがある。 南極上空有個極大的臭氧層破洞。
1394	しょうげき **衝撃** 類 ショック	名 （精神的）打擊，衝擊；（理）衝撞 しょうとつ しょうげき きゅうしゅう エアバッグは衝突の衝撃を吸収してくれます。 安全氣囊可於受到猛烈撞擊時發揮緩衝作用。
1395	しょうげん **証言**	名・他サ 證言，證詞，作證 かれ こえ ころ しょうげん 彼は声を殺しながらに証言している。 他壓低著聲量作證。
1396	しょう こ **証拠** 類 根拠	名 證據，證明 しょうこ ふ じゅうぶん さいそう さ 証拠が不十分なので、再捜査せずにはすまないだろう。 由於證據不足，不得不重新搜索了吧！
1397	しょうごう **照合**	名・他サ 對照，校對，核對（帳目等） み もと かくにん しょうごう さ ぎょう これは身元を確認せんがための照合作業です。 這是為確認身分的核對作業。

し

1398 T36	しょうさい **詳細** ⑱詳しい	名・形動 詳細 しょうさい　　　　　　　い か 詳細については、以下のアドレスにお問い合わせください。 有關進一步詳情，請寄至下列電子郵件信箱查詢。
1399	じょうしょう **上昇** ㊎下降	名・自サ 上升，上漲，提高 か ぶ し き じ じょう みっ か じょうしょう 株式市場は三日ぶりに上昇した。 股票市場已連續下跌三天，今日終於止跌上揚。
1400	しょうしん **昇進** ⑱出世	名・自サ 升遷，晉升，高昇 しょうしん　　　　　　　　　　　なん 昇進のためとあれば、何でもする。 只要是為了升遷，我什麼都願意做。
1401	しょう **称する** ⑱名乗る	他サ 稱做名字叫…；假稱，偽稱；稱讚 まご ゆうじん しょう おとこ ふ しん でん わ 孫の友人と称する男から不審な電話がかかってきた。 有個男人自稱是孫子的朋友，打來一通可疑的電話。
1402	じょうせい **情勢** ⑱様子	名 形勢，情勢 でん わ　　　　　　　　　　　　　　　　　　なん じょうせい たし 電話するなり、メールするなり、何としても情勢を確か めなければならない。 無論是致電或發電子郵件，總之要想盡辦法確認現況。
1403	しょうそく **消息** ⑱状況	名 消息，信息；動靜，情況 むす こ しょうそく き はは おや き うしな 息子の消息を聞くだに、母親は気を失った。 一聽到兒子的消息，母親就昏了過去。
1404	しょうたい **正体** ⑱本体	名 原形，真面目；意識，神志 だれ かれ しょうたい し 誰も彼の正体を知らない。 沒有任何人知道他的真面目。
1405	しょうだく **承諾** ㊎断る ⑱受け入れる	名・他サ 承諾，應允，允許 りょうしん しょうだく ま あとは両親の承諾待ちというところです。 只等父母答應而已。

| 1406 | 情緒
 じょうちょ | (名) 情緒，情趣，風趣
 冬の仙台には日本ならではの情緒がある。
 冬天的仙台饒富日本獨特的風情。 |

| 1407 | 象徴
 しょうちょう
 (類) シンボル | (名・他サ) 象徴
 消費社会が豊かさの象徴と言わんばかりだが、果たしてそうであろうか。
 説什麼高消費社會是富裕的象徵，但實際上果真是如此嗎？ |

| 1408 | 小児科
 しょうにか | (名) 小兒科，兒科
 小児科から耳鼻科に至るまで、全国で医師が不足している。
 從小兒科到耳鼻喉科，全國的醫生都呈現短缺的現象。 |

| 1409 | 使用人
 しようにん
 (類) 雇い人 | (名) 佣人，雇工
 たとえ使用人であれ、プライバシーは守られるべきだ。
 即使是傭人也應該得以保有個人的隱私。 |

| 1410 | 証人
 しょうにん
 (類) 保証人 | (名) (法) 證人；保人，保證人
 証人として法廷で証言します。
 以證人身分在法庭作證。 |

| 1411 | 情熱
 じょうねつ
 (類) パッション | (名) 熱情，激情
 情熱をなくしては、前進できない。
 如果喪失了熱情，就沒辦法向前邁進。 |

| 1412 | 譲歩
 じょうほ
 (類) 妥協 | (名・自サ) 讓步
 交渉では少したりとも譲歩しない覚悟だ。
 我決定在談判時絲毫不能讓步。 |

| 1413 | 条約
 じょうやく | (名) (法) 條約
 関連する条約の条文に即して、問題点を検討します。
 根據相關條例的條文探討問題所在。 |

し

勝利（しょうり）

1414	勝利（しょう り） ⊘ 敗北	⟨名・自サ⟩ 勝利 地元（じもと）での圧倒的（あっとうてき）な勝利（しょうり）を皮切（かわき）りとして、選挙戦（せんきょせん）の優勢（ゆうせい）に立（た）った。 在故鄉獲得壓倒性的勝利之後，就在選戰中取得優勢。
1415	上陸（じょうりく）	⟨名・自サ⟩ 登陸，上岸 今夜（こんや）、台風（たいふう）は九州南部（きゅうしゅうなんぶ）に上陸（じょうりく）します。 今天晚上，颱風將由九州南部登陸。
1416	蒸留（じょうりゅう）	⟨名・他サ⟩ 蒸餾 蒸留（じょうりゅう）して作（つく）られた酒（さけ）は一般的（いっぱんてき）にアルコール度数（どすう）が高（たか）いのが特徴（とくちょう）です。 一般而言，採用蒸餾法製成的酒類，其特徵為酒精濃度較高。
1417	奨励（しょうれい） 顋 勧（すす）める	⟨名・他サ⟩ 獎勵，鼓勵 政府（せいふ）は省（しょう）エネ活動（かつどう）を奨励（しょうれい）しています。 政府獎勵從事節省能源活動。
1418	ショー 【show】 顋 展示会（てんじかい）	⟨名⟩ 展覽，展覽會；（表演藝術）演出，表演；展覽品 航空（こうくう）ショーでは事故（じこ）が起（お）きることもある。 舉行空軍飛行表演時，偶爾會發生意外事故。
1419	除外（じょがい） 顋 取（と）り除（のぞ）く	⟨名・他サ⟩ 除外，免除，不在此例 20歳未満（さいみまん）の人（ひと）は適用（てきよう）の対象（たいしょう）から除外（じょがい）されます。 未滿二十歲者非屬適用對象。
1420	職員（しょくいん） 顋 社員（しゃいん）	⟨名⟩ 職員，員工 職員一同（しょくいんいちどう）、皆様（みなさま）のお越（こ）しを楽（たの）しみにしております。 本公司全體同仁竭誠歡迎各位的光臨指教。
1421	植民地（しょくみんち）	⟨名⟩ 殖民地 エジプトはかつてイギリスの植民地（しょくみんち）だった。 埃及曾經是英國的殖民地。

1422 ☐	しょく む 職務 類 役目	名 職務，任務 たいちょう こわ にん き まんりょう しょく む 体調を壊し、任期満了まで職務をまっとうできるかどうか分からない。 因身體狀況違和，在任期結束之前，不知能否順利完成應盡職責。
1423 ☐	しょくん 諸君 類 みなさん	名·代 （一般為男性用語，對長輩不用）各位，諸君 しんにゅうせいしょくん きょう み じゅぎょう おお さん か 新入生諸君には興味のある授業にできるだけ多く参加してもらいたい。 期望各位新生盡量選修有興趣的課程。
1424 ☐	じょげん 助言 類 忠告	名·自サ 建議，忠告；從旁教導，出主意 じょげん し けん の 助言がてら、私見も述べさせていただきます。 在提出建議的同時，也請容我説一下個人的見解。
1425 ☐	じょこう 徐行	名·自サ （電車，汽車等）慢行，徐行 きゅう くだ ざか じょこう き けん 急な下り坂では徐行しないと危険です。 遇到陡急下坡處務必要減速慢行，否則十分危險。
1426 ☐ T37	しょざい 所在 類 居所	名 （人的）住處，所在；（建築物的）地址；（物品的）下落 でんしゃだっせん じ こ せきにん しょざい 電車脱線事故の責任の所在はどこにありますか。 請問電車脱軌事故該由誰負起責任呢？
1427 ☐	しょ じ 所持 類 所有	名·他サ 所持，所有；攜帶 しょ じ パスポートを所持していますか。 請問您持有護照嗎？
1428 ☐	じょ し 助詞	名 （語法）助詞 じょ し やくわり なん 助詞の役割は何ですか。 請問助詞的功用為何？
1429 ☐	じょ し 女史 類 女	名·代·接尾 （敬語）女士，女史 じょ し にほん おとず ヘレンケラー女史は日本を訪れたことがあります。 海倫凱勒女士曾經造訪過日本。

し

じょし こうせい
女子高生

1430 □	じょし こうせい **女子高生**	② 女高中生 いま じょし こうせい **今どきの女子高生。** 時下的女高中生。
1431 □	しょぞく **所属** 類 従属	②・自サ 所屬；附屬 わたし しょぞく **私の所属はマーケティング部です。** 我隸屬於行銷部門。
1432 □	しょたいめん **初対面**	② 初次見面，第一次見面 しょたいめん あいさつ **初対面の挨拶。** 初次見面的寒暄。
1433 □	しょち **処置** 類 処理	②・他サ 處理，處置，措施；（傷、病的）治療 てきせつ しょち ほどこ あと やっかい **適切な処置を施さなければ、後で厄介なことになる。** 假如沒有做好適切的處理，後續事態將會變得很棘手。
1434 □	**しょっちゅう** 反 たまに 類 いつも	副 經常，總是 い **あのレストランにはしょっちゅう行くので、シェフと** かお **は顔なじみです。** 由於常上那家餐廳用餐，所以與主廚十分熟稔。
1435 □	しょてい **所定**	② 所定，規定 しょてい ばしょ しょるい ていしゅつ **所定の場所に書類を提出してください。** 請將文件送交至指定地點。
1436 □	じょどうし **助動詞**	②（語法）助動詞 じょどうし じょし ちが なん **助動詞と助詞の違いは何ですか。** 請問助動詞與助詞有何差異呢？
1437 □	しょとく **所得** 反 支出 類 収入	② 所得，收入；（納稅時所報的）純收入；所有物 しょとくがく おさ ぜいきん ひりつ こと **所得額によって納める税金の比率が異なります。** 依照所得總額的不同，繳納稅款的比率亦有所差異。

1438	しょばつ **処罰** 類 罰する	名・他サ 處罰，懲罰，處分 や きゅうぶ せい と ふ しょうじ お かんとく しょばつ 野球部の生徒が不祥事を起こし、監督も処罰された。 棒球隊的學生們闖下大禍，教練也因而接受了連帶處罰。
1439	しょはん **初版** 類 第1版	名 （印刷物，書籍的）初版，第一版 ほん しょはん かげつ う き あの本の初版は1ヶ月で売り切れた。 那本書的初版在一個月內就售罄。
1440	しょひょう **書評**	名 書評（特指對新刊的評論） しょひょう よ き い ほん さが まずは書評を読んでお気に入りの本を探してください。 請先閱讀書評，再尋找喜愛的書籍閱讀。
1441	しょぶん **処分** 類 処理	名・他サ 處理，處置；賣掉，丟掉；懲處，處罰 はんせい しょぶん けいげん 反省のいかんによって、処分が軽減されることもある。 看反省的情況如何，也有可能減輕處分。
1442	しょほうせん **処方箋**	名 處方籤 しょほうせん 処方箋をもらう。 領取處方籤。
1443	しょみん **庶民** 類 百姓	名 庶民，百姓，群眾 しょみん あじ い み 庶民の味とはどういう意味ですか。 請問「老百姓的美食」指的是什麼意思呢？
1444	しょ む **庶務**	名 總務，庶務，雜物 わたし じ む きょく しょ む かん ぎょうむ たんとう 私は事務局の庶務に関する業務を担当しています。 我負責處理秘書處的庶務相關業務。
1445	しょゆう **所有**	名・他サ 所有 くるま なんだいしょゆう 車を何台所有していますか。 請問您擁有幾輛車子呢？

し

調べ

1446	調べ しら 類 吟味	名 調査；審問；檢查；（音樂的）演奏；調音；（音樂、詩歌）音調 自白した内容に基づいて証拠調べをおこないます。 依照已經供述的自白內容進行查證。
1447	退く しりぞ	自五 後退；離開；退位 第一線から退く。 從第一線退下。
1448	退ける しりぞ	他五 斥退；擊退；拒絕；撤銷 案を退ける。 撤銷法案。
1449	自立 じ りつ 類 独立	名・自サ 自立，獨立 金銭的な自立なくしては、一人立ちしたとは言えない。 在經濟上無法獨立自主，就不算能獨當一面。
1450	記す しる 類 書きとめる	他五 寫，書寫；記述，記載；記住，銘記 資料を転載する場合は、資料出所を明確に記してください。 擬引用資料時，請務必明確註記原始資料出處。
1451	指令 し れい 類 命令	名・他サ 指令，指示，通知，命令 指令を受けたがさいご、指令に従うしかない。 一旦接到指令，就必須遵從。
1452	四六時中 し ろく じ ちゅう	名 一天到晚，一整天；經常，始終 四六時中気にしている。 始終耿耿於懷。
1453	～心 しん 類 精神	名・漢造 心臟；內心；（燈、蠟燭的）芯；（鉛筆的）芯；（水果的）果仁周圍部分；中心，核心；（身心的）深處；精神，意識；核心 彼女の話を聞いていると、同情心が湧いてくる。 聽了她的描述，不禁勾起人們的同情心。

1454 ☐	陣 じん 類 陣立て	名・漢造 陣勢；陣地；行列；戰鬥，戰役 スター選手の引退記者会見に、多くの報道陣が駆けつけた。 明星運動員宣布退出體壇的記者會上，湧入了大批媒體記者。
1455 ☐	新入り しん い	名 新參加（的人），新手；新入獄（者） 新入りをいじめる。 欺負新人。
1456 ☐	進化 しん か 反 退化	名・自サ 進化，進步 IT業界はここ十年余りのうちに目覚しい進化を遂げた。 近十餘年來，資訊產業已有日新月異的演進。
1457 ☐	人格 じんかく 類 パーソナリティー	名 人格，人品；（獨立自主的）個人 家庭環境は子供の人格形成に大きな影響を与える。 家庭環境對兒童人格的形成具有重大的影響。
1458 ☐	審議 しん ぎ	名・他サ 審議 専門家による審議の結果、原案通り承認された。 專家審議的結果為通過原始提案。
1459 ☐	進行 しんこう 反 退く 類 進む	名・自他サ 前進，行進；進展；（病情等）發展，惡化 治療をしようと、治療しまいと、いずれ病状は進行します。 不管進不進行治療，病情還是會惡化下去。
1460 ☐	新興 しんこう	名 新興 情報が少ないので、新興銘柄の株には手を出しにくい。 由於資訊不足，遲遲不敢下手購買新掛牌上市上櫃的股票。
1461 ☐	振興 しんこう	名・自他サ 振興（使事物更為興盛） 観光局は様々な事業を通じて、国際観光の振興を図っています。 觀光局試圖透過各式各樣的企業以振興海外觀光。

し

1462	しんこく 申告	名·他サ 申報，報告
		まいねんいっかい しょとくぜい しんこく さだ 毎年一回、所得税の申告が定められている。
		政府規定每年申報一次所得稅。

1463	しんこん 新婚	名 新婚（的人）
T38		しんこん あつあつ め 新婚のごとき熱々ぶりに、目もやれない。
		兩人像新婚一樣卿卿我我的，真讓人看不下去。

1464	しんさ 審査	名·他サ 審査
		しんさ すす ぐあい ふんそう ながび 審査の進み具合のいかんによって、紛争が長引くかも
		しれない。
		根據審查的進度，可能糾紛會拖長了。

1465	じんざい 人材	名 人才
	類 人才	かれ ゆうしゅう じんざい かくとく くにく さく で 彼は優秀な人材を獲得せんがための苦肉の策に出た。
		他為求招攬優秀人才而使出了苦肉計。

1466	しんし 紳士	名 紳士；（泛指）男人
	類 ジェントルマン	しんし た ふ ま だま 紳士のごとき立ち振る舞いにすっかり騙されてしまった。
		被他那宛如紳士般的舉止給騙了。

1467	しんじつ 真実	名·形動·副 真實，事實，實在
	類 事実	しんじつ し しあわ ばあい 真実は知らないほうが幸せな場合もある。
		某些時候，不知道事情的真相比較幸福。

1468	しんじゃ 信者	名 信徒；…迷，崇拜者，愛好者
	類 信徒	きょう せんれい う はじ しんじゃ カトリック教では洗礼を受けて始めて、信者になる。
		在天主教，是從受完洗禮的那一刻起，才成為教徒。

1469	しんじゅ 真珠	名 珍珠
	類 パール	いせわん しんじゅ ようしょく さか 伊勢湾では真珠の養殖が盛んです。
		伊勢灣的珍珠養殖業非常興盛。

1470	進出	名・自サ 進入，打入，擠進，參加；向…發展
	しんしゅつ 類 進む	彼は政界への進出をもくろんでいるらしい。 聽説他始終謀圖進軍政壇。

1471	心情	名 心情
	しんじょう	御礼かたがた、今の心情を述べさせていただきます。 在道謝的同時，也請容我敘述一下現在的心情。

1472	新人	名 新手，新人；新思想的人，新一代的人
	しんじん 反 旧人 類 新入り	新人じゃあるまいし、こんなことぐらいできるでしょ。 又不是新手，這些應該搞得定吧！

1473	神聖	名・形動 神聖
	しんせい 類 聖	ここは神聖な場所ですので、靴と帽子を必ず脱いでください。 這裡是神聖的境域，進入前務請脫除鞋、帽。

1474	親善	名 親善，友好
	しんぜん 類 友好	日本と韓国はサッカーの親善試合を開催した。 日本與韓國共同舉辦了足球友誼賽。

1475	真相	名 （事件的）真相
	しんそう 類 事実	真相を追究しないではおかないだろう。 想必要追究出真相吧。

1476	腎臓	名 腎臓
	じんぞう	腎臓移植。 腎臟移植。

1477	心臓麻痺	名 心臓麻痺
	しんぞうまひ	心臓麻痺で亡くなる。 心臟麻痺死亡。

し

1478 ☐	じんそく **迅速** 類 速い	名・形動 **迅速** じんそく おうきゅうしょ ち たす **迅速な応急処置なしには助からなかっただろう。** 如果沒有那迅速的緊急措施，我想應該沒辦法得救。
1479 ☐	じんたい **人体**	名 **人體，人的身體** ぶっしつ じんたい きがい あた あき **この物質は人体に危害を与えることが明らかになった。** 研究人員發現這種物質會危害人體健康。
1480 ☐	しんちく **新築** 類 建築	名・他サ **新建，新蓋；新建的房屋** らいねん しんちく こうにゅう よてい **来年、新築のマンションを購入する予定です。** 預計於明年購置全新完工的大廈。
1481 ☐	しんてい **進呈** 類 進上	名・他サ **贈送，奉送** ゆうしょう ごうか しょうひん しんてい **優勝チームには豪華賞品が進呈されることになっている。** 優勝隊伍將可獲得豪華獎品。
1482 ☐	しんてん **進展** 類 発展	名・自サ **發展，進展** ご ちょうさ なに しんてん **その後の調査で何か進展はありましたか。** 請問後續的調查有無進展呢？
1483 ☐	しんでん **神殿** 類 神社	名 **神殿，神社的正殿** しんでん せかい いさん とうろく **パルテノン神殿は世界遺産に登録されている。** 巴特農神殿已被列為世界遺產。
1484 ☐	しんど **進度**	名 **進度** しんど つぎ つぎ しごと はい **進度のいかんによらず、次から次に仕事が入ってくる。** 不管進度如何，工作照樣接二連三地進來。
1485 ☐	しんどう **振動**	名・自他サ **搖動，振動；擺動** じょうそう しんどう そうおん なや **マンションの上層からの振動と騒音に悩まされている。** 一直深受樓上傳來的震動與噪音所苦。

486 □	しんにゅう 新入	名 新加入，新來（的人） しんにゅうしゃいん 新入社員。 新進員工。

| 487 □ | しんにゅうせい
新入生 | 名 新生
もう新入生ではあるまいし、いちいち質問しないで下さい。
已經不是新生了，請不要每件事情都要問。 |

| 488 □ | しんにん
信任
類 信用 | 名・他サ 信任
かれ われわれ しんにん じんぶつ おも
彼は我々の信任にたえる人物だと思う。
我認為他值得我們信賴。 |

| 489 □ | しん び
神秘
類 不思議 | 名・形動 神秘，奧秘
うみ もぐ せいめい しん び ふ き
海に潜ると、生命の神秘に触れられる気がします。
潛入海底後，彷彿能撫觸到生命的奧秘。 |

| 490 □ | しんぼう
辛抱
類 我慢 | 名・自サ 忍耐，忍受；（在同一處）耐，耐心工作
かれ しんぼうづよ か
彼はやや辛抱強さに欠けるきらいがある。
他有點缺乏耐性。 |

| 491 □ | じん ま しん
蕁麻疹 | 名 蕁麻疹
で
じんましんが出る。
出蕁麻疹。 |

| 492 □ | じんみん
人民
類 国民 | 名 人民
じんみん じんみん じんみん せいじ
「人民の人民による人民のための政治」はリンカーン
めいげん
の名言です。
「民有、民治、民享」這句名言出自林肯。 |

| 493 □ | しん り
真理 | 名 道理；合理；真理，正確的道理
りん り がく しん り ついきゅう がくもん
倫理学とは、真理を追求する学問です。
所謂倫理學，乃是追求真理之學問。 |

しんりゃく
侵略

1494 ☐	しんりゃく **侵略**	(名・他サ) 侵略 しんりゃく れきし け さ 侵略の歴史を消し去ることはできない。 侵略的歷史是無法被抹滅的。
1495 ☐	しんりょう **診療** (類) 診察	(名・他サ) 診療，診察治療 ご ご しんりょう じ かい し 午後の診療は2時から開始します。 下午的診療時間從兩點鐘開始。
1496 ☐ T39	ず あん **図案**	(名) 圖案，設計，設計圖 ず あん ぼ しゅう 図案を募集する。 徵求設計圖。
1497 ☐	すい **粋** (反) 野暮 (類) モダン	(名・漢造) 精粋，精華；通曉人情世故，圓通；瀟灑，風流； 純粹 さくひん しょくにん ぎ じゅつ すい あつ ちょうこく とくちょう この作品は職人技術の粋を集めた彫刻が特徴です。 這件雕刻藝術的特色體現出工匠技藝的極致境界。
1498 ☐	すい げん **水源**	(名) 水源 ち きゅう おん ど じょうしょう すい げん きゅうそく こ かつ よ そう 地球の温度上昇によって水源が急速に枯渇すると予想 せんもん か する専門家もいる。 某些專家甚至預測由於地球暖化，將導致水源急遽枯竭。
1499 ☐	すい しん **推進**	(名・他サ) 推進，推動 だいがく こうかんりゅうがく すい しん ちから い あの大学は交換留学の推進に力を入れている。 那所大學致力於推展交換國際留學生計畫。
1500 ☐	すい せん **水洗**	(名・他サ) 水洗，水沖；用水沖洗 ねん すい せん か かく か てい ふ きゅう ここ30年で水洗トイレが各家庭に普及した。 近三十年來，沖水馬桶的裝設已經普及於所有家庭。
1501 ☐	すい そう **吹奏**	(名・他サ) 吹奏 むすめ すい そうがく ぶ しょぞく ふ 娘は吹奏楽部に所属し、トランペットを吹いている。 小女隸屬於吹奏樂隊，擔任小號手。

す

1502	推測 すいそく	(名・他サ) 推測，猜測，估計
	(類) 推し量る	双方の意見がぶつかったであろうことは、推測に難くない。 不難猜想雙方的意見應該是有起過爭執。

1503	水田 すいでん	(名) 水田，稻田
		6月になると水田からはカエルの鳴き声が聞こえてくる。 到了六月份，水田裡就會傳出此起彼落的蛙鳴聲。

1504	推理 すいり	(名・他サ) 推理，推論，推斷
		私の推理ではあの警官が犯人です。 依照我的推理，那位警察就是犯案者。

1505	数詞 すうし	(名) 數詞
		数詞はさらにいくつかの種類に分類することができる。 數詞還能再被細分為幾個種類。

1506	崇拝 すうはい	(名・他サ) 崇拜；信仰
	(反) 敬う (類) 侮る	古代エジプトでは猫を崇拝していたという説がある。 有此一說，古代埃及人將貓奉為神祇崇拜。

1507	据え付ける すえつける	(他下一) 安裝，安放，安設；裝配，配備；固定，連接
	(類) くっつける	このタンスは据え付けてあるので、動かせません。 這個衣櫥已經被牢牢固定，完全無法移動。

1508	据える すえる	(他下一) 安放，設置；擺列，擺放；使坐在…；使就…職位；沈著（不動）；針灸治療；蓋章
	(類) 据え付ける、置く	この問題は腰をすえて取り組まないと解けないでしょう。 這個問題必須專心好好著手研究才能解得開。

1509	清清しい すがすがしい	(形) 清爽，心情舒暢；爽快
	(反) 汚らわしい (類) 麗らか	空はすっきり晴れ、空気も澄んで、すがすがしいかぎりだ。 天空一片晴朗，空氣也清新，真令人神清氣爽啊！

し

1510	**過ぎ** す	接尾 超過；過度 3時過ぎにお客さんが来た。 三點過後有來客。
1511	**救い** すく 類 救助	名 救，救援；挽救，彌補；（宗）靈魂的拯救 誰か私に救いの手を差し伸べてください。 希望有人能夠對我伸出援手。
1512	**掬う** すく 類 掬ぶ（むすぶ）	他五 抄取，撈取，掬取，舀，捧；抄起對方的腳使跌倒 夏祭りで、金魚を5匹もすくった。 在夏季祭典市集裡，撈到的金魚多達五條。
1513	**健やか** すこ 類 元気	形動 身心健康；健全，健壯 孫はこの一ヶ月で1.5キロも体重が増えて、健やかなかぎりだ。 孫子這一個月來體重竟多了1.5公斤，真是健康呀！
1514	**すすぐ** 類 洗う	自他五（用水）刷，洗滌；漱口 洗剤を入れて洗ったあとは、最低2回すすいだ方がいい。 將洗衣精倒入洗衣機裡面後，至少應再以清水沖洗兩次比較好。
1515	**進み** すす	名 進，進展，進度；前進，進步；嚮往，心願 工事の進みが遅いので、期日通りに開通できそうもない。 由於工程進度延宕，恐怕不太可能依照原訂日期通車。
1516	**勧め** すす	名 規勸，勸告，勸誡；鼓勵；推薦 シェフのお勧めメニューはどれですか。 請問主廚推薦的是哪一道餐點呢？
1517	**スタジオ** 【studio】	名 藝術家工作室；攝影棚，照相館；播音室，錄音室 スタジオは観覧の客で熱気むんむんだ。 攝影棚裡擠滿眾多前來觀賞錄影的來賓，變得悶熱不堪。

1518 ☐	**廃れる** <small>すた</small> 反 興る 類 衰える	自下一 成為廢物，變成無用，廢除；過時，不再流行； 衰微，衰弱，被淘汰 大型デパートの相次ぐ進出で、商店街は廃れてしまった。 由於大型百貨公司接二連三進駐開幕，致使原本的商店街沒落了。
1519 ☐	**スチーム** 【steam】 類 湯気	名 蒸汽，水蒸氣；暖氣（設備） スチームを使ってアイロンをかけると、きれいに皺が伸びますよ。 只要使用蒸汽熨斗，就可以將衣物的皺褶熨燙得平整無比喔！
1520 ☐	**スト** 【strike 之略】	名 罷工 電車がストで参った。 電車罷工，真受不了。
1521 ☐	**ストライキ** 【strike】 類 スト	名・自サ 罷工；（學生）罷課 賃上げを求めて、労働組合はストライキを起こした。 工會要求加薪，發動了罷工。
1522 ☐	**ストロー** 【straw】	名 吸管 紙パックのジュースには、たいていストローが付いています。 紙盒包裝的果汁，外盒上大都附有吸管。
1523 ☐	**ストロボ** 【strobo】	名 閃光燈 暗い所で撮影する場合には、ストロボを使用したほうがきれいに撮れる。 在光線不佳的地方照相時，最好使用閃光燈，有助於拍攝效果。
1524 ☐	**拗ねる** <small>す</small>	自下一 乖戾，鬧彆扭，任性撒野 世をすねる。 玩世不恭；憤世嫉俗。
1525 ☐	**すばしっこい** 類 素早い	形 動作精確迅速，敏捷，靈敏 あの子はすばしっこいといったらありはしない。 那孩子實在是非常機靈敏捷。

す

素早い
すばや

1526	素早い すばや ⚘ すばしっこい	彫 身體的動作與頭腦的思考很快;迅速,飛快 突発事故では、すばやい迅速な対応が鍵となります。 とっぱつじこ　　　　　じんそく　たいおう　　かぎ 發生突發事故時,關鍵在於敏捷有效應對。
1527	ずばり	剾 鋒利貌,喀嚓;(說話)一語道破,擊中要害,一針見血 問題をずばり解決します。 もんだい　　　　かいけつ 直接了當地解決問題。
1528	ずぶ濡れ ぬ	名 全身濕透 会社帰りに夕立に遭って、ずぶ濡れになった。 かいしゃがえ　　ゆうだち　あ　　　　　ぬ 下班回家途中遇到一場陣雨,被淋得渾身濕透,宛如落湯雞。
1529	スプリング 【spring】 ⚘ 発条 (ぜんまい)	名 春天;彈簧;跳躍,彈跳 このベッドはスプリングの硬さの調整が可能です。 かた　　ちょうせい　かのう 這張床可以調整彈簧的軟硬度。
1530	スペース 【space】 ⚘ 空き、宇宙	名 空間,空地;(特指)宇宙空間;紙面的空白,行間寬度 裏庭には車が二台止められるスペースがあります。 うらにわ　　くるま　にだいと 後院的空間大小可容納兩輛汽車。
1531	滑る すべ	自五 滑行;滑溜,打滑;(俗)不及格,落榜;失去地位, 讓位;說溜嘴,失言 口が滑る。 くち　すべ 說溜了嘴。
1532	スポーツカー 【sports car】	名 跑車 主人公はスポーツカーに乗ってさっそうと登場した。 しゅじんこう　　　　　　　の　　　　　　とうじょう 主角乘著一輛跑車,瀟灑倜儻地出場了。
1533	澄ます す	自五・他五・接尾 澄清(液體);使晶瑩,使清澈;洗淨;平心靜氣;集中注意力;裝樣 作樣,假正經,擺架子;裝作若無其事;(接在其他動詞連用形下面)表示完全成為… 耳を澄ますと、虫の鳴く声がかすかに聞こえます。 みみ　す　　　　　むし　な　こえ　　　　　き 只要豎耳傾聽,就可以隱約聽到蟲鳴。

1534	清ます す	自五・他五・接尾 同「澄ます」 喧嘩の後にも関わらず、彼女は清ました顔で食事している。 <small>けんか　あと　　かか　　かのじょ　すまました顔　しょくじ</small> 儘管她才剛與人吵過架，卻露出一臉若無其事的神情，兀自繼續用餐。
1535	速やか すみ 類 速い	形動 做事敏捷的樣子，迅速 今後の運営方針については、取締役会で決定後速やかに告知されるでしょう。 關於往後的經營方針，俟董事會議決後，應將迅速宣布周知吧！
1536	スムーズ 【smooth】	名・形動 圓滑，順利；流暢 話がスムーズに進む。 協商順利進行。
1537	すらすら	副 痛快的，流利的，流暢的，順利的 日本語ですらすらと話す。 用日文流利的説話。
1538	スラックス 【slacks】 類 ズボン	名 運動褲，寬鬆長褲；女褲 暑くなってきたので、夏用のスラックスを2着新調した。 天氣變得越來越熱，只好購買兩條夏季寬鬆長褲。
1539	ずらっと	副 （俗）一大排，成排地 店先には旬の果物がずらっと並べられている。 當季的水果井然有序地陳列於店面。
1540	スリーサイズ 【(和)three + size】	名 （女性的）三圍 スリーサイズを計る。 測量三圍。
1541	ずるずる 類 どんどん	副・自サ 拖拉貌；滑溜；拖拖拉拉 犯人は警察官に取り押さえられ、ずるずる引きつれられていった。 犯案者遭到警察逮捕押制，使勁強行拖走。

1542	**ずれ**	名 （位置，時間意見等）不一致，分歧；偏離；背離，不吻合
		景気対策に関する認識のずれが浮き彫りになった。
		景氣應對策略的相關認知差異，已經愈見明顯了。

1543	**擦れ違い** 類 行き違い	名 交錯，錯過去，差開
		すれ違いが続いて、二人はとうとう分かれてしまった。
		一而再、再而三地錯過彼此，終於導致他們兩人分手了。

1544	**擦れる** 類 触る	自下一 摩擦；久經世故，（失去純真）變得油滑；磨損，磨破
		アレルギー体質なので、服が肌に擦れるとすぐ赤くなる。
		由於屬於過敏性體質，只要被衣物摩擦過，肌膚立刻泛紅。

1545	**すんなり(と)**	副・自サ 苗條，細長，柔軟又有彈力；順利，容易，不費力
		面倒な手順を踏むことなく、すんなりと審査を通過した。
		沒有任何煩雜冗長的程序，很順利地就通過審查了。

1546 T40	**～制**	名・漢造 （古）封建帝王的命令；限制；制度；支配；製造
		会員制のホテルですから、まず会員にならなければ宿泊できない。
		這裡是採取會員制的旅館，所以必須先加入會員才能夠住宿。

1547	**生育・成育**	名・自他サ 生育，成長，發育，繁殖（寫「生育」主要用於植物，寫「成育」則用於動物）
		土に栄養が足りていればこそ、野菜はよく生育する。
		正因土壤有足夠的養分，才能栽培出優質蔬菜。

1548	**精一杯**	形動・副 竭盡全力
		精一杯頑張る。
		拚了老命努力。

1549	**成果** 反 原因 類 成績	名 成果，結果，成績
		今にしてようやく成果が出てきた。
		至今終於有了成果。

1550	正解 せいかい	(名・他サ) 正確的理解，正確答案
		四つの選択肢の中から、正解を一つ選びなさい。
	(反) 不正解	請由四個選項中，挑出一個正確答案。

1551	正規 せいき	(名) 正規，正式規定；（機）正常，標準；道義；正確的意思
		派遣社員として採用されるばかりで、なかなか正規のポストに就けない。
		總是被錄取為派遣員工，遲遲無法得到正式員工的職缺。

1552	正義 せいぎ	(名) 正義，道義；正確的意思
		スーパーマンは地球を守る正義の味方という設定です。
	(反) 悪	超人被塑造成守護地球的正義使者。
	(類) 正しい	

1553	生計 せいけい	(名) 謀生，生計，生活
		アルバイトなり、派遣なり、生計を立てる手段はある。
	(類) 暮らし	看是要去打工也好，或是從事派遣工作，總有各種方式維持生計。

1554	政権 せいけん	(名) 政權；參政權
		政権交代が早すぎて、何の政策も実行できていない。
		由於政權太早輪替，什麼政策都還來不及施行。

1555	精巧 せいこう	(名・形動) 精巧，精密
		この製品にはお客の要求にたえる精巧さがある。
	(反) 散漫、下手	這個產品的精密度能夠符合客戶的需求。
	(類) 緻密	

1556	星座 せいざ	(名) 星座
		オリオン座は冬にみられる星座のひとつです。
		獵戶座是在冬季能夠被觀察到的星座之一。

1557	制裁 せいさい	(名・他サ) 制裁，懲治
		制裁措置を発動しないではおかない。
		必須採取制裁措施。

す

政策
せいさく

1558	政策 せいさく 類 ポリシー	名 政策，策略 一貫性のない政策では、何の成果も上げられないでしょう。 沒有貫徹到底的政策，終究無法推動出任何政績。
1559	清算 せいさん	名・他サ 計算，精算；結算；清理財產；結束 10年かけてようやく借金を清算した。 花費了十年的時間，終於把債務給還清了。
1560	生死 せいし	名 生死；死活 彼は交通事故に遭い、1ヶ月もの間、生死の境をさまよった。 他遭逢交通事故後，在生死交界之境徘徊了整整一個月。
1561	静止 せいし	名・自サ 靜止 静止画像で見ると、盗塁は明らかにセーフです。 只要查看停格靜止畫面，就知道毫無疑問的是成功盜壘。
1562	誠実 せいじつ 反 不正直 類 真面目	名・形動 誠實，真誠 誠実さを示したところで、いまさらどうにもならない。 就算態度誠實，事到如今也無法改變既成事實。
1563	成熟 せいじゅく 類 実る	名・自サ （果實的）成熟；（植）發育成樹；（人的）發育成熟 このミカンはまだ成熟していないので、とてもすっぱいです。 這顆橘子還沒有成熟，味道極酸。
1564	青春 せいしゅん 反 老いた 類 若い	名 春季；青春，歲月 青春時代を思い出すだに、今でも胸が高鳴る。 一想到年輕歲月的種種，迄今依舊令人熱血澎湃。
1565	清純 せいじゅん	名・形動 清純，純真，清秀 彼女は清純派アイドルとして売り出し中です。 她以清純偶像之姿，正日漸走紅。

1566

せいしょ
聖書

名 古聖人的著述，聖典；（基督教的）聖經

彼は聖書の教えに従う敬虔なキリスト教徒です。

他是個謹守聖經教義的虔誠基督教徒。

1567

せいじょう
正常

反 異常
類 ノーマル

名・形動 正常

現在、システムは正常に稼動しています。

系統現在正常運作中。

1568

せい
制する

反 許す
類 押さえる

他サ 制止，壓制，控制；制定

見事に接戦を制して首位に返り咲いた。

經過短兵相接的激烈競爭後，終於打了一場漂亮的勝仗，得以重返冠軍寶座。

1569

せいぜん
整然

反 乱れる
類 ちゃんと

形動タルト 整齊，井然，有條不紊

彼女の家はいつ行っても整然と片付けられている。

無論什麼時候去她家拜訪，屋裡總是整理得有條不紊。

1570

せいそう
盛装

反 普段着
類 晴れ着

名・自サ 盛裝，華麗的裝束

結婚式の参加者はみな盛装しています。

參加結婚典禮的賓客們全都盛裝出席。

1571

せいだい
盛大

反 貧弱
類 立派

名・形動 盛大，規模宏大；隆重

有名人カップルとあって、盛大な結婚式を開いた。

新郎與新娘同為知名人士，因此舉辦了一場盛大的結婚典禮。

1572

せいだく
清濁

名 清濁；（人的）正邪，善惡；清音和濁音

現実の世界は清濁が混合しているといえる。

現實世界可以說是清濁同流、善惡兼具的。

1573

せいてい
制定

類 決める

名・他サ 制定

法案の制定を皮切りにして、各種ガイドラインの策定を進めていく。

以制定法案作為開端，逐步推展制定各項指導方針。

せ

せいてき
静的

1574	せいてき **静的** 反 動的	形動 靜的，靜態的 せいてきじょうけい びょうしゃ れんしゅう **静的情景を描写して、デッサンの練習をする。** 寫生靜態景物，做為素描的練習。
1575	せいてつ **製鉄**	名 煉鐵，製鐵 せいてつ ひつよう げんりょう **製鉄に必要な原料にはどのようなものがありますか。** 請問製造鋼鐵必須具備哪些原料呢？
1576	せいてん **晴天** 類 青天	名 晴天 ご ぜんちゅう せいてん ご ご てんき きゅうへん **午前中は晴天だったが、午後から天気が急変した。** 雖然上午還是晴天，到了下午天氣卻突然轉壞。
1577	せいとう **正当** 類 当たり前	名・形動 正當，合理，合法，公正 ばいしんいん せんにん せいとう り ゆう かぎ きょ ひ **陪審員に選任されたら、正当な理由がない限り拒否で** **きない。** 一旦被遴選為陪審員，除非有正當理由，否則不得拒絕。
1578	せいとう か **正当化**	名・他サ 使正當化，使合法化 じ ぶん こうどう せいとう か **自分の行動を正当化する。** 把自己的行為合理化。
1579	せいねん **成年** 反 子供 類 大人	名 成年（日本現行法律為二十歲） せいねんねんれい はたち さい ひ き さ ぎろん **成年年齢を20歳から18歳に引き下げるという議論がある。** 目前有項爭論議題為：成人的年齡是否該由二十歲降低至十八歲。
1580	せいふく **征服** 類 制圧	名・他サ 征服，克服，戰勝 あくま せ かいせいふく くわだ **このアニメは悪魔が世界征服を企てるというストーリ** **ーです。** 這部卡通的故事情節是描述惡魔企圖征服全世界。
1581	せいほう **製法**	名 製法，作法 とうしゃ せいほう つく なま **当社こだわりの製法で作った生ビールです。** 這是本公司精心研製生產出來的生啤酒。

1582 □ T41	精密 せいみつ 反 散漫 類 緻密	名・形動 精密，精確，細緻 この機械は精密にできているといったらありはしない。 きかい　　せいみつ 這部機器極致精密。
1583 □	税務署 ぜいむしょ	名 税捐處 税務署のずさんな管理に憤りを禁じえない。 ぜいむしょ　　　　　　かんり　　いきどお　　　きん 稅務署（國稅局）的散漫管理，令人滿腔怒火。
1584 □	姓名 せいめい 類 名前	名 姓名 戸籍に登録されている姓名を記入してください。 こせき　　とうろく　　　　　　せいめい　きにゅう 敬請填寫登記於戶籍上的姓名。
1585 □	声明 せいめい 類 宣言	名・自サ 聲明 財務長官が声明を発表するや、市場は大きく反発した。 ざいむちょうかん　せいめい　はっぴょう　　　しじょう　おお　　はんぱつ 當財政部長發表聲明後，股市立刻大幅回升。
1586 □	制約 せいやく	名・他サ （必要的）條件，規定；限制，制約 時間的な制約を設けると、かえって効率が上がることもある。 じかんてき　せいやく　もう　　　　　　　こうりつ　あ 在某些情況下，當訂定時間限制後，反而可以提昇效率。
1587 □	生理 せいり 類 月経 (げっけい)	名 生理；月經 おならは生理現象だから仕方がない。 せいりげんしょう　　　しかた 身體排氣是生理現象，無可奈何。
1588 □	勢力 せいりょく 類 勢い	名 勢力，權勢，威力，實力；（理）力，能 ほとんどの台風は北上するにつれ、勢力が衰える。 たいふう　ほくじょう　　　　　　せいりょく　おとろ 大部分的颱風移動北上時，其威力強度都會逐漸減弱。
1589 □	整列 せいれつ	名・自他サ 整隊，排隊，排列 あいうえお順に整列しなさい。 じゅん　せいれつ 請依照日文五十音的順序排列整齊。

せ

1590	**セール**【sale】 類 大売り出し（おおうりだし）	名 拍賣，大減價 セール期間中、デパートは押しつ押されつの大賑わいだ。 百貨公司在特賣期間，消費者你推我擠的非常熱鬧。
1591	**急かす** 類 催促	他五 催促 飛行機に乗り遅れてはいけないので、急かさずにはおかない。 搭飛機是不能遲到的，所以不得不催促他們。
1592	**倅**（せがれ） 類 息子	名 （對人謙稱自己的兒子）犬子；（對他人兒子，晚輩的蔑稱）小傢伙，小子 せがれが今年就職したので、肩の荷が下りた。 小犬今年已經開始工作，總算得以放下肩頭上的重擔。
1593	**責務**（せきむ） 類 責任	名 職責，任務 よくやったというよりも、ただ自分の責務を果たしたまでのことだ。 說我做得好，其實我只是盡自己的本份而已。
1594	**セキュリティー**【security】	名 安全，防盜；擔保 セキュリティーシステム。 防盜裝置。
1595	**セクション**【section】 反 全体 類 部門	名 部分，區劃，段，區域；節，項，科；（報紙的）欄 仕事内容は配属されるセクションによって様々です。 依據被分派到的部門，工作內容亦隨之各異其趣。
1596	**セクハラ**【sexual harassment 之略】	名 性騷擾 セクハラで訴える。 以性騷擾提出告訴。
1597	**世辞**（せじ） 類 お世辞	名 奉承，恭維，巴結 下手なお世辞なら、言わないほうがましですよ。 如果是拙劣的恭維，倒不如別說比較好吧！

1598	是正 ぜ せい 類 正す	名・他サ 更正，糾正，訂正，矯正 社会格差を是正するための政策の検討が迫られている。 致力於匡正社會階層差異的政策檢討，已然迫在眉睫。
1599	世帯 せ たい 類 所帯	名 家庭，戶 核家族の世帯は増加の一途をたどっている。 小家庭的家戶數有日與俱增的趨勢。
1600	世代 せ だい 類 ジェネレーション	名 世代，一代；一帶人 これは我々の世代ならではの考え方だ。 這是我們這一代獨有的思考方式。
1601	節 せつ 類 時	名・漢造 季節，節令；時候，時期；節操；（物體的）節；（詩文歌等的）短句，段落 その節は大変お世話になりました。 日前承蒙您多方照顧。
1602	切開 せっかい	名・他サ（醫）切開，開刀 父は胃を切開して、腫瘍を切り取った。 父親接受了手術，切開胃部取出腫瘤。
1603	説教 せっきょう	名・自サ 說教；教誨 先生に説教される。 被老師說教。
1604	セックス 【sex】 類 交配	名 性，性別；性慾；性交 セックスの描写がある映画は、ゴールデンタイムに放送してはいけない。 黃金時段不得播映出現性愛畫面的電影。
1605	切実 せつじつ 類 つくづく	形動 切實，迫切 将来が不安という若者から切実な声が寄せられている。 年輕人發出對未來感到惶惶不安的急切聲浪。

せ

1606	接触 せっしょく 類 触れる	名・自サ 接觸；交往，交際 バスと接触事故を起こしたが、幸い軽症ですんだ。 雖然發生與巴士擦撞的意外事故，幸好只受到輕傷。
1607	接続詞 せつぞくし	名 接續詞，連接詞 接続詞から他動詞に至るまで、彼は全然理解していない。 從接續詞到及物動詞，他全部都不懂。
1608	設置 せっち 類 設ける	名・他サ 設置，安裝；設立 沖縄を皮切りに、南から順に会場を設置する。 南起沖繩，沿途北上設置會場。
1609	折衷 せっちゅう	名・他サ 折中，折衷 与野党は折衷案の検討に入った。 朝野各黨已經開始討論折衷方案。
1610	設定 せってい	名・他サ 制定，設立，確定 クーラーの温度は24度に設定してあります。 冷氣的溫度設定在二十四度。
1611	説得 せっとく 類 言い聞かせる	名・他サ 說服，勸導 彼との結婚を諦めさせようとばかり、家族や友人が代わる代わる説得している。 簡直就像要我放棄與他結婚似的，家人與朋友輪番上陣不停勸退我。
1612	切ない せつ 反 楽しい 類 辛い（つらい）	形 因傷心或眷戀而心中煩悶；難受；苦惱，苦悶 彼女のことを思うと、切ないといったらありはしない。 想到她，就令人痛徹心扉。
1613	絶版 ぜっぱん	名 絕版 あの本屋には絶版になった書籍もおいてある。 那家書店也有已經絕版的書籍。

1614	**絶望** _{ぜつぼう} 類 がっかり	名・自サ 絶望，無望 彼は人生に絶望してからというもの、家に引きこもっている。 自從他對人生感到絕望後，就一直躲在家裡不出來。
1615	**設立** _{せつりつ} 反 解散 類 新設	名・他サ 設立，成立 設立されたかと思いきや、2ヶ月で運営に行き詰まった。 才剛成立而已，誰知道僅僅2個月，經營上就碰到了瓶頸。
1616	**ゼネコン** 【general contractor 之略】	名 承包商 大手ゼネコン。 _{おおて} 規模大的承包商。
1617	**攻め** _せ	名 進攻，圍攻 後半は攻めの姿勢に転じて、ゲームの立て直しを図る。 下半場將轉守為攻，企圖扭轉賽局的情勢。
1618	**ゼリー** 【jelly】	名 果凍；膠狀物；果醬 プリンにひきかえ、ゼリーはカロリーが低い。 _{ひく} 果凍的熱量比布丁低。
1619	**セレブ** 【celeb】	名 名人，名媛，著名人士 セレブな私生活。 _{しせいかつ} 名人的私人生活。
1620	**セレモニー** 【ceremony】 類 式	名 典禮，儀式 大統領の就任セレモニーが盛大に行われた。 _{だいとうりょう しゅうにん せいだい おこな} 舉行了盛大的總統就職典禮。
1621	**先** _{せん} 類 以前	名 先前，以前；先走的一方 その件については、先から存じ上げております。 _{けん せん ぞん あ} 關於那件事，敝人先前就已得知了。

せ

膳

1622 ☐ T42	**膳** ぜん ⑩ 料理	(名・接尾・漢造)(吃飯時放飯菜的)方盤,食案,小飯桌;擺在食案上的飯菜;(助數詞用法)(飯等的)碗數;一雙(筷子);飯菜等 **お膳を下げていただけますか。** 可以麻煩您撤下桌面這些用完的餐點碗盤嗎?
1623 ☐	**禅** ぜん	(漢造)然,如此;(輔助形容語的詞)表示狀態 **禅の思想をちょっとかじってみたい気もする。** 想要稍微探研一下「禪」的思想。
1624 ☐	**善悪** ぜんあく	(名)善惡,好壞,良否 **善悪を判断する。** 判斷善惡。
1625 ☐	**繊維** せんい	(名)纖維 **繊維の豊富な野菜は大腸がんの予防になります。** 攝取富含纖維質的蔬菜,有助於預防罹患大腸癌。
1626 ☐	**前科** ぜんか	(名)(法)前科,以前服過刑 **前科一犯。** 有前科。
1627 ☐	**全快** ぜんかい ⑩ 治る	(名・自サ)痊癒,病全好 **体調が全快してからというもの、あちこちのイベントに参加している。** 自從身體痊癒之後,就到處參加活動。
1628 ☐	**宣教** せんきょう	(名・自サ)傳教,佈道 **かつて日本ではキリスト教の宣教が禁じられていた。** 日本過去曾經禁止過基督教的傳教。
1629 ☐	**宣言** せんげん ⑩ 言い切る	(名・他サ)宣言,宣布,宣告 **各地で軍事衝突が相次ぎ、政府は非常事態宣言を出した。** 各地陸續發生軍事衝突,政府宣布進入緊急狀態。

630 □	**先行** せんこう ❸前行	名・自サ 先走，走在前頭；領先，佔先；優先施行，領先施行 会員のみなさまにはチケットを先行販売いたします。 各位會員將享有優先購買票券的權利。

| 631 □ | **選考** せんこう ❸選ぶ | 名・他サ 選拔，詮衡
合格の選考基準は明確に示されていない。
沒有明確訂定選拔之合格標準。 |

| 632 □ | **戦災** せんさい | 名 戰爭災害，戰禍
戦災の悲惨な状況を記した資料が今も保存されている。
迄今依舊保存著記述戰爭的悲慘災難之資料。 |

| 633 □ | **専修** せんしゅう ❸専門 | 名・他サ 主修，專攻
志望する専修によってカリキュラムが異なります。
依照選擇之主修領域不同，課程亦有所差異。 |

| 634 □ | **戦術** せんじゅつ ❸作戦 | 名 （戰爭或鬥爭的）戰術；策略；方法
いかなる戦いも、戦術なくして勝つことはできない。
在任何戰役中，戰術都是不可或缺的致勝關鍵。 |

| 635 □ | **センス**
【sense】 ❸感覚 | 名 感覺，官能，靈機；觀念；理性，理智；判斷力，見識，品味
彼の服のセンスは私には理解できない。
我沒有辦法理解他的服裝品味。 |

| 636 □ | **全盛** ぜんせい ❸絶頂 | 名 全盛，極盛
彼は全盛時代にウィンブルドンで3年連続優勝した。
他在全盛時期，曾經連續三年贏得溫布頓網球公開賽的冠軍。 |

| 637 □ | **喘息** ぜんそく | 名 （醫）喘息，哮喘
喘息ワクチン。
哮喘菌苗。 |

せ

1638	先代 (せんだい) 類 前代	名 上一輩，上一代的主人；以前的時代；前代（的藝人） これは先代から受け継いだ伝統の味です。 這是從上一代傳承而來的傳統風味。
1639	先だって (せん) 類 前もって	名 前幾天，前些日子，那一天；事先 先だってのお詫びかたがた、挨拶に行ってきます。 事先去賠禮的同時，也順便去問候一下。
1640	先着 (せんちゃく)	名・自サ 先到達，先來到 先着5名様まで、豪華景品を差し上げます。 最先來店的前五名顧客，將獲贈豪華贈品。
1641	先手 (せんて)	名（圍棋）先下；先下手 先手を取る。 先發制人。
1642	前提 (ぜんてい)	名 前提，前提條件 結婚前提で付き合っているわけではありません。 我並非以結婚為前提與對方交往的。
1643	先天的 (せんてんてき) 反 後天的	形動 先天（的），與生俱來（的） この病気は先天的な要因によるものですか。 請問這種疾病是由先天性的病因所造成的嗎？
1644	前途 (ぜんと) 反 過去 類 未来	名 前途，將來；（旅途的）前程，去路 前途多難なことは承知しているが、最後までやりぬくしかない。 儘管明知前途坎坷，也只能咬牙堅持到底了。
1645	戦闘 (せんとう) 類 戦い	名・自サ 戰鬥 戦闘を始めるまでもなく、水面下ではすでに勝負がついている。 早在交鋒前已於檯面下分出勝負。

646 **潜入**<ruby><rt>せんにゅう</rt></ruby>

（名・自サ）潜入，溜進；打進

<ruby>三ヶ月<rt></rt></ruby>に<ruby>及<rt>およ</rt></ruby>ぶ<ruby>潜入調査<rt>せんにゅうちょうさ</rt></ruby>の<ruby>末<rt>すえ</rt></ruby>、ようやく<ruby>事件<rt>じけん</rt></ruby>を<ruby>解決<rt>かいけつ</rt></ruby>した。

經過長達三個月秘密調查，案件總算迎刃而解了。

647 **船舶**<ruby><rt>せんぱく</rt></ruby>

（名）船舶，船隻

<ruby>強風<rt>きょうふう</rt></ruby>のため<ruby>船舶<rt>せんぱく</rt></ruby>は<ruby>海上<rt>かいじょう</rt></ruby>を<ruby>行<rt>い</rt></ruby>きつ<ruby>戻<rt>もど</rt></ruby>りつ、<ruby>方向<rt>ほうこう</rt></ruby>が<ruby>一向<rt>いっこう</rt></ruby>に<ruby>定<rt>さだ</rt></ruby>まらない。

船隻由於遭受強風吹襲，沒有固定的行進方向，在海上飄搖不定。

648 **先方**<ruby><rt>せんぽう</rt></ruby>

（名）對方；那方面，那裡，目的地

<ruby>先方<rt>せんぽう</rt></ruby>の<ruby>言<rt>い</rt></ruby>い<ruby>分<rt>ぶん</rt></ruby>。

對方的理由。

649 **全滅**<ruby><rt>ぜんめつ</rt></ruby>

（名・自他サ）全滅，徹底消滅

<ruby>台風<rt>たいふう</rt></ruby>のため、<ruby>収穫間近<rt>しゅうかくまぢか</rt></ruby>のりんごが<ruby>全滅<rt>ぜんめつ</rt></ruby>した。

颱風來襲，造成即將採收的蘋果全數落果。

（反）興る
（類）滅びる

650 **専用**<ruby><rt>せんよう</rt></ruby>

（名・他サ）專用，獨佔，壟斷，專門使用

<ruby>都心<rt>としん</rt></ruby>の<ruby>電車<rt>でんしゃ</rt></ruby>は、<ruby>時間帯<rt>じかんたい</rt></ruby>によって<ruby>女性専用車両<rt>じょせいせんようしゃりょう</rt></ruby>を<ruby>設<rt>もう</rt></ruby>けている。

市區的電車，會在特定的時段設置女性專用車廂。

651 **占領**<ruby><rt>せんりょう</rt></ruby>

（名・他サ）（軍）武力佔領；佔據

これは<ruby>占領下<rt>せんりょうか</rt></ruby>での<ruby>生活<rt>せいかつ</rt></ruby>を<ruby>収<rt>おさ</rt></ruby>めたドキュメント<ruby>映画<rt>えいが</rt></ruby>です。

這部紀錄片是拍攝該國被占領時期人民的生活狀況。

（類）占める

652 **善良**<ruby><rt>ぜんりょう</rt></ruby>

（名）善良，正直

<ruby>奨学金申請条件<rt>しょうがくきんしんせいじょうけん</rt></ruby>に「<ruby>健康<rt>けんこう</rt></ruby>、<ruby>学業優秀<rt>がくぎょうゆうしゅう</rt></ruby>、<ruby>素行善良<rt>そこうぜんりょう</rt></ruby>であること」と<ruby>記<rt>しる</rt></ruby>されている。

獎學金的申請條件明訂為「健康、學業成績優良、品行端正」。

653 **戦力**<ruby><rt>せんりょく</rt></ruby>

（名）軍事力量，戰鬥力，戰爭潛力；工作能力強的人

<ruby>新兵器<rt>しんへいき</rt></ruby>も<ruby>調<rt>ととの</rt></ruby>っており、<ruby>戦力<rt>せんりょく</rt></ruby>は<ruby>十分<rt>じゅうぶん</rt></ruby>といったところです。

新兵器也都備齊了，可說是戰力十足。

1654	**前例**（ぜんれい） 類 しきたり	名 前例，先例；前面舉的例子 前例がないからといって、諦めないでください。 儘管此案無前例可循，請千萬別氣餒。
1655 T43	**相**（そう）	名・漢造 相看；外表，相貌；看相，面相；互相；相繼 占い師によると、私には水難の相が出ているそうです。 依算命師所言，我面露溺水滅頂之相。
1656	**沿う**（そう） 類 臨む	自五 沿著，順著；按照 アドバイスに沿って、できることから一つ一つ実行していきます。 謹循建議，由能力所及之事開始，依序地實踐。
1657	**添う**（そう） 類 加わる	自五 增添，加上，添上；緊跟，不離地跟隨；結成夫妻一起生活，結婚 ご期待に添えるよう、一生懸命頑張ります。 將盡己所能，以不負期望。
1658	**僧**（そう） 反 俗人 類 僧侶	漢造 僧侶，出家人 一人前の僧になるため、彼は三年間修行した。 他期望成為卓越的僧侶，苦修了三年。
1659	**像**（ぞう） 類 彫物	名・漢造 相，像；形象，影像 町の将来像について、町民から広く意見を聞いてみましょう。 有關本城鎮的未來樣貌，應當廣泛聽取鎮民們的意見。
1660	**相応**（そうおう） 類 適当	名・自サ・形動 適合，相稱，適宜 彼には年相応の落ち着きがない。 他的個性還很毛躁，與實際年齡完全不相符。
1661	**爽快**（そうかい）	名・形動 爽快 気分が爽快になる。 精神爽快。

そ

662	総会 そうかい	(名) 總會，全體大會 株主総会にはおよそ500人の株主が駆けつけた。 大約有五百名股東趕來參加股東大會。

663	創刊 そうかん	(名・他サ) 創刊 創刊50周年を迎えることができ、慶賀の至りです。 恭逢貴社創刊五十周年大慶，僅陳祝賀之意。

664	雑木 ぞうき	(名) 雜樹，不成材的樹木 冬に備えて、雑木を利用して薪を割る。 為了迎接冬天的到來，利用雜木來劈劈柴。

665	増強 ぞうきょう	(名・他サ) （人員，設備的）增強，加強 政府は災害地域へ救援隊の派遣を増強すると決めた。 政府決定加派救援團隊到受災地區。

666	送金 そうきん	(名・自他サ) 匯款，寄錢 銀行で息子への送金かたがた、もろもろの支払いをすませた。 去銀行匯款給兒子時，也順便付了種種的款項。

1667	走行 そうこう	(名・自サ) （汽車等）行車，行駛 省エネ新型の車は一日の平均走行距離は100キロを越えた。 新型節能車的一日平均車行距離超過了100公里。

せ

1668	総合 そうごう (類) 統一	(名・他サ) 綜合，總合，集合 うちのチームは総合得点がトップになった。 本隊的總積分已經躍居首位。

1669	捜査 そうさ (類) 捜す	(名・他サ) 搜查（犯人、罪狀等）；查訪，查找 事件が発覚し、警察の捜査を受けるしまつだ。 因該起事件被揭發，終於遭到警方的搜索調查。

そうさく
捜索

1670	捜索 (そうさく)	(名・他サ) 尋找，搜；（法）捜査（犯人、罪狀等） 彼が銃刀法違反の疑いで家宅捜索を受けている。
	類 捜す	他因違反《槍砲彈藥刀械管制條例》之嫌而住家遭到捜索調査。
1671	操縦 (そうじゅう)	(名・他サ) 駕駛；操縦，駕馭，支配 あの子はモデル飛行機を操縦した。
	類 操る	那小子在操控著模型飛機。
1672	蔵相 (ぞうしょう)	(名) 財政部長 日本の大蔵大臣の略称は蔵相です。
		日本的大藏省大臣（財務部長）簡稱為「藏相」。
1673	装飾 (そうしょく)	(名・他サ) 装飾 店員はクリスマスの装飾を整えている。
	類 飾り	店員正在佈置聖誕節的裝飾。
1674	増進 (ぞうしん)	(名・自他サ)（體力，能力）増進，増加 みんなの心配をよそに、彼女は食欲も増進し、回復の兆を見せている。
	反 減退 類 増大	雖然大家都很擔心她，但她的食慾已經變得比較好，有日漸康復的跡象。
1675	相対 (そうたい)	(名) 對面，相對 この論文集は、相対性理論とニュートンの万有引力との違いについて説明している。
	反 絶対 類 対等	這本專論解釋了愛因斯坦的相對論與牛頓的萬有引力定律之間的差異。
1676	壮大 (そうだい)	(形動) 雄壯，宏大 飛行機から見た富士山は壮大であった。
		從飛機上俯瞰的富士山是非常雄偉壯觀的。
1677	騒動 (そうどう)	(名・自サ) 騒動，風潮，鬧事，暴亂 大統領が声明を発表するなり、各地で騒動が起きた。
	類 大騒ぎ	總統才發表完聲明，立刻引發各地暴動。

1678	遭難 <そうなん>	名・自サ 罹難，遇險
	類 被る	台風で船が遭難した。<たいふう><ふね><そうなん> 船隻遇上颱風而發生了船難。

1679	雑煮 <ぞうに>	名 日式年糕湯
		うちのお雑煮は醤油味だ。<ぞうに><しょうゆあじ> 我們家的年糕湯是醬油風味。

1680	相場 <そうば>	名 行情，市價；投機買賣，買空賣空；常例，老規矩；評價
	類 市価価格	為替相場いかんで、経済は大きく左右される。<かわせそうば><けいざい><おお><さゆう> 經濟情勢受到匯率波動之大幅影響。

1681	装備 <そうび>	名・他サ 裝備，配備
	類 道具	その戦いにおいて、兵士たちは完全装備ではなかった。<たたか><へいし><かんぜんそうび> 在那場戰役中，士兵們身上的裝備並不齊全。

1682	創立 <そうりつ>	名・他サ 創立，創建，創辦
	反 解散 類 設立	会社は創立以来、10年間発展し続けてきた。<かいしゃ><そうりつ><いらい><ねんかんはってん><つづ> 公司創立十年以來，業績持續蒸蒸日上。

1683	添える <そ>	他下一 添，加，附加，配上；伴隨，陪同
	反 除く 類 加える	願書には三ヶ月以内の写真を添えなければならない。<がんしょ><さんかげついない><しゃしん><そ> 申請書裡必須附上三個月以內拍攝的照片。

そ

1684	ソーラーシステム 【the solar system】	名 太陽系；太陽能發電設備
		ソーラーシステムをつける。 裝設太陽能發電設備。

1685	即座に <そくざ>	副 立即，馬上
	類 直ぐ	彼のプロポーズを即座に断った。<かれ><そくざ><ことわ> 立刻拒絕了他的求婚。

そくしん
促進

1686 ☐ T44	そくしん **促進**	(名・他サ) 促進 同セミナーは、交流を促進するための皮切りとして企画された。 籌畫了本專題研討會，作為促進交流的開端。
1687 ☐	そく **即する** 類 準じる	(自サ) 就，適應，符合，結合 現状に即して戦略を練り直す必要がある。 有必要修改戰略以因應現狀。
1688 ☐	そくばく **束縛** 類 制限	(名・他サ) 束縛，限制 束縛された状態にあって、行動範囲が限られている。 在身體受到捆綁的狀態下，行動範圍受到侷限。
1689 ☐	そくめん **側面**	(名) 側面，旁邊；（具有複雜內容事物的）一面，另一面 その事件についてはたくさんの側面から議論がなされた。 開始有人從各種角度討論那起事件。
1690 ☐	**そこそこ**	(副・接尾) 草草了事，慌慌張張；大約，左右 二十歳そこそこの青年。 20 歲上下的青年。
1691 ☐	そこ **損なう** 類 傷つける	(他五・接尾) 損壞，破損；傷害妨害（健康、感情等）；損傷，死傷；（接在其他動詞連用形下）沒成功，失敗，錯誤；失掉時機，耽誤；差一點，險些 このままの状態を続けていけば、利益を損なうことになる。 照這種狀態持續下去，將會造成利益受損。
1692 ☐	そこ **其処ら** 類 そこ	(代) 那一代，那裡；普通，一般；那樣，那種程度，大約 あの荷物はそこら辺に置いてください。 那件行李請放在那邊就好。
1693 ☐	そざい **素材** 類 材料	(名) 素材，原材料；題材 この料理は新鮮な素材をうまく生かしている。 透過這道菜充分展現出食材的鮮度。

1694 阻止 （そし）

類 止める、妨げる

名・他サ 阻止，擋住，阻塞

警官隊に阻止されながらも、デモ隊は前進した。

示威隊伍雖然遭到鎮暴警察的阻擋，依然無畏地繼續前進。

1695 訴訟 （そしょう）

類 訴える

名・自サ 訴訟，起訴

和解できないなら訴訟を起こすまでだ。

倘若無法和解，那麼只好法庭上見。

1696 育ち （そだち）

類 生い立ち

名 發育，生長；長進，成長

彼は生まれも、育ちも、東京都足立区の江戸っ子です。

他從出生到成長都在東京都足立区，是個不折不扣的江戶之子。

1697 措置 （そち）

類 処理

名・他サ 措施，處理，處理方法

事件を受けて、政府は制裁のごとき措置を決定した。

政府已經決定了對該起事件的制裁措施。

1698 素っ気無い （そっけない）

反 親切
類 不親切

形 不表示興趣與關心；冷淡的

挨拶もしないなんて、彼はそっけないかぎりだ。

連個招呼都沒有，他實在是太冷淡了！

1699 外方 （そっぽ）

類 別の方

名 一邊，外邊，別處

あの監督の映画『V』は、観客からそっぽを向かれている。

觀眾對那位導演所拍攝的電影《V》的反應很冷淡。

そ

1700 備え付ける （そなえつける）

類 備える

他下一 設置，備置，裝置，安置，配置

この辺りには監視カメラが備え付けられている。

這附近裝設有監視錄影器。

1701 具わる・備わる （そなわる）

類 揃う（そろう）

自五 具有，設有，具備

教養とは、学び、経験することによって、自ずと具わるものです。

所謂的教養，是透過學習與體驗後，自然而然展現出來的言行舉止。

その
園

1702	園 (その)	⒜園，花園
		エデンの園。
		伊甸園。

1703	聳える (そびえる)	⒥下一 聳立，峙立
		雲間にそびえる「世界一高い橋」がつい完成した。
	類 そそり立つ	高聳入雲的「全世界最高的橋樑」終於竣工。

1704	染まる (そ)	⒥五 染上；受（壞）影響
		夕焼けに染まる街並みを見るのが大好きだった。
	類 染み付く	我最喜歡眺望被夕陽餘暉染成淡淡橙黃的街景。

1705	背く (そむ)	⒥五 背著，背向；違背，不遵守；背叛，辜負；拋棄，背離，離開（家）
		ファンの期待に背かないように、がんばります。
	反 従う 類 反する	我將竭盡竭力，好不辜負歌迷的期望。

1706	染める (そ)	⒣下一 染顏色；塗上（映上）顏色；（轉）沾染，著手
		夕日が空を赤く染めた。
	類 彩る (いろどる)	夕陽將天空染成一片嫣紅。

1707	反らす (そ)	⒣五 向後仰，（把東西）弄彎
		体をそらす。
		身體向後仰。

1708	逸らす (そ)	⒣五 （把視線、方向）移開，離開，轉向別方；逸失，錯過；岔開（話題、注意力）
		この悲劇から目を逸らすな。
	類 外す	不准對這樁悲劇視而不見！

1709	橇 (そり)	⒜雪橇
		犬橇大会で、犬は橇を引いて、全力で走った。
		在狗拖雪橇大賽中，狗兒使盡全力地拖著雪橇奔馳。

1710 ☐	**反る** そ 類 曲がる	自五 （向後或向外）彎曲，捲曲，翹；身子向後彎，挺起胸膛 板は乾燥とともに必ず反る。 木板乾燥後必定會彎翹起來。
1711 ☐	**それ故** ゆえ 類 そこで	連語・接續 因為那個，所以，正因為如此 三回目の北海道だ。それ故、緊張感もなく、準備も楽だった。 這已經是我第三次去北海道，所以一點也不緊張，三兩下就將行李收拾好了。
1712 ☐	**ソロ** 【solo】	名 （樂）獨唱；獨奏；單獨表演 武道館を皮切りに、日本全国でソロコンサートを開催する。 即將於日本全國舉行巡迴獨奏會，並在武道館首演。
1713 ☐	**揃い** そろ 類 組み	名・接尾 成套，成組，一樣；（多數人）聚在一起，齊全；（助數詞用法）套，副，組 皆さんおそろいで、旅行にでも行かれるのですか。 請問諸位聚在一塊，是不是要結伴去旅行呢？
1714 ☐	**ぞんざい** 反 丁寧 類 なおざり	形動 粗率，潦草，馬虎；不禮貌，粗魯 「ぞんざい」は「丁寧」の反対語で「いい加減」の意味を持っています。 「粗魯」是「細心」的相反詞，含有「隨便馬虎」的意思。

そ

MEMO

た 1715 □ T45	ダース【dozen】	(名・接尾)（一）打，十二個
		もう夏だから、１ダースのビールを買って来てよ。
		時序已經進入夏天，去買一打啤酒來吧。

1716 □	他意 たい	(名) 其他的想法，惡意
		他意はない。
		沒有惡意。

1717 □ 類組	隊 たい	(名・漢造) 隊，隊伍，集體組織；（有共同目標的）幫派或及集團
		子供たちは探検隊を作って、山に向かった。
		孩子們組成了探險隊前往山裡去了。

1718 □	～帯 たい	(漢造) 帶，帶子；佩帶；具有；地區；地層
		京都の嵐山一帯は、桜の名所として全国に名を知られています。
		京都的嵐山一帶是名聞全國的知名賞櫻勝地。

1719 □ 類照応	対応 たいおう	(名・自サ) 對應，相對，對立；調和，均衡；適應，應付
		何事も変化に即して臨機応変に対応していかなければならない。
		無論發生任何事情，都必須視當時的狀況臨機應變才行。

1720	退化 たいか	(名・自サ)（生）退化；退步，倒退
		その器官は使用しないので退化した。
		那個器官由於沒有被使用，因而退化了。

1721 □ 類権威	大家 たいか	(名・自サ) 大房子；專家，權威者；名門，富豪，大戶人家
		彼は日本画の大家と言えるだろう。
		他應該可以被稱為是日本畫的巨匠吧。

1722 □ 類殆ど	大概 たいがい	(名・副) 大概，大略，大部分；差不多，不過份
		郵便は大概10時ごろ来る。
		大概十點左右會收到郵件。

1723 対外 たいがい

名 對外（國）；對外（部）

対外政策を討論する。

討論外交政策。

1724 体格 たいかく

類 骨格

名 體格；（詩的）風格

彼女はがっしりした体格の男が好きだ。

她喜歡體格健壯的男人。

1725 退学 たいがく

名・自サ 退學

退学してからというもの、仕事も探さず毎日ぶらぶらしている。

自從退學以後，連工作也不找，成天遊手好閒。

1726 待遇 たいぐう

類 もてなし

名・他サ・接尾 接待，對待，服務；工資，報酬

待遇のいかんにかかわらず、あの会社で働いてみたい。

無論待遇如何，我就是想在那家公司上班。

1727 対決 たいけつ

類 争う

名・自サ 對證，對質；較量，對抗

話し合いが物別れに終わり、法廷で直接対決するに至った。

協商終告破裂，演變為在法庭上硬碰硬對決的局面。

1728 体験 たいけん

類 経験

名・他サ 體驗，體會，（親身）經驗

貴重な体験をさせていただき、ありがとうございました。

非常感激給我這個寶貴的體驗機會。

1729 対抗 たいこう

反 協力
類 対立

名・自サ 對抗，抵抗，相爭，對立

相手の勢力に対抗すべく、人員を総動員した。

為與對方的勢力相抗衡而動員了所有的人力。

1730 退治 たいじ

類 討つ

名・他サ 打退，討伐，征服；消滅，肅清；治療

病気と貧困を根こそぎ退治するぞ、と政治家が叫んだ。

政治家聲嘶力竭呼喊：「矢志根除疾病與貧窮！」。

た

1731 ☐	たいしゅう **大衆** 類 民衆	名 大眾，群眾；眾生 あの出版社は大衆向けの小説を刊行している。 那家出版社出版迎合大眾口味的小説。
1732 ☐	たいしょ **対処**	名・自サ 妥善處置，應付，應對 新しい首相は緊迫した情勢にうまく対処している。 新任首相妥善處理了緊張的情勢。
1733 ☐	だい **題する**	他サ 題名，標題，命名；題字，題詞 入社式で社長が初心忘れるべからずと題するスピーチを行った。 社長在新進員工歡迎會上，以「勿忘初衷」為講題做了演説。
1734 ☐	たいせい **態勢** 類 構え	名 姿態，樣子，陣式，狀態 サミットの開催を控え、警察は 2 万人規模の警戒態勢を取っている。 警方為因應即將舉行的高峰會，已召集兩萬名警力待命就緒。
1735 ☐	だいたい **大体**	名・副 大抵，概要，輪廓；大致，大部分；本來，根本 話は大体わかった。 大概了解説話的內容。
1736 ☐	だいたすう **大多数**	名 大多數，大部分 大多数の意見。 多數的意見。
1737 ☐	たいだん **対談** 類 話し合い	名・自サ 對談，交談，對話 次号の巻頭特集は俳優と映画監督の対談です。 下一期雜誌的封面特輯為演員與電影導演之對談。
1738 ☐	だいたん **大胆** 反 小心 類 豪胆	名・形動 大膽，有勇氣，無畏；厚顏，膽大妄為 彼の発言は大胆きわまりない。 他的言論實在極為大膽無比。

1739	**タイト** 【tight】	名·形動 緊，緊貼（身）；緊身裙之略 タイトスケジュール。 緊湊的行程。
1740	たいとう **対等** 類 平等	形動 對等，同等，平等 対等な立場で話し合わなければ、建設的な意見は出てきません。 假若不是以對等的立場共同討論，就無法得出建設性的建議。
1741	だい な **台無し** 類 駄目	名 弄壞，毀損，糟蹋，完蛋 せっかくの連休が連日の雨で台無しになった。 由於連日降雨，難得的連續假期因此泡湯了。
1742	たいのう **滞納** 類 未納	名·他サ （稅款，會費等）滯納，拖欠，逾期未繳 彼はリストラされてから、5ヶ月間も家賃を滞納しています。 自從他遭到裁員後，已經有五個月繳不出房租。
1743	たい ひ **対比** 反 絶対 類 比べる	名·他サ 對比，對照 春先の山は、残雪と新緑の対比が非常に鮮やかで美しい。 初春時節，山巔殘雪與鮮嫩綠芽的對比相映成趣。
1744	**タイピスト** 【typist】	名 打字員 出版会社ではタイピストを緊急募集しています。 出版社正在緊急招募打字員。
1745	だいべん **代弁**	名·他サ 替人辯解，代言 私が彼の気持ちを代弁して、代わりにお話しいたします。 我代替他轉述他的想法。
1746	だいべん **大便** 反 小便 類 便	名 大便，糞便 犬の大便は飼い主がきちんと処理するべきです。 狗主人應當妥善處理狗兒的糞便。

た

1747	待望 たいぼう ⬜ 類 期待	名・他サ 期待，渴望，等待 待望の孫が生まれて、母はとてもうれしそうです。 家母企盼已久的金孫終於誕生，開心得合不攏嘴。
1748	台本 だいほん ⬜ 類 原書、脚本	名（電影，戲劇，廣播等）脚本，劇本 司会を頼まれたが、台本もなかったので、即興でやるしかなかった。 那時雖然被委請擔任司儀，對方卻沒有準備流程詳表，只好隨機應變了。
1749	タイマー 【time】	名 秒錶，計時器；定時器 タイマーを三分に設定してください。 請將計時器設定為三分鐘。
1750	怠慢 たいまん ⬜ 反 励む 類 怠ける	名・形動 怠慢，玩忽職守，鬆懈；不注意 彼の態度は、怠慢でなくてなんなんだろう。 他的態度若不叫怠慢的話，那又叫什麼呢。
1751	タイミング 【timing】 類 チャンス	名 計時，測時；調時，使同步；時機，事實 株式投資においては売買のタイミングを見極めることが重要です。 判斷股票投資買賣的時機非常重要。
1752	タイム 【time】 反 張付 類 時	名 時，時間；時代，時機；（體）比賽所需時間；（體）比賽暫停 明日の水泳の授業では、平泳ぎのタイムを計る予定です。 明天的游泳課程中，預定將測量蛙式的速度。
1753	タイムリー 【timely】	形動 及時，適合的時機 テレビを見るともなく見ていたら、タイムリーに会見が始まった。 漫不經心地看電視時，恰巧開始轉播記者會。
1754	対面 たいめん ⬜ 類 会う	名・自サ 會面，見面 初めて両親と彼が対面するとあって、とても緊張しています。 初次與他父母見面，非常緊張。

1755	だいよう 代用	名・他サ 代用 はちみつ　　　　　　　　さとう　　だいよう　　　だいじょうぶ 蜂蜜がなければ、砂糖で代用しても大丈夫ですよ。 如果沒有蜂蜜的話，也可以用砂糖代替喔。
1756	タイル 【tile】	名 磁磚 　　　　　　　　　　　　　　　　　だいりせき　　しよう このホテルのタイルは、すべて大理石を使用してい ます。 這家旅館的壁磚與地磚，全部採用大理石建材。
1757	たいわ 対話 類 話し合い	名・自サ 談話，對話，會話 たいわ　　つづ　　　　　　　　そうごりかい　　そくしん　　きよ 対話を続けていけば、相互理解の促進に寄与できる でしょう。 只要繼續保持對話窗口通暢無阻，想必能對促進彼此的瞭解有所貢獻吧。
T46 1758	ダウン 【down】	名・自他サ 下，倒下，向下，落下；下降，減退；（棒）出局； （拳擊）擊倒 　　　　　　　　　　　　　　　　　すこ あのパンチにもう少しでダウンさせられんばかりだった。 差點就被對方以那拳擊倒在地了。
1759	た 耐える 類 我慢	自下一 忍耐，忍受，容忍；擔負，禁得住；（堪える）（不） 值得，（不）堪 びょうき　かんち　　　　　　　　　　　　　　　　ちりょう　　　た　　　み 病気が完治するためとあれば、どんなにつらい治療にも耐えて見せる。 只要能夠根治疾病，無論是多麼痛苦的治療，我都會咬牙忍耐。
1760	た 絶える 類 無くなる、 消える	自下一 斷絕，終了，停止，滅絕，消失 びょうしつ　か　　　　　　　　　　　　かれ　　　　いき　た 病室に駆けつけたときには、彼はもう息も絶えんば かりだった。 當趕至病房時，他已經斷氣了。
1761	だかい 打開 類 突破	名・他サ 打開，開闢（途徑），解決（問題） じょうきょう　だかい　　　　　　　そうほう　だいとうりょう　ちょくせつきょうぎ 状況を打開するために、双方の大統領が直接協議する ことになった。 兩國總統已經直接進行協商以求打破僵局。
1762	たが ちが 互い違い	形動 交互，交錯，交替 しろくろたが　　ちが　　　あ 白黒互い違いに編む。 黑白交錯編織。

1763	高が たか	創（程度、數量等）不成問題，僅僅，不過是…罷了 たかが 5,000 円くらいにくよくよするな。 不過是 5000 日幣而已不要放在心上啦。
1764	たき火 び	名 爐火，灶火；（用火）燒落葉 夏のキャンプではたき火を起こしてキャンプファイヤーをする予定です。 計畫將於夏季露營時舉辦營火晚會。
1765	妥協 だ きょう 反 仲違い 類 譲り合う	名·自サ 妥協，和解 双方の妥協なくして、合意に達することはできない。 雙方若不互相妥協，就無法達成協議。
1766	逞しい たくま 類 頑丈	形 身體結實，健壯的樣子，強壯；充滿力量的樣子，茁壯，旺盛，迅猛 あの子は高校生になってから、ずいぶんたくましくなった。 那個孩子自從升上高中以後，體格就變得更加精壯結實了。
1767	巧み たく 反 下手 類 上手	名·形動 技巧，技術；取巧，矯揉造作；詭計，陰謀；巧妙，精 彼の話術はとても巧みで、常に営業成績トップをキープている。 他的話術十分精湛，業務績效總是拔得頭籌。
1768	丈 たけ	名 身高，高度；尺寸，長度；罄其所有，毫無保留 息子は成長期なので、ズボンの丈がすぐに短くなります。 我的兒子正值成長期，褲長總是沒隔多久就嫌短了。
1769	～だけ 類 長さ	副助（只限於某範圍）只，僅僅；（可能的程度或限度）盡量，儘可能；（以「…ば…だけ」等的形式，表示相應關係）越…越…；（以「…だけに」的形式）正因為…更加…；（以「…（のこと）あって」的形式）不愧，值得 この辺りの道路は、午前 8 時前後の通勤ラッシュ時だけ混みます。 這附近的交通狀況，只在晨間八點左右的上班尖峰時段，顯得特別混亂擁擠。

1770 打撃 （だげき）
（名）打撃，衝撃
相手チームの選手は、試合前に必ず打撃練習をしているようです。
另一支隊伍的選手們在出賽前必定先練習打擊。

1771 妥結 （だけつ）
類 妥協
（名・自サ）妥協，談妥
労働組合と会社はボーナスを３％上げることで妥結しました。
工會與公司雙方的妥協結果為增加3%的獎金。

1772 駄作 （ださく）
反 傑作
類 愚作
（名）拙劣的作品，無價值的作品
世間では駄作と言われているが、私は面白い映画だと思う。
儘管大家都説這部電影拍得很差，我卻覺得挺有意思的？

1773 他者 （たしゃ）
（名）別人，其他人
他者の言うことに惑わされる。
被他人之言所迷惑。

1774 多数決 （たすうけつ）
（名）多數決定，多數表決
多数決のいかんによらず、議長の一存で決定される。
不管多數表決的結果是如何，一切都取決於主席個人的意見。

1775 助け （たすけ）
（名）幫助，援助；救濟，救助；救命
本当に危ないところをお助けいただきありがとうございました。
真的很感謝您在我危急的時刻伸出援手。

1776 携わる （たずさわる）
類 行う
（自五）參與，參加，從事，有關係
私はそのプロジェクトに直接携わっていないので、詳細は存じません。
我並未直接參與該項計畫，因此不清楚詳細內容。

1777 ただの人 （ひと）
（名）平凡人，平常人，普通人
一度別れてしまえば、ただの人になる。
一旦分手之後，就變成了一介普通的人。

た

1778	**漂う** （ただよ） 類 流れる	自五 漂流，飄蕩；洋溢，充滿；露出 お正月ならではの雰囲気が漂っている。 到處洋溢著一股新年特有的賀喜氣圍。
1779	**立ち去る** （た さ） 反 進む 類 退く	自五 走開，離去 彼はコートを羽織ると、何も言わずに立ち去りました。 他披上外套，不發一語地離開了。
1780	**立ち寄る** （た よ） 	自五 靠近，走進；順便到，中途落腳 孫を迎えに行きがてら、パン屋に立ち寄った。 去接孫子的途中順道繞去麵包店。
1781	**断つ** （た） 反 許可 類 切る	他五 切，斷；絕，斷絕；消滅；截斷 医師に厳しく忠告され、父はようやく酒を断つと決めたようだ。 在醫師嚴詞告誡後，父親好像終於下定決心戒酒。
1782	**抱っこ** （だ） 	名・他サ 抱 赤ん坊が泣きやまないので、抱っこするしかなさそうです。 因為小嬰兒哭鬧不休，只好抱起他安撫。
1783	**達者** （たっしゃ） 反 下手 類 器用	名・形動 精通，熟練；健康；精明，圓滑 彼は口が達者だが、時々それが災いします。 他雖有三寸不爛之舌，卻往往因此禍從口出。
1784	**脱出** （だっしゅつ） 	名・自サ 逃出，逃脱，逃亡 もし火災報知器が鳴ったら、慌てずに非常口から脱出しなさい。 假如火災警報器響了，請不要慌張，冷靜地由緊急出口逃生即可。
1785	**脱水** （だっすい） 	名・自サ 脱水；（醫）脱水 脱水してから干す。 脱水之後曬乾。

1786	脱する だっ 類 抜け出す	自他サ 逃出，逃脱；脱離，離開；脱落，漏掉；脱稿；去掉，除掉 医療チームの迅速な処置のおかげで、どうやら危機は脱したようです。 多虧醫療團隊的即時治療，看來已經脱離生死交關的險境了。
1787	達成 たっせい 類 成功	名・他サ 達成，成就，完成 地道な努力があればこそ、達成できる。 正因為努力不懈，方能獲取最後的成功。
1788	脱退 だったい 類 抜ける	名・自サ 退出，脱離 会員としての利益が保証されないなら、会から脱退するまでだ。 倘若會員的權益無法獲得保障，那麼只好辦理退會。
1789	だったら	接續 這樣的話，那樣的話 明日雨だったら、動物園に行くのはやめましょう。 如果明天下雨的話，就別去動物園吧。
1790	竜巻 たつまき	名 龍捲風 竜巻が起きる。 發生龍捲風。
1791	盾 たて	名 盾，擋箭牌；後盾 武士は盾で敵の攻撃から身を守ります。 武士用盾抵擋敵人的攻撃。
1792	立て替える たて か 類 払う	他下一 墊付，代付 今手持ちのお金がないなら、私が立て替えておきましょうか。 如果您現在手頭不方便的話，要不要我先幫忙代墊呢？
1793	建前 たてまえ 類 方針	名 主義，方針，主張；外表；（建）上樑儀式 建前ではなく、本音を聞きだすのは容易じゃありません。 想聽到內心的想法而不是表面的客套話，並非容易之事。

た

たてまつ
奉る

1794	たてまつ **奉る** 類 奉納	他五・補動・五型 奉，獻上；恭維，捧；（文）（接動詞連用型）表示謙遜或恭敬 お だ のぶなが たてまつ じんじゃ 織田信長を奉ってある神社はどこにありますか。 請問祀奉織田信長的神社位於何處呢？
1795	**だと**	格助 （表示假定條件或確定條件）如果是…的話… せつ えいが き とても切ない映画だと聞いていましたが、そうでもありませんでした。 聽説那是一部非常悲傷的電影，可是好像有點言過其實。
1796	た どう し **他動詞**	名 他動詞，及物動詞 た どう し じ どう し つか わ 他動詞と自動詞はどのように使い分けるのですか。 請問「及物動詞」與「不及物動詞」該如何區分應用呢？
1797	**たとえ** 類 れい	名・副 比喻，譬喻；常言，寓言；（相似的）例子 ひとり さん か たとえ一人でも、イベントに参加するつもりです。 我打算即使只有自己一人，也要參加那場活動。
1798	た ど つ **辿り着く** 類 着く	自五 好不容易走到，摸索找到，掙扎走到；到達（目的地） いき た だ いえ つ 息も絶え絶えながらに、家までたどり着いた。 上氣不接下氣地狂奔，好不容易才安抵家門。
1799	た ど **辿る** 類 沿う	他五 沿路前進，邊走邊找；走難行的路，走艱難的路；追尋，追朔，探索；（事物向某方向）發展，走向 じ ぶん せん ぞ た おもしろ 自分のご先祖のルーツを辿るのも面白いものですよ。 溯根尋源也是件挺有趣的事喔。
1800	た ば **束ねる** 類 括る	他下一 包，捆，扎，束；管理，整飭，整頓 た チームのリーダーとして、みんなを束ねていくのは かんたん 簡単じゃない。 身為團隊的領導人，要領導夥伴們並非容易之事。
1801	**だぶだぶ** 反 きつい 類 緩い	副・自サ （衣服等）寬大，肥大；（人）肥胖，肌肉鬆弛；（液體）滿，盈 ひとむかしまえ ふ りょう は 一昔前の不良は、だぶだぶのズボンを履いていたものです。 以前的不良少年常穿著褲管寬大鬆垮的長褲。

1802 T47	ダブル 【double】 類重なる	名 雙重，雙人用；二倍，加倍；雙人床；夫婦，一對 大きいサイズは、容量とお値段がダブルでお得です。 大尺寸的商品，無論在容量或是價格上，均享有雙重優惠。
1803	他方	名·副 另一方面；其他方面 彼は言葉遣いが悪いですが、他方優しい一面もあります。 他這個人是刀子口豆腐心。
1804	多忙 反暇 類忙しい	名·形動 百忙，繁忙，忙碌 多忙がきわまって体調を崩した。 忙碌得不可開交，導致身體出了毛病。
1805	打撲	名·他サ 打，碰撞 手を打撲した。 手部挫傷。
1806	たまう	他五·補動·五型 （敬）給，賜予；（接在動詞連用形下）表示對長上動作的敬意 「君死にたまうことなかれ」は与謝野晶子の詩の一節です。 「你千萬不能死」乃節錄自與謝野晶子所寫的詩。
1807	魂 反体 類霊魂	名 靈魂；魂魄；精神，精力，心魂 死んだ後も、魂はなくならないと信じている人もいます。 某些人深信在死後依然能靈魂不朽，永世長存。
1808	玉突き	名 撞球 玉突き事故。 連環車禍。
1809	溜まり	名 積存，積存處；休息室；聚集的地方 埃の溜まり具合によって、アレルギーが起こります。 過量的積塵將誘發過敏症狀。

た

黙（だま）り込（こ）む

1810 ☐	黙（だま）り込（こ）む	自五 沉默，緘默 急（きゅう）に黙（だま）り込（こ）んだ。 突然安靜下來。
1811 ☐	賜（たまわ）る 反 遣（や）る、差（さ）し出（だ）す 類 貰（もら）う	他五 蒙受賞賜；賜，賜予，賞賜 この商品（しょうひん）は発売（はつばい）からずっと皆様（みなさま）からのご愛顧（あいこ）を賜（たまわ）っております。 這項商品自從上市以來，承蒙各位不吝愛用。
1812 ☐	保（たも）つ 類 守（まも）る	自五・他五 保持不變，保存住；保持，維持；保，保住，支持 毎日（まいにち）の食事（しょくじ）は、栄養（えいよう）バランスを保（たも）つことが大切（たいせつ）です。 每天的膳食都必須留意攝取均衡的營養。
1813 ☐	たやすい 反 難（むずか）しい 類 易（やさ）い	形 不難，容易做到，輕而易舉 そんなお願（ねが）いは、たやすいご用（よう）です。 那樣的請託算不得什麼，舉手之勞即可完成。
1814 ☐	多様（たよう） 	名・形動 各式各樣，多種多樣 多様（たよう）な文化（ぶんか）に触（ふ）れると、感覚（かんかく）が研（と）ぎ澄（す）まされるようになるでしょう。 接受各式各樣的文化薰陶，可使感覺觸角變得更為靈敏吧！
1815 ☐	だらだら	副・自サ 滴滴答答地，冗長，磨磨蹭蹭的；斜度小而長 汗（あせ）がだらだらと流（なが）れる。 汗流夾背。
1816 ☐	だるい 類 倦怠（けんたい）	形 因生病或疲勞而身子沈重不想動；懶；酸 熱（ねつ）があるので、全身（ぜんしん）がとてもだるく感（かん）じます。 因為發燒而感覺全身非常倦怠。
1817 ☐	たるみ	名 鬆弛，鬆懈，遲緩 年齢（ねんれい）を重（かさ）ねれば、多少（たしょう）のたるみは仕方（しかた）ないものです。 隨著年齡的增加，身材曲線或多或少總會有些鬆弛，也是難以避免的。

1818 ☐	**たるむ** 類 緩む	自五 鬆，鬆弛；彎曲，下沈；（精神）不振，鬆懈 急激にダイエットすると、皮膚がたるんでしまいますよ。 如果急遽減重，將會使皮膚變得鬆垮喔！
1819 ☐	**垂れる** た 反 上がる 類 下がる	自下一・他下一 懸垂，掛拉；滴，流，滴答；垂，使下垂，懸掛；垂飾 頬の肉が垂れると、老けて見えます。 ほお にく 雙頰的肌肉一旦下垂，看起來就顯得老態龍鍾。
1820 ☐	**タレント** 【talent】	名 （藝術，學術上的）才能；演出者，播音員；藝人 この番組は人気タレントがたくさん出演しているので、視聴率が高い。 ばんぐみ にんき しゅつえん しちょうりつ たか 這個節目因為有許多大受歡迎的偶像藝人參與演出，收視率非常高。
1821 ☐	**タワー** 【tower】 類 塔	名 塔 世界で一番高いタワーは、どの国にありますか。 せかい いちばんたか くに 請問全世界最高的塔位於哪個國家呢？
1822 ☐	**単〜** たん	漢造 單一；單調；單位；單薄；（網球、乒乓球的）單打比賽 彼は単発のアルバイトをして何とか暮らしているそうです。 かれ たんぱつ なん く 他只靠打一份零工的收入，勉強餬口過日子。
1823 ☐	**壇** だん	名・漢造 台，壇 花壇の草取りをする。 かだん くさと 拔除花園裡的雜草。
1824 ☐	**単一** たんいつ 反 多様 類 一様	名 單一，單獨；單純；（構造）簡單 EU諸国が単一通貨を採用するメリットは何ですか。 しょこく たんいつつうか さいよう なん 請問歐盟各國採用單一貨幣的好處為何？
1825 ☐	**担架** たんか	名 擔架 ゴールキーパーは大腿部を骨折したため、担架で運ばれていった。 だいたいぶ こっせつ たんか はこ 守門員的大腿骨折，躺在擔架上被運送就醫。

た

たん か
単価

1826	単価 たん か	图 單價 たん か えん 単価は 100 円。 單價為 100 日圓。
1827	短歌 たん か	图 短歌（日本傳統和歌，由五七五七七形式組成，共三十一音） たん か はい く ちが なん 短歌と俳句の違いは何ですか。 請問短歌與俳句有何差異？
1828	短気 たん き 反 気長 類 気短	图·形動 性情急躁，沒耐性，性急 そ ふ とし てん き 祖父は年をとるにつれて、ますます短気になってきた。 隨著年齡增加，祖父的脾氣變得愈來愈急躁了。
1829	団結 だん けつ 類 一致	图·自サ 團結 ひとびと しょうさん だんけつりょく はっ き 人々の賞賛にたえるすばらしい団結力を発揮した。 他們展現了值得人們稱讚的非凡團結。
1830	探検 たん けん 類 冒険	图·他サ 探險，探查 なつやす とう いっしょ やま たんけん 夏休みになると、お父さんと一緒に山を探検します。 到了暑假，就會跟父親一起去山裡探險。
1831	断言 だん げん 類 言い切る	图·他サ 斷言，斷定，肯定 きょう きんえん だんげん や 今日から禁煙すると断言したものの、止められそうにありません。 儘管信誓旦旦地説要從今天開始戒菸，恐怕不可能説戒就戒。
1832	短縮 たん しゅく 類 圧縮	图·他サ 縮短，縮減 じ かん お はつげんしゃ じ かん ひとり 時間が押しているので、発言者のコメント時間を一人 ぶん たんしゅく 2分に短縮します。 由於時間緊湊，將每位發言者陳述意見的時間各縮短為每人兩分鐘。
1833	単身 たん しん	图 單身，隻身 たんしん ふ にん 単身赴任。 隻身赴任。

1834	断然 だんぜん 類 断じて	副・形動タルト 斷然；顯然，確實；堅決；（後接否定語）絕（不） あえて言うまでもなく、彼は断然優位な立場にある。 無須贅言，他處於絕對優勢。
1835	炭素 たん そ	名 （化）碳 炭素の原子記号はCです。 碳的原子符號為C。
1836	単調 たんちょう 反 多様 類 単純	名・形動 單調，平庸，無變化 このビジネスは単調きわまりない。 這項業務單調乏味至極。
1837	探偵 たんてい	名・他サ 偵探；偵查 探偵を雇う。 雇用偵探。
1838	単刀直入 たんとうちょくにゅう	名・形動 一人揮刀衝入敵陣；直截了當 単刀直入に言う。 開門見山地説。
1839	単独 たんどく 類 独り	名 單獨行動，獨自 みんなと一緒に行けばよかったものを、単独行動して迷子になった。 明明跟大家結伴前往就好了，卻執意擅自單獨行動，結果卻迷路了。
1840	旦那 だん な 類 主人	名 主人；特稱別人丈夫；老公；先生，老爺 うちの旦那はよく子供の面倒を見てくれます。 外子常會幫我照顧小孩。
1841	短波 たん ば	名 短波 海外からでも日本の短波放送のラジオを聞くことができます。 即使身在國外，也能夠收聽到日本的短波廣播。

た

蛋白質

1842	**蛋白質** たんぱくしつ	〈名〉（生化）蛋白質 成人は一日60グラムぐらい蛋白質を摂取した方がいいそうです。 據說成人每天以攝取六十公克左右的蛋白質為宜。
1843	**ダンプ**【dump】 類 **自動車**	〈名〉傾卸卡車、翻斗車的簡稱（ダンプカー之略） 道路工事のため、大型ダンプが頻繁に行き来しています。 由於路面正在施工，大型傾卸卡車來往川流不息。
1844	**断面** だんめん	〈名〉斷面，剖面；側面 ＣＴは内臓の断面図を映し出すことができる。 斷層掃瞄機可以拍攝出內臟的斷面圖。
1845	**弾力** だんりょく	〈名〉彈力，彈性 この梱包材は弾力があるので、壊れやすいものにも安心して使えます。 這種包裝材料具有彈性，即使是易碎物品亦可安心捆紮包裹。
1846	**治安** ちあん 類 **安寧**	〈名〉治安 治安が悪化して、あちこちで暴動や強奪事件が発生しているそうです。 治安逐漸惡化，四處紛傳暴動及搶奪事件。
1847	**チームワーク** 【teamwork】	〈名〉（隊員間的）團隊精神，合作，配合，默契 チームワークがチームを勝利に導く鍵です。 合作精神是團隊獲勝的關鍵。
1848	**チェンジ** 【change】	〈名・自他サ〉交換，兌換；變化；（網球，排球等）交換場地 ヘアースタイルをチェンジしたら、気分もすっきりしました。 換了個髮型後，心情也跟著變得清爽舒暢。
1849	**違える** ちがえる 反 **同じ** 類 **違う**	〈他下一〉使不同，改變；弄錯，錯誤；扭到（筋骨） 昨日、首の筋を違えたので、首が回りません。 昨天頸部落枕，脖子無法轉動。

ち

T48

1850	近寄りがたい ちかよ	形 難以接近 近寄りがたい人。 難以親近的人。
1851	畜産 ちくさん	名 （農）家畜；畜産 飼料の価格が高騰すると、畜産の経営に大きな打撃となります。 假如飼料價格飛漲，會對畜產業的經營造成嚴重的打擊。
1852	畜生 ちくしょう 反 植物 類 獣	名 牲畜，畜生，動物；（罵人）畜生，混帳 彼は「ちくしょう」と叫びながら家を飛び出して行った。 他大喝一聲：「混帳！」並衝出家門。
1853	蓄積 ちくせき 反 崩す 類 蓄える	名・他サ 積蓄，積累，儲蓄，儲備 疲労が蓄積していたせいか、ただの風邪なのになかなか治りません。 可能是因為積勞成疾，只不過是個小感冒，卻遲遲無法痊癒。
1854	地形 ちけい 類 地相	名 地形，地勢，地貌 あの島は過去の噴火の影響もあり、独特の地形を形成しています。 那座島嶼曾經發生過火山爆發，因而形成了獨特的地貌。
1855	知性 ちせい 類 理性	名 智力，理智，才智，才能 彼女の立ち振る舞いからは、気品と知性がにじみ出ています。 從她的舉手投足，即可窺見其氣質與才智。
1856	乳 ちち 類 乳汁	名 奶水，乳汁；乳房 牧場では、自分で牛の乳を搾って、できたての牛乳を飲むことができる。 在牧場裡可以親自擠乳牛的奶，立即飲用最新鮮的牛乳。
1857	縮まる ちぢ 反 伸びる 類 縮む	自五 縮短，縮小；慌恐，捲曲 アンカーの猛烈な追い上げで、10メートルにまで差が一気に縮まった。 最後一棒的游泳選手使勁追趕，一口氣縮短到只剩十公尺的距離。

ちつじょ
秩序

1858	秩序 ちつじょ 類 順序	名 秩序，次序 急激な規制緩和は、かえって秩序を乱すこともあります。 突然撤銷管制規定，有時反而導致秩序大亂。
1859	窒息 ちっそく	名・自サ 窒息 検死の結果、彼の死因は窒息死だと判明しました。 驗屍的結果判定他死於窒息。
1860	ちっぽけ	名 （俗）極小 ほんのちっぽけな悩み。 小小的煩惱。
1861	知的 ちてき	形動 智慧的；理性的 知的な装いとはどのような装いですか。 什麼樣的裝扮會被形容為具有知性美呢？
1862	知名度 ちめいど	名 知名度，名望 知名度が高い。 知名度很高。
1863	チャーミング 【charming】	形動 有魅力，迷人，可愛 チャーミングな目をする。 有迷人的眼睛。
1864	着手 ちゃくしゅ 反 終わる 類 始める	名・自サ 著手，動手，下手；（法）（罪行的）開始 経済改革というが、一体どこから着手するのですか。 高談闊論經濟改革云云，那麼到底應從何處著手呢？
1865	着色 ちゃくしょく	名・自サ 著色，塗顏色 母は、着色してあるものはできるだけ食べないようにしている。 家母盡量不吃添加化學色素的食物。

1866	着席 ちゃくせき ⑤立つ ⑨腰掛ける	名・自サ 就坐，入座，入席 班長の掛け声で、みな着席することになっています。 在班長的一聲口令下，全班同學都回到各自的座位就坐。
1867	着目 ちゃくもく	名・自サ 著眼，注目；著眼點 政府は我々の着目にたえる政策を打ち出した。 政府提出了值得我們注目的政策。
1868	着陸 ちゃくりく	名・自サ（空）降落，著陸 機体に異常が発生したため、緊急着陸を余儀なくされた。 由於飛機發生異常狀況，不得不被迫緊急降落。
1869	着工 ちゃっこう	名・自サ 開工，動工 駅前のビルは10月1日の着工を予定しています。 車站前的大樓預定於十月一日動工。
1870	茶の間 ちゃ ま ⑨食堂	名 茶室；（家裡的）餐廳 祖母はお茶の間でセーターを編むのが日課です。 奶奶每天都坐在家裡的起居室裡織毛衣。
1871	茶の湯 ちゃ ゆ	名 茶道，品茗會；沏茶用的開水 茶の湯の道具を集めだしたら、きりがないです。 一旦開始蒐集茶道用具，就會沒完沒了，什麼都想納為收藏品。
1872	ちやほや	副・他サ 溺愛，嬌寵；捧，奉承 ちやほやされて調子に乗っている彼女を見ると、苦笑を禁じえない。 看到她被百般奉承而得意忘形，不由得讓人苦笑。
1873	チャンネル 【channel】	名（電視，廣播的）頻道 CMになるたびに、チャンネルをころころ変えないでください。 請不要每逢電視廣告時段就拚命切換頻道。

ち

1874 ☐	ちゅうがえ **宙返り** 類 逆立ち	名・自サ （在空中）旋轉，翻筋斗 宙返りの練習をするときは、床にマットをひかないと危険です。 如果在練習翻筋斗的時候，地面沒有預先鋪設緩衝墊，將會非常危險。
1875 ☐	ちゅうけい **中継** 	名・他サ 中繼站，轉播站；轉播 機材が壊れてしまったので、中継しようにも中継できない。 器材壞掉了，所以就算想轉播也轉播不成。
1876 ☐	ちゅうこく **忠告** 類 注意	名・自サ 忠告，勸告 いくら忠告しても、彼は一向に聞く耳を持ちません。 再怎麼苦口婆心勸告，他總是當作耳邊風。
1877 ☐	ちゅうじつ **忠実** 反 不正直 類 正直	名・形動 忠實，忠誠；如實，照原樣 ハチ公は忠実といったらありはしない。 只有「忠誠」二字足以讚譽忠犬八公。
1878 ☐	ちゅうしょう **中傷** 類 悪口	名・他サ 重傷，毀謗，污衊 根拠もない中傷については、厳正に反駁せずにはすまない。 對於毫無根據的毀謗，非得嚴厲反駁不行。
1879 ☐	ちゅうすう **中枢** 	名 中樞，中心；樞組，關鍵 政府の中枢機関とは具体的にどのような機関ですか。 所謂政府的中央機關，具體而言是指哪些機構呢？
1880 ☐	ちゅうせん **抽選** 類 籤	名・自サ 抽籤 どのチームと対戦するかは、抽選で決定します。 以抽籤決定將與哪支隊伍比賽。
1881 ☐	ちゅうだん **中断** 	名・自他サ 中斷，中輟 ひどい雷雨のため、サッカーの試合は一時中断された。 足球比賽因傾盆雷雨而暫時停賽。

1882 ☐	ちゅうどく **中毒**	名・自サ **中毒** まなつ えいせい き しょくちゅうどく 真夏は衛生に気をつけないと、食中毒になることも あります。 溽暑時節假如不注意飲食衛生，有時會發生食物中毒。
1883 ☐	ちゅうとはんぱ **中途半端**	名・形動 半途而廢，沒有完成，不夠徹底 ちゅうとはんぱ かた 中途半端なやり方。 模稜兩可的做法。
1884 ☐ T49	ちゅうふく **中腹** 類 中程	名 半山腰 やま ちゅうふく のぼ まいご き 山の中腹まで登ったところで、迷子になったことに気が つきました。 爬到半山腰時，才赫然驚覺已經迷路了。
1885 ☐	ちゅうりつ **中立** 類 不偏	名・自サ **中立** ちゅうりつてき たちば きゃっかんてき はんだん 中立的な立場にあればこそ、客観的な判断ができる。 正因為秉持中立，才能客觀判斷。
1886 ☐	ちゅうわ **中和**	名・自サ 中正溫和；（理，化）中和，平衡 さかな なまぐさ き ちゅうわ けっか 魚にレモンをかけると生臭さが消えるのも中和の結果 です。 把檸檬汁淋在魚上可以消除魚腥味，也屬於中和作用的一種。
1887 ☐	～ちょ **～著**	名・漢造 著作，寫作；顯著 くろやなぎてつこちょ まどぎわ ちゅうがくせい 黒柳徹子著の『窓際のトットちゃん』は中学生から よ 読めますよ。 只要具備中學以上程度，就能夠閱讀黑柳徹子所著的《窗邊的小荳荳》。
1888 ☐	ちょう **腸** 類 胃腸	名・漢造 腸，腸子 ちょう ちょうし ひふ じょうたい わる 腸の調子がおもわしくないと、皮膚の状態も悪くなり ます。 當腸道不適時，皮膚亦會出狀況。
1889 ☐	ちょう **蝶**	名 蝴蝶 ちょう と じき ちほう ちが 蝶が飛びはじめる時期は、地方によって違います。 蝴蝶脫蛹而出翩然飛舞的起始時間，各地均不相同。

超
ちょう

1890 ☐	超 ちょう	漢造 超過；超脫；最，極 あのレストランのシチューは超おいしいと近所でも評判です。 那家餐廳的燉肉非常好吃，可説是遠近馳名。
1891 ☐	調印 ちょういん	名・自サ 簽字，蓋章，簽署 両国はエネルギー分野の協力文書に調印した。 兩國簽署了能源互惠條約。
1892 ☐	聴覚 ちょうかく	名 聽覺 彼は聴覚障害をものともせず、司法試験に合格した。 他未因聽覺障礙受阻，通過了司法考試。
1893 ☐	長官 ちょうかん 類 知事	名 長官，機關首長；（都道府縣的）知事 福岡県出身の衆議院議員が官房長官に任命された。 福岡縣眾議院議員被任命為官房長官（近似台灣之總統府秘書長）。
1894 ☐	聴講 ちょうこう	名・他サ 聽講，聽課；旁聽 授業を聴講できるかと思いきや、だめだった。 原本以為可以旁聽課程，沒想到竟然不行。
1895 ☐	徴収 ちょうしゅう 類 取り立てる	名・他サ 徵收，收費 政府は国民から税金を徴収する。 政府向百姓課税。
1896 ☐	聴診器 ちょうしんき	名 （醫）聽診器 医者が聴診器を胸にあてて心音を聞いています。 醫師正把聽診器輕抵於患者的胸口聽著心音。
1897 ☐	長大 ちょうだい	名・形動 長大；高大 長大なアマゾン川。 壯闊的亞馬遜河。

1898	ちょうせん 挑戦	名・自サ 挑戦
	類 チャレンジ	弁護士試験は、私にとっては大きな挑戦です。
		對我而言，參加律師資格考試是項艱鉅的挑戰。

1899	ちょうてい 調停	名・他サ 調停
	類 仲立ち	離婚話がもつれたので、離婚調停を申し立てることにした。
		兩人因離婚的交涉談判陷入膠著狀態，所以提出「離婚調解」的申請。

1900	ちょうへん 長編	名 長篇；長篇小説
		彼女は1年の歳月をかけて、長編小説を書き上げた。
		她花了一整年的時間，完成了長篇小説。

1901	ちょうほう 重宝	名・形動・他サ 珍寶，至寶；便利，方便；珍視，愛惜
		このノートパソコンは軽くて持ち運びが便利なので、重宝しています。
		這台筆記型電腦輕巧又適合隨身攜帶，讓我愛不釋手。

1902	ちょうり 調理	名・他サ 烹調，作菜；調理，整理，管理
		牛肉を調理する時は、どんなことに注意すべきですか。
		請問在烹調牛肉時，應該注意些什麼呢？

1903	ちょうわ 調和	名・自サ 調和，（顏色，聲音等）和諧，（關係）協調
	類 調える	仕事が忙しすぎて、仕事と生活の調和がとれていない気がします。
		公務忙得焦頭爛額，感覺工作與生活彷彿失去了平衡。

ち

1904	ちょくちょく	副 （俗）往往，時常
	反 たまに 類 度々	実家にはちょくちょく電話をかけますよ。
		我時常打電話回老家呀！

1905	ちょくめん 直面	名・自サ 面對，面臨
		自分を信じればこそ、直面する苦難も乗り越えられる。
		正因為有自信，才能克服眼前的障礙。

ちょくやく
直訳

1906 □	ちょくやく **直訳** 類 勘	名・他サ 直譯 えいご　ぶん　ちょくやく 英語の文を直訳する。 直譯英文的文章。
1907 □	ちょくれつ **直列**	名 （電）串聯 ちょくれつ　せつぞく 直列に接続する。 串聯。
1908 □	ちょしょ **著書**	名 著書，著作 かのじょ　ちょしょ　　　　　　　　　　ま 彼女の著書はあっという間にベストセラーになりました。 一眨眼工夫，她的著書就登上了暢銷排行榜。
1909 □	ちょっかん **直感** 類 勘	名・他サ 直覺，直感；直接觀察到 き　い　　　え　　ちょっかん　ひと　えら 気に入った絵を直感で一つ選んでください。 請以直覺擇選一幅您喜愛的畫。
1910 □	ちょめい **著名** 反 無名 類 有名	名・形動 著名，有名 らいげつ　ちょめい　　きょうじゅ　まね　こうえんかい　ひら　よてい 来月、著名な教授を招いて講演会を開く予定です。 下個月將邀請知名教授舉行演講。
1911 □	**ちらっと** 類 一瞬	副 一閃，一晃；隱約，斷斷續續 のぞ　　　　　　　　　　　　　　　　　み 覗いたのではなく、ちらっと見えただけです。 並非蓄意偷窺，只是不經意瞥見罷了。
1912 □	ちり **塵** 類 埃	名 灰塵，垃圾；微小，微不足道；少許，絲毫；世俗，塵世 污點，骯髒 １週間掃除機をかけないだけでも、ちりはたまります。 しゅうかんそうじき 即使僅僅一星期沒有使用吸塵器打掃，就已經滿布塵埃了。
1913 □	ちり　と **塵取り**	名 畚箕 げんかん　まわ　　　　　　　　　　　　　　　　そうじ 玄関の周りをほうきとちりとりで掃除しなさい。 請拿掃帚與畚箕打掃玄關周圍。

1914	賃金 ちんぎん 類 給料	名 租金；工資
		最低賃金は地域別に定められることになっています。
		依照區域的不同，訂定各該區域的最低租金。

1915	沈澱 ちんでん	名・自サ 沈澱
		果実はコップの底にみな沈澱してしまいました。
		果肉已經全部沈澱在杯底了。

1916	沈没 ちんぼつ 類 沈む	名・自サ 沈沒；醉得不省人事；（東西）進了當鋪
		漁船が沈没したので、救助隊が捜索のため直ちに出動しました。
		由於漁船已經沈沒，救難隊立刻出動前往搜索。

1917	沈黙 ちんもく 反 喋る 類 黙る	名・自サ 沈默，默不作聲，沈寂
		白熱する議論をよそに、彼は依然として沈黙を守っている。
		他無視於激烈的討論，保持一貫的沉默作風。

1918	陳列 ちんれつ 類 配置	名・他サ 陳列
		ワインは原産国別に棚に陳列されています。
		紅酒依照原產國別分類陳列在酒架上。

1919 T50	対 つい 類 組み、揃い	名・接尾 成雙，成對；對句；（作助數詞用）一對，一雙
		この置物は左右で対になっています。
		這兩件擺飾品左右成對。

ち

1920	追及 ついきゅう 類 追う	名・他サ 追上，趕上；追究
		警察の追及をよそに、彼女は沈黙を保っている。
		她對警察的追問充耳不聞，仍舊保持緘默。

1921	追跡 ついせき 類 追う	名・他サ 追蹤，追緝，追趕
		警察犬はにおいを頼りに犯人を追跡します。
		警犬藉由嗅聞氣味追蹤歹徒的去向。

ついほう
追放

1922 ☐	ついほう **追放** 類 追い払う	名・他サ 流逐，驅逐（出境）；驅逐，肅清，流放；洗清，開除 ドーピング検査で陽性となったため、彼はスポーツ界か ら追放された。 他沒有通過藥物檢測，因而被逐出體壇。
1923 ☐	つい **費やす** 反 蓄える 類 消費	他五 用掉，耗費，花費；白費，浪費 彼は一日のほとんどを実験に費やしています。 他每天大半的時間幾乎都耗在做實驗上。
1924 ☐	ついらく **墜落** 類 落ちる	名・自サ 墜落，掉下 シャトルの打ち上げに成功したかと思いきや、墜落 してしまった。 原本以為火箭發射成功，沒料到立刻墜落了。
1925 ☐	つうかん **痛感**	名・他サ 痛感；深切地感受到 事の重大さを痛感せずにはすまない。 不得不深感事態嚴重之甚。
1926 ☐	つうじょう **通常** 反 特別 類 普通	名 通常，平常，普通 通常、週末は異なるタイムスケジュールになります。 通常到了週末，起居作息都與平日不同。
1927 ☐	つうせつ **痛切** 類 つくづく	形動ノ 痛切，深切，迫切 今回の不祥事に関しては、社員ともども責任を痛切 に感じています。 本公司全體員工對這起舞弊深感責無旁貸。
1928 ☐	つうわ **通話**	名・自サ （電話）通話 通話時間が長い。 通話時間很長。
1929 ☐	つえ **杖** 類 ステッキ	名 枴杖，手杖；依靠，靠山 100歳とあって、歩くにはさすがに杖がいる。 畢竟已是百歲人瑞，行走需靠拐杖。

| 1930 | 使いこなす | 他五 運用自如，掌握純熟
日本語を使いこなす。
日語能運用自如。 |

| 1931 | 使い道
類 用途 | 名 用法；用途，用處
もし宝くじに当たったら、使い道はどうしますか。
假如購買的彩券中獎了，打算怎麼花用那筆彩金呢？ |

| 1932 | 仕える
類 従う | 自下一 服侍，侍候，侍奉；（在官署等）當官
私の先祖は上杉謙信に仕えていたそうです。
據説我的祖先從屬於上杉謙信之麾下。 |

| 1933 | 司る
類 支配 | 他五 管理，掌管，擔任
地方機関とは地方行政をつかさどる機関のことです。
所謂地方機關是指司掌地方行政事務之機構。 |

| 1934 | 束の間
類 しばらく、瞬間 | 名 一瞬間，轉眼間，轉瞬
束の間のこととて、苦痛には違いない。
儘管事情就發生在那轉瞬間，悲慟程度卻絲毫不減。 |

| 1935 | 漬かる | 自五 淹，泡；泡在（浴盆裡）洗澡
お風呂につかる。
洗澡。 |

つ

| 1936 | 付き添う | 自五 跟隨左右，照料，管照，服侍，護理
病人に付き添う。
照料病人。 |

| 1937 | 突き飛ばす | 他五 用力撞倒，撞出很遠
老人を突き飛ばす。
撞飛老人。 |

つきなみ
月並み

1938	月並み (つきなみ)	㊅ 毎月，按月；平凡，平庸；每月的例會 月並みですが、私の趣味は映画と読書です。 我的興趣很平凡，喜歡欣賞電影與閱讀書籍。
1939	継ぎ目 (つぎめ) ㊟境	㊅ 接頭，接繼；家業的繼承人；骨頭的關節 このワンピースは継ぎ目も分からないほど、縫製が完璧です。 這件洋裝縫製得完美無瑕，幾乎看不出接縫處。
1940	尽きる (つきる) ㊟無くなる	㊐自上一 盡，光，沒了；到頭，窮盡 彼にはもうとことん愛想が尽きました。 我已經受夠他了！
1941	継ぐ (つぐ) ㊟うけつぐ	㊐他五 繼承，承接，承襲；添，加，續 彼は父の後を継いで漁師になるつもりだそうです。 聽說他打算繼承父親的衣缽成為漁夫。
1942	接ぐ (つぐ) ㊟繋ぐ	㊐他五 逢補；接在一起 布の端切れを接いでソファーカバーを作ったことがあります。 我曾經把許多零頭布料接在一起縫製成沙發套。
1943	尽くす (つくす) ㊟献身	㊐他五 盡，竭盡；盡力 最善を尽くしたので、何の後悔もありません。 因為已經傾力以赴，所以再無任何後悔。
1944	つくづく ㊟しんみり	㊐副 仔細；痛切，深切；（古）呆呆，呆然 今回、周囲の人に恵まれているなとつくづく思いました。 這次讓我深切感到自己有幸受到身邊人們的諸多幫助照顧。
1945	償い (つぐない)	㊅ 補償；賠償；贖罪 事故の償いをする。 事故賠償。

1946	作り・造り 類 形	名 （建築物的）構造，樣式；製造（的樣式）；身材，體格；打扮，化妝 今時にしては珍しく、彼はヒノキ造りの家を建てました。 他採用檜木建造了自己的住家，這在現今已是十分罕見。
1947	繕う 類 直す	他五 修補，修繕；修飾，裝飾，擺；掩飾，遮掩 何とかその場を繕おうとしたけど、無理でした。 雖然當時曾經嘗試打圓場，無奈仍然徒勞無功。
1948	告げ口	名・他サ 嚼舌根，告密，搬弄是非 先生に告げ口をする。 向老師打小報告。
1949	告げる 類 知らせる	他下一 通知，告訴，宣布，宣告 病名を告げられた時はショックで言葉も出ませんでした。 當被告知病名時，由於受到的打擊太大，連話都説不出來了。
1950	辻褄 類 理屈	名 邏輯，條理，道理；前後，首尾 話のつじつまを合わせんがために必死で説明した。 為使整件事情合乎邏輯而拚了命地解釋。
1951	筒 類 管	名 筒，管；炮筒，槍管 ポスターは折らずに円形の筒に入れて郵送します。 不要折疊海報，將之捲起塞入圓筒後郵寄。
1952	つつく 類 打つ	他五 捅，叉，叼，啄；指責，挑毛病 藪の中に入る前は、棒で辺りをつついた方が身のためですよ。 在進入草叢之前，先以棍棒撥戳四周，才能確保安全喔！
1953	慎む・謹む	他五 謹慎，慎重；控制，節制；恭，恭敬 何の根拠もなしに発言するのは慎んでいただきたい。 請謹言慎行，切勿擅作不實之指控。

つ

突っ張る

1954	突っ張る （つっぱる）	〔自他五〕堅持，固執；（用手）推頂；繃緊，板起 おなかが突っ張る感じがしますが、なにかの病気でしょうか。 腹部感到鼓起腫脹，該不會是生了什麼病吧？
1955	綴り （つづり）	〔名〕裝訂成冊；拼字，拼音 書類一綴り。 一冊文件。
1956	綴る （つづる）	〔他五〕縫上，連綴；裝訂成冊；（文）寫，寫作；拼字，拼音 着物の破れを綴る。 縫補和服的破洞。
1957	務まる （つとまる）	〔自五〕勝任 そんな大役が私に務まるでしょうか。 不曉得我是否能夠勝任如此重責大任？
1958	勤まる （つとまる）	〔自五〕勝任，能擔任 私には勤まりません。 我無法勝任。
1959 T51	勤め先 （つとめさき） 〔類〕会社	〔名〕工作地點，工作單位 我が家は田舎のこととて、勤め先は限られている。 因為家在鄉下，所以能上班的地點很有限。
1960	努めて （つとめて） 〔反〕怠る 〔類〕できるだけ	〔副〕盡力，盡可能，竭力；努力，特別注意 彼女は悲しみを見せまいと努めて明るくふるまってます。 她竭力強裝開朗，不讓人察覺心中的悲傷。
1961	繋がる （つながる）	〔自五〕連接，聯繫；（人）列隊，排列；牽連，有關係；（精神）連接在一起；被繫在…上，連成一排 事件につながる容疑者。 與事件有關的嫌疑犯。

1962 ☐	津波 (つなみ)	名 海嘯 津波の被害が深刻で、300名あまりが行方不明になっています。 這次海嘯的災情慘重，超過三百多人下落不明。
1963 ☐	つねる	他五 掐，掐住 いたずらするなら、ほっぺたをつねるよ！ 膽敢惡作劇的話，要掐你的腮幫子哦！
1964 ☐	角 (つの)	名 （牛、羊等的）角，犄角；（蝸牛等的）觸角；角狀物 鹿の角は生まれた時から生えていますか。 請問小鹿出生時，頭上就已經長了角嗎？
1965 ☐	募る (つのる) 類 集める	自他五 加重，加劇；募集，招募，徵集 新入社員の募集を募ったが、なんと応募者は一人もいなかった。 雖然舉辦了新進員工的招募，沒有想到竟無任何人來應徵。
1966 ☐	唾 (つば) 類 生唾	名 唾液，口水 道につばを吐くのはお行儀が悪いからやめましょう。 朝地上吐口水是沒有禮貌的行為，別再做那種事了吧！
1967 ☐	呟き (つぶやき) 類 独り言	名 牢騷，嘟囔；自言自語的聲音 私は日記に心の呟きを記しています。 我將囁嚅心語寫在日記裡。
1968 ☐	呟く (つぶやく)	自五 喃喃自語，嘟囔 彼は誰に話すともなしに、ぶつぶつ何やら呟いている。 他只是兀自嘟囔著，並非想說給誰聽。
1969 ☐	つぶら 類 丸い	形動 圓而可愛的；圓圓的 犬につぶらな瞳で見つめられると、ついつい餌をあげてしまう。 在狗兒那雙圓滾滾的眼眸凝視下，終於忍不住餵牠食物了。

つぶる

1970	つぶる	他五 （把眼睛）閉上 部長は目をつぶって何か考えているようです。 經理閉上眼睛，似乎在思索著什麼。
1971	壺_{つぼ} 類 入れ物	名 罐，壺，甕；要點，關鍵所在 味噌はプラスチックのような容器に入れるより、壺に入れたほうが香りが良くなる。 與其將味噌放入塑膠容器中，不如將之放入壺罐裡面保存，香味會較為濃郁。
1972	蕾_{つぼみ}	名 花蕾，花苞；（前途有為而）未成年的人 蕾のふくらみが大きくなってきたので、もうすぐ花が咲くでしょう。 蓓蕾已經長得相當膨大渾圓，不久後就會開花了吧！
1973	摘む_{つま}	他五 （用手指尖）捏，撮；（用手指尖或筷子）夾，捏 彼女は豆を一つずつ箸でつまんで食べています。 她正以筷子一顆又一顆地夾起豆子送進嘴裡。
1974	摘む_つ	他五 夾取，摘，採，掐；（用剪刀等）剪，剪齊 若い茶の芽だけを選んで摘んでください。 請只擇選嫩茶的芽葉摘下。
1975	つやつや	副・自サ 光潤，光亮，晶瑩剔透 肌がつやつやと光る。 皮膚晶瑩剔透。
1976	露_{つゆ} 類 雨露	名・副 露水；淚；短暫，無常；（下接否定）一點也不… 夜間に降りる露を夜露といいます。 在夜間滴落的露水被稱為夜露。
1977	強い_{つよ}	形 強，強勁；強壯，健壯；強烈，有害；堅強，堅決；對…強，有抵抗力；（在某方面）擅長 意志が強い。 意志堅強。

1978 ☐	強がる つよ	自五 逞強，裝硬漢 弱い者に限って強がる。 よわ もの かぎ つよ 唯有弱者愛逞強。

1979 ☐	連なる つら 反 絶える 類 続く	自五 連，連接；列，參加 道沿いに赤レンガ造りの家が連なって、異国情緒にあ みち ぞ あか づく いえ つら い こくじょうちょ ふれています。 道路沿線有整排紅磚瓦房屋，洋溢著一股異國風情。

1980 ☐	貫く つらぬ 類 突き通す	他五 穿，穿透，穿過，貫穿；貫徹，達到 やると決めたなら、最後まで意志を貫いてやりとお き さい ご い し つらぬ します。 既然已經決定要做了，就要盡力貫徹始終。

1981 ☐	連ねる つら	他下一 排列，連接；聯，列 コンサートの出演者にはかなりの大物アーティストが名 しゅつえんしゃ おおもの な を連ねています。 つら 聲名遠播的音樂家亦名列於演奏會的表演者名單中。

1982 ☐	釣鐘 つりがね	名 （寺院等的）吊鐘 ほとんどの釣鐘は青銅でできているそうです。 つりがね せいどう 大部分的吊鐘似乎都是以青銅鑄造的。

1983 ☐	つり革 かわ	名 （電車等的）吊環，吊帶 揺れると危ないので、つり革をしっかり握りなさい。 ゆ あぶ かわ にぎ 請抓緊吊環，以免車廂轉彎搖晃時發生危險。

1984 ☐ T52	手当て て あ	名・他サ 準備，預備；津貼；生活福利；醫療，治療；小費 保健の先生が手当てしてくれたおかげで、出血はすぐ ほけん せんせい て あ しゅっけつ に止まりました。 と 多虧有保健老師的治療，傷口立刻止血了。

1985 ☐	定義 てい ぎ	名・他サ 定義 あなたにとって幸せの定義は何ですか。 しあわ てい ぎ なん 對您而言，幸福的定義是什麼？

つ

1986 ☐	ていきょう 提供	(名・他サ) 提供，供給 政府が提供する情報は誰でも無料で閲覧できますよ。 任何人都可以免費閱覽由政府所提供的資訊喔！
1987 ☐	ていけい 提携 類 共同	(名・自サ) 提攜，攜手；協力，合作 業界2位と3位の企業が提携して、業界トップに躍り出た。 在第二大與第三大的企業攜手合作下，躍升為業界的龍頭。
1988 ☐	ていさい 体裁 類 外形	(名) 外表，樣式，外貌；體面，體統；（應有的）形式，局面 体裁を取りつくろわんがために、ありのままの自分を隠した。 為了對外保住體面而隱藏起真實的自己。
1989 ☐	てい じ 提示	(名・他サ) 提示，出示 学生証を提示すると、博物館の入場料は半額になります。 只要出示學生證，即可享有博物館入場券之半價優惠。
1990 ☐	ていしょく 定食	(名) 客飯，套餐 定食にひきかえ単品は割高だ。 單點比套餐來得貴。
1991 ☐	ていせい 訂正 類 修正	(名・他サ) 訂正，改正，修訂 ご迷惑をおかけしたことを深くお詫びし、ここに訂正いたします。 造成您的困擾，謹致上十二萬分歉意，在此予以訂正。
1992 ☐	ていたい 停滞 反 順調、はかどる 類 滞る	(名・自サ) 停滯，停頓；（貨物的）滯銷 日本列島上空に、寒冷前線が停滞しています。 冷鋒滯留於日本群島上空。
1993 ☐	ていたく 邸宅 類 家	(名) 宅邸，公館 この地域には閑静な邸宅が立ち並んでいます。 這個地區林立著許多棟靜謐的豪宅。

1994	ティッシュペーパー 【tissue paper】 類 塵紙	名 衛生紙 買い置きのティッシュペーパーをそろそろ買ったほうがいい。 差不多該買衛生紙作備用了。
1995	定年 類 退官	名 退休年齢 あと何年で定年を迎えますか。 請問您還有幾年就屆退休年齡了呢？
1996	堤防 類 堤	名 堤防 連日の豪雨のため、堤防の決壊が警戒されています。 由於連日豪雨，大家正提高警戒嚴防潰堤。
1997	手遅れ	名 為時已晚，耽誤 体の不調を訴えて病院に行った時には、すでに手遅れだった。 當前往醫院看病，告知醫師身體不適時，早就為時已晚了。
1998	でかい 反 小さい 類 大きい	形 （俗）大的 彼はいつも態度がでかいので、みなに敬遠されています。 他總是擺出一副趾高氣昂的架子，大家都對他敬而遠之
1999	手掛かり 類 鍵	名 下手處，著力處；線索 必死の捜索にもかかわらず、何の手がかりも得られなかった。 儘管拚命搜索，卻沒有得到任何線索。
2000	手掛ける	他下一 親自動手，親手 彼が手がけるレストランは、みな大盛況です。 只要是由他經手過的餐廳，每一家全都高朋滿座。
2001	手軽 反 複雑 類 簡単	名・形動 簡便；輕易；簡單 ホームページから手軽に画像が入手できますよ。 從首頁就能輕而易舉地下載相片喔！

て

2002	適応 てきおう 類 当てはまる	名・自サ 適應，適合，順應 引越ししてきたばかりなので、まだ新しい環境に適応できません。 才剛剛搬家，所以還沒有適應新環境。
2003	適宜 てきぎ 類 任意	副・形動 適當，適宜；斟酌；隨意 貴誌の規格に合わない場合は、適宜様式を編集してください。 倘若不符貴刊物的規格，敬請編輯為適宜的型式。
2004	適性 てきせい	名 適合某人的性質，資質，才能；適應性 最近では多くの会社が就職試験の一環として適性検査を行っています。 近來有多家公司於舉行徵聘考試時，加入人格特質測驗。
2005	でき物 もの 類 腫れ物	名 疙瘩，腫塊；出色的人 ストレスのせいで、顔にたくさんできものができた。 由於壓力沈重，臉上長出許多顆痘痘。
2006	手際 てぎわ 類 腕前	名 （處理事情的）手法，技巧；手腕，本領；做出的結果 君の手際いかんでは、2時間で終われる仕事です。 以你的辦事能力，兩個小時就可以完成這份工作的。
2007	手口 てぐち	名 （做壞事等常用的）手段，手法 使い古した手口。 故技，老招式。
2008	出くわす で	自五 碰上，碰見 山で熊に出くわしたら死んだ振りをすると良いと言うのは本当ですか。 聽人家説，在山裡遇到熊時，只要裝死就能逃過一劫，這是真的嗎？
2009	デコレーション 類 飾り	名 裝潢，裝飾 ソファーからカーペットに至るまで、部屋のデコレーションにはとことんこだわりました。 從沙發到地毯，非常講究房間裡的裝潢陳設。
2010	手順 てじゅん 類 手続	名 （工作的）次序，步驟，程序 法律で定められた手順に則った献金だから、収賄にあたらない。 這是依照法律程序的捐款，並不是賄款。

2011	**手錠** てじょう	名 手錠 犯人は手錠をかけられ、うな垂れながら連行されていきました。 犯人被帶上手銬，垂頭喪氣地被帶走了。
2012	**手数** てすう 類 手間	名 費事；費心；麻煩 お手数をおかけいたしますが、よろしくお願いいたします。 不好意思，增添您的麻煩，敬請多多指教。
2013	**手近** てぢか 類 身近	形動 手邊，身旁，左近；近人皆知，常見 手近な素材でできるイタリア料理を教えてください。 請教我用常見的食材就能烹煮完成的義大利料理。
2014	**デッサン** 【(法) dessin】 類 絵	名 （繪畫、雕刻的）草圖，素描 以前はよく手のデッサンを練習したものです。 以前常常練習素描手部。
2015	**出っ張る** で　ば	自五 （向外面）突出 腹が出っ張る。 肚子突出。
2016	**てっぺん** 類 頂上	名 頂，頂峰；頭頂上；（事物的）最高峰，頂點 山のてっぺんから眺める景色は最高です。 由山頂上眺望的遠景，美得令人屏息。
2017 T53	**鉄棒** てつぼう	名 鐵棒，鐵棍；（體）單槓 小さい頃、鉄棒でよく逆上がりを練習したものです。 小時候常常在單槓練習翻轉的動作。
2018	**手取り** てどり	名 （相撲）技巧巧妙（的人；）（除去稅金與其他費用的）實收款，淨收入 手取りが少ない。 實收款很少。

て

でなお
出直し

2019 ☐	でなお **出直し** 類 やり直し	名 回去再來，重新再來 じぎょう しっぱい お いち でなお よぎ 事業が失敗に終わり、一からの出直しを余儀なくされた。 事業以失敗收場，被迫從零開始重新出發。
2020 ☐	て **手のひら** 反 手の甲 類 たなごころ	名 手掌 あか て ちい かわい 赤ちゃんの手のひらはもみじのように小さく可愛い。 小嬰兒的手掌如同楓葉般小巧可愛。
2021 ☐	てはい **手配** 類 根回し、支度	名・自他サ 籌備，安排；（警察逮捕犯人的）部署，布置 てはい す チケットの手配はもう済んでいますよ。 我已經買好票囉！
2022 ☐	てはず **手筈** 類 手配	名 程序，步驟；（事前的）準備 がっこうちょう あいさつ つづ らいひん しゅくじ 学校長の挨拶に続いて、来賓からご祝辞をいただく て 手はずです。 校長致詞完畢後，接下來的流程將邀請來賓致詞。
2023 ☐	て び **手引き**	名・他サ （輔導）初學者，啟蒙；入門，初級；推薦，介紹； 引路，導向 ぼうちょう きぼう かた もう こ てび したが 傍聴を希望される方は、申し込みの手引きに従ってください。 想旁聽課程的人，請依循導引說明申請辦理。
2024 ☐	**デブ**	名 （俗）胖子，肥子 ずいぶんデブだな。 好一個大胖子啊。
2025 ☐	てほん **手本** 類 モデル	名 字帖，畫帖；模範，榜樣；標準，示範 おや こども てほん しめ 親は子供にお手本を示さなければなりません。 父母必須當孩子的好榜樣。
2026 ☐	てまわ **手回し** 類 備える	名 準備，安排，預先籌畫；用手搖動 ひじょうよう てまわ じゅうでん 非常用のラジオはハンドルを手回しすれば充電できます。 供緊急情況使用的收音機，只要旋搖把手即可充電。

| 2027 | 出向く
で む | 自五 前往，前去
こちらから出向きます。
で む
由我到您那裡去。 |

| 2028 | 手元
て もと
類 手近 | 名 手邊，手頭；膝下，身邊；生計；手法，技巧
緊張のあまり手元が狂わんばかりだ。
きんちょう て もと くる
由於緊張過度，差點慌了手腳。 |

| 2029 | デモンストレーション・
デモ
【demonstration】 | 名 示威活動；（運動會上正式比賽項目以外的）公開表演
会社側の回答のいかんによらず、デモは実行される。
かいしゃがわ かいとう じっこう
無論公司方面的回應為何，示威抗議仍將如期舉行。 |

| 2030 | 照り返す
て かえ | 他五 反射
地面で照り返した紫外線は、日傘では防げません。
じめん て かえ しがいせん ひがさ ふせ
光是撐陽傘仍無法阻擋由地面反射的紫外線曝曬。 |

| 2031 | デリケート
【delicate】 | 形動 美味，鮮美；精緻，精密；微妙；纖弱；纖細，敏感
デリケートな問題。
もんだい
敏感的問題。 |

| 2032 | テレックス
【telex】
類 電報 | 名 電報，電傳
ファックスやインターネットの発達で、テレックスは
はったつ
すたれつつある。
在傳真與網路崛起之後，就鮮少有人使用電報了。 |

| 2033 | 手分け
て わ
類 分担 | 名・自サ 分頭做，分工
学校から公園に至るまで、手分けして子供を捜した。
がっこう こうえん いた て わ こども さが
分頭搜尋小孩，從學校一路找到公園。 |

| 2034 | 天
てん
類 空 | 名・漢造 天，天空；天國；天理；太空；上天；天然
鳥がどこに向かうともなく天を舞っている。
とり む てん ま
鳥兒自由自在地翱翔於天際。 |

て

でんえん
田園

2035 ☐	でんえん **田園** 反 都会 類 田舎	名 田園；田地 ほっかいどう とかち ちほう こうだい でんえん ひろ 北海道十勝地方には広大な田園が広がっています。 在北海道十勝地區，遼闊的田園景色一望無際。
2036 ☐	てん か **天下** 類 世界	名 天底下，全國，世間，宇內；（幕府的）將軍 せき が はら けっせん てん か わ め たたか 関ヶ原の決戦は、天下分け目の戦いといわれています。 關之原會戰被稱為決定天下政權的重要戰役。
2037 ☐	てん か **点火** 反 消える 類 点ける	名・自サ 點火 さいしゅう せいか てん か 最終ランナーによってオリンピックの聖火が点火さ れました。 由最後一位跑者點燃了奧運聖火。
2038 ☐	てんかい **転回** 類 回る	名・自他サ 回轉，轉變 み ふね にゅうこう む フェリーターミナルが見え、船は入港に向けゆっく てんかい り転回しはじめた。 接近渡輪碼頭時，船舶開始慢慢迴轉準備入港停泊。
2039 ☐	てんかん **転換**	名・自他サ 轉換，轉變，調換 き ぶん てんかん さん ぽ い 気分を転換するために、ちょっとお散歩に行ってき ます。 我出去散步一下轉換心情。
2040 ☐	でん き **伝記**	名 傳記 でん き か 伝記を書く。 寫傳記。
2041 ☐	てんきょ **転居** 類 引っ越す	名・自サ 搬家，遷居 てんきょ ば あい しやくしょ てんきょとど ていしゅつ 転居する場合、市役所に転居届けを提出しなければ なりません。 當居住地有所異動時，一定要去當地的戶政事務所辦理遷徙登記。
2042 ☐	てんきん **転勤**	名・自サ 調職，調動工作 かれ てんきん はなし き みみ はい 彼が転勤するという話は、聞くともなく耳に入った だけです。 只是無意間恰巧聽到了他要調職。

2043	点検 てんけん	(名・他サ) 檢點，檢查
☐		機械の点検がてら、古い部品は取り換えました。 き かい てんけん ふる ぶ ひん と か
	類 調べる	檢查機器的同時，順便把老舊的零件給換掉了。

2044	電源 でんげん	(名) 電力資源；（供電的）電源
☐		外出する時は、忘れず電気の電源を切りましょう。 がいしゅつ とき わす でんき でんげん き
		外出時請務必關閉電源。

MEMO

て

てんこう
転校

2045	転校 てんこう	名·自サ 轉校，轉學 今春から転校するかどうかは、父の仕事いかんだ。 視父親的工作地點決定是否必須於今年春天辦理轉學。

2046	天国 てんごく 反 地獄 類 浄土	名 天國，天堂；理想境界，樂園 おばあちゃんは天国に行ったと信じています。 深信奶奶已經上天國去了。

2047	点差 てんさ	名 （比賽時）分數之差 点差が縮まる。 縮小比數的差距。

2048	天才 てんさい 類 秀才	名 天才 天才には天才ゆえの悩みがあるに違いない。 想必天才也有天才獨有的煩惱。

2049	天災 てんさい 反 人災 類 災害	名 天災，自然災害 地震などの自然災害は天災のうちにはいりますか。 請問像地震這類由自然界產生的災害，算是天災嗎？

2050	展示 てんじ 類 陳列	名·他サ 展示，展出，陳列 展示方法いかんで、売り上げは大きく変わる。 商品陳列的方式將大幅影響其銷售量。

2051	転じる てん 類 変える	自他上一 轉變，轉換，改變；遷居，搬家；自他サ 轉變 イタリアでの発売を皮切りに、業績が好調に転じた。 在義大利開賣後，業績就有起色了。

2052	テンション 【tension】	名 緊張 テンションがあがる。 心情興奮。

2053	**転ずる** てん	自五・他下一 改變（方向、狀態）；遷居；調職 ガソリン価格が値下げに転ずる可能性がある。 汽油的售價有降價變動的可能性。

2054	**伝説** でんせつ 類 言い伝え	名 傳說，口傳 彼が伝説のピッチャーですよ。 他正是傳說中的那位投手唷！

2055	**点線** てんせん 類 線	名 點線，虛線 点線が引いてある個所は、まだ未確定のところです。 標示虛線部分則為尚未確定之處。

2056	**転送** てんそう	名・他サ 轉寄 Eメールを転送する。 轉寄e-mail。

2057	**天体** てんたい	名 （天）天象，天體 今日は雲一つないので、天体観測に打ってつけです。 今日天空萬里無雲，正是最適合觀測天象的時機。

2058	**伝達** でんたつ 類 伝える	名・他サ 傳達，轉達 警報や避難の情報はどのように住民に伝達されますか。 請問是透過什麼方式，將警報或緊急避難訊息轉告通知當地居民呢？

2059	**天地** てんち 類 世界	名・自他サ 天和地；天地，世界；宇宙，上下 この小説の結末はまさに天地がひっくり返るような ものでした。 這部小說的結局可說是逆轉乾坤，大為出人意表。

2060	**てんで** 類 少しも	副 （後接否定或消極語）絲毫，完全，根本；（俗）非常，很 彼は先生のおっしゃる意味がてんで分かっていない。 他壓根兒聽不懂醫師話中的含意。

て

2061	てんにん **転任**	名・自サ 轉任，調職，調動工作 4月から生まれ故郷の小学校に転任することとなりました。 自四月份起，將調回故鄉的小學任職。
2062	てんぼう **展望** 類 眺め	名・他サ 展望；眺望，瞭望 フォーラムでは新大統領就任後の国内情勢を展望します。 論壇中將討論新任總統就職後之國內情勢的前景展望。
2063	でんらい **伝来**	名・自サ （從外國）傳來，傳入；祖傳，世傳 日本で使われている漢字のほとんどは中国から伝来したものです。 日語中的漢字幾乎大部分都是源自於中國。
2064	てんらく **転落** 類 落ちる	名・自サ 掉落，滾下；墜落，淪落；暴跌，突然下降 不祥事が明るみになり、本年度の最終損益は赤字に転落した。 醜聞已暴露，致使今年年度末損益掉落為赤字。
2065 T54	**と**	格助 （接在助動詞「う、よう、まい」之後，表示逆接假定前題）不管…也，即使…也 弁解しようと、弁解しまいと、もう起きてしまったことは仕方ない。 既然事情已發生了，辯解也好，不辯解也罷，都已於事無補。
2066	ど **土** 類 泥	名・漢造 土地，地方；（五行之一）土；土壤；地區；（國）土 双方は領土問題解決に向け、対話を強化することで合﹅しました。 雙方已經同意加強對話以期解決領土問題。
2067	と あ **問い合わせる** 類 照会	他下一 打聽，詢問 資料をなくしたので、問い合わせしようにも問い合わせできない。 因為弄丟了資料，所以就算想詢問也詢問不了了。
2068	と **問う** 類 尋ねる	他五 問，打聽；問候；徵詢；做為問題（多用否定形）；追究；問罪 支持率も悪化の一途をたどっているので、国民に信を問ったほうがいい。 支持率一路下滑，此時應當徵詢國民信任支持與否。

と

2069

とう
棟

漢造 棟梁；（建築物等）棟，一座房子

どの棟から火災が発生したのですか。

請問是哪一棟建築物發生了火災呢？

2070

どう
胴

類 体

名 （去除頭部和四肢的）軀體；（物體的）中間部分

ビールを飲むと胴回りに脂肪がつきやすいそうです。

聽說喝啤酒很容易長出啤酒肚。

2071

どう い
同意

反 反対
類 賛成

名・自サ 同義；同一意見，意見相同；同意，贊成

社長の同意が得られない場合、計画は白紙に戻ります。

如果未能取得社長的同意，將會終止整個計畫。

2072

どういん
動員

名・他サ 動員，調動，發動

動員される警備員は10人から20人というところです。

要動員的保全人力大約是十名至二十名左右。

2073

どうかん
同感

類 同意

名・自サ 同感，同意，贊同，同一見解

基本的にはあなたの意見に同感です。

原則上我同意你的看法。

2074

とう き
陶器

類 焼き物

名 陶器

最近、ベトナム陶器の人気が急上昇しています。

最近突然有愈來愈多人非常喜愛越南製的陶器。

2075

とう ぎ
討議

類 討論

名・自他サ 討論，共同研討

それでは、グループ討議の結果をそれぞれ発表して
ください。

那麼現在就請各個小組發表分組討論的結果。

2076

どう き
動機

類 契機

名 動機；直接原因

あなたが弊社への就職を希望する動機は何ですか。

請問您希望到敝公司上班的動機是什麼？

とうきゅう
等級

2077	等級 とうきゅう	名 等級，等位
		ボクシングはいくつの等級に分かれていますか。
		請問拳擊分為幾個等級呢？

2078	同級 どうきゅう	名 同等級，等級相同；同班，同年級
		今年は３年ぶりに高校の同級会があります。
		今年將舉辦高中同學會，距離上次聚會已經事隔三年了。

2079	同居 どうきょ 反 別居	名・自サ 同居；同住，住在一起
		統計によると、二世帯同居の世帯数は徐々に減ってきています。
		根據統計，父母與已婚子女同住的家戶數正逐漸減少中。

2080	登校 とうこう 類 通う	名・自サ （學生）上學校，到校
		子供の登校を見送りがてら、お隣へ回覧板を届けてきます。
		在目送小孩上學的同時，也順便把傳閱板送到隔壁去。

2081	統合 とうごう 類 併せる	名・他サ 統一，綜合，合併，集中
		今日、一部の事業部門を統合することが発表されました。
		今天公司宣布了整併部分事業部門。

2082	動向 どうこう 類 成り行き	名 （社會、人心等）動向，趨勢
		最近株を始めたので、株価の動向が気になります。
		最近開始投資股票，所以十分在意股價的漲跌。

2083	投資 とうし 類 出資	名・他サ 投資
		投資をするなら、始める前にしっかり下調べしたほうがいいですよ。
		如果要進行投資，在開始之前先確實做好調查研究方為上策喔！

2084	同士 どうし	名・接尾 （意見、目的、理想、愛好相同者）同好；（彼此關係、性質相同的人）彼此，伙伴，們
		似たもの同士が惹かれやすいというのは、実証されていますか。
		請問是否已經有研究證實，相似的人容易受到彼此的吸引呢？

2085	どう し 同志 ⊗敵 類仲間	名 同一政黨的人；同志，同夥，伙伴 同センターは各関係機関から同志を募って、何とか うんえい 運営しています。 本中心從各相關機構招募有志一同的夥伴，勉力持續經營。
2086	どうじょう 同上	名 同上，同上所述 どうじょう　り ゆう 同上の理由により。 基於同上的理由。
2087	どうじょう 同情 類思いやり	名・自サ 同情 どうじょう　さそ　　　　　　　　　　し ばい　　　　　　　　だま 同情を誘わんがための芝居にころっと騙された。 輕而易舉地就被設法博取同情的演技給騙了。
2088	どうじょう 道場	名 道場，修行的地方；教授武藝的場所，練武場 じゅうどう　　どうじょう　　　　　　　　　い せい　　　　　こえ　ぎ 柔道の道場からは、いつも威勢のいい声が聞こえて きます。 柔道場常常傳出氣勢勇猛的呼喝聲。
2089	とうせい 統制 類取り締まる	名・他サ 統治，統歸，統一管理；控制能力 どうも経営陣内部の統制が取れていないようです。 經營團隊內部的管理紊亂，猶如群龍無首。
2090	とうせん 当選 ⊗落選 類合格	名・自サ 當選，中選 きゃくふう　　　　　　　　　　　　　　　とうせん スキャンダルの逆風をものともせず、当選した。 儘管選舉時遭逢醜聞打擊，依舊順利當選。
2091	とうそう 逃走	名・自サ 逃走，逃跑 ひ とり 一人たりとも、逃走させてはいけない。 連一個人也不能讓他逃掉。
2092	とうそつ 統率	名・他サ 統率 めい　　　　　ぶ か　　　とうそつ　　　　　　　　よう い 30名もの部下を統率するのは容易ではありません。 統御多達三十名部屬並非容易之事。

と

とうたつ
到達

2093	**到達** とうたつ 類 着く	名·自サ 到達，達到 先頭集団はすでに折り返し地点に到達したそうです。 <small>せんとうしゅうだん　　　　　　　　　　お　　かえ　　ちてん　　とうたつ</small> 據說先遣部隊已經到達折返點了。
2094	**統治** とうち 類 治める	名·他サ 統治 企業統治とはどういう意味ですか。 <small>ぎょうとうち　　　　　　　　　　い　み</small> 請問企業統治是什麼意思呢？
2095	**同調** どうちょう 類 賛同	名·自他サ 調整音調；同調，同一步調，同意 周りと同調すれば、人間関係がスムーズになると考える人もいる。 <small>まわ　　　　どうちょう　　　　　　　にんげんかんけい　　　　　　　　　　　　　　　　　かんが ひと</small> 某些人認為，只要表達與周圍人們具有同樣的看法，人際關係就會比較和諧。
2096	**到底** とうてい 類 どうしても	副（下接否定，語氣強）無論如何也，怎麼也 英語で論文を発表するなんて、到底私には無理です。 <small>えいご　　ろんぶん　　はっぴょう　　　　　　　とうていわたし　　　　む　り</small> 要我用英語發表論文，實在是太強人所難了。
2097	**動的** どうてき	形動 動的，變動的，動態的；生動的，活潑的，積極的 パソコンを使って画像を動的に作成する方法がありますよ。 <small>つか　　がぞう　　どうてき　　さくせい　　　　ほうほう</small> 可以透過電腦將圖像做成動畫喔！
2098	**尊い** とうと 類 敬う	形 價值高的，珍貴的，寶貴的，可貴的 一人一人が尊い命ですから、大切にしないといけません。 <small>ひとりひとり　　とうと　　いのち　　　　　　　　たいせつ</small> 每個人的生命都是寶貴的，必須予以尊重珍惜。
2099	**同等** どうとう	名 同等（級）；同樣資格，相等 これと同等の機能を持つデジタルカメラはどれですか。 <small>どうとう　　きのう　　も</small> 請問哪一台數位相機與這台具有同樣的功能呢？
2100	**堂々** どうどう 反 貧弱 類 立派	形動·副（儀表等）堂堂；威風凜凜；冠冕堂皇，光明正大；無所顧忌，勇往直前 発言するときは、みなに聞こえるよう堂々と意見を述べなさい。 <small>はつげん　　　　　　　　　　　き　　　　　　　どうどう　　いけん　　の</small> 公開發言時，請胸有成竹地大聲說明，讓所有的人都聽得到。

2101 とうと **尊ぶ** ⊛ 侮る ⊛ 敬う	他五 尊敬，尊重；重視，珍重 し き へん か とうと まいにち すこ たの 四季の変化を尊べば、毎日が少し楽しくなります。 只要珍惜季節的變化交替，每天都會發現不同的驚喜。	

2102 **どうにか** ⊛ やっと	副 想點法子；（經過一些曲折）總算，好歹，勉勉強強 ひ こう き の おく どうにか飛行機に乗り遅れずにすみそうです。 似乎好不容易才趕上飛機起飛。	

2103 とうにゅう **投入**	名・他サ 投入，扔進去；投入（資本、勞力等） ちゅうごく かわ き しんせいひん かく し じょう とうにゅう 中国を皮切りにして、新製品を各市場に投入する。 以中國作為起點，將新產品推銷到各國市場。	

2104 どうにゅう **導入**	名・他サ 引進，引入，輸入；（為了解決懸案）引用（材料、證據） あたら どうにゅう な そう さ じ かん 新しいシステムを導入したため、慣れるまで操作に時間が かかります。 由於引進新系統，花費了相當長的時間才習慣其操作方式。	

2105 とうにん **当人** ⊛ 本人	名 當事人，本人 ほんとう とうにん わ 本当のところは当人にしか分かりません。 真實的狀況只有當事人清楚。	

2106 どう ふう **同封**	名・他サ 隨信附寄，附在信中 しょうひん どう ふう 商品のパンフレットを同封させていただきます。 隨信附上商品的介紹小冊。	**と**

T55

2107 とうぼう **逃亡** ⊛ 追う ⊛ 逃げる	名・自他サ 逃走，逃跑，逃遁；亡命 はんにん とうぼう ふん さいたい ほ 犯人は逃亡したにもかかわらず、わずか15分で再逮捕さ れた。 歹徒雖然衝破警網逃亡，但是不到十五分鐘就再度遭到逮捕。	

2108 とうみん **冬眠**	名・自サ 冬眠；停頓 とうみん じょうたい くま うえ の どうぶつえん いっぱんこうかい 冬眠した状態の熊が上野動物園で一般公開されてい ます。 在上野動物園可以觀賞到冬眠中的熊。	

どうめい
同盟

2109	同盟 どうめい 類 連盟	名·自サ 同盟，聯盟，聯合 同盟国ですら反対しているのに、強行するのは危険だ。 連同盟國都予以反對，若要強制進行具有危險性。
2110	どうやら 類 やっと、何とか	副 好歹，好不容易才…；彷彿，大概 リゾート開発を皮切りに、どうやら事業を拡大するようだ。 看來他打算從開發休閒度假村開始，逐步拓展事業版圖。
2111	動揺 どうよう	名·自他サ 動搖，搖動，搖擺；（心神）不安，不平靜；異動 知らせを聞くなり、動揺して言葉を失った。 聽到傳來的消息後，頓時驚慌失措無法言語。
2112	動力 どうりょく 類 原動力	名 動力，原動力 テーブルを動かすのに必要な動力を計算しなさい。 請計算移動桌子所需的動力。
2113	討論 とうろん 類 論じる	名·自サ 討論 こんなくだらない問題は討論するにあたらない。 如此無聊的問題不值得討論。
2114	遠ざかる とお	自五 遠離；疏遠；不碰，節制，克制 娘は父の車が遠ざかって見えなくなるまで手を振ってました。 女兒猛揮著手，直到父親的車子漸行漸遠，消失蹤影。
2115	遠回り とおまわ 類 回り道	名·自サ·形動 使其繞道，繞遠路 ちょっと遠回りですが、デパートに寄ってから家に帰ります。 雖然有點繞遠路，先去百貨公司一趟再回家。
2116	トーン 【tone】	名 調子，音調；色調 音が大きすぎて耳が痛いので、トーンをできるだけ下げてください。 音量太大的話會造成耳朵疼痛，請盡量調低音量。

| 117 | **とかく**
類 何かと | 名・副・自サ 種種，這樣那樣（流言、風聞等）；動不動，總是；不知不覺就，沒一會就
データの打ち込みミスは、とかくありがちです。
輸入資料時出現誤繕是很常見的。 |

| 118 | **咎める**（とがめる）
類 戒める | 他下一 責備，挑剔；盤問　自下一 （傷口等）發炎，紅腫
上からとがめられて、関係ないではすまされない。
遭到上級責備，不是一句「與我無關」就能撇清。 |

| 119 | **尖る**（とがる） | 自五 尖；（神經）緊張；不高興，冒火
神経をとがらせる。
神經過敏。 |

| 120 | **時折**（ときおり） | 副 有時，偶爾
彼は時折声を詰まらせながらも、最後までしっかり喪主を務めました。
雖然他偶爾哽咽得不成聲，最後仍順利完成身為喪主的職責。 |

| 121 | **度胸**（どきょう） | 名 膽子，氣魄
度胸がある。
有膽識。 |

| 122 | **途切れる**（とぎれる）
類 途絶える | 自下一 中斷，間斷
社長が急にオフィスに入ってきたので、話が途切れてしまった。
由於社長突然踏進辦公室，話題戛然中斷了。 |

| 123 | **説く**（とく）
類 説明 | 他五 說明；說服，勸；宣導，提倡
彼は革命の意義を一生懸命我々に説いた。
他拚命闡述革命的意義，試圖說服我們。 |

| 124 | **研ぐ・磨ぐ**（とぐ）
類 磨く | 他五 磨；擦亮，磨光；淘（米等）
切れ味が悪くなってきたので、包丁を研いでください。
菜刀已經鈍了，請重新研磨。 |

と

特技

2125	**特技** とくぎ	⑧ 特別技能（技術） 彼女の特技はクラリネットを演奏することです。 她的拿手絕活是吹奏單簧管。
2126	**独裁** どくさい	⑧・自サ 獨斷，獨行；獨裁，專政 独裁体制は50年を経てようやく終わりを告げました。 歷經五十年，獨裁體制終告結束。
2127	**特産** とくさん	⑧ 特產，土產 県では特産であるブドウを使った新商品を開発しています。 該縣以特產的葡萄研發新產品。
2128	**独自** どくじ ⑱特有	㊞動 獨自，獨特，個人 このマシーンはわが社が独自に開発したものです。 這部機器是本公司獨力研發而成的。
2129	**読者** どくしゃ	⑧ 讀者 読者に誤解を与えるような表現があってはいけません。 絕對不可以寫出讓讀者曲解的文章。
2130	**特集** とくしゅう	⑧・他サ 特輯，專輯 来月号では春のガーデニングについて特集します。 下一期月刊將以春季園藝作為專輯的主題。
2131	**独占** どくせん ⑱独り占め	⑧・他サ 獨佔，獨斷；壟斷，專營 続いての映像は、ニコニコテレビが独占入手したものです。 接下來的這段影片，是笑瞇瞇電視台獨家取得的畫面。
2132	**独創** どくそう ⑱独特	⑧・他サ 獨創 作品は彼ならではの独創性にあふれている。 這件作品散發出他的獨創風格。

2133 ☐	得点 <small>とくてん</small> ⑤失点	⑧（學藝、競賽等的）得分 前半で5点得点したにもかかわらず、なんと逆転負 <small>ぜんはん　　てんとくてん　　　　　　　　　　　　　ぎゃくてんま</small> けしてしまいました。 雖然上半場已經獲得五分，沒有想到最後對手竟然反敗為勝。
2134 ☐	特派 <small>とくは</small>	⑧・他サ 特派，特別派遣 海外特派員が現地の様子を随時レポートして皆さん <small>かいがいとくはいん　げんち　ようす　ずいじ　　　　　　　みな</small> にお届けします。 <small>とど</small> 海外特派員會將當地的最新情況，即時轉播給各位觀眾。
2135 ☐	匿名 <small>とくめい</small>	⑧ 匿名 匿名の手紙。 <small>とくめい　てがみ</small> 匿名信。
2136 ☐	特有 <small>とくゆう</small> ⑲独特	⑧・形動 特有 ラム肉には特有のにおいがあります。 <small>にく　　　とくゆう</small> 羊肉有一股特有的羊臊味。
2137 ☐	棘・刺 <small>とげ　とげ</small> ⑲針	⑧（植物的）刺；（扎在身上的）刺；（轉）講話尖酸，話 中帶刺 バラの枝にはとげがあるので気を付けてね。 <small>えだ　　　　　　　　　　　　き　つ</small> 玫瑰的花莖上有刺，請小心留意喔！
2138 ☐	土下座 <small>どげざ</small>	⑧・自サ 跪在地上；低姿態 土下座して謝る。 <small>どげざ　　　あやま</small> 下跪道歉。
2139 ☐	遂げる <small>と</small> ⑲仕上げる	他下一 完成，實現，達到；終於 両国の関係はここ5年間で飛躍的な発展を遂げました。 <small>りょうこく　かんけい　　　　ねんかん　ひやくてき　はってん　　と</small> 近五年來，兩國之間的關係終於有了大幅的正向發展。
2140 ☐	どころか	接續・接助 然而，可是，不過；（用「…たところが的形式」） —……，剛要… 面識があるどころか、名前さえ存じ上げません。 <small>めんしき　　　　　　　　　　　なまえ　　　ぞん　あ</small> 豈止未曾謀面，連其大名也毫不知曉。

と

としごろ
年頃

2141 □	としごろ **年頃**	名・副 大約的年齡；妙齡，成人年齡 としごろ　　　　　　　さいきんむすめ　　　しゃれ　　き　つか お年頃とあって、最近娘はお洒落に気を遣っている。 可能是已屆青春妙齡，最近小女變得特別注重打扮。
2142 □	と　じ **戸締まり**	名 關門窗，鎖門 で　　　　まえ　　　　と　じ　　　　　　　　　かくにん 出かける前には戸締まりをしっかり確認しましょう。 在我們離開家門前，務必要仔細確認鎖緊門窗。
2143 □	ど　しゃ **土砂**	名 土和沙，沙土 ど　しゃさいがい 土砂災害。 山崩，土石流。
2144 □	と　　じ **綴じる** 類 綴る	他上一 訂起來，訂綴；（把衣的裡和面）縫在一起 ていしゅつしょるい　すべ　　　　　　　　　　　　と 提出書類は全てファイルに綴じてください。 請將所有申請文件裝訂於檔案夾中。
2145 □	ど　だい **土台** 類 基	名・副 （建）地基，底座；基礎；本來，根本，壓根兒 ど　だい　　　　　　かた　　　　　　　　つよ　じしん　　たいおう 土台をしっかり固めなければ、強い地震に対応できません。 只要確實打好地基，即使遇到再強的地震都不會倒塌。
2146 □	と　だ **途絶える** 類 途切れる	自下一 斷絕，杜絕，中斷 と　だ　　　　　　　　　　　　そせん　　　みゃくみゃく　う　つ 途絶えることなしに、祖先から脈々と受け継がれている。 祖先代代相傳，至今從未中斷。
2147 □	とっきょ **特許**	名・他サ （法）（政府的）特別許可；專利特許，專利權 とっきょ　　しゅとく　　　　　　　　　　　　てつづ　　ひつよう 特許を取得するには、どのような手続きが必要ですか。 請問必須辦理什麼樣的手續，才能取得專利呢？
2148 □	とっけん **特権**	名 特權 がいこうかんとっけん 外交官特権にはどのようなものがありますか。 請問外交官享有哪些特權呢？

2149	とっさに	圖 瞬間，一轉眼，轉眼之間 女の子が溺れているのを発見し、彼はとっさに川に飛び込んだ。 他一發現有個女孩子溺水，立刻毫不考慮地跳進河裡。
2150	突如 とつじょ 類 突然	圖·形動 突如其來，突然 目の前に突如熊が現れて、腰を抜かしそうになりました。 眼前突然出現了一頭熊，差點被嚇得手腳發軟。
2151	とって	提助·接助 （助詞「とて」添加促音）（表示不應視為例外）就是，甚至；（表示把所說的事物做為對象加以提示）所謂；說是；即使說是；（常用「…こととて」表示不得已的原因）由於，因為 知らないこととて、済まされることではない。 這不是説一句不知道就可以帶過的。
2152	取っ手 とって	名 把手 取っ手を握る。 握把手。
2153	突破 とっぱ 類 打破	名·他サ 突破；超過 本年度の自動車の売上台数は20万台を突破しました。 本年度的汽車銷售數量突破了二十萬輛。
2154	土手 どて 類 堤	名 （防風、浪的）堤防 春になると土手にはたくさんつくしが生えます。 時序入春，堤防上長滿了筆頭菜。
2155	届け とどけ	名 （提交機關、工作單位、學校等）申報書，申請書 注文された商品は来週火曜日のお届けとなります。 已經訂購完成的商品將於下週二送達。
2156	滞る とどこお 反 はかどる 類 停滞	自五 拖延，耽擱，遲延；拖欠 収入がないため、電気代の支払いが滞っています。 因為沒有收入，致使遲繳電費。

と

整える・調える

2157	整える・調える ⊗乱す 類整理	他下一 整理，整頓；準備；達成協議，談妥 快適に仕事ができる環境を整えましょう。 讓我們共同創造一個舒適的工作環境吧！
2158 T56	とどめる ⊗進める 類停止	他下一 停住；阻止；留下，遺留；止於（某限度） 交際費を月々2万円以内にとどめるようにしています。 將每個月的交際應酬費用控制在兩萬元以內的額度。
2159	唱える 類主張	他下一 唸，頌；高喊；提倡；提出，聲明；喊價，報價 彼女が呪文を唱えると、木々が動物に変身します。 當她唸誦咒語之後，樹木全都化身為動物。
2160	殿様	名（對貴族、主君的敬稱）老爺，大人 彼が江戸時代の殿様に扮するコントはいつも人気があります。 他扮演江戶時代諸侯的搞笑短劇，總是大受歡迎。
2161	土俵	名（相撲）比賽場，摔角場；緊要關頭 お相撲さんが土俵に上がると、土俵が小さく見えます。 當相撲選手站上比賽場後，相形之下那個場地顯得侷促狹小。
2162	扉 類戸	名 門，門扇；（印刷）扉頁 昔の日本家屋の扉は引き戸のものが多かったです。 過去日式住宅的門扉多為拉門樣式。
2163	飛ぶ	自五 飛翔，飛行；（被風）吹起；飛奔 鳥が飛ぶ。 鳥兒飛翔。
2164	どぶ 類下水道	名 水溝，深坑，下水道，陰溝 勝手に溝に汚水を捨ててはいけません。 不得擅將污水傾倒於水溝中。

2165	徒歩 と ほ 類 歩く	名・自サ 步行，徒步 ここから駅まで徒歩でどれぐらいかかりますか。 請問從這裡步行至車站，大約需要多少時間呢？

2166	土木 ど ぼく	名 土木；土木工程 同センターでは土木に関する質問を受け付けています。 本中心接受有關土木工程方面的詢問。

2167	惚ける・恍ける と ぼ　　　と ぼ 類 恍惚	自下一 （腦筋）遲鈍，發呆；裝糊塗，裝傻；出洋相，做滑稽愚蠢的言行 君がやったことは分かっているんだから、とぼけたって無駄ですよ。 我很清楚你幹了什麼好事，想裝傻也沒用！

2168	乏しい と ぼ 反 多い 類 少ない	形 不充分，不夠，缺乏，缺少；生活貧困，貧窮 資金が乏しいながらも、何とかやりくりした。 雖然資金不足，總算以這筆錢完成了。

2169	戸惑い と まど	名・自サ 困惑，不知所措 戸惑いを隠せない。 掩不住困惑。

2170	戸惑う と まど	自五 （夜裡醒來）迷迷糊糊，不辨方向；找不到門；不知所措，困惑 急に質問されて戸惑う。 突然被問不知如何回答。

2171	富 と み 類 財産	名 財富，資產，錢財；資源，富源；彩券 ドバイには世界の富が集まるといわれている。 聽說世界各地的財富都聚集在杜拜。

2172	富む と 反 乏しい 類 豊か	自五 有錢，富裕；豐富 彼の作品はみな遊び心に富んでいます。 他所有的作品都饒富童心。

と

供
とも

2173 ☐	**供** とも 類 お付	名 （長輩、貴人等的）隨從，從者；伴侶；夥伴，同伴 こちらのおつまみは旅のお供にどうぞ。 たび　　とも 這些下酒菜請在旅遊時享用。
2174 ☐	**共稼ぎ** とも かせ 類 共働き	名・自サ 夫妻都上班 共稼ぎながらも、給料が少なく生活は苦しい。 とも かせ　　　　きゅうりょう　すく　　　せいかつ　くる 雖然夫妻都有工作，但是收入微弱，生活清苦。
2175 ☐	**伴う** とも な 類 つれる	自他五 隨同，伴隨；隨著；相符 役職が高くなるに伴って、責任も大きくなります。 やくしょく　たか　　　　　とも　　　せきにん　おお 隨著官職愈高，責任亦更為繁重。
2176 ☐	**共働き** とも ばたら 類 共稼ぎ	名・自サ 夫妻都工作 借金を返済すべく、共働きをしている。 しゃっきん　へんさい　　　　とも ばたら 為了償還負債，夫妻倆都去工作。
2177 ☐	**ともる**	自五 （燈火）亮，點著 明かりがともる。 あ 燈亮了。
2178 ☐	**ドライ** 【dry】	名・形動 乾燥，乾旱；乾巴巴，枯燥無味；（處事）理智，冷冰冰；禁酒，（宴會上）不提供酒 ドライフラワーはどのように作成したほうがいいですか。 さくせい 請問該如何製作乾燥花呢？
2179 ☐	**ドライクリーニング** 【drycleaning】	名 乾洗 クリーニングの仕方すら分からないのに、ドライクリーニングなんてもってのほかだ。 しかた　　　わ 連一般洗衣的流程都不清楚，更別談乾洗。
2180 ☐	**ドライバー** 【driver】	名 （「screwdriver」之略稱）螺絲起子 ドライバー1本で組み立てられる。 ぼん　く　た 用一支螺絲起子組裝完成。

2181	ドライバー 【driver】 類 運転手	名 （電車、汽車的）司機 トラックのドライバーの運転はおおむね荒いです。 卡車司機開車時大多都是橫衝直撞的。
2182	ドライブイン 【drive-in】	名 免下車餐廳（銀行、郵局、加油站）；快餐車道 ドライブインに寄って、ガソリンを補給しましょう。 我們繞去快速加油站加油吧！
2183	トラウマ 【trauma】	名 精神性上的創傷，感情創傷，情緒創傷 トラウマを克服したい。 想克服感情創傷。
2184	トラブル 【trouble】 類 争い	名 糾紛，糾葛，麻煩；故障 あの会社はトラブルずくめだ。 那家公司的糾紛層出不窮。
2185	トランジスター 【transistor】	名 電晶體；（俗）小型 トランジスターの原理と特徴を教えてください。 請教我電晶體的原理與特色。
2186	取りあえず 類 差し当たり	副 匆忙，急忙；（姑且）首先，暫且先 とりあえず、彼女からの連絡を待ちましょう。 總之，我們先等她主動聯繫吧！
2187	取り扱い	名 對待，待遇；（物品的）處理，使用，（機器的）操作；（事務、工作的）處理，辦理 割れやすいですから、取り扱いには十分な注意が必要です。 這個東西很容易碎裂，拿取時請特別留意。
2188	取り扱う	他五 對待，接待；（用手）操縱，使用；處理；管理，經辦 下記の店舗では生菓子は取り扱っていません。 以下這些店舖沒有販賣日式生菓子甜點。

と

とり い
鳥居

2189	とり い **鳥居**	⑧（神社入口處的）牌坊 じんじゃ とり い き ほんてき あかいろ 神社の鳥居は基本的に赤色です。 原則上，神社的牌坊都是紅色的。
2190	と いそ **取り急ぎ**	⑩（書信用語）急速，立即，趕緊 と いそ へん じ もう あ 取り急ぎご返事申し上げます。 謹此奉覆。
2191	と か **取り替え**	⑧ 調換，交換；退換，更換 しょうひん と か へんぴん こうにゅう しゅうかん いない かぎ 商品の取り替えや返品は、購入から２週間以内に限られます。 商品的退換貨，僅限於購買後之兩週內辦理。
2192	と く **取り組む** ⑲努力	⑥五（相撲）互相扭住；和…交手；開（匯票）；簽訂（合約）；埋頭研究 かんきょうもんだい かんきょうしょう かくしょうちょう きょうりょく 環境問題はひとり環境省だけでなく、各省庁が協力して取り組んでいくべきだ。 環境保護問題不該只由環保署獨力處理，應由各部會互助合作共同面對。
2193	と こ **取り込む**	⑥他五（因喪事或意外而）忙碌；拿進來；騙取，侵吞；拉攏，籠絡 とつぜん ふ こう と こ 突然の不幸で取り込んでいる。 因突如其來的不幸而忙碌著。
2194	と し **取り締まり**	⑧ 管理，管束；控制，取締；監督 ほんねん ちょさくけんしんがい と し きょうか ほうあん 本年、アメリカで著作権侵害取り締まり強化法案が せいりつ 成立しました。 今年，美國通過了加強取締侵犯著作權的法案。
2195	と し **取り締まる** ⑲監督	⑩他五 管束，監督，取締 よる けいかん いんしゅうんてん と し 夜になるとあちこちで警官が飲酒運転を取り締まっています。 入夜後，到處都有警察取締酒駕。
2196	と しら **取り調べる** ⑲尋ねる	⑩他下一 調査，偵査 いやおう けいさつ と しら う 否応なしに、警察の取り調べを受けた。 被迫接受了警方的偵訊調査。

2197

取り立てる

類 集金、任命

他下一 催繳，索取；提拔

毎日のように闇金融業者が取り立てにやって来ます。

地下錢莊幾乎每天都來討債。

2198

取り次ぐ

類 受け付ける

他五 傳達；（在門口）通報，傳遞；經銷，代購，代辦；轉交

お取り込み中のところを恐れ入りますが、伊藤さんにお取り次ぎいただけますか。

很抱歉在百忙之中打擾您，可以麻煩您幫我傳達給伊藤先生嗎？

2199

取り付ける

類 据える

他下一 安裝（機器等）；經常光顧；（商）擠兌；取得

クーラーなど必要な設備はすでに取り付けてあります。

例如空調等所有必要的設備，已經全數安裝完畢。

2200

取り除く

他五 除掉，清除；拆除

この薬を飲めば、痛みを取り除くことができますか。

只要吃下這種藥，疼痛就會消失嗎？

2201

取引

類 商い

名・自サ 交易，貿易

金融商品取引法は有価証券の売買を公正なものとするよう定めています。

《金融商品交易法》明訂有價證券的買賣必須基於公正原則。

2202

取り分

名 應得的份額

取り分のお金。

應得的金額。

と

2203

取り巻く

類 囲む

他五 圍住，圍繞；奉承，奉迎

わが国を取り巻く国際環境は決して楽観できるものではありません。

我國周遭的國際局勢決不能樂觀視之。

2204

取り混ぜる

他下一 攙混，混在一起

新旧の映像を取り混ぜて、再編集します。

將新影片與舊影片重新混合剪輯。

と　も　ど
取り戻す

2205	と　も　ど 取り戻す （反）与える （類）回復	（他五）拿回，取回；恢復，挽回 遅れを取り戻すためとあれば、徹夜してもかまわない。 如為趕上進度，就算熬夜也沒問題。
2206	と　よ 取り寄せる	（他下一）請（遠方）送來，寄來；訂貨；函購 インターネットで各地の名産を取り寄せることができます。 可以透過網路訂購各地的名產。
2207	ドリル 【drill】 （類）練習	（名）鑽頭；訓練，練習 ちい　　　　　　　　　　　　　さんすう　　　　　　けいさん　れんしゅう 小さいころはよく算数ドリルで計算の練習をしたものです。 小時候經常以算數練習題進行計算訓練。
2208	と　わ 取り分け （類）折入って、特に	（名・副）分成份；（相撲）平局，平手；特別，格外，分外 この店にはいろいろな料理をみんなでわいわいと取り分 たの けながら、楽しむことができる。 這家店大家可以熱熱鬧鬧地分著享用各式料理。
2209	とろける （類）溶ける	（自下一）溶化，溶解；心盪神馳 くち　　い　　　　しゅんかん このスイーツは口に入れた瞬間、とろけてしまいます。 這個甜點送進口中的瞬間，立刻在嘴裡化開了。
2210	トロフィー 【trophy】	（名）獎盃 えいこう 栄光のトロフィー。 榮耀的獎盃。
2211	ど　わす 度忘れ （反）覚える （類）忘れる	（名・自サ）一時記不起來，一時忘記 やくそく　　　ど　わす 約束を度忘れして、しょうがないではすまない。 一時忘了約定，並非說句「又不是故意的」就可以得到原諒。
2212	どんかん 鈍感 （反）敏感 （類）愚鈍	（名・形動）對事情的感覺或反應遲鈍；反應慢；遲鈍 れんあい　　　　　　かれ　ほんとう　どんかん 恋愛について彼は本当に鈍感きわまりない。 在戀愛方面他真的遲鈍到不行。

2213 ☐	**とんだ** 類 **大変**	連體 意想不到的（災難）；意外的（事故）；無法挽回的 昨日にひきかえ今日は朝からとんだ一日だった。 きのう　　　　　　きょう　あさ　　　　　　いちにち 與昨天的好運相反，今日從一早開始就諸事不順。
2214 ☐	**問屋** とんや	名 批發商 彼はひとり問屋のみならず、市場関係者も知っている。 かれ　　　　　とんや　　　　　　しじょうかんけいしゃ　し 他不僅認識批發商，也與市場相關人士相識。
2215 ☐ T57	**内閣** ないかく 類 **政府**	名 內閣，政府 景気の回復は、内閣総理大臣の手腕いかんだ。 けいき　かいふく　　　ないかくそうりだいじん　しゅわん 景氣復甦與否，取決於內閣總理大臣的手腕。
2216 ☐	**乃至** ないし	接 至，乃至；或是，或者 本人、ないし指定された代理人の署名が必要です。 ほんにん　　　してい　　　だいりにん　しょめい　ひつよう 必須有本人或者指定代理人之署名。
2217 ☐	**内緒** ないしょ 反 **秘密** 類 **公開**	名 瞞著別人，秘密 母は父に内緒でへそくりを貯めています。 はは　ちち　ないしょ　　　　　　た 家母瞞著家父暗存私房錢。
2218 ☐	**内心** ないしん 類 **本心**	名・副 內心，心中 大丈夫と言ったものの、内心は不安でたまりません。 だいじょうぶ　い　　　　　　ないしん　ふあん 雖然嘴裡說沒問題，其實極為忐忑不安。
2219 ☐	**内臓** ないぞう	名 內臟 内臓に脂肪が溜まると、どんな病気にかかりやすいで ないぞう　しぼう　た　　　　　　　びょうき すか。 請問如果內臟脂肪過多，將容易罹患什麼樣的疾病呢？
2220 ☐	**内蔵** ないぞう	名・他サ 裡面包藏，內部裝有；內庫，宮中的府庫 そのハードディスクはすでにパソコンに内蔵されてい ないぞう ます。 那個硬碟已經安裝於電腦主機裡面了。

2221	ナイター 【(和)night＋er】	② 棒球夜場賽 ナイター中継は、放送時間を延長してお送りいたします。 本台將延長棒球夜場賽的實況轉播時間。
2222	内部_{ないぶ} ⒝外部	② 內部，裡面；內情，內幕 内部の事情に詳しい者の犯行であることは、推察するにかたくない。 不難猜想是熟悉內部者犯的案。
2223	内乱_{ないらん}	② 內亂，叛亂 若干秩序が乱れているが、内乱めいた情勢ではない。 雖然社會秩序有點亂，尚未見到內亂徵兆。
2224	内陸_{ないりく}	② 內陸，內地 沿岸の発展にひきかえ、内陸部は立ち後れている。 相較於沿岸的發展時程，內陸地區的起步較為落後。
2225	苗_{なえ}	② 苗，秧子，稻秧 米の苗はいつごろ田んぼに植えますか。 請問秧苗是什麼時候移種至水田的呢？
2226	なおさら ⒝ますます	⑨ 更加，越，更 出身校が同じと聞いたので、なおさら親しみがわきます。 聽說是同校畢業的校友，備感親切。
2227	流し_{ながし}	② 流，沖；流理台 ここの流しでは靴や靴下を洗わないでください。 請不要在這個流理台清洗鞋襪。
2228	長々（と）_{ながなが} ⒤延び延び	⑩ 長長地；冗長；長久 長々とお邪魔して申し訳ございません。 在此叨擾甚久，深感抱歉。

なご
和やか

| 2229 | 中程 （なかほど）
類 中間 | 名（場所、距離的）中間；（程度）中等；（時間、事物進行的）途中，半途
番組の中程で、プレゼントの当選者を発表します。
節目進行至一半時，將宣布中獎者名單。 |

| 2230 | 渚 （なぎさ）
反 沖
類 岸 | 名 水濱，岸邊，海濱
海浜公園のなぎさにはどんな生き物が生息していますか。
請問有哪些生物棲息在海濱公園的岸邊呢？ |

| 2231 | 殴る （なぐる） | 他五 毆打，揍；（接某些動詞下面成複合動詞）草草了事
横面を殴る。
呼巴掌。 |

| 2232 | 嘆く （なげく）
類 嘆息 | 自五 嘆氣；悲嘆；嘆惋，慨嘆
ないものを嘆いてもどうにもならないでしょう。
就算嘆惋那不存在的東西也是無濟於事。 |

| 2233 | 投げ出す （なげだす）
類 放棄 | 他五 拋出，扔下；拋棄，放棄；拿出，豁出，獻出
何事も投げ出すことなしに、最後までやり遂げる。
凡事不中途放棄，貫徹始終。 |

| 2234 | 仲人 （なこうど）
類 仲立ち | 名 媒人，婚姻介紹人
仲人ですら二人をなだめられなかった。
就連媒人也都沒有去勸和那兩人。 |

| 2235 | 和む （なごむ） | 自五 平靜下來，溫和起來
心が和む。
心情平靜下來。 |

| 2236 | 和やか （なごやか）
類 平静 | 形動 心情愉快，氣氛和諧；和睦
話し合いは和やかな雰囲気の中、進められました。
協談在和諧的氣氛中順利進行。 |

な

名残
<small>なごり</small>

2237	**名残** <small>なごり</small> 類 余韻	名 （臨別時）難分難捨的心情，依戀；臨別紀念；殘餘，遺跡 名残惜しいですが、これで失礼いたします。 <small>なごり お　　　　　　　　　しつれい</small> 儘管依依不捨，就此告辭。
2238	**情け** <small>なさ</small> 類 人情	名 仁慈，同情；人情，情義；（男女）戀情，愛情 「情けは人のためならず」とはどういう意味ですか。 <small>なさ　　ひと　　　　　　　　　　　　　　　　い み</small> 請問「好心有好報」這句話是什麼意思呢？
2239	**情けない** <small>なさ</small> 類 浅ましい	形 無情，沒有仁慈心；可憐，悲慘；可恥，令人遺憾 試合では練習の半分しか力が出せず、情けない結果に <small>し あい　　　れんしゅう　はんぶん　　ちから　だ　　　　なさ　　　　けっか</small> 終わった。 <small>お</small> 比賽當中只拿出練習時的一半實力，就在慘不忍睹的結局中結束了比賽。
2240	**情け深い** <small>なさ　ぶか</small> 類 温かい	形 對人熱情，有同情心的樣子；熱心腸；仁慈 彼は情け深くとても思いやりがある。 <small>かれ　なさ　ぶか　　　　　　おも</small> 他的個性古道熱腸，待人非常體貼。
2241	**詰る** <small>なじ</small> 類 責める	他五 責備，責問 人の失敗をいつまでもなじるのはやめましょう。 <small>ひと　しっぱい</small> 不要一直責備別人的失敗。
2242	**名高い** <small>な だか</small> 反 無名 類 有名	形 有名，著名；出名 これは本場フランスでも名高いチーズです。 <small>ほん ば　　　　　　　　　な だか</small> 這種起士在乳酪之鄉的法國也非常有名。
2243	**雪崩** <small>な だれ</small>	名 雪崩；傾斜，斜坡；雪崩一般，蜂擁 今年は今までにもまして雪崩が頻繁に発生した。 <small>ことし　いま　　　　　　　　　な だれ　ひんぱん　はっせい</small> 今年雪崩的次數比往年頻繁。
2244	**なつく** <small></small> 類 馴れる	自五 親近；喜歡；馴（服） 彼女の犬は誰彼かまわずすぐなつきます。 <small>かのじょ　いぬ　だれかれ</small> 她所養的狗與任何人都能很快變得友好親密。

2245	名付け親 なづ　おや	㊂（給小孩）取名的人；（某名稱）第一個使用的人 新製品の名付け親。 しんせいひん　なづ　おや 新商品取名的命名者。
2246	名付ける なづ ㊝ 名乗る	㊦一 命名；叫做，稱呼為 娘さんの名前は誰が名付けたのですか。 むすめ　なまえ　だれ　なづ 請問令千金的閨名是誰取的呢？
2247	何気ない なにげ	㊅ 沒什麼明確目的或意圖而行動的樣子；漫不經心的；無意的 何気ない一言が他人を傷つけることもあります。 なにげ　ひとこと　たにん　きず 有時不經意的一句話，卻會傷到其他人。
2248	何とぞ なに ㊝ どうか	㊐ （文）請；設法，想辦法 何とぞお取り計らいのほどよろしくお願い申しあげます。 なに　と　はか　ねが　もう 相關安排還望您多加費心。
2249 T58	何より なに ㊂ 最低 ㊝ 結構	㊟ 沒有比這更…；最好 今の私にとっては、国家試験に合格することが何よ いま　わたし　こっか　しけん　ごうかく　なに り大切です。 たいせつ 對現在的我而言，最要緊的就是通過國家考試。
2250	ナプキン 【napkin】	㊂ 餐巾 ナプキンを2枚いただけますか。 まい 可以向您要兩條餐巾嗎？
2251	名札 な　ふだ ㊝ 名刺	㊂ （掛在門口的、行李上的）姓名牌，（掛在胸前的）名牌 名札は胸元につけなさい。 な　ふだ　むなもと 把名牌別掛在胸前。
2252	生臭い なまぐさ ㊝ 臭い	㊅ 發出生魚或生肉的氣味；腥 きちんとした処理をすれば生臭くなくなりますよ。 しょり　なまぐさ 只要經過正確步驟處理，就不會發出腥臭味。

な

2253	**生々しい** なまなま	形 生動的；鮮明的；非常新的 **生々しい体験談。** なまなま たいけんだん 令人身歷其境的經驗談。
2254	**生ぬるい** なま 類 温かい	形 還沒熱到熟的程度，該冰的東西尚未冷卻；溫和；不嚴格，馬馬虎虎；姑息 **政府の生ぬるい対応を指摘する声があちこちで上がっ** せいふ なま たいおう してき こえ あ **ています。** 對政府的溫吞姑息處理方式，各地掀起一波波指責的聲浪。
2255	**生身** なま み	名 肉身，活人，活生生；生魚，生肉 **生身の人間ですから、時には衝突することもあります。** なま み にんげん とき しょうとつ 既然是血肉之軀，免不了偶爾會與人發生衝突。
2256	**鉛** なまり	名 （化）鉛 **金属アレルギーのアレルギー源の一つが鉛です。** きんぞく げん ひと なまり 金屬過敏的過敏原之一是鉛。
2257	**並・並み** なみ な	名・造語 普通，一般，平常；排列；同樣；每 **裕福ではありませんが、人並みの生活は送っています。** ゆうふく ひとな せいかつ おく 儘管家境不算富裕，仍過著小康的生活。
2258	**なめらか** 反 粗い 類 すべすべ	形動 物體的表面滑溜溜的；光滑，光潤；流暢的像流水一樣；順利，流暢 **この石けんを使うと肌がとてもなめらかになります。** せっ つか はだ 只要使用這種肥皂，就可以使皮膚變得光滑無比。
2259	**なめる** 類 しゃぶる	他下一 舔；嚐；經歷；小看，輕視；（比喻火）燒，吞沒 **お皿のソースをなめるのは、行儀が悪いからやめなさい。** さら ぎょうぎ わる 用舌頭舔舐盤子上的醬汁是非常不禮貌的舉動，不要再這樣做！
2260	**悩ましい** なや	形 因疾病或心中有苦處而難過，難受；特指性慾受刺激而情緒不安定；煩惱，惱 **これは非常に悩ましい究極の選択です。** ひじょう なや きゅうきょく せんたく 這是個令人極度煩惱的終極選擇。

2261	悩ます	他五 使煩惱，煩擾，折磨；惱人，迷人 暴走族の騒音に夜な夜な悩まされています。 每一個夜裡都深受飆車族所發出的噪音所苦。

| 2262 | 悩み
類 苦悩 | 名 煩惱，苦惱，痛苦；病，患病
昔からの友達とあって、どんな悩みも打ち明けられる。
正因是老友，有任何煩惱都可以明講。 |

| 2263 | 慣らす
類 順応 | 他五 使習慣，使適應
外国語を学ぶ場合、まず耳を慣らすことが大切です。
學習外語時，最重要的就是先由習慣聽這種語言開始。 |

| 2264 | 馴らす
類 調教 | 他五 馴養，調馴
どうしたらウサギを飼い馴らすことができますか。
該如何做才能馴養兔子呢？ |

| 2265 | 並びに
類 及び | 接續 （文）和，以及
組織変更並びに人事異動についてお知らせいたします。
謹此宣布組織變更暨人事異動。 |

| 2266 | 成り立つ
類 でき上がる | 自五 成立；談妥，達成協議；划得來，有利可圖；能維持；（古）成長
基金会の運営はボランティアのサポートによって成り立っています。
在義工的協助下，方能維持基金會的運作。 |

な

| 2267 | なるたけ
類 できるだけ | 副 盡量，儘可能
今日は娘の誕生日なので、なるたけ早く家に帰りたい。
今天是小女的生日，我想要盡早回家。 |

| 2268 | 慣れ
類 習慣 | 名 習慣，熟習
国語に親しむには、日ごろの読書による文章慣れが必要です。
為了培養國語的語感，必須藉由日常的閱讀以增加對文辭的熟稔度。 |

馴れ初め

2269	馴れ初め	⑧（男女）相互親近的開端，產生戀愛的開端 なれそめのことを懐かしく思い出す。 想起兩人相戀的契機。
2270	なれなれしい ⑳よそよそしい ㊣心安い	㊗非常親近，完全不客氣的態度；親近，親密無間 人前であまりなれなれしくしないでください。 在他人面前請不要做出過於親密的舉動。
2271	難	⑧・漢造困難；災，苦難；責難，問難 ここ15年間、就職難と言われ続けています。 近十五年來，就業困難的窘境毫無改變。
2272	なんか	㊙（推一個例子意指其餘）之類，等等，什麼的 由香ちゃんなんか半年に一回しか美容院に行きませんよ。 像由香呀，每半年才去一趟髮廊哩！
2273	ナンセンス 【nonsense】 ⑳有意義 ㊣無意義	⑧・形動無意義的，荒謬的，愚蠢的 気持ちは分かりますが、やはりナンセンスな発言ですね。 我可以體會您的心情，但是您的說詞實在非常荒謬。
2274	何だか ㊣何となく	㊣語是什麼；（不知道為什麼）總覺得，不由得 今日は何だかとても楽しいです。 不知道為什麼，今天非常開心。
2275	なんだかんだ	㊣語這樣那樣；這個那個 なんだかんだ言っても、肉親同士は持ちつ持たれつの 関係だ。 不管再怎麼說，親人之間總是互相扶持的。
2276	何でもかんでも	㊣語一切，什麼都…，全部…；無論如何，務必 何でもかんでもすぐに欲しがる。 全部都想要。

2277	なんと	副 怎麼，怎樣
		なんと立派な庭だ。
		多棒的庭院啊！。

2278	なんなり（と）	連語・副 無論什麼，不管什麼
	類 全て	ご用件やご希望があれば、なんなりとおっしゃってください。
		無論您有任何問題或需要，請不要客氣，儘管提出來。

2279	荷	名 （攜帶、運輸的）行李，貨物；負擔，累贅
	類 小包	荷崩れを防止するために、ロープでしっかり固定してください。
T59		為了避免堆積的貨物塌落，請確實以繩索固定妥當。

2280	似合い	名 相配
		似合いのカップル。
		登對的情侶。

2281	似通う	自五 類似，相似
	類 似ている	さすが双子とあって、考え方も似通っています。
		不愧是雙胞胎，就連思考模式也非常相似。

2282	にきび	名 青春痘，粉刺
	類 吹き出物	にきびの治療にはどのような方法がありますか。
		請問有哪些方法治療青春痘呢？

な

2283	賑わう	自五 熱鬧，擁擠；繁榮，興盛
	反 寂れる	不況の影響をものともせず、お店はにぎわっている。
	類 栄える	店家未受不景氣的影響，高朋滿座。

2284	憎しみ	名 憎恨，憎惡
	反 慈しみ	昔のこととて、今となっては少したりとも憎しみはない。
	類 憎悪	已經是過去的事了，現在毫不懷恨在心。

にくしん
肉親

2285 ☐	にくしん **肉親** 類 親子、兄弟	名 親骨肉，親人 かれ ながねんらい ゆうじょう にくしん いじょう 彼との長年来の友情には肉親以上のものがあります。 我與他多年來的深厚友誼已經超越了親情。
2286 ☐	にくたい **肉体** 類 体	名 肉體 うんどう しょくじ にくたいかいぞう ちょうせん 運動と食事で、肉体改造に挑戦します。 將藉由運動與飲食控制，雕塑身材曲線。
2287 ☐	に だ **逃げ出す**	自五 逃出，溜掉；拔腿就跑，開始逃跑 に だ おも つか 逃げ出したかと思いきや、すぐ捕まった。 本以為脫逃成功，沒想到立刻遭到逮捕。
2288 ☐	にしび **西日**	名 夕陽；西照的陽光，午後的陽光 まど にしび さ こ 窓から西日が差し込んで、とてもまぶしいです。 從窗外直射而入的西曬陽光非常刺眼。
2289 ☐	にじ **滲む**	自五 （顏色等）滲出，滲入；（汗水、眼淚、血等）慢慢滲 出來 すいせい あめ にじ 水性のペンは雨にぬれると滲みますよ。 以水性筆所寫的字只要遭到雨淋就會暈染開來喔。
2290 ☐	もの **にせ物** 類 インチキ	名 假冒者，冒充者，假冒的東西 み もの みわ どこを見ればにせ物と見分けることができますか。 請問該檢查哪裡才能分辨出是贗品呢？
2291 ☐	に づく **荷造り** 類 包裝	名・自他サ 準備行李，捆行李，包裝 りょこう に づく 旅行の荷造りはもうすみましたか。 請問您已經準備好旅遊所需的行李了嗎？
2292 ☐	にっとう **日当**	名 日薪 にっとう 日当をもらう。 領日薪。

2293	担う にな 類 担ぐ	他五 擔，挑；承擔，肩負 同財団法人では国際交流を担う人材を育成しています。 該財團法人負責培育肩負國際交流重任之人才。

2294	鈍る にぶ	自五 不利，變鈍；變遲鈍，減弱 しばらく運動していなかったので、体が鈍ってしまいました。 好一陣子沒有運動，身體反應變得比較遲鈍。

2295	にもかかわらず	連語・接續 雖然…可是；儘管…還是；儘管…可是 ご多忙にもかかわらず、ご出席いただきありがとうございます。 承蒙您於百忙之中撥冗出席，萬分感激。

2296	ニュアンス 【法】nuance】 類 意味合い	名 神韻，語氣；色調，音調；（意義、感情等）微妙差別，（表達上的）細膩 表現の微妙なニュアンスを理解するのは外国人には難しいです。 對外國人而言，要理解另一種語言表達的細膩語感，是極為困難的。

2297	ニュー 【new】 反 古い 類 新しい	名・造語 新，新式 当店は駅前に移転して、4月からニューオープンします。 本店將遷移至車站前的新址，於四月重新開幕。

2298	入手 にゅうしゅ 反 手放す 類 手に入れる	名・他サ 得到，到手，取得 現段階で情報の入手ルートを明らかにすることはできません。 現階段還無法公開獲得資訊的管道。

2299	入賞 にゅうしょう	名・自サ 得獎，受賞 体調不良をものともせず、見事に入賞を果たした。 儘管體能狀況不佳，依舊精彩地奪得獎牌。

2300	入浴 にゅうよく 類 沐浴	名・自サ 沐浴，入浴，洗澡 ゆっくり入浴すると、血流が良くなって体が温まります。 好整以暇地泡澡，可以促進血液循環，使身體變得暖和。

に

にょう
尿

2301 ☐	にょう **尿**	名 尿，小便 にょう じんぞう つく 尿は腎臓で作られます。 尿液是在腎臟形成的。
2302 ☐	にんしき **認識**	名・他サ 認識，理解 こうしょう けつれつ にんしき ちが う ぼ 交渉が決裂し、認識の違いが浮き彫りになりました。 協商破裂，彼此的認知差異愈見明顯。
2303 ☐	にんじょう **人情** 類 情け	名 人情味，同情心；愛情 えいぞう しま い ひとびと あたた にんじょう つた 映像から島に生きる人々の温かい人情が伝わってきます。 由影片中可以感受到島上居民們那股濃厚溫馨的人情味。
2304 ☐	にんしん **妊娠** 類 懐胎	名・自サ 懷孕 にんしん かげつ めだ 妊娠5ヶ月ともなると、おなかが目立つようになってくる。 懷孕五個月時，肚子會變得很明顯。
2305 ☐	にんたい **忍耐**	名 忍耐 にんたいづよ 忍耐強い。 很會忍耐。
2306 ☐	にんちしょう **認知症**	名 老人癡呆症 がたにんちしょう アルツハイマー型認知症。 阿茲海默型老人癡呆症。
2307 ☐	にんむ **任務** 類 務め	名 任務，職責 なん つうち たんとう にんむ へんこう 何の通知もなしに、担当の任務が変更されていた。 在毫無通知下，所負責的任務就遭到異動。
2308 ☐	にんめい **任命**	名・他サ 任命 あした かくかくりょう にんめい 明日、各閣僚が任命されることになっています。 明天將會任命各內閣官員。

2309 □ T60	抜かす（ぬ）	他五 遺漏，跳過，省略 次（つぎ）のページは抜（ぬ）かします。 下一頁跳過。
2310 □	抜け出す（ぬ　だ） 類 脱出	自五 溜走，逃脱，擺脱；（髮、牙）開始脱落，掉落 授業（じゅぎょう）を勝手（かって）に抜（ぬ）け出（だ）してはいけません。 不可以在上課時擅自溜出教室。
2311 □	主（ぬし） 類 主人	名・代・接尾 （一家人的）主人，物主；丈夫；（敬稱）您；者，人 同（どう）サービス局（きょく）では個人事業主（こじんじぎょうぬし）向（む）けの情報（じょうほう）を提供（ていきょう）しています。 本服務局主要提供自營業者相關資訊。
2312 □	盗み（ぬす） 類 泥棒	名 偷盜，竊盜 彼（かれ）は盗（ぬす）みの疑（うたが）いで逮捕（たいほ）されました。 他被警方以涉嫌偷竊的罪名逮捕。
2313 □	沼（ぬま） 類 池	名 池塘，池沼，沼澤 レンコンは沼（ぬま）の中（なか）で育（そだ）ちます。 蓮藕生長在池沼裡。
2314 □ T61	音（ね） 類 音色	名 聲音，音響，音色；哭聲 夏祭（なつまつ）りのお神輿（みこし）から太鼓（たいこ）のすばらしい音色（ねいろ）が聞（き）こえてきます。 從夏季祭典的神轎裡傳出大鼓的敲擊聲。
2315 □	音色（ねいろ） 類 ニュアンス	名 音色 弾（ひ）き方（かた）に個人差（こじんさ）があることとて、音色（ねいろ）も若干（じゃっかん）違（ちが）います。 彈法會因個人而異，而音色也多少會有不同。
2316 □	値打ち（ねう） 	名 估價，定價；價錢；價值；聲價，品格 このソファーには10万円（まんえん）を出（だ）す値打（ねう）ちがありますか。 請問這張沙發值得出十萬元購買嗎？

に

2317	ネガティブ・ネガ 【negative】	名 （照相）軟片，底片 ネガティブは保存しておいてください。 請將底片妥善保存。
2318	寝かす	他五 使睡覺 赤ん坊を寝かす。 哄嬰兒睡覺。
2319	寝かせる 類 横たえる	他下一 使睡覺，使躺下；使平倒；存放著，賣不出去；使發酵 暑すぎて、子供を寝かせようにも寝かせられない。 天氣太熱了，想讓孩子睡著也都睡不成。
2320	寝苦しい	他下一 難以入睡 暑くて寝苦しい。 熱得難以入睡。
2321	ねじ回し	名 螺絲起子 自転車を修理するのに、ちょうど良いねじ回しが見つかりません。 想要修理自行車，卻找不到恰好合用的螺絲起子。
2322	ねじれる	自下一 彎曲，歪扭；（個性）乖僻，彆扭 電話のコードがいつもねじれるので困っています。 電話聽筒的電線總是纏扭成一團，令人困擾極了。
2323	ネタ	名 （俗）材料；證據 小説のネタを考える。 思考小說的題材。
2324	妬む 類 憎む	他五 忌妒，吃醋；妒恨 彼みたいな人は妬むにはあたらない。 用不著忌妒他那種人。
2325	ねだる	他五 賴著要求；勒索，纏著，強求 犬がお散歩をねだって鳴きやみません。 狗兒吠個不停，纏著要人帶牠去散步。

2326 熱意 ねつい

（名）熱情，熱忱

熱意といい、根性といい、彼には目を見張るものがある。

他的熱忱與毅力都令人刮目相看。

2327 熱中症 ねっちゅうしょう

（名）中暑

熱中症を予防する。

預防中暑。

2328 熱湯 ねっとう

（名）熱水，開水

まず粉ゼラチンを熱湯でよく溶かしましょう。

首先用熱開水將粉狀明膠化開調勻。

2329 熱量 ねつりょう

（名）熱量

ダイエットするなら、摂取する食物の熱量を調整しなければいけない。

如果想要減重，必須先調整攝取食物的熱量才行。

2330 粘り ねば

（名）黏性，黏度；堅韌頑強

　類 粘着力

彼女は最後まであきらめず粘りを見せたが、惜しくも敗れました。

她始終展現出奮力不懈的精神，很可惜仍然落敗了。

2331 粘る ねば

（自五）黏；有耐性，堅持

　類 がんばる

コンディションが悪いなりに、最後までよく粘った。

雖然狀態不佳，還是盡力堅持到最後。

2332 値引き ねび

（名・他サ）打折，減價

　類 割引

3点以上お買い求めいただくと、更なる値引きがあります。

如果購買三件以上商品，還可享有更佳優惠。

2333 根回し ねまわ

（名）（為移栽或使果樹增產的）修根，砍掉一部份樹根；事先協調，打下基礎，醞釀

円滑に物事を進めるためには、時には事前の根回しが必要です。

為了事情能進行順利，有時事前關説是很有必要的。

ね

練る

2334 ☐	練る _ね	他五 （用灰汁、肥皂等）熬成熟絲，熟絹；推敲，錘鍊（詩文等）；修養，鍛鍊 自五 成隊遊行 じっくりと作戦を練り直しましょう。 _{さくせん} _ね _{なお} 讓我們審慎地重新推演作戰方式吧！
2335 ☐	念 _{ねん}	名・漢造 念頭，心情，觀念；宿願；用心；思念，考慮 念には念を入れて、間違いをチェックしなさい。 _{ねん} _{ねん} _い _{まちが} 請專注仔細地檢查有無錯誤之處。
2336 ☐	念入り _{ねん い}	名 精心，用心 念入りに掃除する。 _{ねん い} _{そうじ} 用心打掃。
2337 ☐	年賀 _{ねん が}	名 賀年，拜年 お年賀のご挨拶をありがとうございました。 _{ねん が} _{あいさつ} 非常感謝您寄來賀年卡問候。
2338 ☐	年鑑 _{ねんかん}	名 年鑑 総務省は毎年日本統計年鑑を発行しています。 _{そう む しょう} _{まいとし に ほんとうけいねんかん} _{はっこう} 總務省每年都會發行日本統計年鑑。
2339 ☐	念願 _{ねんがん} 類 願い	名・他サ 願望，心願 念願かなって、マーケティング部に配属されることになりました。 _{ねんがん} _{はいぞく} 終於如願以償，被分派到行銷部門了。
2340 ☐	年号 _{ねん ごう}	名 年號 運転免許証の有効期限は年号で記載されています。 _{うんてんめんきょしょう} _{ゆうこう き げん} _{ねんごう} _{き さい} 駕駛執照上的有效期限是以年號形式記載的。
2341 ☐	捻挫 _{ねん ざ}	名・他サ 扭傷、挫傷 足を捻挫する。 _{あし} _{ねん ざ} 扭傷腳。

2342	燃焼 ねんしょう	名・自サ 燃燒；竭盡全力
	反 消える 類 燃える	今、レースは不完全燃焼のまま終わってしまいました。 現在比賽在雙方均未充分展現實力的狀態下就結束了。

2343	年長 ねんちょう	名・形動 年長，年歲大，年長的人
	類 目上	幼稚園は年少組と年長組に分かれています。 幼稚園分為幼兒班及兒童班。

2344	燃料 ねんりょう	名 燃料
		燃料は大型タンカーで運び込まれます。 燃料由大型油輪載運進口。

2345	年輪 ねんりん	名 （樹）年輪；技藝經驗；經年累月的歷史
		年輪は一年ごとに一つずつ増えます。 每一年會增加一圈年輪。

2346	ノイローゼ 【德 Neurose】	名 精神官能症，神經病；神經衰竭；神經崩潰
		ノイローゼは完治することが可能ですか。 請問罹患「精神官能症」有可能被治癒嗎？

2347	脳 のう	名・漢造 腦；頭腦，腦筋；腦力，記憶力；主要的東西
	類 頭	脳を活性化させる簡単な方法がありますか。 請問有沒有簡單的方法可以活化腦力呢？

T62

2348	農耕 のうこう	名 農耕，耕作，種田
		降水量が少ない地域は農耕に適しません。 降雨量少的地區不適宜農耕。

2349	農場 のうじょう	名 農場
		この農場だって全く価値のないものでもない。 就連這座農場也決非毫無價值可言。

ね

農地（のうち）

2350	農地（のうち）	名 農地，耕地

おじは荒廃していた土地を整備して、農地として使用しています。

家叔將荒廢已久的土地整頓完畢後作為農地之用。

2351	納入（のうにゅう） 反 出す 類 納める	名・他サ 繳納，交納

期日までに授業料を納入しなければ、除籍となります。

如果在截止日期之前尚未繳納學費，將會被開除學籍。

2352	逃す（のがす） 類 釈放	他五 錯過，放過；（接尾詞用法）放過，漏掉

彼はわずか10秒差で優勝を逃しました。

他以僅僅十秒之差，不幸痛失了冠軍頭銜。

2353	逃れる（のがれる） 反 追う 類 逃げる	自下一 逃跑，逃脱；逃避，避免，躲避

警察の追跡を逃れようとして、犯人は追突事故を起こしました。

嫌犯試圖甩掉警察追捕而駕車逃逸，卻發生了追撞事故。

2354	軒並み（のきなみ）	名・副 屋簷節比，成排的屋簷；家家戶戶，每家；一律

続編とあって、映画の評判は軒並み良好だ。

由於是續集，得到全面讚賞的影評。

2355	望ましい（のぞましい） 反 厭わしい 類 好ましい	形 所希望的；希望那樣；理想的；最好的…

合格基準をあらかじめ明確に定めておくことが望ましい。

希望能事先明確訂定錄取標準。

2356	臨む（のぞむ） 類 当たる	自五 面臨，面對；瀕臨；遭逢；蒞臨；君臨，統治

決勝戦に臨む意気込みを一言お願いします。

請您在冠亞軍決賽即將開始前，對觀眾們說幾句展現鬥志的話。

2357	乗っ取る（のっとる） 反 与える 類 奪う	他五 （「のりとる」的音便）侵占，奪取，劫持

タンカーが海賊に乗っ取られたという知らせが飛び込んできた。

油輪遭到海盜強佔挾持的消息傳了進來。

2358 ☐	**のどか** ㊦ くよくよ ㊣ のんびり	⑯動 安靜悠閒；舒適，閒適；天氣晴朗，氣溫適中；和煦 いつかは南国ののどかな島で暮らしてみたい。 希望有天能住在靜謐悠閒的南方小島上。
2359 ☐	**罵る** (ののし) ㊣ 罵倒（ばとう）	⑤五 大聲吵鬧　他五 罵，說壞話 顔を見るが早いか、お互いにののしり始めた。 雙方才一照面，就互罵了起來。
2360 ☐	**延べ** (の) ㊣ 合計	⑧ （金銀等）金屬壓延（的東西）；延長；共計 東京ドームの延べ面積はどのくらいありますか。 請問東京巨蛋的總面積約莫多大呢？
2361 ☐	**飲み込む** (の こ) ㊣ 飲む	他五 咽下，吞下；領會，熟悉 噛み切れなかったら、そのまま飲み込むまでだ。 沒辦法咬斷的話，也只能直接吞下去了。
2362 ☐	**乗り込む** (の こ) ㊣ 乗る	⑤五 坐進，乘上（車）；開進，進入；（和大家）一起搭乘；（軍隊）開入；（劇團、體育團體等）到達 みんなでミニバンに乗り込んでキャンプに行きます。 大家一同搭乘迷你箱型車去露營。
2363 ☐	**ノルマ** 【(俄)norma】	⑧ 基準，定額 ノルマを果たす。 完成銷售定額。

の

MEMO

刃
は

は

2364
刃
は
反 峰
類 きっさき
T63

名 刀刃
このカッターの刃は鋭いので、扱いに注意したほう
がいいですよ。
這把美工刀的刀刃鋭利，使用時要小心一點喔！

2365
～派
は
類 党派

名・漢造 派，派流；派生；派出
過激派によるテロが後を絶ちません。
激進主義者策動接二連三的恐怖攻擊。

2366
バー
【bar】

名 （鐵、木的）條，桿，棒；小酒吧，酒館
週末になるとバーはほぼ満席です。
每逢週末，酒吧幾乎都客滿。

2367
把握
は あく
類 理解

名・他サ 掌握，充分理解，抓住
正確な実態をまず把握しなければ、何の策も打てま
せん。
倘若未能掌握正確的實況，就無法提出任何對策。

2368
バージョン
アップ
【version up】

名 版本升級
バージョンアップができる。
版本可以升級。

2369
パート【part】

名 （按時計酬）打零工
母はパートに出て家計を補っています。
家母出外打零工以貼補家用。

2370
肺
はい
類 肺臓

名・漢造 肺；肺腑
肺の状態いかんでは、入院の必要がある。
照這肺的情況來看，有住院的必要。

2371
～敗・～敗
はい   ばい

名・漢造 輸；失敗；腐敗；戦敗
今シーズンの成績は9勝5敗でした。
本季的戰績為九勝五敗。

1607 □	肺炎 _{はいえん}	名 肺炎 肺炎を起こす。 引起肺炎。
1608 □	バイオ 【biotechnology 之略】	名 生物技術，生物工程學 バイオテクノロジーを用いる。 運用生命科學。
1609 □	廃棄 _{はいき}	名・他サ 廢除 パソコンはリサイクル法の対象なので、勝手に廃棄してはいけません。 個人電腦被列為《資源回收法》中的應回收廢棄物，不得隨意棄置。
1610 □	配給 _{はいきゅう} 類 配る	名・他サ 配給，配售，定量供應 かつて、米や砂糖はみな配給によるものでした。 過去，米與砂糖曾屬於配給糧食。
1611 □	ばい菌 _{きん}	名 細菌，微生物 防菌剤にはばい菌の発生や繁殖を防ぐ効果があります。 防霉劑具有防止霉菌之產生與繁殖的效果。
1612 □	配偶者 _{はいぐうしゃ}	名 配偶；夫婦當中的一方 配偶者がいる場合といない場合では、相続順位が異なります。 被繼承人之有無配偶，會影響繼承人的順位。
1613 □	拝啓 _{はいけい} 類 謹啓	名 （寫在書信開頭的）敬啟者 「拝啓」は手紙文に用いることが一般的です。 「敬啟」一般常用於信函內文中。
1614 □	背景 _{はいけい} 反 前景 類 後景	名 背景；（舞台上的）布景；後盾，靠山 理由あっての犯行だから、事件の背景を明らかにしなければならない。 犯罪總是有理由的，所以必須去釐清事件的背景才是。

は

はい ご
背後

2372	はいご 背後 反 前 類 後ろ	名 背後；暗地，背地，幕後 あくしつ はんこう はいご なに 悪質な犯行の背後に、何があったのでしょうか。 在泯滅人性的犯罪行為背後，是否有何隱情呢？
2373	はい し 廃止	名・他サ 廢止，廢除，作廢 こ とし はい かくしんぶんしゃ ゆうかん はいし あいつ 今年に入り、各新聞社では夕刊の廃止が相次いでいます。 今年以來，各報社的晚報部門皆陸續吹起熄燈號。
2374	はいしゃく 拝借	名・他サ （謙）拜借 じ しょ はいしゃく ちょっと辞書を拝借してもよろしいでしょうか。 請問可以借用一下您的辭典嗎？
2375	はいじょ 排除 類 取り除く	名・他サ 排除，消除 せんにゅうかん はいじょ あたら いちめん み 先入観を排除すると新しい一面が見えるかもしれません。 摒除先入為主的觀念，或許就能窺見嶄新的一面。
2376	ばいしょう 賠償 類 償う	名・他サ 賠償 ばいしょうがく ひ がいしゃがわ じょうこく 賠償額のいかんにかかわらず、被害者側は上告する つもりだ。 無論賠償金額多寡，被害人都堅持繼續上訴。
2377	はいすい 排水	名・自サ 排水 はいすいこう つ 排水溝が詰まってしまった。 排水溝堵塞住了。
2378	はいせん 敗戦	名・自サ 戰敗 にほん はいせん た なお ドイツや日本は敗戦からどのように立ち直ったので すか。 請問德國和日本是如何於戰敗後重新崛起呢？
2379	はい ち 配置	名・他サ 配置，安置，部署，配備；分派點 か ぐ はいち へ や おお み 家具の配置いかんで、部屋が大きく見える。 家具的擺放方式，可以讓房間看起來很寬敞。

2380 □	ハイテク 【high-tech】	名（ハイテクノロジー之略）高科技 ハイテク産業。 高科技産業。

2381 □	ハイネック 【high-necked】	名 高領 ハイネックのセーター。 高領的毛衣。

2382 □	はいはい	名·自サ（幼兒語）爬行 はいはいができるようになった。 小孩會爬行了。

2383 □	はいふ 配布 類 配る	名·他サ 散發 お手元に配布した資料をご覧ください。 請大家閱讀您手上的資料。

2384 □	はいぶん 配分 類 割り当てる	名·他サ 分配，分割 大学の規則にのっとり、各教授には一定の研究費が配分されます。 依據大學校方的規定，各教授可以分配到定額的研究經費。

2385 □	はいぼく 敗北	名·自サ（戰爭或比賽）敗北，戰敗；被擊敗；敗逃 わがチームは歴史的な一戦で屈辱的な敗北を喫しました。 在這場具有歷史關鍵的一役，本隊竟然吃下了令人飲恨的敗仗。

2386 □	ばいりつ 倍率	名 倍率，放大率；（入學考試的）競爭率 国公立大学の入学試験の平均倍率はどれくらいですか。 請問國立及公立大學入學考試的平均錄取率大約多少呢？

2387 □	はいりょ 配慮 類 心掛け	名·他サ 關懷，照料，照顧，關照 いつも格別なご配慮を賜りありがとうございます。 萬分感謝總是給予我們特別的關照。

は

はいれつ
配列

2388 ☐	はいれつ **配列**	名・他サ 排列 キーボードのキー配列はパソコンによって若干違います。 不同廠牌型號的電腦，其鍵盤的配置方式亦有些許差異。
2389 ☐	は **映える**	自下一 照，映照；（顯得）好看；顯眼，奪目 紅葉が青空に映えてとてもきれいです。 湛藍天空與楓紅相互輝映，景致極為優美。
2390 ☐	はかい **破壊** 類 壊す	名・自他サ 破壊 環境破壊がわれわれに与える影響は計り知れません。 環境遭到破壊之後，對我們人類造成無可估計的影響。
2391 ☐	**はかどる** 反 滞る 類 進行	自五 （工作、工程等）有進展 病み上がりで仕事がはかどっていないことは、察するにかたくない。 可以體諒才剛病癒，所以工作沒什麼進展。
2392 ☐	**はかない**	形 不確定，不可靠，渺茫；易變的，無法長久的，無常 桜ははかないからこそ美しいと言われています。 正因為盛綻的櫻花轉瞬卻又凋零，更讓人由衷讚嘆其虛幻絕美。
2393 ☐	ばかばか **馬鹿馬鹿しい** 反 面白い 類 下らない	形 毫無意義與價值，十分無聊，非常愚蠢 彼は時々信じられないほど馬鹿馬鹿しいことを言う。 他常常會說出令人不敢置信的荒謬言論。
2394 ☐	はか **諮る** 類 会議	他五 商量，協商；諮詢 答弁が終われば、議案を会議に諮って採決をします。 俟答辯終結，法案將提送會議進行協商後交付表決。
2395 ☐	はか はか **図る・謀る** 類 企てる	他五 圖謀，策劃；謀算，欺騙；意料；謀求 当社は全力で顧客サービスの改善を図って参りました。 本公司將不遺餘力謀求顧客服務之改進。

2396	**破棄** < は・き> 働 捨てる	名・他サ （文件、契約、合同等）廢棄，廢除，撕毀 せっかくここまで準備したのに、今更計画を破棄したいではすまされない。 <じゅん・び><いま・さら・けい・かく><は・き> 好不容易已準備就緒，不許現在才説要取消計畫。
2397	**剥ぐ** < は・> 働 取り除く	他五 剝下；強行扒下，揭掉；剝奪 イカは皮を剥いでから刺身にします。 <かわ><さし・み> 先剝除墨魚的表皮之後，再切片生吃。
2398 T64	**迫害** <はく・がい>	名・他サ 迫害，虐待 迫害された歴史を思い起こすと、怒りがこみ上げてやまない。 <はく・がい><れき・し><おも・お><いか><あ> 一想起遭受迫害的那段歷史，就令人怒不可遏。
2399	**薄弱** <はく・じゃく>	形動 （身體）軟弱，孱弱；（意志）不堅定，不強；不足 最近の若者は意志薄弱だと批判されることがあります。 <さい・きん><わか・もの><い・し><はく・じゃく><ひ・はん> 近來的年輕人常被批判為意志薄弱。
2400	**白状** <はく・じょう> 働 自白	名・他サ 坦白，招供，招認，認罪 すべてを白状したら許してくれますか。 <はく・じょう><ゆる> 假如我將一切事情全部從實招供，就會原諒我嗎？
2401	**漠然** <ばく・ぜん>	形動 含糊，籠統，曖昧，不明確 将来に対し漠然とした不安を抱いています。 <しょう・らい><たい><ばく・ぜん><ふ・あん><いだ> 對未來感到茫然不安。
2402	**爆弾** <ばく・だん>	名 炸彈 主人公の椅子の下に時限爆弾が仕掛けられています。 <しゅ・じん・こう><い・す><した><じ・げん・ばく・だん><し・か> 主角的椅子下面被裝置了定時炸彈。
2403	**爆破** <ばく・は>	名・他サ 爆破，炸毀 炭鉱発掘現場では爆破処理が行われることも一般的です。 <たん・こう・はっ・くつ・げん・ば><ばく・は・しょ・り><おこな><いっ・ぱん・てき> 在採煤礦場中進行爆破也是稀鬆平常的事。

は

ばくろ
暴露

2404	**暴露** _{ばくろ} 類 **暴く**	名・自他サ 曝曬，風吹日曬；暴露，揭露，洩漏 ここまで追い込まれたら、暴露しないではおかないだろう。 既然已經被逼到這步田地，也只能揭露實情了吧！
2405	**励ます** _{はげ} 類 **応援**	他五 鼓勵，勉勵；激發；提高嗓門，聲音，厲聲 あまりに落ち込んでいるので、励まそうにも励ませない。 因為太沮喪了，就算想激勵也激勵不成。
2406	**励む** _{はげ} 反 **怠る** 類 **専ら**	自五 努力，勤勉 退院してからは自宅でリハビリに励んでいます。 自從出院之後，就很努力地在家自行復健。
2407	**剥げる** _は 反 **覆う** 類 **脱落**	自下一 剝落；褪色 マニキュアは大体1週間で剥げてしまいます。 擦好的指甲油，通常一個星期後就會開始剝落。
2408	**化ける** _ば 類 **変じる**	自下一 變成，化成；喬裝，扮裝；突然變成 日本語の文字がみな数字や記号に化けてしまいました。 日文文字全因亂碼而變成了數字或符號。
2409	**派遣** _{はけん} 反 **召還** 類 **出す**	名・他サ 派遣；派出 不況のあまり、派遣の仕事ですら見つけられない。 由於經濟太不景氣，就連派遣的工作也找不到。
2410	**歯応え** _{はごた}	名 咬勁，嚼勁；有幹勁 この煎餅は歯応えがある。 這個煎餅咬起來很脆。
2411	**恥** _{はじ} 反 **誉れ** 類 **不名誉**	名 恥辱，羞恥，丟臉 「旅の恥はかき捨て」とは言いますが、失礼な言動は慎んでください。 雖然俗話説「出門在外，不怕見怪」，但還是不能做出失禮的言行舉止。

| 2412 | 弾く
はじ
類 撥ねる | 他五 彈；打算盤；防抗，排斥
レインコートは水を弾く素材でできています。
みず はじ そざい
雨衣是以撥水布料縫製而成的。 |

| 2413 | パジャマ
【pajamas】 | 名 （分上下身的）西式睡衣
このパジャマは何を買うともなくデパートに立ち寄って
なに か た よ
見つけたものです。
み
這件睡衣是在閒逛百貨公司時買的。 |

| 2414 | 恥じらう
は | 他五 害羞，羞澀
女の子は恥じらいながらお菓子を差し出しました。
おんな こ は か し さ だ
那個女孩子害羞地送上甜點。 |

| 2415 | 恥じる
は
反 誇る | 自上一 害羞；慚愧
失敗あっての成功ですから、失敗を恥じなくてもよい。
しっぱい せいこう しっぱい は
沒有失敗就不會成功，不用因為失敗而感到羞恥。 |

| 2416 | 橋渡し
はしわた
類 引き合わせ | 名 架橋；當中間人，當介紹人
彼女は日本と中国の茶道協会の橋渡しとして活躍した。
かのじょ にほん ちゅうごく さどうきょうかい はしわた かつやく
她做為日本與中國的茶道協會溝通橋樑，表現非常活躍。 |

| 2417 | 蓮
はす | 名 蓮花
蓮の花が見頃だ。
はす はな みごろ
現在正是賞蓮的時節。 |

| 2418 | バス【bath】 | 名 浴室
このアパートでは、バスはおろかトイレも共同です。
きょうどう
這間公寓裡，別說是浴室，就連廁所也都是共用的。 |

| 2419 | 弾む
はず
類 跳ね返る | 自五 跳，蹦；（情緒）高漲；提高（聲音）；（呼吸）急促
他五 （狠下心來）花大筆錢買
特殊なゴムで作られたボールとあって、大変よく弾む。
とくしゅ つく たいへん はず
不愧是採用特殊橡膠製成的球，因此彈力超強。 |

は

はそん
破損

2420 □	はそん **破損** 類 壊れる	名・自他サ 破損，損壊 ここにはガラスといい、陶器といい、破損しやすい 物が多くある。 這裡不管是玻璃還是陶器，多為易碎之物。
2421 □	はた **機**	名 織布機 機を織る。 織布。
2422 □	**はたく** 類 打つ	他五 撣；拍打；傾囊，花掉所有的金錢 母が毎日布団をはたく音はうるさいといったらない。 實在受不了媽媽每天曬棉被時的拍打聲。
2423 □	はだし **裸足** 類 素足	名 赤腳，赤足，光著腳；敵不過 裸足かと思いきや、ストッキングを履いていた。 原本以為打著赤腳，沒想到竟然穿了絲襪。
2424 □	は **果たす** 反 失敗 類 遂げる	他五 完成，實現，履行；（接在動詞連用形後）表示完 了，全部等；（宗）還願；（舊）結束生命 父親たる者、子供との約束は果たすべきだ。 身為人父，就必須遵守與孩子的約定。
2425 □	はちみつ **蜂蜜**	名 蜂蜜 妹は、蜂蜜といい、砂糖といい、甘い物なら何でも食べる。 妹妹無論是蜂蜜或砂糖，只要是甜食都喜歡吃。
2426 □	**パチンコ**	名 柏青哥，小鋼珠 息子ときたら、毎日朝までパチンコばかりしている。 說到我那個兒子，每天老是徹夜通宵打小鋼珠。
2427 □	はつ **初**	名 最初；首次 初の海外旅行。 第一次出國旅行。

2428	罰 ばつ ⟨反⟩賞 ⟨類⟩処罰	(名・漢造) 罰，處罰，懲罰 遅刻の罰とはいえ、一日中廊下に立たせるとは、ひどい。 雖説是遲到的處分，可是一整天都在走廊罰站，這也未免太過份了。
2429	バツイチ	(名)（俗）離過一次婚 バツイチになった。 離了一次婚。
2430	発芽 はつが	(名・自サ) 發芽 猫が、発芽したそばから全部食べてしまうので困る。 才剛發芽，貓咪就把它全都吃光了，真傷腦筋。
2431	発掘 はっくつ	(名・他サ) 發掘，挖掘；發現 遺跡を発掘してからというもの、彼は有名人になった。 自從他挖掘出考古遺跡後，就成了名人。
2432	発言 はつげん ⟨反⟩沈黙 ⟨類⟩一言	(名・自サ) 發言 首相ともなれば、いかなる発言にも十分な注意が必要だ。 既然已經當上首相了，就必須特別謹言慎行。
2433	バッジ 【badge】 ⟨類⟩徽章	(名) 徽章 子供ではあるまいし、芸能人のバッジなんかいらないよ。 我又不是小孩子，才不要什麼藝人的肖像徽章呢！
2434	発生 はっせい ⟨類⟩生える	(名・自サ) 發生；（生物等）出現，發生，蔓延 小さい地震だったとはいえ、やはり事故が発生した。 儘管只是一起微小的地震，畢竟還是引發了災情。
2435	発足・発足 はっそく・ほっそく	(名・自サ) 開始（活動），成立 新プロジェクトが発足する。 開始進行新企畫。

は

2436	**ばっちり**	副 完美地，充分地 準備はばっちりだ。 準備很充分。
2437	**バッテリー** 【battery】	名 電池，蓄電池 バッテリーがなくなればそれまでだ。 電力耗盡也就無法運轉了。
2438	**バット** 【bat】	名 球棒 10年も野球をしていないので、バットすら振れなくなった。 因為已經長達十年沒打過棒球，連揮打球棒都生疏了。
2439	**発病** はつびょう	名・自サ 病發，得病 発病3年目にして、やっと病名がわかった。 直到發病的第三年，才終於查出了病名。
2440	**初耳** はつみみ	名 初聞，初次聽到，前所未聞 彼が先月を限りに酒をやめたとは、初耳だ。 這是我第一次聽到他這個月開始戒酒。
2441 T65	**果て** は 類 終極	名 邊際，盡頭；最後，結局，下場；結果 よく見ろ、これが裏切り者のなれの果てだ。 給我看清楚點，這就是背叛者的悲慘下場！
2442	**果てしない** は	形 無止境的，無邊無際的 果てしない大宇宙。 無邊無際的大宇宙。
2443	**果てる** は 類 済む	自下一 完畢，終，終；死 接尾 （接在特定動詞連用形後）達到極點 悩みは永遠に果てることがない。 所謂的煩惱將會是永無止境的課題。

2444	**ばてる** 類 疲れる	自下一 （俗）精疲力倦，累到不行 日頃運動しないから、ちょっと歩くと、ばてる始末だ。 平常都沒有運動，才會走一小段路就精疲力竭了。
2445	**パトカー** 【patrolcar】	名 警車（「パトロールカー之略」） 随分待ったのに、パトカーはおろか、救急車も来ない。 已經等了好久，別說是警車，就連救護車也還沒來。
2446	**バトンタッチ** 【(和)baton + touch】	名・他サ （接力賽跑中）交接接力棒；（工作、職位）交接 次の選手にバトンタッチする。 交給下一個選手。
2447	**放し飼い**	名 放養，放牧 猫を放し飼いにする。 將貓放養。
2448	**甚だ** 類 とても	副 很，甚，非常 招待客に挨拶もしないとは、甚だ失礼なことだ。 也不問候前來的賓客，實在失禮至極！
2449	**花びら** 類 つぼみ	名 花瓣 今年の桜は去年にもまして花びらが大きくて、きれいだ。 今年的櫻花花瓣開得比去年的還要大，美麗極了。
2450	**パパ** 【papa】 反 母 類 父	名 （兒）爸爸 パパすら認識できないのに、おじいちゃんなんて無理に決まっている。 對自己的爸爸都不甚瞭解了，遑論爺爺呢？
2451	**阻む** 類 妨げる	他五 阻礙，阻止 公園をゴルフ場に変える計画は、住民達に阻まれた。 居民們阻止了擬將公園變更為高爾夫球場的計畫。

は

バブル

2452	バブル【bubble】	名 泡泡，泡沫；泡沫經濟的簡稱 バブルの崩壊が始まる。 泡沫經濟開始崩解了。
2453	浜 反 沖 類 岸	名 海濱，河岸 浜を見るともなく見ていると、亀が海から現れた。 當不經意地朝海邊望去時，赫然發現海面上冒出海龜。
2454	浜辺	名 海濱，湖濱 夜の浜辺がこんなに素敵だとは思いもよらなかった。 從不知道夜晚的海邊竟是如此美麗。
2455	はまる 反 外れる 類 当て嵌まる	他五 吻合，嵌入；剛好合適；中計，掉進；陷入；（俗）沉迷 母の新しい指輪には大きな宝石がはまっている。 母親的新戒指上鑲嵌著一顆碩大的寶石。
2456	はみ出す	自五 溢出；超出範圍 引き出しからはみ出す。 滿出抽屜外。
2457	早まる	自五 倉促，輕率，貿然；過早，提前 予定が早まる。 預定提前。
2458	速める・早める 類 スピードアップ	他下一 加速，加快；提前，提早 研究を早めるべく、所長は研究員を3人増やした。 所長為了及早完成研究，增加三名研究人員。
2459	流行	名 流行 流行を追う。 趕流行。

2460	ばらす	㊂（把完整的東西）弄得七零八落；（俗）殺死，殺掉；賣掉，推銷出去；揭穿，洩漏（秘密等） 機械をばらして修理する。 把機器拆得七零八落來修理。
2461	腹立ち ㊟印	㊂ 憤怒，生氣 犯人は、腹立ちまぎれに放火したと供述した。 犯人火冒三丈地供出了自己有縱火。
2462	原っぱ	㊂ 雜草叢生的曠野；空地 ごみがばら撒かれた原っぱは、見るにたえない。 地面上散落著滿是垃圾的草原，真是讓人看了慘不忍睹。
2463	はらはら ㊟ぽろぽろ	㊓・自サ（樹葉、眼淚、水滴等）飄落或是簌簌落下貌；非常擔心的樣子 池に紅葉がはらはらと落ちる様子は、美の極みだ。 楓葉片絮絮簌簌地飄落於池面，簡直美得令人幾乎屏息。
2464	ばらばら	㊓ 分散貌；凌亂的樣子，支離破碎的樣子；（雨點，子彈等）帶著聲響落下或飛過 意見がばらばらに割れる。 意見紛歧。
2465	ばら撒く ㊟配る	㊕五 撒播，撒；到處花錢，散財 彼はチラシを受け取るが早いが、門の前でばら撒いた。 他一拿到廣告傳單，就立刻朝門口撒了一地。
2466	張り	㊂・接尾 當力，拉力；緊張而有力；勁頭，信心 張りのある肌。 有彈力的肌膚。
2467	張り紙	㊂ 貼紙；廣告，標語 張り紙は1枚たりとも残さないで、持って帰ってくれ。 請將所有的廣告一張不剩地全都帶回去。

は

張_はる

2468	張_はる	(自他五) 伸展；覆蓋；膨脹，（負擔）過重，（價格）過高；拉；設置；盛滿（液體等） 湖_{みずうみ}に氷_{こおり}が張_はった。 湖面結冰。
2469	遥_{はる}か (反)近い (類)遠い	(副・形動)（時間、空間、程度上）遠，遙遠 休_{やす}みなしに歩_{ある}いても、ゴールは遥_{はる}か遠_{とお}くだ。 即使完全不休息一直行走，終點依舊遙不可及。
2470	破裂_{はれつ}	(名・自サ) 破裂 袋_{ふくろ}は破裂_{はれつ}せんばかりにパンパンだ。 袋子鼓得快被撐破了。
2471	腫_はれる (類)膨れる	(自下一) 腫，脹 30キロからある道_{みち}を走_{はし}ったので、足_{あし}が腫_はれている。 由於走了長達三十公里的路程，腳都腫起來了。
2472	ばれる	(自下一)（俗）暴露，散露；破裂 うそがばれる。 揭穿謊言。
2473	班_{はん}	(名・漢造) 班，組；集團，行列；分配；席位，班次 子供達_{こどもたち}は班_{はん}を作_{つく}って、交代_{こうたい}で花_{はな}に水_{みず}をやっている。 孩子們分組輪流澆花。
2474	判_{はん} (類)印	(名・漢造) 圖章，印鑑；判斷，判定；判讀，判明；審判 君_{きみ}が同意_{どうい}しないなら、直接_{ちょくせつ}部長_{ぶちょう}から判_{はん}をもらうまでだ。 如果你不同意的話，我只好直接找經理蓋章。
2475	版_{はん}・版_{ばん}	(名・漢造) 版；版本，出版；版圖 規則_{きそく}が変_かわったから、修正版_{しゅうせいばん}を作_{つく}って、みんなに配_{くば}ろう。 規定已經異動，請繕打修正版本分送給大家吧。

2476	繁栄 はんえい 反 衰える 類 栄える	名・自サ 繁榮，昌盛，興旺 ビルを建てたところで、町が繁栄するとは思えない。 即使興建了大樓，我也不認為鎮上就會因而繁榮。
2477	版画 はんが	名 版畫，木刻 散歩がてら、公園の横の美術館で版画展を見ようよ。 既然出來散步，就順道去公園旁的美術館參觀版畫展嘛！
2478	ハンガー 【hanger】	名 衣架 脱いだ服は、ハンガーに掛けるなり、畳むなりしろ。 脱下來的衣服，看是要掛在衣架上，還是要折疊起來！
2479	反感 はんかん	名 反感 彼の失礼な態度に、反感を覚えてやまない。 對他的不禮貌的態度十分反感。
2480	反響 はんきょう 類 反応	名・自サ 迴響，回音；反應，反響 視聴者の反響いかんでは、この番組は打ち切らざるを得ない。 照觀眾的反應來看，這個節目不得不到此喊停了。
2481	反撃 はんげき	名・自サ 反撃，反攻，還撃 相手がひるんだのを見て、ここぞとばかりに反撃を始めた。 當看到對手面露退怯之色，旋即抓緊機會開始展開反撃。
2482	判決 はんけつ	名・他サ （法）判決；（是非直曲的）判斷，鑑定，評價 判決いかんでは、控訴する可能性もある。 視判決結果如何，不排除提出上訴的可能性。
2483	反射 はんしゃ 類 光る	名・自他サ （光、電波等）折射，反射；（生理上的）反射（機能） 光の反射いかんによって、青く見えることもある。 依據光線的反射情況，看起來也有可能是藍色的。

は

2484	はんじょう **繁盛** 類 盛ん	名·自サ 繁榮昌茂，興隆，興旺 はんじょう　　　　　　　きょねん　　う あ **繁盛しているとはいえ、去年ほどの売り上げはない。** 雖然生意興隆，但營業額卻比去年少。
2485	はんしょく **繁殖** 類 殖える	名·自サ 繁殖；滋生 じっけん　　さいきん　　はんしょく　　　　　　おも **実験で細菌が繁殖すると思いきや、そうではなかった。** 原本以為這個實驗可使細菌繁殖，沒有想到結果卻出乎意料之外。
2486	はん **反する** 反 従う 類 背く	自サ 違反；相反；造反 てん き よほう　　はん　　　　きゅう　　はる **天気予報に反して、急に春めいてきた。** 與氣象預報相反的，天氣忽然變得風和日麗。
2487	はんてい **判定** 類 裁き	名·他サ 判定，判斷，判決 はんてい　　　　　　　　　し あいけっ か　　ぎゃくてん **判定のいかんによって、試合結果が逆転することもある。** 比賽結果依照不同的判定方式，有時會出現大逆轉。
2488	**ハンディ** 【handicap 之略】	名 讓步（給實力強者的不利條件，以使勝負機會均等的一種競賽）；障礙 **ハンディがもらえる。** 取得讓步。
2489	ばんにん **万人**	名 萬人，眾人 かれ　　りょうり　　ばんにん　　まんぞく　　た **彼の料理は万人を満足させるに足るものだ。** 他所烹調的佳餚能夠滿足所有人的胃。
2490	ばんねん **晩年**	名 晩年，暮年 ばんねん　　　　　　さと　　　ひら **晩年ともなると、悟りを開いたようになってくる。** 到了晩年就會有所領悟。
2491	はんのう **反応**	名·自サ （化學）反應；（對刺激的）反應；反響，效果 けいかく　　すす　　　　　　　　　じゅうみん　　はんのう **この計画を進めるかどうかは、住民の反応いかんだ。** 是否要推行這個計畫，端看居民的反應而定。

2492	**万能** ばんのう 反 無能 類 有能	名 萬能，全能，全才 万能選手ではあるまいし、そう無茶を言うなよ。 我又不是十項全能的運動選手，不要提出那種強人所難的要求嘛！
2493	**半端** はんぱ 類 不揃い	名·形動 零頭，零星；不徹底；零數，尾數；無用的人 働くかたわら、家事をするので中途半端になりがちだ。 既要忙工作又要做家事，結果兩頭都不上不下。
2494	**反発** はんぱつ	名·自他サ 排斥，彈回；抗拒，不接受；反抗；（行情）回升 党内に反発があるとはいえ、何とかまとめられるだろう。 即使黨內有反彈聲浪，終究會達成共識吧。
2495	**反乱** はんらん	名 叛亂，反亂，反叛 あの少女が反乱を起こしたとは、信じられない。 實在不敢相信那個少女竟然會起來叛亂。
2496	**氾濫** はんらん 類 溢れる	名·自サ 氾濫；充斥，過多 この河は今は水が少ないが、夏にはよく氾濫する。 這條河雖然現在流量不大，但是在夏天常會氾濫。
2497	**碑** ひ 類 石碑	漢造 碑 設立者の碑を汚すとは、失礼極まりない。 弄髒了創立人的碑，是極其不禮貌的行為。
2498	**被** ひ	漢造 被～，蒙受；被動 今回の事故の被害者は、5人から6人といったところだ。 這起意外的被害人數，應該已經有五至六人左右。
2499	**美** び 反 醜 類 自然美	漢造 美麗；美好；讚美 自然と紅葉の美があいまって、最高の観光地だ。 那裡不僅有自然風光，還有楓紅美景，是絕美的觀光勝地。

は

T66

2500	ひいては	副 進而 個人の利益がひいては会社の利益となる。 個人的利益進而成為公司的利益。
2501	控え室	名 等候室，等待室，休憩室 彼はステージから戻るや否や、控え室に入って行った。 他一下了舞台就立刻進入休息室。
2502	控える 類 待つ	自下一 在旁等候，待命 他下一 拉住，勒住；控制，抑制；節制；暫時不…；面臨，靠近；（備忘）記下；（言行）保守，穩健 医者に言われるまでもなく、コーヒーや酒は控えている。 不待醫師多加叮嚀，已經自行控制咖啡以及酒類的攝取量。
2503	悲観 反 楽観 類 がっかり	名・自他サ 悲觀 世界の終わりじゃあるまいし、そんなに悲観する必要はない。 又不是世界末日，不需要那麼悲觀。
2504	引き上げる 反 引き下げる 類 上げる	他下一 吊起；打撈；撤走；提拔；提高（物價）；收回 自下一 歸還，返回 アメリカで成功できなければ、引き上げるまでだ。 倘若無法在美國成功，就只能打道回府。
2505	率いる 類 連れる	他上一 帶領；率領 市長たる者、市民を率いて街を守るべきだ。 身為市長，就應當帶領市民守護自己的城市。
2506	引き起こす 類 発生	他五 引起，引發；扶起，拉起 小さい誤解が殺人を引き起こすとは、恐ろしい限りだ。 小小的誤會竟然引發成兇殺案，實在可怕至極。
2507	引き下げる 類 取り下げる	他下一 降低；使後退；撤回 文句を言ったところで、運賃は引き下げられないだろう。 就算有所抱怨，也不可能少收運費吧！

2508 □	引きずる ひ	自・他五 拖，拉；硬拉著走；拖延 足を引きずりながら走る選手の姿は、見るにたえない。 あし　ひ　　　　　　　　はし　せんしゅ　すがた　　　　み 選手硬拖著蹣跚腳步奔跑的身影，實在讓人不忍卒睹。
2509 □	引き立てる ひ　た	他下一 提拔，關照，穀粒；使…顯眼；（強行）拉走，帶走； 關門（拉門） 後輩を引き立てる。 こうはい　ひ　た 提拔晚輩。
2510 □	引き取る ひ　と 反 進む 類 退く	自五 退出，退下；離開，回去 他五 取回，領取；收購；領來照顧 今日は客の家へ50キロからある荷物を引き取りに行く。 きょう　きゃく　いえ　　　　　　　　　にもつ　ひ　と　　　い 今天要到客戶家收取五十公斤以上的貨物。
2511 □	引く ひ	自五 後退，辭退；（潮）退，平息 身を引く。 み　ひ 引退。
2512 □	否決 ひ　けつ 反 可決	名・他サ 否決 議会で否決されたとはいえ、これが最終決定ではない。 ぎかい　ひけつ　　　　　　　　　　さいしゅうけってい 雖然在議會遭到否決，卻非最終定案。
2513 □	非行 ひ　こう 類 悪事	名 不正當行為，違背道德規範的行為 親が子供の非行を放置するとは、無責任極まりない。 おや　こども　ひこう　ほうち　　　　　　むせきにんきわ 身為父母竟然縱容子女的非法行為，實在太不負責任了。
2514 □	日頃 ひ　ごろ 類 普段	名・副 平素，平日，平常 日頃の努力いかんで、テストの成績が決まる。 ひごろ　どりょく　　　　　　　　せいせき　き 平時的努力將決定考試的成績。
2515 □	久しい ひさ 類 永い	形 過了很久的時間，長久，好久 久しく運動していないから、さすがに太ってきた。 ひさ　うんどう　　　　　　　　　ふと 好久沒有運動，果然變胖了。

ひ

悲惨

2516	悲惨（ひさん） 類 惨め	名・形動 悲惨，悽惨 今の会社の悲惨な有様を見て、同情を禁じえなかった。 看到公司現在的悲惨狀況，實在使人不禁同情。
2517	ビジネス 【business】 類 事業	名 事務，工作；商業，生意，實務 ビジネスといい、プライベートといい、うまくいかない。 不管是工作，還是私事，都很不如意。
2518	比重（ひじゅう）	名 比重，（所占的）比例 交際費の比重が増えてくるのは、想像にかたくない。 不難想像交際應酬費用的比例將會增加。
2519	秘書（ひしょ） 類 助手	名 秘書；秘藏的書籍 秘書の能力いかんで、仕事の効率にも差が出る。 根據秘書的能力，工作上的效率也會大有不同。
2520	微笑（びしょう）	名・自サ 微笑 彼女は天使のごとき微笑で、みんなを魅了した。 她以那宛若天使般的微笑，把大家迷惑得如癡如醉。
2521	歪み（ひずみ）	名 歪斜，曲翹；（喻）不良影響；（理）形變 政策のひずみを是正する。 導正政策的失調。
2522	ひずむ 類 ゆがむ	自五 變形，歪斜 そのステレオは音がひずむので、返品を余儀なくされた。 這台音響的音質不穩定，除了退貨別無他法。
2523	密か（ひそか）	形動 悄悄地不讓人知道的樣子；秘密，暗中；悄悄，偷偷 書類を密かに彼に渡さんがため朝早くから出かけた。 為將文件悄悄地交給他，大清早就出門了。

2524	浸す （ひた） 類 漬ける	他五 浸，泡 泥まみれになったズボンは水に浸しておきなさい。 去沾滿污泥的褲子拿去泡在水裡。

| 2525 | ひたすら
類 一層 | 副 只願，一味
親の不満をよそに、彼はひたすら歌の練習に励んでいる。
他不顧父母的反對，一味地努力練習唱歌。 |

| 2526 | 左利き
（ひだり き）
反 右利き | 名 左撇子；愛好喝酒的人
彼は左利きといえども、右手でうまく箸を使う。
儘管他是左撇子，但是右手亦能靈巧使用筷子。 |

| 2527 | 引っ掻く
（ひ か）
類 掻く | 他五 掻
猫じゃあるまいし、人を引っ掻くのはやめなさい。
你又不是貓，別再用指甲搔抓人了！ |

| 2528 | ぴたり（と） | 副 突然停止貌；緊貼的樣子；恰合，正對
計算がぴたりと合う。
計算恰好符合。 |

| 2529 | 引っ掛ける
（ひ か） | 他下一 掛起來；披上；欺騙
コートを洋服掛けに引っ掛ける。
將外套掛在衣架上。 |

| 2530 | 必修
（ひっしゅう） | 名 必修
必修科目すらまだ単位を取り終わっていない。
就連必修課程的學分，都還沒有修完。 |

| 2531 | びっしょり | 副 溼透
冬といえども、ジョギングすると汗びっしょりになる。
雖說是冬天，慢跑後還是會滿身大汗。 |

ひ

2532	ひつぜん 必然 ⓪ 恐らく 類 必ず	ⓝ 必然 ねんまつ ひつぜんてき いそが 年末ともなると、必然的に忙しくなる。 到了年終歲暮時節，必然會變得格外忙碌。
2533	ひってき 匹敵 類 敵う	ⓝ·自サ 匹敵，比得上 りょうりちょう わか ひってき りょうり つく あの料理長は若いながらも、プロに匹敵する料理を作る。 儘管那位主廚還年輕，其廚藝卻與大廚不分軒輊。
2534	ひといき 一息	ⓝ 一口氣；喘口氣；一把勁 ひといき お どりょく あともう一息で終わる。努力あるのみだ。 再加把勁兒就可完成，剩下的只靠努力了！
2535	ひとかげ 人影	ⓝ 人影；人 しょうてんがい す ひとかげ この商店街は9時を過ぎると、人影すらなくなる。 這條商店街一旦過了九點，連半條人影都沒有。
2536	ひとがら 人柄 類 人格	ⓝ·形動 人品，人格，品質；人品好 かれ こども う ひとがら か 彼は子供が生まれてからというもの、人柄が変わった。 他自從孩子出生以後，個性也有了轉變。
2537	ひとくろう 一苦労	ⓝ 費一些力氣，費一些力氣，操一些心 せっとく ひとくろう 説得するのに一苦労する。 費了一番功夫說服。
2538	ひとけ 人気	ⓝ 人的氣息 にぎ おもて みち うら みち まった ひとけ 賑やかな表の道にひきかえ、裏の道は全く人気がない。 與前面的熱鬧馬路相反，背面的靜巷闃然無人。
2539	ひところ 一頃 ⓪ 今 類 昔	ⓝ 前些日子；曾有一時 そふ ひところ げんき と もど うんどう はじ 祖父は一頃の元気を取り戻さんがため、運動を始めた。 祖父為了重拾以前的充沛活力，開始運動了。

| 2540 | 人質
ひとじち | (名) 人質
事件の人質を見て、同情を禁じえない。
看到人質的處境，令人不禁為之同情。 |

| 2541 | 人違い
ひとちが | (名・自他サ) 認錯人，弄錯人
後ろ姿がそっくりなので人違いする。
因為背影相似所以認錯人。 |

| 2542 | 人並み
ひとなみ | (名・形動) 普通，一般
人並みの暮らしがしたい。
想過普通人的生活。 |

| 2543 | 一眠り
ひとねむり | (名) 睡一會兒，打個盹
車中で一眠りする。
在車上打了個盹。 |

| 2544 | 人任せ
ひとまかせ | (名) 委託別人，託付他人
人任せにできない性分。
事必躬親的個性。 |

| 2545 | 一目惚れ
ひとめぼ | (名・自サ) （俗）一見鍾情
受付嬢に一目惚れする。
對櫃臺小姐一見鍾情。 |

ひ

| 2546 | 日取り
ひどり
(類) 期日 | (名) 規定的日期；日程
みんなが集まらないなら、会の日取りを変えるまでだ。
如果大家的出席率不理想的話，那麼也只能更改開會日期了。 |

| 2547 | 雛
ひな
(類) 鳥 | (名・接頭) 雛鳥，雛雞；古裝偶人；（冠於某名詞上）表小巧玲瓏
籠を開けっぱなしにしていたので、雛が逃げてしまった。
籠子打開後忘記關上，結果雛鳥就飛走了。 |

日向

2548	日向 ひなた 類 日当たり	名 向陽處，陽光照到的地方；處於順境的人 日陰にいるとはいえ、日向と同じくらい暑い。 雖說站在背陽處，卻跟待在日光直射處同樣炎熱。
2549	雛祭り ひなまつ 類 節句	名 女兒節，桃花節，偶人節 雛祭りも近づいて、だんだん春めいてきたね。 三月三日女兒節即將到來，春天的腳步也漸漸接近囉。
2550	非難 ひ なん 類 誹謗	名・他サ 責備，譴責，責難 嘘まみれの弁解に非難ごうごうだった。 大家聽到連篇謊言的辯解就噓聲四起。
2551	避難 ひ なん	名・自サ 避難 サイレンを聞くだに、みんな一目散に避難しはじめた。 才聽到警笛的鳴聲，大家就一溜煙地避難去了。
2552	日の丸 ひ まる	名 太陽形；（日本國旗）太陽旗 式が終わるや否や、みんなは日の丸の旗を下ろした。 儀式才剛結束，大家就立刻降下日章旗。
2553	火花 ひ ばな 類 火の粉	名 火星；（電）火花 隣のビルの窓から火花が散っているが、工事中だろうか。 從隔壁大樓的窗戶迸射出火花，是否正在施工？
2554	日々 ひ び	名 天天，每天 日々の暮らし。 日常生活。
2555	皮膚炎 ひ ふ えん	名 皮炎 皮膚炎を治す。 治好皮膚炎。

2556 □	悲鳴（ひめい）	㊗（名）悲鳴，哀鳴；驚叫，叫喊聲；叫苦，感到束手無策 これ以上我慢（がまん）できないとばかりに、彼女（かのじょ）は悲鳴（ひめい）を上（あ）げた。 她再也無法強忍，陡然發出了慘叫聲。
2557 □	冷（ひ）やかす ㊣からかう	㊗（他五）冰鎮，冷卻，使變涼；嘲笑，開玩笑；只問價錢不買 父（ちち）ときたら、酒（さけ）に酔（よ）って、新婚夫婦（しんこんふうふ）を冷（ひ）やかしてばかりだ。 説到我父親，喝得醉醺醺的淨對新婚夫婦冷嘲熱諷。
2558 □	日焼（ひや）け	㊗（名・自サ）（皮膚）曬黑；（因為天旱田裡的水被）曬乾 日向（ひなた）で一日中（いちにちじゅう）作業（さぎょう）をしたので、日焼（ひや）けしてしまった。 在陽光下工作一整天，結果曬傷了。
2559 □	票（ひょう）	㊗（名・漢造）票，選票；（用作憑證的）票；表決的票 大統領選挙（だいとうりょうせんきょ）では、一票（いっぴょう）たりともあなどってはいけない。 在總統選舉當中，不可輕忽任何一張選票。
2560 □	描写（びょうしゃ） ㊣描（えが）く	㊗（名・他サ）描寫，描繪，描述 こんな稚拙（ちせつ）な描写（びょうしゃ）をしていたかと思（おも）うと、赤面（せきめん）の至（いた）りです。 一想到描寫手法的青澀拙劣，實在羞愧難當。
2561 □	ひょっと ㊣ふと	㊗（副）突然，偶然 外（そと）を見（み）るともなく見（み）ていると、友人（ゆうじん）がひょっと現（あらわ）れた。 當我不經意地朝外頭看時，朋友突然現身了。
2562 □	ひょっとして	㊗（連語・副）萬一，一旦，如果 ひょっとして道（みち）に迷（まよ）ったら大変（たいへん）だ。 萬一迷路就糟糕了。
2563 □	ひょっとすると	㊗（連語・副）也許，或許，有可能 ひょっとするとあの人（ひと）が犯人（はんにん）かもしれない。 那個人也許就是犯人。

ひ

2564 □	**平たい** （ひら） 類 平ら	形 沒有多少深度或廣度，少凹凸而橫向擴展；平，扁，平坦；容易，淺顯易懂 大切な薬品を整理するべく、平たい入れ物を購入した。 買進扁平的容器，以分門別類整理重要的藥品。
2565 □	**びり**	名 最後，末尾，倒數第一名 びりになった者を嘲笑うなど、友達にあるまじき行為だ。 嘲笑敬陪末座的人，不是朋友應有的行為。
2566 □	**比率** （ひ りつ）	名 比率，比 水と塩の比率を求めんがため、朝まで実験を繰り返した。 為了找出水與鹽的比率，通宵達旦重複做實驗。
2567 □	**肥料** （ひ りょう） 類 肥やし	名 肥料 肥料といい、水といい、いい野菜をつくるには軽く見てはいけない。 要栽種出鮮嫩可口的蔬菜，無論是肥料或是水質都不能小看忽視。
2568 □	**微量** （び りょう）	名 微量，少量 微量といえども、ガス漏れは報告しなければならない。 雖說只漏出微量瓦斯，還是必須往上呈報。
2569 □	**昼飯** （ひる めし） 類 昼ごはん	名 午飯 忙しすぎて昼飯もさることながら、お茶を飲む暇もない。 因為太忙了，別說是吃中餐，就連茶也沒時間喝。
2570 □	**比例** （ひ れい）	名・自サ（數）比例；均衡，相稱，成比例關係 労働時間と収入が比例しないことは、言うまでもない。 工作時間與薪資所得不成比例，自是不在話下。
2571 □	**披露** （ひ ろう）	名・他サ 披露；公布；發表 腕前を披露する。 大展身手。

2572	疲労 ひろう 類 くたびれる	名・自サ 疲勞，疲乏 まだ疲労がとれないとはいえ、仕事を休まなければならないほどではない。 雖然還很疲憊，但不至於必須請假休息。
2573	敏感 びんかん 反 鈍感 類 鋭い	名・形動 敏感，感覺敏銳 彼にあんなに敏感な一面があったとは、信じられない。 真不敢令人置信，他也會有這麼纖細敏感的一面。
2574	貧血 ひんけつ	名・自サ （醫）貧血 貧血に効く。 對改善貧血有效。
2575	貧困 ひんこん	名・形動 貧困，貧窮；（知識、思想等的）貧乏，極度缺乏 父は若い頃、貧困ゆえに高校進学をあきらめた。 父親年輕時因家境貧困，不得不放棄繼續升學至高中就讀。
2576	品質 ひんしつ	名 品質，質量 品質いかんでは、今後の取引を再検討せざるを得ない。 視品質之良莠，不得不重新討論今後的交易。
2577	貧弱 ひんじゃく 類 弱い	名・形動 軟弱，瘦弱；貧乏，欠缺；遜色 スポーツマンの兄にひきかえ、弟は実に貧弱だ。 雖然有個當運動員的哥哥，弟弟的身體卻非常羸弱。
2578	品種 ひんしゅ	名 種類；（農）品種 技術の進歩により、以前にもまして新しい品種が増えた。 由於科技進步，增加了許多前所未有的嶄新品種。
2579	ヒント 【hint】 反 明示 類 暗示	名 啟示，暗示，提示 彼のヒントは、みんなを理解させるに足るものだった。 他的提示已經足以使大家都瞭解了。

ひ

2580	頻繁 ⊗たまに 類度々	名·形動 頻繁，屢次 頻繁にいたずら電話があるのなら、番号を変えるまでだ。 如果屢屢接到騷擾電話，那麼只好變更電話號碼。
2581	ぴんぴん	副·自サ 用力跳躍的樣子；健壯的樣子 魚がぴんぴん（と）はねる。 魚活蹦亂跳。
2582	貧乏 ⊗富んだ 類貧しい	名·形動·自サ 貧窮，貧苦 たとえ貧乏であれ、何か生きがいがあれば幸せだ。 即使過得貧窮清苦，只要有值得奮鬥的生活目標，就很幸福。
2583	ファイト 【fight】 類闘志	名 戰鬥，搏鬥，鬥爭；鬥志，戰鬥精神 ファイトに溢れる選手の姿は、みんなを感動させるに足る 選手那充滿鬥志的身影，讓所有的人感動不已。
2584	ファザコン 【(和)father + complex 之略】	名 戀父情結 彼女はファザコンだ。 她有戀父情結。
2585	ファン 【fan】	名 電扇，風扇；（運動，戲劇，電影等）影歌迷，愛好者 ファンになったがさいご、コンサートに行かずにはいられない。 既然成為了歌迷，就非得去聽演唱會不可。
2586	不意	名·形動 意外，突然，想不到，出其不意 彼は昼食を食べ終わるなり、ふいに立ち上がった。 他才剛吃完午餐，倏然從椅子上站起身。
2587	フィルター 【filter】	名 過濾網，濾紙；濾波器，濾光器 当製品ならではのフィルターで水がきれいになります。 本濾水器特有的過濾裝置，可將水質過濾得非常乾淨。

ふ

T68

2588 封 ふう

名・漢造 封口，封上；封條；封疆；封閉

父が勝手に手紙の封を開けるとは、とても信じられない。

實在不敢讓人相信，家父竟然擅自打開信封。

2589 封鎖 ふうさ
類 封じる

名・他サ 封鎖；凍結

今頃道を封鎖したところで、犯人は捕まらないだろう。

事到如今才封鎖馬路，根本來不及圍堵歹徒！

2590 風車 ふうしゃ

名 風車

オランダの風車は私が愛してやまないものの一つです。

荷蘭的風車，是令我深愛不已的事物之一。

2591 風習 ふうしゅう

名 風俗，習慣，風尚

他国の風習を馬鹿にするなど、失礼極まりないことだ。

對其他國家的風俗習慣嗤之以鼻，是非常失禮的舉止。

2592 ブーツ
【boots】

名 長筒鞋，長筒靴，馬鞋

皮のブーツでも15000円位なら買えないものでもない。

大約一萬五千日圓應該買得到皮製的長靴。

2593 風土 ふうど

名 風土，水土

同じアジアといえども、外国の風土に慣れるのは大変だ。

即使同樣位於亞洲，想要習慣外國的風土人情，畢竟還是很辛苦。

ひ

2594 ブーム
【boom】
類 景気

名 （經）突然出現的景氣，繁榮；高潮，熱潮

つまらない事でも芸能人の一言でブームになるしまつだ。

藝人的一言一行，就算是毫無內容的無聊小事，竟然也能捲起一股風潮。

2595 フェリー
【ferry】

名 渡口，渡船（フェリーボート之略）

フェリーが北の海に沈むなど、想像するだに恐ろしい。

光是想像渡輪會沉沒在北方大海中，就令人不寒而慄。

フォーム

2596	**フォーム** 【form】	名 形式，樣式；（體育運動的）姿勢；月台，站台 討論したところで、資料のフォームは変えられない。 就算經過討論，資料的格式仍舊不能改變。
2597	**部下** 反 上司 類 手下	名 部下，屬下 言い争っている見苦しいところを部下に見られてしまった。 被屬下看到難堪的爭執場面。
2598	**不快** ふかい	名・形動 不愉快；不舒服 のどの不快感。 喉嚨的不適感。
2599	**不可欠** ふかけつ 反 必要 類 不要	名・形動 不可缺，必需 研究者たる者、真理を探る心が不可欠だ。 身為研究人員，擁有探究真理之的精神是不可或缺的。
2600	**ぶかぶか**	副・自サ（帽、褲）太大不合身；漂浮貌；（人）肥胖貌；（笛子、喇叭等）大吹特吹貌 この靴はぶかぶかで、走るのはおろか歩くのも困難だ。 這雙鞋太大了，別說是穿著它跑，就連走路都有困難。
2601	**不吉** ふきつ 類 不祥	名・形動 不吉利，不吉祥 祖母は、黒い動物を見ると不吉だと考えるきらいがある。 奶奶深信只要看到黑色的動物，就是不祥之兆。
2602	**不気味** ぶきみ	形動（不由得）令人毛骨悚然，令人害怕 不気味な笑い声。 令人毛骨悚然的笑聲。
2603	**不況** ふきょう 反 不振 類 好況	名（經）不景氣，蕭條 長引く不況のため、弊社は経営の悪化という苦境に強いられている。 在大環境長期不景氣之下，敝公司亦面臨經營日漸惡化之窘境。

| 2604 | 布巾
ふ きん | ② 抹布
母は、布巾をテーブルの上に置きっぱなしにしたようだ。
媽媽似乎將抹布扔在桌上忘了收拾。 |

| 2605 | 福
ふく | 名・漢造 福，幸福，幸運
福袋なくしては、日本の正月は語れない。
日本的正月時節如果少了福袋，就沒有那股過年的氣氛。 |

| 2606 | 副業
ふくぎょう | ② 副業
民芸品作りを副業としている。
以做手工藝品為副業。 |

| 2607 | 複合
ふくごう | 名・自他サ 複合，合成
日本語は複合語なくしては、いい文章はできない。
日語中如果缺少複合語，就無法寫出好文章。 |

| 2608 | 福祉
ふくし | ② 福利，福祉
彼は地域の福祉にかかわる重要な仕事を担当している。
他負責承辦攸關地方福祉之重要工作。 |

| 2609 | 覆面
ふくめん | 名・自サ 蒙上臉；不出面，不露面
銀行強盗ではあるまいし、覆面なんかつけて歩くなよ。
又不是銀行搶匪，不要蒙面走在路上啦！ |

| 2610 | 膨れる・脹れる
ふく ふく
類 膨らむ | 自下一 脹，腫，鼓起來
10キロからある本を入れたので、鞄がこんなに膨れた。
把重達十公斤的書本放進去後，結果袋子就被撐得鼓成這樣了。 |

| 2611 | 不景気
ふ けい き
反 好況
類 衰況 | 名・形動 不景氣，經濟停滯，蕭條；沒精神，憂鬱
不景気がこんなに長引くとは専門家も予想していなかった。
連專家也萬萬沒有預料到，景氣蕭條竟會持續如此之久。 |

ふ

耽る

2612 ☐	耽る <small>ふけ</small> 類 溺れる、夢中	自五 沉溺，耽於；埋頭，專心 大学受験をよそに、彼は毎日テレビゲームに耽っている。 <small>だいがくじゅけん　　　　　　　　　かれ　まいにち　　　　　　　　　　ふけ</small> 他把準備大學升學考試這件事完全拋在腦後，每天只沉迷於玩電視遊樂器之中。
2613 ☐	富豪 <small>ふ　ごう</small> 反 貧乏人 類 金持ち	名 富豪，百萬富翁 宇宙旅行は世界の富豪ですら尻込みする金額だ。 <small>う ちゅうりょこう　　せかい　　ふ ごう　　　　しりご　　　　きんがく</small> 太空旅行的費用金額足以讓世界富豪打退堂鼓。
2614 ☐	布告 <small>ふ　こく</small>	名・他サ 佈告，公告；宣告，宣布 宣戦布告すると思いきや、二国はあっさり和解した。 <small>せんせん ふ こく　　　　おも　　　　　に こく　　　　　　　わ かい</small> 原本以為兩國即將宣戰，竟然如此簡單地就談和了。
2615 ☐	ブザー 【buzzer】	名 鈴；信號器 彼はブザーを押すなり、ドアを開けて入って行った。 <small>かれ　　　　　お　　　　　　　　　あ　　　　はい　　い</small> 他才撳了門鈴，就打開大門就走進去了。
2616 ☐	負債 <small>ふ　さい</small>	名 負債，欠債；飢荒 彼は負債を返すべく、朝から晩まで懸命に働いている。 <small>かれ　ふ さい　かえ　　　　　あさ　　　ばん　　　けんめい　はたら</small> 他為了還債，從早到晚都很賣力地工作。
2617 ☐	不在 <small>ふ　ざい</small> 類 留守	名 不在，不在家 窓が開けっ放しだが、彼は本当に不在なんだろうか。 <small>まど　あ　　　　ぱな　　　　かれ　ほんとう　ふ ざい</small> 雖然窗戶大敞，但他真的不在嗎？
2618 ☐	不細工 <small>ぶ　さい　く</small>	名・形動 （技巧，動作）笨拙，不靈巧；難看，醜 不細工な机。 <small>ぶ さい く　つくえ</small> 粗劣的桌子。
2619 ☐ T69	ふさわしい 類 ぴったり	形 顯得均衡，使人感到相稱；適合，合適；相稱，相配 彼女にふさわしい男になるためには、ただ努力あるのみだ。 <small>かのじょ　　　　　　　おとこ　　　　　　　　　　　　　　　ど りょく</small> 為了成為能夠與她匹配的男人，只能努力充實自己。

2620	**不順** ふ じゅん	（名・形動）不順，不調，異常 **不順**な天候。 異常的氣候。

2621	**不純** ふ じゅん （反）純真 （類）邪心	（名・形動）不純，不純真 議員たる者、**不純**な動機で選挙に参加するべきではない。 身為議員，豈可基於不正當的動機參選！

2622	**部署** ぶ しょ	（名）工作崗位，職守 **部署**に付く。 各就各位。

2623	**負傷** ふ しょう （類）怪我	（名・自サ）負傷，受傷 あんな小さな事故で**負傷**者が出たとは、信じられない。 那麼微不足道的意外竟然出現傷患，實在令人不敢置信。

2624	**侮辱** ぶ じょく （反）敬う （類）侮る	（名・他サ）侮辱，凌辱 この言われ様は、**侮辱**ではなくてなんなんだろう。 被説成這樣子，若不是侮辱又是什麼？

2625	**不審** ふ しん （類）疑い	（名・形動）懷疑，疑惑；不清楚，可疑 母は先月庭で**不審**な人を見てから、家族まで疑う始末だ。 自從媽媽上個月在院子裡發現可疑人物出沒之後，變成甚至對家人都疑神疑鬼。

2626	**不振** ふ しん （類）停頓	（名・形動）（成績）不好，不興旺，蕭條，（形勢）不利 経営**不振**といえども、会社は毎年新入社員を大量に採用している。 儘管公司經營不善，每年還是應徵進來了大批的新員工。

2627	**武装** ぶ そう	（名・自サ）武装，軍事裝備 核**武装**について、私達なりに討論して教授に報告した。 我們針對「核子武器」這個主題自行討論後，向教授報告結果了。

札

2628	札 ふだ 類 ラベル	名 牌子；告示牌，揭示牌；（神社，寺院的）護身符；紙牌 禁煙の札が掛けてあるとはいえ、吸わずにはおれない。 雖然已看到懸掛著禁菸標示，還是無法忍住不抽。
2629	部隊 ぶたい	名 部隊；一群人 陸軍第一部隊。 陸軍第一部隊。
2630	負担 ふたん	名・他サ 背負；負擔 実際に離婚ともなると、精神的負担が大きい。 一旦離婚之後，精神壓力就變得相當大。
2631	縁 ふち	名 邊；緣；框 ハンカチの縁取り。 手帕的鑲邊。
2632	不調 ふちょう 反 好調 類 異常	名・形動（談判等）破裂，失敗；不順利，萎靡 最近仕事が不調らしく、林君は昨晩かなりやけ酒を飲んでいた。 林先生工作最近好像不太順利，昨晚他借酒消愁喝了不少。
2633	復活 ふっかつ 類 生き返る	名・自他サ 復活，再生；恢復，復興，復辟 社員の協力なくしては、会社は復活できなかった。 沒有上下員工的齊心協力，公司絕對不可能重振雄風。
2634	物議 ぶつぎ	名 群眾的批評 ちょっとした発言だったとはいえ、物議を呼んだ。 雖然只是輕描淡寫的一句，卻引發社會的議論紛紛。
2635	復旧 ふっきゅう 類 回復	名・自他サ 恢復原狀；修復 新幹線が復旧するのに5時間もかかるとは思わなかった。 萬萬沒想到竟然要花上5個小時才能修復新幹線。

2636	復興 ふっこう 類 興す	(名・自他サ) 復興，恢復原狀；重建 復興作業にはひとり自衛隊のみならず、多くのボランティアの人が関わっている。 重建工程不只得到自衛隊的協助，還有許多義工的熱心參與。
2637	物資 ぶっし	名 物資 規定に即して、被害者に援助物資を届けよう。 依照規定，將救援物資送給受害民眾！
2638	仏像 ぶつぞう	名 佛像 彫刻家とはいえ、まだ仏像どころか、猫も彫れない。 雖為一介雕刻家，別說是佛像了，就連小貓也雕不成。
2639	物体 ぶったい	名 物體，物質 庭に不審な物体があると思いきや、祖母の荷物だった。 原本以為庭院裡被放置不明物體，原來是奶奶的行李。
2640	仏壇 ぶつだん	名 佛龕 仏壇に手を合わせる。 對著佛龕膜拜。
2641	沸騰 ふっとう 類 沸く	(名・自サ) 沸騰；群情激昂，情緒高漲 液体が沸騰する温度は、液体の成分いかんで決まる。 液體的沸點視其所含成分而定。
2642	不動産 ふどうさん	名 不動產 不動産を売るべく、両親は業者と相談を始めた。 父母想要賣不動產，開始諮詢相關業者。
2643	不動産屋 ふどうさんや	名 房地產公司 不動産屋でアパートを探す。 透過房地產公司找公寓。

ふ

2644	無難 ぶ なん	名・形動 無災無難，平安；無可非議，說的過去 彼はいつも無難な方法を選択するきらいがある。 他總是傾向於選擇中庸之道。
2645	赴任 ふ にん	名・自サ 赴任，上任 オーストラリアに赴任してからというもの、家族とゆっくり過ごす時間がない。 打從被派到澳洲之後，就沒有閒暇與家人相處共度。
2646	腐敗 ふ はい 類 腐る	名・自サ 腐敗，腐壞；墮落 腐敗が明るみに出てからというもの、支持率が低下している。 自從腐敗醜態遭到揭發之後，支持率就一路下滑。
2647	不評 ふ ひょう 反 好評 類 悪評	名 聲譽不佳，名譽壞，評價低 客の不評をよそに、社長はまた同じような製品を出した。 社長不顧客戶的惡評，再次推出同樣的產品。
2648	不服 ふ ふく 反 満足 類 不満	名・形動 不服從；抗議，異議；不滿意，不心服 不服を申し立てるべく、裁判の準備をします。 為表不服判決結果而準備上訴事宜。
2649	普遍 ふ へん	名 普遍；（哲）共性 古いながらも、このレコードは全部普遍の名曲だよ。 儘管已經年代久遠，這張唱片灌錄的全是耳熟能詳的名曲。
2650	踏まえる ふ	他下一 踏，踩；根據，依據 自分の経験を踏まえて、彼なりに後輩を指導している。 他盡己所能地將自身的經驗全部傳授給後進。
2651	踏み込む ふ こ	自五 陷入，走進，跨進；闖入，擅自進入 警察は家に踏み込むが早いか、証拠を押さえた。 警察才剛踏進家門，就立即找到了證據。

2652	**不明** ふめい ⊛ 分からない	㊂ 不詳，不清楚；見識少，無能；盲目，沒有眼光 あの出所不明の資金は賄賂でなくてなんなんだろう。 假如那筆來路不明的資金並非賄款，那麼又是什麼呢？
2653	**部門** ぶもん ⊛ 分類	㊂ 部門，部類，方面 CDの開発を皮切りにして、デジタル部門への参入も開始した。 以研發CD為開端，同時也開始將之引入了數位部門。
2654	**扶養** ふよう	名・他サ 扶養，撫育 お嫁にいった娘は扶養家族にあたらない。 已婚的女兒不屬於撫養家屬。
2655	**プラスアルファ** 【(和) plus + alpha (希臘)】	㊂ 加上若干，（工會與資方談判提高工資時）資方在協定外可自由支配的部分；工資附加部分，紅利 本給にプラスアルファの手当てがつく。 在本薪外加發紅利。
2656	**ふらふら**	名・自サ・形動 蹣跚，搖晃；（心情）遊蕩不定，悠悠蕩蕩；恍惚，神不守己；蹓躂 「できた」と言うなり、課長はふらふらと立ち上がった。 課長大喊一聲：「做好了！」並搖搖晃晃地從椅子上站起來。
2657	**ぶらぶら** ⊛ よろける	副・自サ （懸空的東西）晃動，搖晃；蹓躂；沒工作； （病）拖長，纏綿 息子ときたら、手伝いもしないでぶらぶらしてばかりだ。 也沒上哪兒去，就在家門前蹓躂閒晃。
2658	**振り返る** ふりかえ ⊛ 顧みる	他五 回頭看，向後看；回顧 「自信を持て。振り返るな。」というのが父の生き方だ。 父親的座右銘是「自我肯定，永不回頭。」
2659	**振り出し** ふだ	㊂ 出發點；開始，開端；（經）開出（支票、匯票等） すぐ終わると思いきや、小さなミスで振り出しに戻った。 本來以為馬上就能完成，沒料到小失誤竟導致一切歸零。

T70

ふ

ふ りょく
浮力

2660	ふ りょく **浮力**	ⓝ（理）浮力 ぶっしつ せいしつ　　　　　ふりょく か 物質の性質いかんで、浮力が変わるから、注意してくれ。 注意，浮力會隨著物質的性質不同而有所改變。
2661	ぶ りょく **武力** ⑲戦力	ⓝ 武力，兵力 ぶりょく こうし　　　　　　　　　かっこく けいざいせいさい 武力を行使してからというもの、各国から経済制裁を う 受けている。 自從出兵之後，就受到各國的經濟制裁。
2662	**ブルー** 【blue】 ⑲青	ⓝ 青，藍色；情緒低落 しろ かべ　　　　　　　　　　　そら ホテルの白い壁が、ブルーの空とあいまって、きれいだ。 旅館的雪白牆壁與湛藍天空相互輝映美不勝收。
2663	ふ る **震わす**	ⓣ五 使哆嗦，發抖，震動 かた ふる な 肩を震わして泣く。 哭得渾身顫抖。
2664	ふ る **震わせる**	ⓣ下一 使震驚（哆嗦、發抖） あね でんわ う　　　　　こえ ふる な 姉は電話を受けるなり、声を震わせて泣きだした。 姊姊一接起電話，立刻泣不成聲。
2665	ふ あ **触れ合う**	ⓘ五 相互接觸，相互靠著 ひと からだ ふ あ 人ごみで、体が触れ合う。 在人群中身體相互擦擠。
2666	ぶ れい **無礼** ⑲失礼	名・形動 沒禮貌，不恭敬，失禮 はなし さえぎ　　　　　ぶ れい 話を遮っても、無礼にはあたらない。 就算是打斷別人講話，也稱不上是沒有禮貌。
2667	**ブレイク** 【break】	ⓝ（拳擊）抱持後分開；休息；突破，爆紅 ティーブレイクにしましょう。 稍事休息吧。

2668	プレゼン 【presentation】 之略	(名) 簡報；（對音樂等的）詮釋 新企画のプレゼンをする。 しんきかく 進行新企畫的簡報。

2669	プレッシャー 【pressure】	(名) 壓強，壓力，強制，緊迫 プレッシャーがかかる。 有壓力。

2670	ぶれる	(自下一)（攝）按快門時（照相機）彈動 カメラがぶれて撮れない。 と 相機晃動無法拍照。

2671	付録 ふろく	(名・他サ) 附錄；臨時增刊 付録を付けてからというもの、雑誌がよく売れている。 ふろく　　　　　　　　　　　　ざっし　　　　う 自從增加附錄之後，雜誌的銷售量就一路長紅。

2672	フロント 【front】	(名) 正面，前面；（軍）前線，戰線；櫃臺 フロントの主任たる者、客の安全を第一に考えなければ。 しゅにん　もの　きゃく　あんぜん　だいいち　かんが 身為櫃臺主任，必須以顧客的安全作為首要考量。

2673	憤慨 ふんがい (類)怒り	(名・自サ) 憤慨，氣憤 彼は悪意があってしたわけではないので、憤慨する かれ　あくい　　　　　　　　　　　　　　　　ふんがい にはあたらない。 他既非抱持惡意而為，無須如此憤恨難當。

2674	文化財 ぶんかざい	(名) 文物，文化遺產，文化財富 市の博物館で50点からある文化財を公開している。 し　はくぶつかん　　　てん　　　　　ぶんかざい　こうかい 市立博物館公開展示五十件經指定之文化資產古物。

2675	分業 ぶんぎょう	(名・他サ) 分工；專業分工 会議が終わるが早いか、みんな分業して作業を進めた。 かいぎ　お　　　　　はや　　　　　　　ぶんぎょう　さぎょう　すす 會議才剛結束，大家立即開始分工作業。

ふ

文語

2676 ☐	**文語** ぶんご	名 文言；文章語言，書寫語言 彼は友達と話をする時さえも、文語を使うきらいがある。 他就連與朋友交談時，也常有使用文言文的毛病。
2677 ☐	**分散** ぶんさん	名・自サ 分散，開散 ここから山頂までは分散しないで、列を組んで登ろう。 從這裡開始直到完成攻頂，大夥兒不要散開，整隊一起往上爬吧！
2678 ☐	**分子** ぶんし	名 (理・化)分子；…份子 入社8年目にして、やっと分子を見る顕微鏡を開発した。 進入公司八年，總算研發出能夠觀察到分子的顯微鏡了。
2679 ☐	**紛失** ふんしつ 類 無くす	名・自他サ 遺失，丟失，失落 重要な書類を紛失してしまい、真に反省の至りです。 竟然遺失了重要文件，確實該深切反省。
2680 ☐	**噴出** ふんしゅつ	名・自他サ 噴出，射出 蒸気が噴出して危ないので、近づくことすらできない。 由於會噴出蒸汽極度危險，就連想要靠近都辦不到。
2681 ☐	**文書** ぶんしょ 類 書類	名 文書，公文，文件，公函 年度末とあって、整理する文書がたくさん積まれている。 最後請在文件上簽署，劃下會談的句點。
2682 ☐	**紛争** ふんそう 類 争い	名・自サ 紛爭，糾紛 文化が多様であればこそ、対立や紛争が生じる。 正因為文化多元，更易產生對立或爭端。
2683 ☐	**ふんだん** 反 少し 類 沢山	形動 很多，大量 狭いながらも、畳をふんだんに使って和室を作った。 儘管空間狹小，依舊使用許多榻榻米，隔出一間和室。

2684	奮闘 ふんとう 類 闘う	名・自サ **奮鬥；奮戰** 子供の頑張りもさることながら、お父さんの奮闘振りもすばらしい。 小孩子已經很努力，爸爸的奮鬥更令人欽佩。
2685	分配 ぶんぱい 類 分ける	名・他サ **分配，分給，配給** 少ないながらも、社員に利益を分配しなければならない。 即使獲利微薄，亦必須編列員工分紅。
2686	分別 ぶんべつ	名・他サ **分別，區別，分類** ごみの分別作業。 垃圾的分類作業。
2687	分母 ぶんぼ	名 **（數）分母** 分子と分母の違いも分からないとは、困った学生だ。 竟然連分子與分母的差別都不懂，真是個讓人頭疼的學生呀！
2688	粉末 ふんまつ	名 **粉末** 今の技術から言えば、粉末になった野菜も、驚くにあたらない。 就現今科技而言，就算是粉末狀的蔬菜，也沒什麼好大驚小怪的。
2689	分離 ぶんり 反 合う 類 分かれる	名・自他サ **分離，分開** この薬品は、水に入れるそばから分離してしまう。 這種藥物只要放入水中，立刻會被水溶解。
2690	分裂 ぶんれつ	名・自サ **分裂，裂變，裂開** 党内の分裂をものともせず、選挙で圧勝した。 他不受黨內派系分裂之擾，在選舉中取得了壓倒性的勝利。
2691 T71	ペア【pair】 類 揃い	名 **一雙，一對，兩個一組，一隊** 両親は、茶碗といい、コップといい、何でもペアで買う。 我的爸媽無論是買飯碗或是茶杯，樣樣都要成對成雙。

ふ

2692	ペアルック 【(和)pair + look】	名 情侶裝，夫妻裝 恋人（こいびと）とペアルック。 與情人穿情侶裝。
2693	兵器（へいき） 類 武器	名 兵器，武器，軍火 税金（ぜいきん）は、1円（えん）たりとも兵器（へいき）の購入（こうにゅう）に使（つか）わないでほしい。 希望不要有任何一塊錢的稅金用於購買武器上。
2694	並行（へいこう） 類 並列	名・自サ 並行；並進，同時舉行 私（わたし）なりに考（かんが）え、学業（がくぎょう）と仕事（しごと）を並行（へいこう）してやることにした。 我經過充分的考量，決定學業與工作二者同時並行。
2695	閉口（へいこう） 類 困る	名・自サ 閉口（無言）；為難，受不了；認輸 処理（しょり）のまずさに、部下（ぶか）ですら閉口（へいこう）した。 看到上司處理事情的拙劣手腕，連部下都不禁啞口無言。
2696	閉鎖（へいさ） 反 開ける 類 閉める	名・自他サ 封閉，關閉，封鎖 2年（ねん）連続（れんぞく）で赤字（あかじ）となったため、工場（こうじょう）を閉鎖（へいさ）するに至（いた）った。 因為連續2年的虧損，導致工廠關門大吉。
2697	兵士（へいし） 類 軍人	名 兵士，戰士 兵士（へいし）が無事（ぶじ）に帰国（きこく）することを願（ねが）ってやまない。 一直衷心祈禱士兵們能平安歸國。
2698	弊社（へいしゃ）	名 敝公司 弊社（へいしゃ）の商品（しょうひん）。 敝公司的產品。
2699	平常（へいじょう） 反 特別 類 普段	名 普通；平常，平素，往常 彼（かれ）は血圧（けつあつ）が高（たか）く、平常（へいじょう）に戻（もど）るまでは歩（ある）くことすら難（むずか）しい。 他的血壓很高，直到恢復正常值之前，幾乎寸步難行。

2700	平然 へいぜん	形動 沉著，冷靜；不在乎；坦然 平然としている。 漫不在乎。

| 2701 | 平方
 へいほう | 名 （數）平方，自乘；（面積單位）平方
 3平方メートルの庭では、狭くて、運動しようにも運動できない。
 三平方公尺的庭院非常窄迫，就算想要運動也辦不到。 |

| 2702 | 並列
 へいれつ | 名・自他サ 並列，並排
 この川は800メートルからある並木路と並列している。
 這條河川與總長八百公尺兩旁種滿樹木的道路並行而流。 |

| 2703 | ベース
 【base】
 類 土台 | 名 基礎，基本；基地（特指軍事基地），根據地
 建物は、ベースを作ることなしに建てることはできない。
 建築物必須先打好地基，才能往上繼續建蓋。 |

| 2704 | ペーパードライバー
 【(和)paper + driver】 | 名 有駕照卻沒開過車的駕駛
 ペーパードライバーから脱出する。
 脱離紙上駕駛身份。 |

| 2705 | 辟易
 へきえき | 名・自サ 畏縮，退縮，屈服；感到為難，感到束手無策
 今回の不祥事には、ファンですら辟易した。
 這次發生的醜聞鬧得就連影迷也無法接受。 |

| 2706 | ぺこぺこ | 名・自サ・形動・副 癟，不鼓；空腹；諂媚
 客が激しく怒るので、社長までぺこぺこし出す始末だ。
 由於把顧客惹得火冒三丈，到最後不得不連社長也親自出面，鞠躬哈腰再三道歉。 |

| 2707 | ベスト
 【best】
 類 最善 | 名 最好，最上等，最善，全力
 重責にたえるよう、ベストを尽くす所存です。
 必將竭盡全力以不負重責使命。 |

へ

ベストセラー

2708	ベストセラー 【bestseller】	名 （某一時期的）暢銷書 ベストセラーともなると、印税も相当ある。 成了暢銷書後，版稅也就相當可觀。
2709	べっきょ 別居	名・自サ 分居 つま べっきょ 妻と別居する。 和太太分居。
2710	ベッドタウン 【(和)bed ＋ town】	名 衛星都市，郊區都市 けいかく ベッドタウン計画。 衛星都市計畫。
2711	へり 縁 類 周囲	名 （河岸、懸崖、桌子等）邊緣；帽簷；鑲邊 がけ へり た お 崖の縁に立つな。落ちたらそれまでだぞ。 不要站在懸崖邊！萬一掉下去的話，那就完囉！
2712	へりくだる 反 不遜 類 謙遜	自五 謙虚，謙遜，謙卑 なまいき おとうと あに はな 生意気な弟にひきかえ、兄はいつもへりくだった話 かた し方をする。 比起那狂妄自大的弟弟，哥哥說話時總是謙恭有禮。
2713	ヘルスメーター 【(和)health ＋ meter】	名 （家庭用的）體重計，磅秤 さまざま きのう なら 様々な機能のヘルスメーターが並ぶ。 整排都是多功能的體重計。
2714	べんかい 弁解 類 言い訳	名・自他サ 辯解，分辯，辯明 い かた べんかい さっきの言い方は弁解でなくてなんなんだろう。 如果剛剛說的不是辯解，那麼又算是什麼呢？
2715	へんかく 変革	名・自他サ 變革，改革 こうりつ あ そしき へんかく ひつよう 効率を上げるため、組織を変革する必要がある。 為了提高效率，有必要改革組織系統。

| 2716 | へんかん
返還
□ | 名・他サ 退還，歸還（原主）
こんげつ かぎ か とち へんかん
今月を限りに、借りていた土地を返還することにした。
直到這個月底之前必須歸還借用的土地。 |

| 2717 | べんぎ
便宜
□
類 都合 | 名・形動 方便，便利；權宜
べんぎ はか
便宜を図ることもさることながら、事前の根回しも
いっさいきんし ねまわ
一切禁止です。
別説不可予以優待，連事前關説一切均在禁止之列。 |

| 2718 | へんきゃく
返却
□ | 副・他サ 還，歸還
ほん へんきゃく
本を返却する。
還書。 |

| 2719 | へんけん
偏見
□
類 先入観 | 名 偏見，偏執
きょうし もの へんけん がくせい せっ
教師たる者、偏見をもって学生に接してはならない。
從事教育工作者不可對學生懷有偏見。 |

| 2720 | べんご
弁護
□ | 名・他サ 辯護，辯解；（法）辯護
しゅ さいばん べんご おおやま ほか
この種の裁判の弁護なら、大山さんをおいて他にいない。
假如要辯護這種領域的案件，除了大山先生不作第二人想。 |

| 2721 | へんさい
返済
□
反 借りる
類 返す | 名・他サ 償還，還債
しゃっきん へんさい せま おく どうじょう きん
借金の返済を迫られる奥さんを見て、同情を禁じえない。
看到那位太太被債務逼得喘不過氣，不由得寄予無限同情。 |

| 2722 | べんしょう
弁償
□
類 償う | 名・他サ 賠償
こわ かびん こうか べんしょう よぎ
壊した花瓶は高価だったので、弁償を余儀なくされた。
打破的是一只昂貴的花瓶，因而不得不賠償。 |

| 2723 | へんせん
変遷
□
類 移り変わり | 名・自サ 變遷
むら ぶんか じだい へんせん
この村ならではの文化も、時代とともに変遷している。
就連這個村落的獨特文化，也隨著時代變遷而有所改易。 |

へんとう
返答

2724	へんとう **返答**　 反 問い 類 返事	名·他サ 回答，回信，回話 言い訳めいた返答なら、しないほうがましだ。 如果硬要說這種強詞奪理的回話，倒不如不講來得好！
2725	へんどう **変動**　 類 変化	名·自サ 變動，改變，變化 為替変動いかんによっては、本年度の業績が赤字に転じる可能性がある。 根據匯率的變動，這年度的業績有可能虧損。
2726	べんぴ **便秘**	名·自サ 便秘，大便不通 生活が不規則で便秘しがちだ。 因為生活不規律有點便秘的傾向。
2727	べんろん **弁論**　 類 論じる	名·自サ 辯論；（法）辯護 弁論大会がこんなに白熱するとは思わなかった。 作夢都沒有想到辯論大會的氣氛居然會如此劍拔弩張。
2728	ほ **穂**　 類 稲穂	名 （植）稻穗；（物的）尖端 この筆が稲の穂で作られているとは、実におもしろい。 這支筆是用稻穗做成的，真是有趣極了。
2729	ほいく **保育**	名·他サ 保育 デパートに保育室を作るべく、設計事務所に依頼した。 百貨公司為了要增設一間育嬰室，委託設計事務所協助設計。
2730	**ボイコット**【boycott】	名 聯合抵制，拒絕交易（某貨物），聯合排斥（某勢力） 現状の改善には、ボイコットしかない。 倘若圖求改革現狀，除了聯合抵制別無他法。
2731	**ポイント**【point】 類 要点	名 點，句點；小數點；重點；地點；（體）得分 入社3年ともなると、仕事のポイントがわかってくる。 已經在公司任職三年，自然能夠掌握工作的訣竅。

ほ

T72

2732	**法案** ほうあん	名 法案，法律草案

デモをしても、法案が可決されればそれまでだ。

就算進行示威抗議，只要法案通過，即成為定局。

2733	**防衛** ぼうえい 類 守る	名・他サ 防衛，保衛

防衛のためとはいえ、これ以上税金を使わないでほしい。

雖是為了保疆衛土，卻不希望再增編國防預算。

2734	**防火** ぼうか	名 防火

防火ドアといえども、完全に火を防げるとは限らない。

即使號稱是防火門，亦未必能夠完全阻隔火勢。

2735	**崩壊** ほうかい	名・自サ 崩潰，垮台；（理）衰變，蛻變

アメリカの経済が崩壊したがさいご、世界中が巻き添えになる。

一旦美國的經濟崩盤，世界各國就會連帶受到影響。

2736	**妨害** ぼうがい 類 差し支え	名・他サ 妨礙，干擾

いくらデモを計画したところで、妨害されるだけだ。

無論事前再怎麼精密籌畫示威抗議活動，也勢必會遭到阻撓。

2737	**法学** ほうがく	名 法學，法律學

歌手志望の彼が法学部に入るとは、実に意外だ。

立志成為歌手的他竟然進了法律系就讀，令人大感意外。

2738	**放棄** ほうき 類 捨てる	名・他サ 放棄，喪失

あの生徒が学業を放棄するなんて、残念の極みです。

那個學生居然放棄學業，實在可惜。

2739	**封建** ほうけん	名 封建

封建時代ではあるまいし、身分なんか関係ないだろう。

現在又不是封建時代，應該與身分階級不相干吧！

へ

ほうさく
方策

2740	方策 ほうさく 類 対策	名 方策 重要文書の管理について、具体的方策を取りまとめた。 針對重要公文的管理，已將具體的方案都整理在一起了。
2741	豊作 ほうさく 反 凶作 類 上作	名 豊收 去年の不作を考えると、今年は豊作を願ってやまない。 一想到去年的農作欠收，便由衷祈求今年能有個大豐收。
2742	奉仕 ほうし 類 奉公	名・自サ （不計報酬而）效勞，服務；廉價賣貨 彼女は社会に奉仕できる職に就きたいと言っていた。 她立言説想要從事服務人群的職業。
2743	方式 ほうしき 類 仕組み	名 方式；手續；方法 指定された方式に従って、資料を提出しなさい。 請遵從指定的形式提交資料。
2744	放射 ほうしゃ	名・他サ 放射，輻射 放射線による治療を受けるべく、大きな病院に移った。 轉至大型醫院以便接受放射線治療。
2745	放射線 ほうしゃせん	名 （理）放射線 放射線を浴びる。 暴露在放射線之下。
2746	放射能 ほうしゃのう	名 （理）放射線 放射能漏れの影響がこれほど深刻とは知らなかった。 沒想到輻射外洩會造成如此嚴重的影響。
2747	報酬 ほうしゅう 類 御礼	名 報酬；收益 報酬のいかんによらず、この会社で働いていきたい。 不管薪資報酬是多少，我就是想要在這家公司上班。

| 2748 | 放出
ほうしゅつ | (名・他サ) 放出，排出，噴出；（政府）發放，投放
この種の機械は、常に熱を放出しないと、故障する。
如果這種機械無法維持正常散熱將會故障。 |
| | | |

2749 報じる（ほう）
(他上一) 通知，告訴，告知，報導；報答，報復
テレビで報じるそばから、どんどん売れていく。
電視才報導，銷售量就直線上升。
類 知らせる

2750 報ずる（ほう）
(他サ) 通知，告訴，告知，報導；報答，報復
同じトピックでもどう報ずるかによって、与える印象が大きく変わる。
即使是相同的話題，也會因報導方式的不同而給人大有不一樣的感受。

2751 紡績（ぼうせき）
(名) 紡織，紡紗
紡績にかかわる産業は、ここ数年成長が著しい。
近年來，紡織相關產業成長顯著。

2752 呆然（ぼうぜん）
(形動) 茫然，呆然，呆呆地
驚きのあまり、怒るともなく呆然と立ちつくしている。
由於太過震驚，連生氣都忘了，只能茫然地呆立原地。
類 呆れる

2753 放置（ほうち）
(名・他サ) 放置不理，置之不顧
庭を放置しておいたら、草ずくめになった。
假如對庭園置之不理，將會變得雜草叢生。
類 据え置く

ほ

2754 膨張（ぼうちょう）
(名・自サ)（理）膨脹；增大，增加，擴大發展
宇宙が膨張を続けているとは、不思議なニュースだ。
新聞説宇宙正在繼續膨脹中，真是不可思議。
反 狭まる
類 膨らむ

2755 法廷（ほうてい）
(名)（法）法庭
判決を聞くが早いか、法廷から飛び出した。
一聽到判決結果，就立刻衝出法庭之外。
類 裁判所

2756	報道 ほうどう ⑱記事	㈜・他サ 報導 小さなニュースなので、全国ニュースとして報道するにあたらない。 這只是一則小新聞，不可能會被當作全國新聞報導。
2757	冒頭 ぼうとう ⑱真っ先	㈜ 起首，開頭 班長たる者、冒頭の挨拶くらいはやってもらわなきゃ。 既是班長，至少得做開場致詞才行吧。
2758	暴動 ぼうどう ⑱反乱	㈜ 暴動 政治不信が極まって、暴動が各地で発生している。 大家對政治的信賴跌到谷底，在各地引起了暴動。
2759	褒美 ほうび ⑲罰 ⑱賞品	㈜ 褒獎，獎勵；獎品，獎賞 褒美いかんで、子供たちの頑張りも違ってくる。 獎賞將決定孩子們努力的程度。
2760	暴風 ぼうふう	㈜ 暴風 明日は暴風だそうだから、窓を開けっぱなしにするな。 聽說明天將颳起強風，不要忘了把窗戶關緊！
2761	訪米 ほうべい	㈜・自サ 訪美 首相が訪米する。 首相出訪美國。
2762	葬る ほうむる ⑱埋める	㈩他五 葬，埋葬；隱瞞，掩蓋；葬送，拋棄 古代の王は高さ150メートルからある墓に葬られた。 古代的君王被葬於一百五十公尺高的陵墓之中。
2763	放り込む ほうりこむ	㈩他五 扔進，拋入 散歩がてら、このごみをごみ箱に放り込んで来るよ。 既然要去散步，那就順便把這包垃圾拿去垃圾桶丟吧！

2764	**放り出す** ほう　だ 類 投げ出す	他五　（胡亂）扔出去，拋出去；擱置，丟開，扔下 彼はいやなことをすぐ放り出すきらいがある。 他總是一遇到不如意的事，就馬上放棄了。
2765	**暴力団** ぼうりょくだん	名　暴力組織 暴力団の資金源。 暴力組織的資金來源。
2766	**飽和** ほう　わ	名・自サ　（理）飽和；最大限度，極限 飽和状態になった街の交通事情は、見るにたえない。 街頭車滿為患的路況，實在讓人看不下去。
2767	**ホース** 【(荷)hoos】 類 チューブ	名　（灑水用的）塑膠管，水管 このホースは、隣の部屋に十分な水を送るに足る長さだ。 這條水管的長度，足以將水輸送至隔壁房間。
2768	**ポーズ** 【pose】 類 姿	名　（人在繪畫、舞蹈等）姿勢；擺樣子，擺姿勢 会長が妙なポーズを取ったので、会場はざわめいた。 會長講到一半，忽然做了一個怪動作，頓時引發與會人士紛紛騷動。
2769	**保温** ほ　おん	名・自サ　保温 忙しい妻のことを思えばこそ、保温できる鍋を買った。 正因為想讓忙碌的妻子輕鬆一點，這才買下具有保温功能的鍋具。
2770	**保管** ほ　かん	名・他サ　保管 倉庫がなくて、重要な書類の保管すらできない。 由於沒有倉庫，就連重要文件也無法保管。
2771	**補給** ほ　きゅう	名・他サ　補給，補充，供應 水分を補給することなしに、運動することは危険だ。 在沒有補充水分的狀況下運動是很危險的事。
2772	**補強** ほ　きょう	名・他サ　補強，增強，強化 載せる物の重さいかんで、台を補強するかどうか決める。 視承載物品的重量，決定是否要加強托台的承重度。

ほ

募金

2773	募金 ぼきん	（名・自サ）募捐 たくさん募金していただき、真に感謝にたえません。 承蒙多方捐款，由衷感謝。

2774	牧師 ぼくし （類）神父	（名）牧師 牧師のかたわら、サッカーチームの監督も務めている。 他是牧師，一邊也同時是足球隊的教練。

T73

2775	捕鯨 ほげい	（名）掠捕鯨魚 捕鯨問題は、ひとり日本のみならず、世界全体の問題だ。 獵捕鯨魚並非日本一國的問題，而是全世界的問題。

2776	惚ける ぼ （類）恍惚	（自下一）（上了年紀）遲鈍；（形象或顏色等）褪色，模糊 年末ともなると、忙しくなるので、惚けている暇はない。 到了歲末年終就忙得不可開交，根本無暇發愣。

2777	保険 ほけん （類）生命保険	（名）保險；（對於損害的）保證 老後を思うと、保険に入らないではおかない。 只要一想到年老時的生活保障，就不敢不加入保險。

2778	保護 ほご （類）助ける	（名・他サ）保護 皆の協力なくしては、動物を保護することはできない。 沒有大家的協助，就無法保護動物。

2779	母校 ぼこう	（名）母校 彼は教師という職にあって、母校で教育に専念している。 他在母校執教鞭，以作育英才為己任。

2780	母国 ぼこく （類）祖国	（名）祖國 母国語は覚えるともなしに、自然と身に付くものです。 母語不需刻意學習，自然而然就學會了。

2781 ☐	**ほころびる** 麹 解ける	自上一（逢接處線斷開）開線，開綻；微笑，露出笑容 彼ときたら、ほころびた制服を着て登校しているのよ。 かれ　　　　　　　　　　　　　せいふく　き　　とうこう 他這個傢伙呀，老穿著破破爛爛的制服上學呢。
2782 ☐	**干し** ほ	造語 乾，晒乾 干しぶどうが貧血に効くことは、言うまでもないことだ。 　　　　　　ひんけつ　き 大家都知道，葡萄乾對貧血有益。
2783 ☐	**ポジション** 【position】	名 地位，職位；（棒）守備位置 所定のポジションを離れると、仕事の効率にかかわるぞ。 しょてい　　　　　　はな　　　　　しごと　こうりつ 如若離開被任命的職位，將會降低工作效率喔！
2784 ☐	**干し物** ほ　もの	名 曬乾物；（洗後）晾曬的衣服 娘ときたら、干し物も手伝わないで遊びに行った。 むすめ　　　　　　もの　てつだ　　　　あそ　い 要說到我那個女兒呀，連洗好的衣服也沒幫忙晾，就不知道野到哪兒去囉！
2785 ☐	**保守** ほ　しゅ	名・他サ 保守；保養 お客様あっての会社だから、製品の保守も徹底している。 きゃくさま　　　かいしゃ　　　せいひん　ほしゅ　てってい 這家公司將「顧客至上」奉為圭臬，因此極度重視產品的維修。
2786 ☐	**補充** ほ　じゅう 反 除く 麹 加える	名・他サ 補充 社員を補充したところで、残業が減るわけがない。 しゃいん　ほじゅう　　　　　　ざんぎょう　へ 並沒有因為增聘員工，就減少了加班時間。
2787 ☐	**補助** ほ　じょ 麹 援助	名・他サ 補助 父は、市からの補助金をもらうそばから全部使っている。 ちち　し　　　ほじょきん　　　　　　　ぜんぶつか 家父才剛領到市政府的補助金旋即盡數花光。
2788 ☐	**保障** ほ　しょう	名・他サ 保障 失業保障があるとはいえ、やはり自分で働かなければ。 しつぎょうほしょう　　　　　　　　じぶん　はたら 縱使有失業救助保障，自己還是得工作才行。

ほ

補償
ほ しょう

2789	補償 ほ しょう 類 守る	名・他サ 補償，賠償 補償額のいかんによっては、告訴も見合わせる。 ほ しょうがく　　　　　　　　　　こく そ　み あ 撤不撤回告訴，要看賠償金的多寡了。
2790	補足 ほ そく 類 満たす	名・他サ 補足，補充 以下の資料をもって、説明を補足させていただきます。 い か　　し りょう　　　　　　　　せつめい　　ほ そく 請容我以下列資料補充說明。
2791	墓地 ぼ ち 類 墓	名 墓地，墳地 彼は迷いながらも、ようやく友達の墓地にたどり着いた。 かれ　まよ　　　　　　　　　　　とも だち　ぼ ち　　　　　　　つ 他雖然迷了路，總算找到了友人的墓地。
2792	発作 ほっ さ 類 発病	名・自サ （醫）發作 長年のストレスが極まって、発作を起こした。 ながねん　　　　　　　きわ　　　　　ほっ さ　　お 長年下來的壓力累積到了極點，症狀就發作起來了。
2793	没収 ぼっしゅう 反 与える 類 奪う	名・他サ （法）（司法處分的）沒收，查抄，充公 雑誌は先生に没収されたが、返してもらえないでもない。 ざっ し　　せんせい　ぼっしゅう　　　　　　かえ 雖然雜誌被老師沒收了，還是有可能發還回來。
2794	発足 ほっそく 反 帰着 類 出発	名・自サ 出發，動身；（團體、會議等）開始活動 会を発足させるには、法律に即して手続きをするべきだ。 かい　ほっそく　　　　　　　ほうりつ　そく　　て つづ 想要成立協會，必須依照法律規定辦理相關程序。
2795	ポット 【pot】	名 壺；熱水瓶 小さいながらも、ポットがあるとお茶を飲むのに便利だ。 ちい　　　　　　　　　　　　　　　　　ちゃ　の　　　　　べん り 雖然僅是一只小熱水瓶，但是有了它，想喝茶時就很方便。
2796	頬っぺた ほ 類 顔面	名 面頰，臉蛋 チョコレートの風味とあいまって、ほっぺたが落ちる ふう み　　　　　　　　　　　　　　　　　　　お ほどおいしくなった。 結合了巧克力的風味，絕妙的滋味讓人說不出話了。

2797	ぼつぼつ 　　　反 どんどん 　　　類 ぼちぼち	(名・副) 小斑點；漸漸，一點一點地 年末ということもあって、みんなぼつぼつ大掃除を始めた。 可能是年關將近，大家都逐漸動手大掃除了。
2798	没落 ぼつらく 　　　反 成り上がる 　　　類 落ちぶれる	(名・自サ) 沒落，衰敗；破產 経済が没落したといえども、生きるために働かなければ。 即使經濟陷入衰退，為了活下去仍需工作才行。
2799	解ける ほど	(自下一) 解開，鬆開 帯がほどける。 鬆開和服腰帶。
2800	施す ほどこ 　　　反 奪う 　　　類 与える	(他五) 施，施捨，施予；施行，實施；添加；露，顯露 解決するために、できる限りの策を施すまでだ。 為解決問題只能善盡人事。
2801	程程 ほどほど	(副) 適當的，恰如其分的；過得去 酒はほどほどに飲むのがよい。 喝酒要適度。
2802	辺 ほとり	(名) 邊，畔，旁邊 湖の辺で待っていると思いきや、彼女はもう船の上にいた。 原先以為她還在湖畔等候，沒料到早已上了船。
2803	保母 ほ ぼ 　　　類 保育士	(名) 褓姆，保育員 保母になりたい。 我想當褓姆。
2804	ぼやく 　　　類 苦情	(自他五) 發牢騷 父ときたら、仕事がおもしろくないとぼやいてばかりだ。 我那位爸爸，成天嘴裡老是叨唸著工作無聊透頂。

ほ

2805	ぼやける （類）暈ける	（自下一）（物體的形狀或顏色）模糊，不清楚 この写真家の作品は全部ぼやけていて、見るにたえない。 這位攝影家的作品全都模糊不清，讓人不屑一顧。
2806	保養（ほよう） （反）活動 （類）静養	（名・自サ）保養，（病後）修養，療養；（身心的）修養；消遣 退院後保養することになり、彼は退学を余儀なくされた。 他出院後尚須在家療養，只好被迫休學了。
2807	捕虜（ほりょ） （類）虜	（名）俘虜 捕虜の健康状態は憂慮にたえない。 俘虜的健康狀況讓人憂心忡忡。
2808	ボルト 【bolt】	（名）螺栓，螺絲 故障した機械のボルトを抜くと、油まみれになっていた。 才將故障機器的螺絲旋開，機油立刻噴得滿身都是。
2809	ほろ苦（にが）い	（形）稍苦的 ほろ苦（にが）い思（おも）い出（で）。 略為苦澀的回憶。
2810	滅（ほろ）びる （反）興る （類）断絶	（自上一）滅亡，淪亡，消亡 恐竜（きょうりゅう）はなぜみな滅（ほろ）びてしまったのですか。 恐龍是因為什麼原因而全滅亡的？
2811	滅（ほろ）ぶ	（自五）滅亡，滅絕 人類（じんるい）もいつかは滅（ほろ）ぶ。 人類終究會滅亡。
2812	滅（ほろ）ぼす （反）興す （類）絶やす	（他五）消滅，毀滅 彼女は滅（ほろ）ぼされた民族（みんぞく）のために涙（なみだ）ながらに歌（うた）った。 她流著眼淚，為慘遭滅絕的民族歌唱。

2813	ほん かく **本格**	名 正式
		本格的とは言わないまでも、このくらいの絵なら描ける。
		雖說尚不成氣候，但是這種程度的圖還畫得出來。

2814	ほん かん **本館**	名 （對別館、新館而言）原本的建築物，主要的樓房； 此樓，本樓，本館
		いらっしゃいませ。本館にお部屋をご用意しております。
		歡迎光臨！已經為您在主館備好了房間。

2815	ほん き **本気** 類 **本心**	名・形動 真的，真實；認真
		あれは彼の本音じゃあるまいし、君も本気にしなくていいよ。
		那又不是他的真心話，你也不必當真啦。

2816	ほん ごく **本国** 類 **母国**	名 本國，祖國；老家，故鄉
		本国の領土が早く戻されることを願ってやまない。
		誠心向上蒼祈求早日歸還我國領土。

2817	ほん しつ **本質** 類 **実体**	名 本質
		液体といい、個体といい、本質が違う物は区別するべきだ。
		液體也好，固體也罷，應當區分清楚本質不同的物體。

2818	ほん たい **本体** 類 **本性**	名 真相，本來面目；（哲）實體，本質；本體，主要部份
		このパソコンは本体もさることながら、付属品もいい。
		不消說這部電腦的主要機體無可挑剔，就連附屬配件也很棒。

2819	ほん ね **本音**	名 真正的音色；真話，真心話
		本音を言うのは、君のことを思えばこそです。
		為了你好才講真話。

2820	ほん のう **本能**	名 本能
		本能たるものは、理性でコントロールできるものではない。
		作為一個本能，是理性無法駕馭的。

ほ

ほん ば
本場

2821 ☐	本場 _{ほん ば} 類 産地	名 原產地，正宗產地；發源地，本地 出張かたがた、本場の美味しい料理を堪能した。 出差的同時，也順便嚐遍了當地的美食料理。
2822 ☐	ポンプ 【(荷)pomp】	名 抽水機，汲筒 ポンプなら簡単にできるものを、バケツで水を汲む とは。 使用抽水機的話，輕鬆容易就能打水，沒想到居然是以水桶辛苦提水。
2823 ☐	本文 _{ほん ぶん} 類 文章	名 本文，正文 君の論文は本文もさることながら、まとめもすばらしい。 你的論文不止文章豐富精闢，結論部分也鏗鏘有力。
2824 ☐	本名 _{ほん みょう} 類 名前	名 本名，真名 本名だと思いきや、「田中太郎」はペンネームだった。 本來以為「田中太郎」是本名，沒想到那是筆名。

MEMO

2825 T74	マーク【mark】 ⑨記号	（名・他サ）（劃）記號，符號，標記；商標；標籤，標示，徽章 小さいながらも、マークがあれば、わかりやすいだろう。 雖然很小，只要附上標籤，應該一眼就找得到吧！
2826	マイ【my】 ⑨私の	（造語）我的（只用在「自家用、自己專用」時） 環境を保護するべく、社長は社員にマイ箸を勧めた。 社長為了環保，規勸員工們自備筷子。
2827	埋蔵（まいぞう） ⑨埋め隠す	（名・他サ）埋藏，蘊藏 埋蔵されている宝を独占するとは、許されない。 竟敢試圖獨吞地底的寶藏，不可原諒！
2828	マイナス【minus】	⑧（數）減，減號；（數）負號；（電）負，陰極；（溫度）零下；虧損，不足；不利 彼の将来にとってマイナスだ。 對他的將來不利。
2829	真上（まうえ） ⑨すぐ上	⑧正上方，正當頭 ご尊父のお部屋は社長のお部屋の真上でございます。 令尊的房間位於社長的房間的正上方。
2830	前売り（まえうり） ⑨事前に売り出す	（名・他サ）預售 前売りゆえの優待サービスを提供しています。 提供預購獨享的優惠方案。
2831	前置き（まえおき） ⑤後書き ⑨序文	（名・自サ）前言，引言，序語，開場白 彼のスピーチは前置きもさることながら、本文も長い。 他的演講不僅引言內容乏味，主題部分也十分冗長。
2832	前借り（まえがり）	（名・他サ）預借，預支 給料を前借りする。 預支工錢。

ほ

まえばら
前払い

2833 □	まえばら 前払い	（名・他サ）預付 こうじひ いちぶ まえばら 工事費の一部を前払いする。 預付一部份的施工費。
2834 □	まえむ 前向き	（名）面像前方，面向正面；向前看，積極 まえむ かんが 前向きに考える。 積極檢討。
2835 □	まか 任す （類）任せる	（他五）委託，託付 ぜんぶまか い かれ で い 「全部任すよ。」と言うが早いか、彼は出て行った。 他才説完：「全都交給你囉！」就逕自出去了。
2836 □	ま 負かす （反）負ける （類）勝つ	（他五）打敗，戰勝 いまかれ あいて ま いきお 今の彼には相手を負かさんばかりの勢いがある。 現在的他氣勢逼人，足以讓對手拱手認輸。
2837 □	まぎ 紛らわしい （類）似ている	（形）因為相像而容易混淆；以假亂真的 か ちょう ぶ ちょう まぎ はなし 課長といい、部長といい、紛らわしい話をしてばかりだ。 無論是課長或是經理，掛在嘴邊的話幾乎都似是而非。
2838 □	まぎ 紛れる （類）混乱	（自下一）混入，混進；（因受某事物吸引）注意力分散，暫時 忘掉，消解 さわ まぎ きん ぬす やつ 騒ぎに紛れて金を盗むとは、とんでもない奴だ。 這傢伙實在太可惡了，竟敢趁亂偷黃金。
2839 □	まく 膜 （類）薄い皮	（名・漢造）膜；（表面）薄膜，薄皮 しゅじゅつ やぶ こまく なお 手術したところで、破れた鼓膜は治らないだろう。 即使接受手術，也沒有辦法修補破裂的鼓膜吧。
2840 □	ま ぎら 負けず嫌い	（名・形動）不服輸，好強 ま ぎら ひと 負けず嫌いな人。 不服輸的人。

2841	真心 _{まごころ}	名 真心，誠心，誠意

2841

真心（まごころ）

類 誠意

名 真心，誠心，誠意
大家さんの真心に対して、お礼を言わずにはすまない。
對於房東的誠意，不由衷道謝實在說不過去。

2842

まごつく

反 落ち着く
類 慌てる

自五 慌張，驚慌失措，不知所措；徘徊，徬徨
緊張のあまり、客への挨拶さえまごつく始末だ。
因為緊張過度，連該向顧客打招呼都不知所措。

2843

誠（まこと）

類 真心

名・副・感 真實，事實；誠意，真誠，誠心；誠然，的確，非常
大田様の誠のお気持ちをうかがい、涙を禁じえません。
聽到了大田先生的真誠，讓人不由自主地流下眼淚。

2844

誠に（まことに）

類 本当に

副 真，誠然，實在
わざわざ弊社までお越しいただき、誠に光栄の至りです。
勞駕您特地蒞臨敝公司，至感無上光榮。

2845

マザコン
【(和)mother ＋
complex 之略】

名 戀母情結
あいつはマザコンなんだ。
那傢伙有戀母情結。

2846

まさしく

類 確かに

副 的確，沒錯；正是
彼の演説は、まさしく全員を感動させるに足るものだ。
他的演講正足以感動所有人。

2847

勝る（まさる）

類 すぐれる

自五 勝於，優於，強於
条件では勝りながらも、最終的には勝てなかった。
雖然佔有優勢，最後卻遭到敗北。

2848

交える（まじえる）

類 加え入れる

他下一 夾雜，摻雜；（使細長的東西）交叉；互相接觸，交
小さな問題といえども、課長を交えて話し合おう。
雖是個小問題，還是請課長一起參與討論吧。

2849 □	真下 ⊠真上 圏すぐ下	图 正下方，正下面 ペンがなくなったと思いきや、椅子の真下に落ちていた。 還以為筆不見了，原來是掉在椅子的正下方。
2850 □	まして 圏さらに	圓 何況，況且；（古）更加 小荷物とはいえ、結構重い。まして子供には持てないよ。 儘管是件小行李，畢竟還是相當重，何況是小孩子，怎麼提得動呢！
2851 □	交わる 圏付き合う	直五 （線狀物）交，交叉；（與人）交往，交際 弊社の看板は2本の道が交わる所に立ててございます。 敝公司的招牌就豎在兩條馬路交叉口處。
2852 □	麻酔 圏麻痺	图 麻醉，昏迷，不省人事 麻酔を専門に研究している人といえば、彼をおいて他にいない。 要提到專門研究麻醉的人士，那就非他莫屬。
2853 □	不味い	围 難吃；笨拙，拙劣；難看；不妙 空腹にまずい物なし。 餓肚子時沒有不好吃的東西。
2854 □	股	图 跨股，跨襠 ズボンの股が破れたのなら、もう一度縫うまでだ。 如果褲襠處裂開了，那就只好再縫補一次。
2855 □ T75	跨がる 圏わたる	直五 （分開兩腿）騎，跨；跨越，橫跨 世界を跨がんばかりの活躍に注目が集まる。 活躍縱橫於全球，引起眾人矚目。
2856 □	待ち合わせ	图・自他下一 （指定的時間地點）等候會見 日曜日とあって、駅前で待ち合わせする恋人達が多い。 適逢星期日，有很多情侶們都約在車站前碰面。

2857	待ち遠しい まちどお	形 盼望能盡早實現而等待的樣子；期盼已久的 晩ごはんが待ち遠しくて、台所の前を行きつ戻りつした。 等不及吃晚餐，在廚房前面走來走去的。
2858	待ち望む まのぞ 類 期待して待つ	他五 期待，盼望 娘がコンサートをこんなに待ち望んでいるとは知らなかった。 實在不知道女兒如此期盼著演唱會。
2859	区々 まちまち 類 いろいろ	名・形動 形形色色，各式各樣 家庭料理といえども、家によって味はまちまちだ。 即使一概稱為家常料理，每個家庭都有其不同風味。
2860	末 まつ 反 始め 類 おわり	接尾・漢造 末，底；末尾；末期；末節 月末とあって、社員はみんな忙しそうにしている。 到了月底，所有員工們都變得異常繁忙。
2861	末期 まっき 類 終わり	名 末期，最後的時期，最後階段；臨終 江戸末期の名画をご寄付いただき、光栄の至りです。 承蒙捐贈江戶末期的名畫，至感無限光榮。
2862	マッサージ 【massage】 類 揉む	名・他サ 按摩，指壓，推拿 サウナに行ったとき、体をマッサージしてもらった。 前往三溫暖時請他們按摩了身體。
2863	真っ二つ まふた 類 半分	名 兩半 スイカが地面に落ちて真っ二つに割れた。 西瓜掉落到地面上分成了兩半。
2864	的 まと 類 目当て	名・自他サ 標的，靶子；目標，標的；要害，要點 的に当たるかどうかを賭けよう。 來賭賭看能不能打到靶上吧！

ま

まと
纏まり

2865	纏まり まと 類 統一	名 解決，結束，歸結；一貫，連貫；統一，一致 勝利できるかどうかは、チームのまとまりいかんだ。 團隊的合作一致精神，將是致勝關鍵。
2866	纏め まと 反 乱す 類 整える	名 總結，歸納；匯集；解決，有結果；達成協議；調解（動詞為「纏める」） 先生のスピーチをまとめて、一冊の本にした。 將教授的演講內容彙集成乙冊。
2867	まとも	名・形動 正面；正經，認真，規規矩矩 まともにぶつかった。 正面碰撞。
2868	マニア 【mania】	名・造語 狂熱，癖好；瘋子，愛好者，…迷，…癖 カメラマニア。 相機迷。
2869	免れる まぬが 反 追う 類 避ける	他下一 免，避免，擺脫 前日の山火事でうちの別荘はなんとか焼失を免れた。 我們家的別墅在前一天的森林大火中倖免躲過一劫。
2870	招き まね 類 招待	名 招待，邀請，聘請；（招攬顧客的）招牌，裝飾物 これが有名な招き猫ですよ。 這就是那聞名的招財貓唷。
2871	瞬き・瞬き まばた　またた	名・自サ 瞬，眨眼 あいつはひと瞬きする間にラーメンを全部食った。 那個傢伙眨眼間，就將拉麵全都掃進肚裡去了。
2872	麻痺 まひ 類 痺れる	名・自サ 麻痺，麻木；癱瘓 炎天下での3時間にも及ぶ大熱戦のため、右足が麻痺してしまった。 基於處在大太陽下持續了長達約三個小時的熱烈戰況，而讓右腳給麻痺掉了。

2873	～塗れ (まみれ) 類 汚れ	接尾 沾污，沾滿 一つ嘘をついたらさいご、すべてが嘘まみれになる。 (ひと)(うそ)(うそ) 只要撒一個謊，接下來講的就完全是一派謊言了。
2874	まめ	名・形動 勤快，勤肯；忠實，認真，表裡一致，誠懇 まめに働く。 (はたら) 認真工作。
2875	麻薬 (まやく)	名 麻藥，毒品 麻薬中毒。 (まやくちゅうどく) 毒癮。
2876	眉 (まゆ)	名 眉毛，眼眉 濃い眉は意志を持っているように見えるといわれます。 (こ)(まゆ)(いし)(も)(み) 據説濃眉的特徵讓人覺得有毅力。
2877	鞠 (まり) 類 球	名 （用橡膠、皮革、布等做的）球 まりをける遊びは平安時代に流行した。 (あそ)(へいあんじだい)(りゅうこう) 踢球的遊戲曾流行於平安時代。
2878	丸ごと (まる) 類 そっくり全部	副 完整，完全，全部地，整個（不切開） 仕事を丸ごと引き受けてから、いまさら経験がないではすまされない。 (しごと)(ひ)(う)(けいけん) 都接下整份工作以後，事到如今才説沒經驗，這樣未免太説不過去吧。
2879	まるっきり 類 全く	副 （「まるきり」的強調形式，後接否定語）完全，簡直，根本 そのことはまるっきり知らない。 (し) 我對這件事毫不知情！
2880	丸々 (まるまる) 類 すっかり	名・副 雙圈；（指隱密的事物）某某；全部，完整，整個；胖嘟嘟 丸々とした顔の女の子が好きです。 (まるまる)(かお)(おんな)(こ)(す) 我喜歡臉蛋長得圓滾滾的女孩子。

ま

まる
丸める

2881	**丸める** まる 類 丸くする	(他下一) 弄圓，糅成團；籠絡，拉攏；剃成光頭；出家 のうか 農家のおばさんが背中を丸めて稲刈りしている。 農家的阿桑正在彎腰割稻。
2882	**満月** まんげつ 反 日 類 月	(名) 滿月，圓月 今夜の明るさはさすが満月ならではだ。 今夜的月光，正是滿月特有的明亮皎潔。
2883	**満場** まんじょう 類 満堂	(名) 全場，滿場，滿堂 かいじょう ひら まんじょう 会場を開いたそばから、あっという間に満場になった。 才剛剛開放入場，轉眼間整個會場就擠滿了人。
2884	**慢性** まんせい	(名) 慢性 まんせいてき しょうじょう 慢性的な症状。 慢性症狀。
2885	**満タン** まん 【まん tank】	(名) （俗）油加滿 まん ガソリンを満タンにする。 加滿了油。
2886	**マンネリ** 【mannerism】之略	(名) 因循守舊，墨守成規，千篇一律，老套 おちい マンネリに陥る。 落入俗套。
2887	**〜味** み	(漢造) （舌的感覺）味道；事物的內容；鑑賞，玩味；（助數詞用法）（食品、藥品、調味料的）種類 おもしろみ か それではちょっと面白味に欠ける。 那樣子的話就有點太無趣了。
2888	**見合い** み あ 類 縁談	(名) 相抵，平衡，相稱；（結婚前的）相親 み あ まよ 見合いをするかどうか迷っている。 猶豫著是否該去相親。

み
T76

2889	見合わせる みあ わせる 類継続	他下一 （面面）相視；暫停，暫不進行；對照 多忙ゆえ、会議への出席は見合わせたいと思います。 因為忙碌得無法分身，容我暫不出席會議。
2890	実入り み い	名 （五穀）節食；收入 実入りがいい。 收入好。
2891	身動き み うご	名 （下多接否定形）轉動（活動）身體；自由行動 満員で身動きもできない。 人滿為患，擠得動彈不得。
2892	見失う み うしな	他五 迷失，看不見，看丟 目標を見失う。 迷失目標。
2893	身内 み うち	名 身體內部，全身；親屬；（俠客、賭徒等的）自家人，師兄弟 身内だけの晩ご飯。 只有親屬共用的晚餐。
2894	見栄っ張り み え ば り	名 虛飾外表（的人） 見栄っ張りなやつ。 追求虛榮的人。
2895	見落とす み お とす 類落とす、漏れる	他五 看漏，忽略，漏掉 危うく見落とさんばかりの小さな字で書かないでください。 請別將字體寫得小到若沒留意就會看漏。
2896	未開 み かい 反文明 類野蛮	名 不開化，未開化；未開墾；野蠻 その地域は未開のままである。 這個地區還保留著未經開發的原貌。

ま

味覚
(みかく)

2897	**味覚** (みかく) (類) 感じ	(名) 味覺 優れた味覚を持つ人が料理人に向いている。 擁有靈敏味覺的人很適合成為廚師。
2898	**身軽** (みがる)	(名・形動) 身體輕鬆，輕便；身體靈活，靈巧 身軽な動作。 靈巧的動作。
2899	**幹** (みき)	(名) 樹幹；事物的主要部分 きれいな丸い幹にするために、枝葉を落とす必要がある。 為了使之長成完美圓柱狀的樹幹，必須剪除多餘的枝葉。
2900	**右手** (みぎて)	(名) 右手，右邊，右面 右手に見えるのが公園です。 右邊可看到的是公園。
2901	**見下す** (みくだす)	(他五) 輕視，藐視，看不起；往下看，俯視 人を見下した態度。 輕視別人的態度。
2902	**見苦しい** (みぐるしい) (反) 美しい (類) 醜態	(形) 令人看不下去的；不好看，不體面；難看 只今、更新作業中につき、お見苦しいところをご了承く ださい。 由於正在進行更新作業，未臻盡善之處，尚祈原諒。
2903	**見込み** (みこみ) (類) 有望	(名) 希望；可能性；預料，估計，預定 伸びる見込みのない支店は、切り捨てる必要はある。 必須大刀闊斧關閉營業額無法成長的分店。
2904	**未婚** (みこん) (反) 既婚 (類) 独身	(名) 未婚 未婚にも未婚ならではの良さがある。 未婚也有未婚才能享有的好處。

2905	未熟 (みじゅく) ⊠熟練 鬩初心	名・形動 未熟，生；不成熟，不熟練 未熟者 (みじゅくもの) ですので、どうぞよろしくご指導 (しどう) ください。 尚未經世事，還煩請多多指教。
2906	見知 (みし) らぬ	連體 未見過的 見知 (みし) らぬ人 (ひと)。 陌生人。
2907	微塵 (みじん) 鬩ちり	名 微塵；微小（物），極小（物）；一點，少許；切碎，碎末 「微塵 (みじん)」というのは目 (め) に見 (み) える最小 (さいしょう) のものである。 日文中所謂的「微塵」是指眼睛所能看見的最小物體。
2908	水気 (みずけ) ⊠乾 (かわ) き 鬩湿 (しめ) り	名 水分 しっかりと水気 (みずけ) を取 (と) ってから、炒 (いた) めましょう。 請確實瀝乾水份再拿下去炒吧！
2909	ミスプリント 【misprint】 鬩誤植	名 印刷錯誤，印錯的字 ミスプリントのせいでクレームが殺到 (さっとう) した。 印刷瑕疵導致客戶抱怨連連。
2910	みすぼらしい ⊠立派 鬩卑小	形 外表看起來很貧窮的樣子；寒酸；難看 隣 (となり) の席 (せき) の男性 (だんせい) はみすぼらしい格好 (かっこう) だが、女性 (じょせい) はかなり豪華 (ごうか) な服装 (ふくそう) だ。 隔壁桌坐了一對男女，男子看起來一副窮酸樣，但女子卻身穿相當華麗的衣裳。
2911	瑞瑞 (みずみず) しい	形 水嫩，嬌嫩；新鮮 みずみずしい果物 (くだもの)。 新鮮的水果。
2912	ミセス 【Mrs.】 鬩夫人	名 女士，太太，夫人；已婚婦女，主婦 ミセスともなれば、交際範囲 (こうさいはんい) も以前 (いぜん) とは違 (ちが) ってくる。 結婚以後，交友圈應該會與單身時代的截然不同。

み

見せびらかす

2913	**見せびらかす** み ⦿ 誇示する	(他五) 炫耀，賣弄，顯示 花子は新しいかばんを友達に見せびらかしている。 はなこ　あたら　　　　　　　　ともだち　み 花子正將新皮包炫耀給朋友們看。
2914	**見せ物** み　もの ⦿ 公演	(名) 雜耍（指雜技團、馬戲團、魔術等）；被眾人耍弄的對象 以前は見せ物でしかなかったロボットが、いよいよ い ぜん　　み　もの 人間と同じように働きはじめた。 にんげん　おな　　　　　　はたら 以前只能作為展示品的機器人，終於可以開始與人類做同樣的工作了。
2915	**満たす** み ⦿ いっぱいにする	(他五) 裝滿，填滿，倒滿；滿足 顧客の要求を満たすべく、機能の改善に努める。 こ きゃく　ようきゅう　み　　　　　きのう　かいぜん　つと 為了滿足客戶的需求，盡力改進商品的功能。
2916	**乱す** みだ (反) 整える ⦿ 散乱	(他五) 弄亂，攪亂 列を乱さずに、行進しなさい。 れつ　みだ　　　　　しんこう 請不要將隊形散掉前進。
2917	**乱れ** みだ	(名) 亂；錯亂；混亂 食生活の乱れ。 しょくせいかつ　みだ 飲食不正常。
2918	**乱れる** みだ (反) 整う ⦿ 混乱	(自下一) 亂，凌亂；紊亂，混亂 カードの順序が乱れているよ。 じゅんじょ　みだ 卡片的順序已經錯亂囉！
2919	**未知** み ち (反) 既知 ⦿ まだ知らない こと	(名) 未定，不知道，未決定 宇宙たるものは、依然未知の世界であると言える。 うちゅう　　　　　　いぜんみ ち　せ かい　　　　　い 所謂的宇宙，可稱之為「仍屬未知的世界」。
2920	**道** みち	(名) 道路；道義，道德；方法，手段；路程；專門，領域 道を譲る。 みち　ゆず 讓路。

| 2921 | 身近
みぢか
類 手近 | (名・形動) 切身；身邊，身旁
彼女は息子を身近に置いておきたかった。
她非常希望將兒子帶在身邊。 |

2922

見違える みちがえる

(他下一) 看錯
見違えるほど変わった。
變得都認不出來了。

2923

道端 みちばた

(名) 道旁，路邊
道端で喧嘩をする。
在路邊吵架。

2924

導く みちびく
類 啓蒙

(他五) 引路，導遊；指導，引導；導致，導向
彼は我々を成功に導いた。
他引導我們走上成功之路。

2925

密集 みっしゅう
類 寄り集まる

(名・自サ) 密集，雲集
丸の内には日本のトップ企業のオフィスが密集している。
日本各大頂尖企業辦公室密集在丸之內（東京商業金融中心）。

2926

密接 みっせつ
類 密着

(名・自サ・形動) 密接，緊連；密切
あの二人は密接な関係にあるともっぱら噂です。
那兩人有密切的接觸這件事傳得滿城風雨的。

み

2927

密度 みつど

(名) 密度
日本の人口密度はどのぐらいですか。
日本的人口密的大概是多少？

2928

見積もり みつもり
反 決算
類 予算

(名) 估計，估量
見積もりをせずに、貴社に仕事を委託することはできない。
我們無法不經估價費用之多寡，就將工作委請貴公司處理。

見積もり

2929	見積もる みつ	他五 估計 予算を見積もる。 估計預算。
2930	未定 みてい 類 保留	名・形動 未定，未決定 披露宴の場所は未定である。 ひろうえん ばしょ みてい 婚宴的地點尚未確定。
2931	見て見ぬ振り みみ ふ をする	慣 假裝沒看到 乞食がいたが見て見ぬ振りをした。 こじき みみ ふ 對乞丐視而不見。
2932	見通し みとお 類 予想	名 一直看下去；（對前景等的）預料，推測 業績の見通しいかんでは、リストラもあり得る。 ぎょうせき みとお え 照業績的預期來看，也有裁員的可能性。
2933	見届ける みとど	他下一 看到，看清；看到最後；預見 成長を見届ける。 せいちょう みとど 見證其成長。
2934	見なす み 類 仮定する	他五 視為，認為，看成；當作 オートバイに乗る少年を不良と見なすのはどうかと思う。 の しょうねん ふりょう み おも 我認為不應該將騎摩托車的年輕人全當作不良少年。
2935	源 みなもと 類 根源	名 水源，發源地；（事物的）起源，根源 健康の源は腸にある。 けんこう みなもと ちょう 健康的根源在於腸道。
2936	見習う みなら 反 教える 類 学ぶ	他五 學習，見習，熟習；模仿，學習 彼の手の動きを見習いながら、タイピングを練習している。 かれ て うご みなら れんしゅう 模仿著他的手部動作練習打字。

2937 身なり み
類 服装
名 服飾，裝束，打扮
バスには、一人若くて身なりのよい美女が乗っていた。
ひとりわか　み　　　　　　　　　　　び じょ　の
一位打扮年輕的美女坐在那輛巴士裡。

2938 峰 みね
反 麓（ふもと）
類 頂（いただき）
名 山峰；刀背；東西突起部分
12月に入り、山の峰が白くなる日が増えた。
がつ　はい　やま　みね　しろ　　　ひ　ふ
到了十二月，見到山鋒雪白的機會也變多了。

2939 身の上 み うえ
類 身元
名 境遇，身世，經歷；命運，運氣
今日は、私の悲しい身の上話をします。
きょう　わたし　かな　　み　うえばなし
今天讓我來敘述發生在自己身上的悲慘故事。

2940 見逃す み のが
類 見落とす
他五 看漏；饒過，放過；錯過；沒看成
一生に一度のチャンスとあっては、ここでおちおち見逃
いっしょう　いちど　　　　　　　　　　　　　　　　　み のが
すわけにはいかない。
這是個千載難逢的大好機會，此時此刻絕不能好整以暇地坐視它從眼前溜走。

2941 身の回り み まわ
類 日常
名 身邊衣物（指衣履、攜帶品等）；日常生活；（工作或交際上）應由自己處裡的事情
最近、自分が始めた事や趣味など身の回りの事などにつ
さいきん　じぶん　はじ　こと　しゅみ　　み　まわ　こと
いてブログに書きはじめた。
か
我最近開始寫部落格，內容包含自己新接觸的事或是嗜好等日常瑣事。

2942 見計らう み はか
類 選ぶ
他五 斟酌，看著辦，選擇
いいタイミングを見計らって、彼女を食事に誘った。
み はか　　　　かのじょ　しょくじ　さそ
看準好時機，邀了她一起吃飯。

み

2943 見晴らし み は
類 眺め
名 眺望，遠望；景致
ここからの見晴らしは最高です。
み は　　　さいこう
從這裡看到的景致真是無與倫比。

2944 身振り み ぶ
類 動作
名 （表示意志、感情的）姿態；（身體的）動作
適度な身振り手振りは、表現力を増すことにつながる。
てきど　み ぶ　て ぶ　ひょうげんりょく　ま
適度的肢體語言有助於增進表述能力。

| 2945 | みもと
身元
類 保人。 | 名 （個人的）出身，來歷，經歷；身份，身世
みもと ほしょうにん
身元保証人。
保人。 |

| 2946 | みゃく
脈
類 動悸（どうき） | 名・漢造 脈，血管；脈搏；（山脈、礦脈、葉脈等）脈；（表面上看不出的）關連
まっきがん かれ こきゅう あさ みゃく よわ
末期癌の彼は呼吸が浅く、脈も弱いままでした。
已到了癌症末期的他，一直處於呼吸淺短、脈搏微弱的狀態。 |

| 2947 | ミュージック
【music】
類 音楽 | 名 音樂，樂曲
きょく しゅうかん いちい
この曲は、週間ミュージックランキングの一位になった。
這首曲子躍居為每週音樂排行榜的冠軍。 |

| 2948 | みれん
未練
類 思い残し | 名 不熟練，不成熟；依戀，戀戀不捨；不乾脆，怯懦
ぼく きみ みれん き ふ
僕は、君への未練に気付かない振りをしていた。
我裝作沒有察覺到自己對妳的戀戀不捨。 |

| 2949 | みわた
見渡す
類 眺める | 他五 瞭望，遠望；看一遍，環視
こうべ まちな うみ みわた
ここからだと神戸の街並みと海を見渡すことができる。
從這裡放眼看去，可以將神戸的街景與海景盡收眼底。 |

| 2950 | みんしゅく
民宿
類 旅館 | 名・自サ （觀光地的）民宿，家庭旅店；（旅客）在民家投宿
みんしゅく みんしゅく よ
民宿には民宿ゆえの良さがある。
民宿有民宿的獨特優點。 |

| 2951 | みんぞく
民俗
類 風俗 | 名 民俗，民間風俗
まつ けんしてい みんぞくぶんかざい
この祭りは県指定の民俗文化財となっている。
這個祭典成了縣政府指定的民俗文化資產。 |

| 2952 | みんぞく
民族
類 国民 | 名 民族
りょこう あいだ さまざま しょうすうみんぞく むら のうそん たず
アフリカ旅行の間に、様々な少数民族の村や農村を訪ねた。
在非洲旅行期間，造訪了各種少數民族的村落與農村。 |

2953 T77	無意味 ⊘面白い ⊘つまらない	名・形動 無意義，沒意思，沒價值，無聊 実践に即していない議論は無意味だ。 無法立刻付諸實行的討論毫無意義。

2954	ムード 【mood】 ⊘雰囲気	名 心情，情緒；氣氛；（語）語氣；情趣；樣式，方式 昨日のデートはおいしいものを食べて、夜景を見て、いいムードでした。 昨天約會的氣氛非常好，享用了美食，也看了夜景。

2955	むかつく	自五 噁心，反胃；生氣，發怒 彼をみるとむかつく。 一看到他就生氣。

2956	むかむか	副・自サ 噁心，作嘔；怒上心頭，火冒三丈 胸がむかむかする。 感到噁心。

2957	無関心	名・形動 不關心；不感興趣 無関心を装う。 裝作沒興趣。

2958	無口 ⊘お喋り ⊘黙る	名・形動 沈默寡言，不愛說話 無口な人はしゃべるきっかけをつかめない場合が多いと思う。 我認為沈默寡言的人多半是無法掌握到開口說話的契機。

2959	むくむ	自五 浮腫，虛腫 むくんだ足。 浮腫的腳。

2960	婿 ⊘嫁 ⊘婿養子	名 女婿；新郎 うちの婿ときたら、おとなしいといったらない。 我們家的那個女婿呀，個性溫順無人能比。

み

無効 （むこう）

2961	無効 （むこう） 類 駄目	名・形動 無效，失效，作廢

提出期限が過ぎているゆえに、無効です。（ていしゅつきげん）（むこう）

由於已經超過繳交期限，應屬無效。

2962	無言 （むごん） 反 お喋り 類 無口	名 無言，不說話，沈默

振られた彼氏についつい無言電話をかけてしまった。（ふ）（かれし）（むごんでんわ）

終於無法克制自己的衝動，撥了通無聲電話給甩掉我的前男友。

2963	無邪気 （むじゃき） 類 天真爛漫	名・形動 天真爛漫，思想單純，幼稚

今年一番の流行語は、なんと「わたしは馬鹿で無邪気だった」でした。（ことしいちばん）（りゅうこうご）（ばか）（むじゃき）

今年最流行的一句話竟然是「我既愚笨又天真」。

2964	毟る （むし）	他五 揪，拔；撕，剔（骨頭）；也寫作「挘る」

ラクダはむしるように牧草を食べている。（ぼくそう）（た）

駱駝以嘴揪拔牧草嚼食著。

2965	結び （むす） 類 終わり	名 繫，連結，打結；結束，結尾；飯糰

報告書の結びには、私なりの提案も盛り込んでいます。（ほうこくしょ）（むす）（わたし）（ていあん）（も）（こ）

在報告書的結尾也加入了我的建議。

2966	結び付き （むす つ） 類 繫がる	名 聯繫，聯合，關係

政治家と企業との不可解な結びつきが明らかになった。（せいじか）（きぎょう）（ふかかい）（むす）（あき）

政治人物與企業之間無法切割的關係已經遭到揭發。

2967	結び付く （むす つ） 類 繫がる	自五 連接，結合，繫；密切相關，有聯繫，有關連

仕事に結びつく資格には、どのようなものがありますか。（しごと）（むす）（しかく）

請問有哪些證照是與工作密切相關的呢？

2968	結び付ける （むす つ） 類 つなぐ	他下一 繫上，拴上；結合，聯繫

環境問題を自分の生活と結びつけて考えてみましょう。（かんきょうもんだい）（じぶん）（せいかつ）（むす）（かんが）

讓我們來想想，該如何將環保融入自己的日常生活中。

2969	**むせる**	自下一 噎，嗆 煙が立ってむせてしようがない。 直冒煙，嗆得厲害。
2970	**無線** 類 ワイヤレス	名 無線，不用電線；無線電 この喫茶店は無線LANに接続できますか。 請問在這家咖啡廳裡，可以無線上網嗎？
2971	**無駄遣い** 類 浪費	名・自サ 浪費，亂花錢 またこんな必要のないものを買って、無駄遣いでなくてなんなんだろう。 又買了這種不需要的東西，這不叫亂花錢又叫什麼呢？
2972	**無断** 類 無許可	名 擅自，私自，事前未經允許，自作主張 ここから先は、関係者以外無断で立ち入らないでください。 非本公司員工請勿擅入。
2973	**無知** 反 利口 類 馬鹿	名 沒知識，無智慧，愚笨 あのわがままっぷりは無知でなくてなんなんだろう。 那種任性蠻橫不叫作無知，又該叫作什麼呢？
2974	**無茶** 類 無謀	名・形動 毫無道理，豈有此理；胡亂，亂來；格外，過分 彼はいつも無茶をして、最後に痛い目にあう。 他總是胡來蠻幹，最後還是自己吃到苦頭。
2975	**無茶苦茶**	名・形動 毫無道理，豈有此理；混亂，亂七八糟；亂哄哄 あの人の話はむちゃくちゃです。 那個人說的話毫無邏輯可言。
2976	**空しい・虚しい** 反 確か 類 不確か	形 沒有內容，空的，空洞的；付出努力卻無成果，徒然的，無效的（名詞形為「空しさ」） 努力がすべて無駄に終わって、空しさきわまりない。 一切的努力都前功盡棄，化為了泡影了。

む

2977 ☐	無念 _{むねん} 類 悔しい	名 什麼也不想，無所牽掛；懊悔，悔恨，遺憾 決勝戦_{けっしょうせん}をリタイアしたなんて、さぞ無念_{むねん}だったでしょう。 竟在總決賽中遭到淘汰，想必滿腹遺憾吧！
2978 ☐	無能 _{むのう} 反 有能 類 無才	名・形動 無能，無才，無用 大_{だい}の大人_{おとな}がこんなこともできないなんて、無能_{むのう}の極_{きわ}みだ。 這麼大的成年人了，連這種事也做不來，簡直沒用到了極點！
2979 ☐	無闇（に）_{むやみ} 類 やたらに	名・形動 （不加思索的）胡亂，輕率；過度，不必要 個人情報_{こじんじょうほう}はむやみにネットで公開_{こうかい}しない方_{ほう}がいい。 別輕易將個人資料在網路上公開比較好喔！
2980 ☐	無用 _{むよう} 類 用無し	名 不起作用，無用處；無需，沒必要 問題_{もんだい}はもう解決_{かいけつ}しましたから、御心配_{ごしんぱい}は無用_{むよう}です。 問題已經解決了，不必掛慮！
2981 ☐	斑 _{むら} 類 模様	名 （顏色）不均勻，有斑點；（事物）不齊，不定；忽三 忽四，（性情）易變 色_{いろ}に斑_{むら}があるゆえ、染_そめ直_{なお}してください。 因為顏色不均勻，煩請重染。
2982 ☐	群がる _{むら} 類 集まる	自五 聚集，群集，密集，林立 子供_{こども}といい、大人_{おとな}といい、みな新製品_{しんせいひん}に群_{むら}がっている。 無論是小孩或是大人，全都在新產品的前面擠成一團。
2983 ☐	無論 _{むろん} 類 もちろん	副 當然，不用說 このプロジェクトを成_なし遂_とげるまで、無論_{むろん}あきらめません 在尚未順利完成這個企畫之前，當然絕不輕言放棄。
め 2984 ☐	名産 _{めいさん}	名 名產 北海道_{ほっかいどう}の名産_{めいさん}ときたら、メロンだろう。 提到北海道的名產，首先想到的就是哈密瓜吧！

2985	名称 めいしょう	名 名稱（一般指對事物的稱呼） 午後は新商品の名称について皆で討論します。 下午將與各位一同討論新商品的命名。

| 2986 | 命中
めいちゅう
類 あたる | 名・自サ 命中
ダーツを何度投げても、なかなか10点に命中しない。
無論射多少次飛鏢，總是無法命中10分值區。 |

| 2987 | 明白
めいはく
類 はっきり | 名・形動 明白，明顯
法律を通過させんがための妥協であることは明白だ。
很明顯的，這是為了使法案通過所作的妥協。 |

| 2988 | 名簿
めいぼ
類 リスト | 名 名簿，名冊
社員名簿を社外に持ち出してはいけません。
不得將員工名冊攜離公司。 |

| 2989 | 名誉
めいよ
類 プライド | 名・造語 名譽，榮譽，光榮；體面；名譽頭銜
名誉を傷つけられたともなれば、告訴も辞さない。
假如名譽受損，將不惜提告。 |

| 2990 | 明瞭
めいりょう
類 明らか | 形動 明白，明瞭，明確
費用設定が明瞭なエステに行った方がいいですよ。
去標價清楚的護膚中心比較好哦！ |

む

| 2991 | 明朗
めいろう
類 朗らか | 名・形動 明朗；清明，公正，光明正大，不隱諱
明朗で元気なボランティアの方を募集しています。
正在招募個性開朗且充滿活力的義工。 |

| 2992 | メーカー
【maker】 | 名 製造商，製造廠，廠商
メーカーの努力だけでは原油価格の高騰に対応できない。
光憑製造商的努力，無法抑制原油價格的飆漲。 |

めかた
目方

2993	めかた **目方** 題**重さ**	名 **重量，分量** あの<ruby>魚屋<rt>さかなや</rt></ruby>は<ruby>目方<rt>めかた</rt></ruby>で<ruby>販売<rt>はんばい</rt></ruby>しています。 那家魚攤是以稱斤論兩的方式販賣魚貨。
2994	めぐ **恵み** 題**お蔭**	名 **恩惠，恩澤；周濟，施捨** <ruby>自然<rt>しぜん</rt></ruby>の<ruby>恵<rt>めぐ</rt></ruby>みに<ruby>感謝<rt>かんしゃ</rt></ruby>して、おいしくいただきましょう。 讓我們感謝大自然的恩賜，心存感激地享用佳餚吧！
2995	めぐ **恵む** 題**潤す**	他五 **同情，憐憫；施捨，周濟** <ruby>財布<rt>さいふ</rt></ruby>をなくし<ruby>困<rt>こま</rt></ruby>っていたら、<ruby>見知<rt>みし</rt></ruby>らぬ<ruby>人<rt>ひと</rt></ruby>が１<ruby>万円<rt>まんえん</rt></ruby>を<ruby>恵<rt>めぐ</rt></ruby>んでくれた。 當我正因弄丟了錢包而不知所措時，有陌生人同情我並給了一萬日幣。
2996	めさき **目先**	名 **目前，眼前；當前，現在；遇見；外觀，外貌，當場的風趣** <ruby>目先<rt>めさき</rt></ruby>の<ruby>利益<rt>りえき</rt></ruby>にとらわれる。 只著重眼前利益。
2997	めざ **目覚ましい** 題**大した**	形 **好到令人吃驚的；驚人；突出** <ruby>新製品<rt>しんせいひん</rt></ruby>の<ruby>市場参入<rt>しじょうさんにゅう</rt></ruby>とあいまって、<ruby>本年度<rt>ほんねんど</rt></ruby>は<ruby>目覚<rt>めざ</rt></ruby>ましい<ruby>業績<rt>ぎょうせき</rt></ruby>を<ruby>上<rt>あ</rt></ruby>げた。 新產品的上市帶動了銷售量，使本年度的業績非常亮眼。
2998	めざ **目覚める**	自下一 **醒，睡醒，覺悟，覺醒，發現** <ruby>今朝<rt>けさ</rt></ruby>は<ruby>鳥<rt>とり</rt></ruby>の<ruby>鳴<rt>な</rt></ruby>き<ruby>声<rt>ごえ</rt></ruby>で<ruby>目覚<rt>めざ</rt></ruby>めました。 今天早晨被鳥兒的啁啾聲喚醒。
2999	め **召す** 題**招く**	他五 **（敬語）召見，召喚；吃；喝；穿；乘；入浴；感冒；買** このデザートは<ruby>冷蔵庫<rt>れいぞうこ</rt></ruby>で<ruby>冷<rt>ひ</rt></ruby>やしてお<ruby>召<rt>め</rt></ruby>し<ruby>上<rt>あ</rt></ruby>がりください。 請於冷藏後再享用這種甜點。
3000	めす **雌** 反**雄** 題**雌性**	名 **雌，母；（罵）女人** <ruby>金魚<rt>きんぎょ</rt></ruby>はどのようにメスとオスを<ruby>見分<rt>みわ</rt></ruby>けますか。 請問如何分辨金魚的雌雄呢？

3001 ☐	**目付き** めつき 類 横目	名 眼神 子供たちはみな真剣な目付きで作品の制作に取り組んでいます。 孩子們露出認真的眼神，努力製作作品。
3002 ☐	**滅亡** めつぼう 反 興る 類 亡びる	名・自サ 滅亡 これはローマ帝国の始まりから滅亡までの変遷を追った年表です。 這張年表記述了羅馬帝國從創立到滅亡的變遷。
3003 ☐	**メディア** 【media】	名 手段，媒體，媒介 これはあるべからざるメディアの姿です。 這是媒體所不該有的作風。
3004 ☐	**目途** めど 類 目当て	名 目標；眉目，頭緒 スケジュールの目途がある程度たったら、また連絡します。 等排好初步的行程表後，再與您聯繫。
3005 ☐	**目盛・目盛り** めもり・めも 類 印	名 （量表上的）度數，刻度 この計量カップは180CCまでしか目盛がありません。 這個量杯的刻度只標到180 CC而已。
3006 ☐	**メロディー** 【melody】 類 調子	名 （樂）旋律，曲調；美麗的音樂 街を歩いていたら、どこからか懐かしいメロディーが流れてきた。 走在街上時，不知道從哪裡傳來令人懷念的旋律。
3007 ☐	**免疫** めんえき	名 免疫；習以為常 はしかの免疫。 對麻疹免疫。
3008 ☐	**面会** めんかい 類 会見	名・自サ 會見，會面 面会できるとはいえ、面会時間はたったの10分しかない。 縱使得以會面，會見時間亦只有區區十分鐘而已。

め

めんじょ
免除

3009	免除 めんじょ	名·他サ 免除（義務、責任等） 成績が優秀な学生は、授業料が免除されます。 成績優異的學生得免繳學費。

3010	面する めん	自サ （某物）面向，面對著，對著；（事件等）面對 申し訳ありませんが、海に面している席はもう満席です。 非常抱歉，面海的座位已經客滿了。

3011	面目・面目 めんぼく めんもく 反 恥 類 誉れ	名 臉面，面目；名譽，威信，體面 彼は最後に競り勝って、何とかチャンピオンの面目を 保った。 他在最後一刻獲勝，總算保住了冠軍的面子。

も

T79

3012	喪 も	名 服喪；喪事，葬禮 喪に服す。 服喪。

3013	～網 もう	漢造 網；網狀物；聯絡網 犯人は警察の捜査網をかいくぐって、逃走を続けている。 罪犯躲過警網，持續逃亡中。

3014	設ける もう 反 解散 類 備える	他下一 預備，準備；設立，設置，制定 弊社は日本語のサイトも設けています。 敝公司也有架設日文網站。

3015	申し入れる もう い	他下一 提議，（正式）提出 再三交渉を申し入れたが、会社からの回答はまだ得ら れていない。 儘管已經再三提出交涉，卻尚未得到公司的回應。

3016	申し込み もう こ	名 提議，提出要求；申請，應徵，報名；預約 購読をお申し込みの方は、以下にお問い合わせください。 擬訂閱者，請透過下述方式諮詢聯繫。

3017 申し出
もうで
類 申請

(名) 建議，提出，聲明，要求；（法）申訴

申し出を受けながらも、結局、断った。

即使申訴被接受，最後依舊遭到拒絕。

3018 申し出る
もうでる
類 願い出る

(他下一) 提出，申述，申請

ほかにも薬を服用している場合は、必ず申し出てください。

假如還有服用其他藥物請務必告知。

3019 申し分
もうぶん
類 非難

(名) 可挑剔之處，缺點；申辯的理由，意見

彼の営業成績は申し分ありません。

他的業務績效好得沒話說。

3020 盲点
もうてん

(名) （眼球中的）盲點，暗點；空白點，漏洞

あなたの発言は、まさに我々の盲点を突いたものです。

你的意見直接命中了我們的盲點。

3021 猛烈
もうれつ
類 激しい

(形動) 氣勢或程度非常大的樣子，猛烈；特別；厲害

北部を中心に、猛烈な暑さが今週いっぱい続くでしょう。

以北部地區為中心，高溫天氣將會持續至本週末吧！

3022 モーテル【motel】
類 宿屋

(名) 汽車旅館，附車庫的簡易旅館

ニュージーランドのモーテルはとても清潔なので、快適に過ごせますよ。

紐西蘭的汽車旅館非常乾淨，所以會住得很舒適唷！

め

3023 もがく
類 悶える

(自五) （痛苦時）掙扎，折騰；焦急，著急，掙扎

主人公は暗闇の中で縄をほどこうと必死にもがいている。

主角在黑暗之中拚命掙扎試圖解開繩索。

3024 目録
もくろく
類 目次

(名) （書籍目錄的）目次；（圖書、財產、商品的）目錄；（禮品的）清單

目録は書名の50音順に並んでいます。

目錄依照日文中的五十音順序排列。

もくろみ
目論見

3025	目論見 もくろみ 類 企て	(名) 計畫，意圖，企圖 現在の状況は当初のもくろみから大きく外れています。 現在的狀況已經完全超乎當初的計畫之外了。
3026	目論む もくろむ	(他五) 計畫，籌畫，企圖，圖謀 大事業をもくろむ。 籌畫一項大事業。
3027	模型 もけい 反 実物	(名) （用於展覽、實驗、研究的實物或抽象的）模型 鉄道模型は子供のみならず、大人にも人気があります。 鐵路模型不只獲得小孩子的喜愛，也同樣深受大人的歡迎。
3028	模索 もさく	(名・自サ) 摸索；探尋 まだ妥協点を模索している段階です。 現階段仍在試探彼此均能妥協的平衡點。
3029	もしくは 類 或は	(接續) （文）或，或者 メールもしくはファクシミリでお問い合わせください。 請以電子郵件或是傳真方式諮詢。
3030	齎す もたらす 類 持ってくる	(他五) 帶來；造成；帶來（好處） お金が幸せをもたらしてくれるとは限らない。 金錢未必會帶來幸福。
3031	持ち切り もちきり	(名) （某一段時期）始終談論一件事 最近は彼女の結婚話でもちきりです。 最近的談論話題是她要結婚了。
3032	持ち込む もちこむ	(他五) 攜入，帶入；提出（意見，建議，問題） 飲食物をホテルに持ち込む。 將外食攜入飯店。

3033	**目下**（もっか） 類 今	名・副 當前，當下，目前 目下（もっか）の政策（せいさく）の見直（みなお）しを余儀（よぎ）なくさせる事態（じたい）が起（お）こった。 發生了一起重大事件，迫使必須重新檢討當前政策。
3034	**専ら**（もっぱら） 類 一点張り	副 專門，主要，淨；（文）專壇，獨攬 それは専（もっぱ）ら医薬品（いやくひん）として使用（しよう）される成分（せいぶん）ですよ。 這種成分只會出現在藥物裡喔！
3035	**持て成す**（もてなす） 類 接待	他五 接待，招待，款待；（請吃飯）宴請，招待 来賓（らいひん）をもてなさんがため、ホテルで大々的（だいだいてき）に歓迎会（かんげいかい）を開（ひら）いた。 為了要接待來賓，在飯店舉辦了盛大的迎賓會。
3036	**持てる**（もてる） 類 人気	自下一 受歡迎；能維持；能有 持（も）てる力（ちから）を存分（ぞんぶん）に発揮（はっき）して、悔（くや）いのないように試合（しあい）に臨（のぞ）みなさい。 不要留下任何後悔，在比賽中充分展現自己的實力吧！
3037	**モニター** 【monitor】	名 監聽器，監視器；監聽員；評論員 弊社（へいしゃ）ではスキンケアに関（かん）するモニターを募集（ぼしゅう）しています。 敝公司正在招募護膚監測員。
3038	**〜物**（もの） 類 品物	名・接頭・造語 （有形或無形的）物品，事情；所有物；加強語氣用；表回憶或希望；不由得…；值得…的東西 この財布（さいふ）の落（お）とし物（もの）にどなたか心当（こころあ）たりはありませんか。 請問您知不知道是誰掉了這個錢包呢？
3039	**物好き**（ものずき） 類 好奇	名・形動 從事或觀看古怪東西；也指喜歡這樣的人；好奇 時代劇（じだいげき）のフィギュアを集（あつ）めていたら、彼女（かのじょ）に「物好（ものず）きね」と言（い）われた。 我喜歡蒐集古裝劇的人偶模型，卻被女朋友譏諷：「你這個嗜好還真古怪呀！」
3040	**物足りない**（ものたりない） 反 満足 類 呆気ない	形 感覺缺少什麼而不滿足；有缺憾，不完美；美中不足 この成績（せいせき）ではちょっと物足（ものた）りないといったところです。 這種成績稍嫌美中不足。

も

3041	**もはや** ⟨反⟩まだ ⟨類⟩もう	⟨副⟩（事到如今）已經 これだけ証拠が集まれば、彼ももはやこれまででしょう。 既然已經鐵證如山，他也只能俯首認罪了吧！
3042	**模範**（も はん） ⟨類⟩手本	⟨名⟩模範，榜樣，典型 彼は若手選手の模範となって、チームを引っ張っていくでしょう。 他應該會成為年輕選手的榜樣，帶領全體隊員向前邁進吧！
3043	**模倣**（も ほう） ⟨類⟩真似る	⟨名・他サ⟩模仿，仿照，效仿 各国は模倣品の取り締まりを強化している。 世界各國都在加強取締仿冒品。
3044	**揉める**（も） ⟨類⟩もつれる	⟨自下一⟩發生糾紛，擔心 遺産相続などでもめないように遺言を残しておいた方がいい。 最好先寫下遺言，以免遺族繼承財產時發生爭執。
3045	**催す**（もよお） ⟨類⟩開催	⟨他五⟩舉行，舉辦；產生，引起 来月催される演奏会のために、毎日遅くまでピアノの練習をしています。 為了即將於下個月舉辦的演奏會，每天都練習鋼琴至深夜時分。
3046	**漏らす**（も）	⟨他五⟩（液體、氣體、光等）漏，漏出；（秘密等）洩漏；遺漏；發洩；尿褲子 社員が情報をもらしたと知って、社長は憤慨にたえない。 當社長獲悉員工洩露了機密，不由得火冒三丈。
3047	**盛り上がる**（も あ） ⟨反⟩低まる ⟨類⟩高まる	⟨自五⟩（向上或向外）鼓起，隆起；（情緒、要求等）沸騰，高漲 決勝戦とあって、異様な盛り上がりを見せている。 這已是冠亞軍賽，選手們的鬥志都異樣高昂。
3048	**漏る**（も） ⟨類⟩漏出	⟨自五⟩（液體、氣體、光等）漏，漏出 蛇口から水が漏っていますよ。 水龍頭一直在漏水喔！

3049	も 漏れる 類 零れる	自下一 （液體、氣體、光等）漏，漏出；（秘密等）洩漏； 落選，被淘汰 この話はいったいどこから漏れたのですか。 這件事到底是從哪裡洩露出去的呢？
3050	もろ 脆い 類 砕け易い	形 易碎的，容易壞的，脆的；容易動感情的，心軟， 感情脆弱；容易屈服，軟弱，窩囊 このガラスは非常に脆いゆえ、取り扱いに注意が必要です。 這件玻璃極易碎裂，拿取時請務必小心。
3051	もろに	副 全面，迎面，沒有不… 中小企業は景気悪化の影響をもろに受けてしまう。 中小企業受到景氣惡化的迎面衝擊。
3052 T80	や 矢	名 箭；楔子；指針 彼は授業が終わるが早いか、矢のごとく教室から走り出た。 才剛下課，他就猶如離弦之箭般衝出教室了。
3053	やがい 野外 反 内 類 外	名 野外，郊外，原野；戶外，室外 野外音楽会の時間は、その日の天候に即して調整する。 戶外音樂會的舉行時間，依當日的天候適時調整。
3054	〜薬	名・漢造 藥；化學藥品 社長ときたら、頭痛薬を飲んでまでカラオケに行ったよ。 那位社長真是的，不惜服下頭痛藥，還是要去唱卡拉OK！
3055	やぐ 夜具	名 寢具，臥具，被褥 座布団はおろか、夜具すらないのだから、ひどいね。 別說是座墊，就連寢具也沒有，實在是太過份了！
3056	やくしょく 役職	名 官職，職務；要職 役職のいかんによらず、配当は平等に分配される。 不論職務高低，股利採公平分配方式。

も

3057	やくば **役場** 類 役所	名 （區、村）鄉公所；辦事處 昔の戸籍は、役場の人ですら読めないほど複雑だった。 以前的戶籍非常複雜，就連鄉公所的職員也弄不清楚。
3058	**やけに** 類 随分	副 （俗）非常，很，特別 昨日といい、今日といい、最近やけに鳥が騒がしい。 不管是昨天或是今天，最近小鳥的啼鳴聲特別擾人。
3059	やしき **屋敷** 類 家	名 （房屋的）建築用地，宅地；宅邸，公館 あの美しい屋敷が、数百年前に建てられたものだとは！ 沒有想到那棟華美的宅邸，屋齡竟然已經長達數百年了！
3060	やしな **養う** 類 養育	他五 （子女）養育，撫育；養活，扶養；餵養；培養； 保養，休養 どんな困難や苦労にもたえる精神力を養いたい。 希望能夠培養出足以面對任何困難與艱辛的堅忍毅力。
3061	やしん **野心** 類 野望	名 野心，雄心；陰謀 次期社長たる者、野心を持つのは当然だ。 要接任下一任社長的人，理所當然的擁有野心企圖。
3062	やす **安っぽい** 反 精密 類 粗末	形 很像便宜貨，品質差的樣子，廉價，不值錢；沒有品味， 低俗，俗氣；沒有價值，沒有內容，不足取 同じデザインでも、材質いかんによって安っぽく見えてしまう。 就算是一樣的設計，根據材質的不同看起來也有可能會很廉價的。
3063	やす **休める**	他下一 （活動等）使休息，使停歇；（身心等）使休息，使安靜 寝るともなしに、横になって体を休めているだけです。 只是躺下來休息一下而已，並不打算入睡。
3064	やせい **野生**	名・自サ・代 野生；鄙人 このサルにはまだ野生めいた部分がある。 這隻猴子還有點野性。

3065	**やせっぽち**	图（俗）瘦小（的人），瘦皮猴 **やせっぽちの少年。** 瘦小的少年。
3066	**やたら（と）**	副（俗）胡亂，隨便，不分好歹，沒有差別；過份，非常，大量 **やたらと長い映画。** 冗長的電影。
3067	**奴** やっ	图・代（蔑）人，傢伙；（粗魯的）指某物，某事情或某狀況；（蔑）他，那小子 **会社の大切な資料を漏らすとは、とんでもない奴だ。** 居然將公司的重大資訊洩漏出去，這傢伙簡直不可饒恕！
3068	**やっつける**	他下一（俗）幹完；（狠狠的）教訓一頓，整一頓；打敗，擊敗 **相手チームをやっつける。** 擊敗對方隊伍。
3069	**野党** やとう 反 与党	图 在野黨 **与党の議員であれ、野党の議員であれ、選挙前はみんな必死だ。** 無論是執政黨的議員，或是在野黨的議員，所有人在選舉前都拚命全力以赴。
3070	**やばい**	形（俗）（對作案犯法的人警察將進行逮捕）不妙，危險 **見つかったらやばいぞ。** 如果被發現就不好了啦。
3071	**病** やまい	图 病；毛病；怪癖 **病に倒れる。** 病倒。
3072	**闇** やみ 反 光 類 暗がり	图（夜間的）黑暗；（心中）辨別不清，不知所措；黑暗；黑市 **闇が広がる遺跡の中で、どこからともなく声が聞こえた。** 在一片漆黑的歷史遺址之中，驀然不知道從哪兒傳來一陣聲音。

や

ややこしい

3073	**ややこしい** 反 簡単 類 複雑	形 錯綜複雑，弄不明白的樣子，費解，繁雑 これ以上討論したところで、ややこしい話になるだけだ。 再繼續討論下去，也只會愈講愈不知所云罷了。
3074	**遣り通す** 類 完成	他五 做完，完成 難しい企画だが、君なりに、やり通してくれ。 儘管是個充滿挑戰的企畫，你就憑自己的本事去完成它吧！
3075	**遣り遂げる**	他下一 徹底做到完，進行到底，完成 ここまでしたなら、最後までやり遂げないではおかない。 既然已經做到這裡，就得貫徹到底。
3076	**和らぐ**	自五 變柔和，和緩起來 怒りが和らぐ。 讓憤怒的心情平靜下來。
3077	**和らげる** 類 鎮める	他下一 緩和；使明白 彼は忙しいながら、冗談で皆の緊張を和らげてくれる。 他雖然忙得不可開交，還是會用説笑來緩和大家的緊張情緒。
3078	**ヤング** 【young】 反 老いた 類 若い	名・造語 年輕人，年輕一代；年輕的 この店はヤングのみならず、高齢者にも人気がある。 這家店不僅受到年輕人的歡迎，也同樣得到老年人的喜愛。
3079 T81	**～油**	漢造 …油 この計器は、潤滑油がなくなってしまえば、それまでだ。 這個測量儀器如果耗盡潤滑油，就無法正常運作了。
3080	**優** 反 劣る 類 優れる	名・漢造 （成績五分四級制的）優秀；優美，雅致；優異，優厚；演員；悠然自得 彼は子供の時、病気がちながら、成績が全部優だった。 他小的時候雖然體弱多病，但是成績全部都是「優」等。

ゆ

3081	優位 ゆう い	⑧ 優勢；優越地位 部長になった後、彼は前にもまして優位に立っている。 ぶちょう　　　　　あと　かれ　まえ　　　　　　ゆうい　た 從他當上經理之後，地位就比過去更為優越。
3082	憂鬱 ゆう うつ ⑤ 清々しい ⑭ うっとうしい	⑧・形動 憂鬱，鬱悶；愁悶 天気が悪いゆえに、気分が憂鬱になる。 てんき　わる　　　　　きぶん　ゆううつ 天氣不好，情緒也隨之低落。
3083	有益 ゆう えき ⑤ 無益 ⑭ 役立つ	⑧・形動 有益，有意義，有好處 毎日有機野菜を食べれば有益だというものでもない。 まいにちゆうきやさい　た　　　　ゆうえき 並不是每天都吃有機蔬菜就對身體有益。
3084	優越 ゆう えつ ⑭ 勝る	⑧・自サ 優越 東大の合格通知は、彼にとって、まさに優越感の極みだ。 とうだい　ごうかくつうち　　かれ　　　　　　　　ゆうえつかん　きわ 對他而言，東京大學的錄取通知書正是優越感的極致展現。
3085	誘拐 ゆう かい	⑧・他サ 拐騙，誘拐，綁架 子供を誘拐する。 こども　ゆうかい 拐騙兒童。
3086	勇敢 ゆう かん ⑭ 勇ましい	⑧・形動 勇敢 勇敢に崖を登る彼の姿は人を感動させずにはおかない。 ゆうかん　がけ　のぼ　かれ　すがた　ひと　かんどう 他那攀上山崖的英勇身影，令人為之動容。
3087	有機 ゆう き ⑤ 無機	⑧ （化）有機；有生命力 親の反対をよそに、息子二人は有機栽培を始めた。 おや　はんたい　　　　　むすこふたり　ゆうきさいばい　はじ 兩個兒子不顧父母的反對，開始投身有機栽培行業。
3088	夕暮れ ゆう ぐ ⑤ 朝方 ⑭ 夕方	⑧ 黃昏；傍晚 次の会場へ向かうべく、夕暮れまでにはここを発とう。 つぎ　かいじょう　む　　　　　　ゆうぐ　　　　　　　た 為了要前往下一個會場，在傍晚之前要從這裡出發喔！

や

ゆうし
融資

3089	ゆうし 融資	名・自サ （經）通融資金，貸款 ゆうし　　　　　　　　じょうほう　　　　いっさいがいぶ　　も 融資にかかわる情報は、一切外部に漏らしません。 相關貸款資訊完全保密。
3090	ゆうずう 融通 類 遣り繰り	名・他サ 暢通（錢款），通融；腦筋靈活，臨機應變 し　　　　なか　　　　　　　　　　　ゆうずう 知らない仲じゃあるまいし、融通をきかせてくれるで しょう。 我們又不是不認識，應該可以通融一下吧。
3091	ゆう 有する 類 持つ	他サ 有，擁有 あたら　　　かいしゃ　　　　　　　　　むげん　　　かのうせい　　　ゆう 新しい会社とはいえ、無限の可能性を有している。 雖是新公司，卻擁有無限的可能性。
3092	ゆうせい 優勢 反 劣勢	名・形動 優勢 ふけいき　　　　　　　　　Ａしゃ　ゆうせい　　か 不景気とはいえ、A社の優勢は変わらないようだ。 即使景氣不佳，A公司的競爭優勢地位似乎屹立不搖。
3093	ゆうせん 優先	名・自サ 優先 　　　　べんり　　　しょうひん　ゆうせんてき　か　　　　　　　こううん　きわ こんな便利な商品が優先的に買えるとは、幸運の極みだ。 沒想到竟然能夠優先購買這麼方便好用的商品，真是太幸運了。
3094	ユーターン 【U-turn】	名・自サ （汽車的）U字形轉彎，180度迴轉 　　　どうろ　　　　　ユー　　　　きんし この道路ではUターン禁止だ。 這條路禁止迴轉。
3095	ゆうどう 誘導 類 導く	名・他サ 引導，誘導；導航 ゆうどうがかり　こ　　　　　　　　　きゃくさま　　た 誘導係が来ないので、お客様は立ちっぱなしだ。 帶位人員遲遲未現身，客人只能站在原地枯等。
3096	ゆうび 優美 反 醜い 類 綺麗	名・形動 優美 　　　　　うら　　　　たに　けしき　　　じつ　ゆうびきわ ホテルの裏にある谷の景色は、実に優美極まりない。 旅館背面的山谷幽景，空靈優美得令人屏息。

| 3097 | **郵便屋さん**
ゆうびんや | 名（口語）郵差
郵便屋さんが配達に来る。
郵差來送信。 |

3098 有望（ゆうぼう）
形動 有希望，有前途
A君といい、C君といい、前途有望な社員ばかりだ。
無論是A先生或是C先生，全都是前途不可限量的優秀員工。

3099 遊牧（ゆうぼく）
名・自サ 游牧
これだけ広い土地ともなると、遊牧でもできそうだ。
有如此寬廣遼闊的土地，就算要游牧也應該不成問題。

3100 夕焼け（ゆうやけ）
名 晩霞
反 朝焼け
美しい夕焼けなくして、淡水の魅力は語れない。
淡水的魅力就在於絢爛奪目的晚霞。

3101 有力（ゆうりょく）
形動 有勢力，有權威；有希望；有努力；有效力
類 強力
今度の選挙は、最も有力なA氏の動きいかんだ。
這次選舉的焦點，集中在最有希望當選的A候選人身上。

3102 幽霊（ゆうれい）
名 幽靈，鬼魂，亡魂；有名無實的事物
反 体
類 魂
子供じゃあるまいし、幽霊なんか信じないよ。
又不是三歲小孩，才不信有鬼哩！

3103 誘惑（ゆうわく）
名・他サ 誘惑；引誘
負けるべからざる誘惑に、負けてしまった。
受不了邪惡的誘惑而無法把持住。

3104 故（に）（ゆえ）
名・接助・接續 理由，緣故；（某）情況；（前皆體言表示原因）因為
類 だから
新婦の父親が坊さんであるが故に、寺で結婚式をした。
由於新娘的父親是和尚，新人因而在佛寺裡舉行了結婚儀式。

ゆ

歪む
（ゆが）

3105	歪む （ゆが） **類** 曲がる	（自五）歪斜，歪扭；（性格等）乖僻，扭曲 柱も歪んでいる。いいかげんに建てたのではあるまいか。 （はしら）（ゆが）　　　　　　　　　　（た） 柱子都已歪斜，當初蓋的時候是不是有偷工減料呢？
3106	揺さぶる （ゆ） **類** 動揺	（他五）搖晃；震撼 彼の心を揺さぶるスピーチは、聴衆を魅了してやまない。 （かれ）（こころ）（ゆ）　　　　　　　（ちょうしゅう）（み りょう） 他那震撼人心的演講，委實讓聽眾著迷。
3107	濯ぐ （ゆす） **類** 洗う	（他五）洗滌，刷洗，洗濯 濯ぐ時は、水を出しっぱなしにしないでくださいね。 （ゆす）（とき）（みず）（だ） 在刷洗的時候，請記得關上水龍頭，不要任由自來水流個不停喔！
3108	ゆとり **類** 余裕	（名）餘地，寬裕 受験シーズンとはいえども、少しはゆとりが必要だ。 （じゅけん）　　　　　　　　　　　（すこ）　　　　　　（ひつよう） 即使進入準備升學考試的緊鑼密鼓階段，偶爾也必須稍微放鬆一下。
3109	ユニーク 【unique】	（形動）獨特而與其他東西無雷同之處；獨到的，獨自的 彼の作品は短編ながら、ユニークで、暗示に満ちている。 （かれ）（さくひん）（たんぺん）　　　　　　　　（あんじ）（み） 他的作品雖是短篇卻非常獨特，字裡行間充滿隱喻意味。
3110	ユニットバス 【(和)unit + bath】	（名）（包含浴缸、洗手台與馬桶的）一體成形的衛浴設備 最新のユニットバスが取り付けられている。 （さいしん）　　　　　　　　　（と）（つ） 附有最新型的衛浴設備。
3111	ユニフォーム 【uniform】 **類** 制服	（名）制服；（統一的）運動服，工作服 子供のチームとはいえ、ユニフォームぐらいは揃えたい。 （こども）　　　　　　　　　　　　　　　　　　（そろ） 儘管只是小朋友們組成的隊伍，還是希望至少幫他們製作隊服。
3112	指差す （ゆびさ） **類** 指す	（他五）（用手指）指 地図の上を指差しながら教えれば、よくわかるだろう。 （ちず）（うえ）（ゆびさ）　　　　（おし） 用手指著地圖教對方的話，應該就很清楚明白吧！

3113	弓 (ゆみ)	名 弓；箭；弓形物 昔は弓と矢の製作も、生活にかかわる大切な仕事だった。 古時候無論是製造弓或是箭，都是與日常生活息息相關的重要工作。
3114	揺らぐ (ゆ)	自五 搖動，搖晃；意志動搖；搖搖欲墜，岌岌可危 家族の顔を見たが最後、家を出る決心が揺らいだ。 一看到家人們之後，離家出走的決心就被動搖了。
3115	緩む (ゆる) 反 締まる 類 解ける	自五 鬆散，緩和，鬆弛 寒さが緩み、だんだん春めいてきました。 嚴寒逐漸退去，春天的腳步日漸踏近。
3116	緩める (ゆる) 反 締める 類 解く	他下一 放鬆，使鬆懈；鬆弛，放鬆；放慢速度 時代に即して、規則を緩めてほしいと思う社員が増えた。 期望順應時代放寬規定的員工與日俱增。
3117	緩やか (ゆる) 類 緩い	形動 坡度或彎度平緩；緩慢 緩やかな坂道は、紅葉の季節ともなると、華やいだ雰囲気が漂います。 慢坡上一到楓紅的季節便瀰漫著風情萬種的氣氛。
3118	世 (よ)	名 世上，人世；一生，一世；時代，年代；世界 自由な世の中になったと思いきや、不景気で仕事もない。 原本以為已經是自由平等的社會，作夢都沒料到碰上經濟衰退，連份工作都找不到。
3119	洋～ (よう)	名・漢造 東洋和西洋；西方，西式；大而寬廣㎞海洋 洋食といい、中華といい、料理の種類が豊富になった。 無論是西式料理或是中式料理，其菜色種類都變得愈來愈多樣。
3120	要因 (よういん)	名 主要原因，主要因素 様々な要因が背後に隠れていることは言うまでもない。 想當然爾，事情的背後隱藏著各種重要的因素。

ゆ

溶液

3121	溶液 ようえき	名（理、化）溶液 丁度いい濃さの溶液を作るべく、分量を慎重に計った。 為求調製出濃度適宜的溶液，謹慎小心地測計分量。
3122	用件 ようけん 類 用事	名（應辦的）事情；要緊的事情；事情的內容 面会はできるが、用件いかんによっては、断られる。 儘管能夠面會，仍需視事情的內容而定，也不排除會遭到拒絕的可能性。
3123	養護 ようご 類 養う	名・他サ 護養；扶養；保育 彼は大学を卒業するや否や、養護学校で働きはじめた。 他一從大學畢業，就立刻到啟智學校開始工作。
3124	用紙 ようし 類 用箋	名（特定用途的）紙張，規定用紙 間違いだらけで、解答用紙は赤字ずくめになった。 整張考卷錯誤百出，被改成滿江紅。
3125	養子 ようし	名 養子；繼子 弟の子を養子にもらう。 領養弟弟的小孩。
3126	洋式 ようしき	名 西式，洋式，西洋式 洋式トイレ。 西式廁所。
3127	様式 ようしき 類 様	名 樣式，方式；一定的形式，格式；（詩、建築等）風格 こんな所でこんな豪華な建築様式が見られるとは！ 萬萬沒有想到在這種地方竟能看到如此豪華氣派的建築風格！
3128	用心深い ようじんぶかい	形 十分小心，十分謹慎 用心深く行動する。 小心行事。

3129 □	要する よう 反 不要 類 必要	他サ 需要；埋伏；摘要，歸納 若い人は、手間を要する作業を嫌がるきらいがある。 年輕人多半傾向於厭惡從事曠日廢時的工作。
3130 □	要請 ようせい 類 求める	名・他サ 要求，請求 自分では解決できず、政府に支援を要請するに至りました。 自己無法解決，演變成請求政府支援的局面。
3131 □	養成 ようせい 類 養う	名・他サ 培養，培訓；造就 一流の会社ともなると、社員の養成システムがよく整っ ている。 既為一流的公司，即擁有完善的員工培育系統。
3132 □	様相 ようそう 類 状態	名 樣子，情況，形勢；模樣 事件の様相は新聞のみならず、雑誌にも掲載された。 整起事件的狀況不僅被刊登於報紙上，連雜誌亦有掲載。
3133 □	用品 ようひん	名 用品，用具 妻は家で育児のかたわら、手芸用品も売っている。 妻子一面在家照顧小孩，一面販賣手工藝品。
3134 □	洋風 ようふう 反 和風 類 欧風	名 西式，洋式；西洋風格 客の希望いかんで、洋風を和風に変えるかもしれない。 視顧客的要求，或許會從西式改為和式。
3135 □	用法 ようほう	名 用法 誤った用法故に、機械が爆発し、大変な事故になった。 由於操作不當，導致機械爆炸，造成重大事故。
3136 □	要望 ようぼう 反 要求	名・他サ 要求，迫切希望 空港建設にかかわる要望については、回答いたしかねます。 恕難奉告機場建設之相關需求。

よ

余暇

3137	余暇（よか） 反 忙しい 類 暇	名 閒暇，業餘時間 父は余暇を利用して歌を習っているが、聞くにたえない。 父親利用閒暇之餘學習唱歌，可是荒腔走板讓人想逃之夭夭。
3138	予感（よかん）	名・他サ 預感，先知，預兆 さっきの電話から、いやな予感がしてやまない。 剛剛那通電話令我心中湧起一股不祥的預感。
3139	余興（よきょう） 類 おもしろみ	名・自他サ 餘興 １年に一度の忘年会だから、彼女が余興に三味線を弾いてくれた。 她在一年一度的年終聯歡會中，彈了三味線琴當作餘興節目。
3140	預金（よきん）	名・自他サ 存款 預金があるとはいえ、別荘が買えるほどではありません。 雖然有存款，卻沒有多到足以購買別墅。
3141	欲（よく） 類 望む	名・漢造 欲望，貪心；希求，慾望 野心家の兄にひきかえ、弟は全く欲がない。 相較於野心勃勃的哥哥，弟弟卻無欲無求。
3142	抑圧（よくあつ） 類 抑える	名・他サ 壓制，壓迫 抑圧された女性達の声を聞くのみならず、記事にした。 不止聆聽遭到壓迫女性們的心聲，還將之報導出來。
3143	浴室（よくしつ）	名 浴室 浴室が隣にあるせいか、この部屋はいつも湿気っている。 這個房間因為緊鄰浴室，濕氣總是很重。
3144	抑制（よくせい） 類 抑える	名・他サ 抑制，制止 食事の量を制限して、肥満を抑制しようと試みた。 嘗試以限制食量來控制體重。

3145	欲深い よくぶか	形 貪而無厭，貪心不足的樣子 あまりに欲深いゆえに、みんなから敬遠されている。 よくぶか　　　　　　　　　　　　　　けいえん 貪得無厭讓大家對他敬而遠之。
3146	欲望 よくぼう 類 欲	名 慾望；欲求 彼のごとき野心家は、欲望の塊と呼ばれるべきだ。 　　　　　や　しん　か　　よくぼう　かたまり　よ 像他這樣充滿無比野心的人，應該稱之為「慾望的凝聚物」。
3147	よける	他下一 躲避；防備 雨をよける。 あめ 避雨。
3148	予言 よ　げん 類 予告	名·他サ 預言，預告 予言するそばから、現実に起こってしまった。 よ　げん　　　　　　　　げんじつ　お 剛預言就馬上應驗了。
3149	予告 よ　こく	名·他サ 預告，事先通知 テストを予告する。 よ　こく 預告考期。
3150	横綱 よこづな 類 力士	名 （相撲）冠軍選手繫在腰間標示身份的粗繩；（相撲冠軍 選手稱號）橫綱；手屈一指 4連敗を限りに、彼は横綱を引退した。 れんぱい　かぎ　　かれ　よこづな　いんたい 在慘遭連續四場敗仗之後，他退下了相撲橫綱之位。
3151	汚れ よ　ご 類 染み	名 污穢，污物，骯髒之處 あれほどの汚れが嘘のように、きれいになった。 　　　　　よ　ご　うそ 不敢相信原本是那麼的骯污不堪，竟然變得乾淨無比。
3152	由 よし 類 理由	名 （文）緣故，理由；方法手段；線索；（所講的事情的） 內容，情況；（以「…のよし」的形式）聽說 誰が爆発物を置いたか、今となっては、知る由もない。 だれ　ばくはつぶつ　お　　　　　いま　　　　　　し　よし 事到如今，究竟是誰放置這個爆裂物，已經不得而知了。

良^よし

3153	良^よし 類 優劣	形ク （「よい」的文語形式）好，行，可以 仲良^{なかよ}しだからといって、彼^{かれ}らのような付合^{つきあ}い方^{かた}は疑問^{ぎもん}だ。 即使他們的交情不錯，卻對那種相處方式感到不以為然。
3154	善^よし悪^あし	名 善惡，好壞；有利有弊，善惡難明 財産^{ざいさん}で人^{ひと}の善^よし悪^あしを判断^{はんだん}するとは、失礼極^{しつれいきわ}まりない。 以財產多寡評斷一個人的善惡，實在至為失禮。
3155	余震^{よしん}	名 餘震 余震^{よしん}が続^{つづ}く。 餘震不斷。
3156	寄^よせ集^{あつ}める	他下一 收集，匯集，聚集，拼湊 素人^{しろうと}を寄^よせ集^{あつ}めたチーム。 外行人組成的隊伍。
3157	よその人^{ひと}	名 旁人，閒雜人等 よその人^{ひと}に慣^なれさせる。 讓…習慣旁人。
3158	余所見^{よそみ}	名・自サ 往旁處看；給他人看見的樣子 皆早^{みんなはや}く帰^{かえ}りたいと言^いわんばかりに余所見^{よそみ}している。 大家都像刻意表示歸心似箭地，全都左顧右盼心不在焉。
3159	余地^{よち} 類 裕り	名 空地；容地，餘地 こう理屈^{りくつ}ずくめで責^せめられては、弁解^{べんかい}の余地^{よち}もない。 被這種打著仁義道德大旗的方式責備訓斥，連想辯解都無從反駁起。
3160	よって 類 そこで	接續 因此，所以 展示会^{てんじかい}の会場^{かいじょう}が見^みつからない。よって、日時^{にちじ}も未定^{みてい}だ。 至今尚未訂到展覽會場，因此，展覽日期亦尚未確定。

3161 よっぽど

副（俗）很，頗，大量；在很大程度上；（以「よっぽど…ようと思った」形式）很想…，差一點就…

よっぽど好きだね。

你真的很喜歡呢。

3162 与党

名 執政黨；志同道合的伙伴

選挙では、与党が優勢かと思いきや、意外な結果だった。

原本以為執政黨在選舉中佔有絕對優勢，沒有想到開票結果卻出人意外。

3163 呼び捨て

名 光叫姓名（不加「様」、「さん」、「君」等敬稱）

人を呼び捨てにする。

直呼別人的名（姓）。

3164 呼び止める

他下一 叫住

彼を呼び止めんがため、大声を張り上げて叫んだ。

類 誘う

為了要叫住他而大聲地呼喊。

3165 夜更かし

名・自サ 熬夜

明日から出張だから、今日を限りに夜更かしは止めるよ。

類 夜通し、徹夜

明天起要出差幾天，所以至少今晚就不熬夜囉！

3166 夜更け

名 深夜，深更半夜

夜更けともなれば、どんな小さな音も気になる。

反 昼
類 夜

到了深夜時分，再小的聲音也會令人在意。

3167 余程

副 頗，很，相當，在很大程度上；很想…，差一點就…

苦労の末の成功だ。余程のことがない限り、諦めないよ。

類 かなり

這是費盡千辛萬苦得來不易的成果，除非逼不得已，絕不輕言放棄！

3168 読み上げる

他下一 朗讀；讀完

式で、私の名が読み上げられた時は、光栄の極みだった。

當我在典禮中被唱名時，實在光榮極了。

読み取る

3169	読み取る	自五 領會，讀懂，看明白，理解 真意を読み取る。 理解真正的涵意。
3170	～寄り	名 偏，靠；聚會，集會 あの新聞は左派寄りのきらいがある。 那家報社具有左派傾向。
3171	寄り掛かる 類 靠れる	自五 倚，靠；依賴，依靠 ドアに寄り掛かるや否や、ドアが開いてひっくりかえった。 才剛靠近門邊，門扉突然打開，把我撞倒在地。
3172	寄り添う	自五 挨近，貼近，靠近 母に寄り添う。 靠在母親身上。
3173	世論・世論 類 公論	名 輿論 国民のための制度変更であるならこそ、世論調査が必要だ。 正由於是為了國民而更改制度，所以有必要進行輿論調查。
3174	弱る 反 栄える 類 衰弱	自五 衰弱，軟弱；困窘，為難 犬が病気で弱ってしまい、餌さえ食べられない始末だ。 小狗的身體因生病而變得衰弱，就連飼料也無法進食。
3175	来場	名・自サ 到場，出席 小さな展覧会ですので、散歩がてら、ご来場ください。 只是一個小小的展覽會，如果出門散步的話，請不吝順道參觀。

3176 T83	ライス【rice】 類飯	名 米飯 パンのみならず、ライスを使ったハンバーガーまである。 不止有麵包夾肉的漢堡，甚至也有用米飯夾肉的。
3177	ライバル【rival】	名 競爭對手；情敵 よきライバル。 好的對手。
3178	酪農（らくのう）	名 （農）（飼養奶牛、奶羊生產乳製品的）酪農業 畑仕事なり、酪農なり、自然と触れ合う仕事がしたい。 看是要做耕農，或是要當酪農，總之想要從事與大自然融為一體的工作。
3179	拉致（らち）	名・他サ 擄人劫持，強行帶走 社長が拉致される。 社長被綁架。
3180	落下（らっか） 類落ちる	名・自サ 下降，落下；從高處落下 何日も続く大雨故、岩が落下しやすくなっている。 由於連日豪雨，岩石容易崩落。
3181	楽観（らっかん）	名・他サ 樂觀 病状も落ち着き、今後の回復については楽観している というところです。 病情也已趨穩定，對往後的康復抱持樂觀態度。
3182	ラフ【rough】	形動 粗略，大致；粗糙，毛躁；輕毛紙；簡樸的大花案 仕事ぶりがラフだ。 工作做得很粗糙。

よ

ランプ

3183	ランプ 【(荷・英)lamp】 類 明かり	⑧ 燈，煤油燈；電燈 その旅館は電気設備がなく、室内も庭もランプずくめだ。 那家旅館不僅沒有電器設施，無論室內或是庭院裡也全都只點油燈。
3184	濫用 らんよう	(名・他サ) 濫用，亂用 彼の行為は職権の濫用に当たらない。 他的作為不算是濫用職權。
3185	理屈 りくつ 類 訳	⑧ 理由，道理；（為堅持己見而捏造的）歪理，藉口 彼の理屈は、皆を納得させるに足るものだ。 他闡述的道理，已足使大家信服接受。
3186	利子 りし 反 損害 類 利益	⑧ （經）利息，利錢 利子の高さはこの銀行ならではです。 要不是這家銀行，利息才不會那麼高。
3187	利潤 りじゅん	⑧ 利潤，紅利 原料費の値上がりもあって、本年度の利潤はほぼゼロというところです。 不巧遇到原物料成本上漲，導致本年度的利潤趨近於零。
3188	リストラ 【restructuring 之略】	⑧ 重建，改組，調整；裁員 リストラで首になった。 在裁員之中遭到裁員了。
3189	理性 りせい 類 知性	⑧ 理性 本能たるものは、理性でコントロールできるものではない。 所謂本能，是無法以理性駕馭的。
3190	利息 りそく 反 元金 類 金利	⑧ 利息 利息がつくとはいえ、大した額にはならない。 雖說有付利息，並非什麼了不起的金額。

T84

3191 ☐	りったい **立体** (反)平面	⑧（數）立體 画面を立体的に見せるべく、様々な技術を応用した。 運用了各式各樣的技術使得畫面呈現立體效果。
3192 ☐	**リップサービス** 【lip service】	⑧ 口惠，口頭上說好聽的話 リップサービスが上手だ。 擅於說好聽的話。
3193 ☐	りっぽう **立方**	⑧（數）立方 あちらに見える立方体の建物が、当社の情報部です。 就在不遠處的那棟立方體形的建築物，正是本公司的資訊部門。
3194 ☐	りっぽう **立法**	⑧ 立法 立法機関なくして、国民の生活は守れない。 沒有立法機關就無法保障國民的生活。
3195 ☐	りてん **利点** (反)短所 (類)長所	⑧ 優點，長處 その商品は、客が満足するに足る利点に欠けている。 那項產品缺乏足以讓客人感到滿意的優點。
3196 ☐	**リハビリ** 【rehabilitation する】之略	⑧（為使身障人士與長期休養者能回到正常生活與工作能力的）醫療照護，心理指導，職業訓練 彼は今リハビリ中だ。 他現在正復健中。
3197 ☐	りゃくご **略語**	⑧ 略語；簡語 略語ずくめで話をして、得意になっている人がいる。 某些人以會說簡語而感到沾沾自喜。
3198 ☐	りゃくだつ **略奪** (反)与える (類)奪う	⑧ 掠奪，搶奪，搶劫 革命軍は、民衆の苦しみをよそに、財産を略奪した。 革命軍不顧民眾的疾苦，掠奪了他們的財產。

ら

3199	流通 りゅうつう	(名・自サ)（貨幣、商品的）流通，物流 商品の汚染が明らかになれば、流通停止を余儀なくさせられる。 如果證明商品確實受到汙染，只能停止銷售。
3200	領域 りょういき	(名) 領域，範圍 物理なり、化学なり、諸君の専門の領域を発揮してくれ。 無論是物理或者化學，請各自在個人的專長領域盡量發揮。
3201	了解 りょうかい (反)表現 (類)納得	(名・他サ) 了解，理解；領會，明白；諒解 何度もお願いしたあげく、やっと了解していただけた。 在多次請託之下，總算得到同意了。
3202	領海 りょうかい (反)公海	(名)（法）領海 領海の問題について、学生なりに考えて意見を発表する。 有關領海問題，就學生的意見予以陳述。
3203	両極 りょうきょく	(名) 兩極，南北極，陰陽極；兩端，兩個極端 育児休暇の議題に至っては、意見が両極に分かれた。 有關育嬰假的議題，意見極為分歧。
3204	良好 りょうこう	(名・形動) 良好，優秀 手術後の治療の経過は良好といったところです。 做完手術後的治療過程可說是令人滿意。
3205	良識 りょうしき	(名) 正確的見識，健全的判斷力 これぐらいの良識もないとは！君との付合いもこれまでだ。 沒想到你的良知不過爾爾！我們的交往就到今天為止。
3206	良質 りょうしつ	(名・形動) 質量良好，上等 健康のことを考えるなら、良質の油を用いるべきです。 要是考慮到健康，就應當使用優質的油品。

3207	りょうしゅうしょ **領収書**	⑧ 收據 りょうしゅうしょ **領収書をもらう。** 拿收據。
3208	りょうしょう **了承** ㊃ 断る ㊪ 受け入れる	⑧・自他サ 知道，曉得，諒解，體察 価格いかんによっては、取り引きは了承しかねる。 交易與否將視價格決定。
3209	りょうしん **良心** ㊪ 真心	⑧ 良心 かのじょ　　　　　　　　　　うそ　　　　　　　　　りょうしん　いた 彼女のためといえども、嘘をつくのは、良心が痛む。 儘管是為了她設想才説謊，畢竟良心實在不安。
3210	りょう ち **領地**	⑧ 領土；（封建主的）領土，領地 りょうしゅ　　もの　　りょう ち　　まも 領主たる者、領地を守れないようでは尊敬に値しない。 身為領主，若無法保衛領地就不值得尊敬。
3211	りょう ど **領土** ㊪ 領国	⑧ 領土 かれ　　　　りょう ど　　わだい 彼は、領土の話題になると、興奮しすぎるきらいがある。 他只要一談到有關領土的話題，就會變得異常激動。
3212	りょうりつ **両立**	⑧・自サ 兩立，並存 か てい　　し ごと　　りょうりつ プレッシャーにたえながら、家庭と仕事を両立している。 在承受壓力下，兼顧家庭與事業。
3213	りょきゃく **旅客**	⑧ 旅客，乘客 りょきゃくうんちん　　ね あ　　　　みな　　はんかん 旅客運賃の値上げは、皆の反感を呼ばずにはおかない。 調高乘客交通費用，不可能不引起民眾的反彈。
3214	りょけん **旅券** ㊪ パスポート	⑧ 護照 りょけん　　　　　　　　　　　　　かいがい ふ にん　　めんどう 旅券といい、ビザといい、海外赴任は、面倒ずくめだ。 一下又是護照，一下又是簽證的，被派去國外工作真是麻煩事滿籮筐。

り

凛凛しい

3215 ☐	凛凛しい	形 凛凛，威嚴可敬 りりしいすがた。 威風凜凜的樣子。
3216 ☐	履歴	名 履歷，經歷 彼の豊富な履歴は、社長を唸らせるに足るものだ。 他那經驗豐富的履歷，必定會讓社長讚嘆不已。
3217 ☐ 反 実践 類 論理	理論	名 理論 彼の理論は筋が通っていないので、反論するにはあたらない。 他的理論根本說不通，不值一駁。
3218 ☐	林業	名 林業 今さら父の林業を継いだところで、儲かりはしない。 事到如今才要繼承父親的林業，已經不可能有利潤。
3219 ☐ 類 種類 T85	類	名・接尾・漢造 種類，類型，同類；類似 前回と同類のイベントなら、協力しないものでもない。 如果是與上次類似性質的活動，要幫忙也不是不行。
3220 ☐ 類 似ている	類似	名・自サ 類似，相似 たとえ類似した単語であれ、よく用法を調べるべきだ。 縱使為類似的單字，亦應當仔細查出其用法。
3221 ☐ 類 推し量る	類推	名・他サ 類推；類比推理 人に尋ねなくても、過去の例から類推できる。 就算不用問人，由過去的例子也能夠類推得出結果。
3222 ☐ 【loose】 反 丁寧 類 いい加減 T86	ルーズ	名・形動 鬆懈，鬆弛，散漫，吊兒郎噹 時間にルーズなところは直した方がいいですよ。 我勸你改掉沒有時間觀念的壞習慣。

る

3223 □	冷酷 れいこく 類 むごい	名・形動 冷酷無情 上司の冷酷さにたえられず、今日を限りに退職する。 じょうし　れいこく　きょう　かぎ　たいしょく 再也忍受不了主管的冷酷，今天是上班的最後一天。
3224 □	冷蔵 れいぞう	名・他サ 冷藏，冷凍 買った野菜を全部冷蔵するには、冷蔵庫が小さすぎる。 か　やさい　ぜんぶ れいぞう　れいぞうこ　ちい 假如要將買回來的所有蔬菜都冷藏保存的話，這台冰箱實在太小了。
3225 □	冷淡 れいたん 反 親切 類 不親切	名・形動 冷淡，冷漠，不熱心；不熱情，不親熱 彼があんな冷淡なことを言うとは、とても信じられない。 かれ　れいたん　い　しん 實在不敢讓人相信，他竟會説出那麼冷淡無情的話。
3226 □	レース 【lace】	名 花邊，蕾絲 レース使いがかわいい。 つか 蕾絲花邊很可愛。
3227 □	レース 【race】 類 試合	名 速度比賽，競速（賽車、游泳、遊艇及車輛比賽等）；競 賽；競選 兄はソファーに座るなり、レースに出場すると言った。 あに　すわ　しゅつじょう　い 家兄才一屁股坐在沙發上，就開口説他要參加賽車。
3228 □	レギュラー 【regular】	名・造語 正式成員；正規兵；正規的，正式的；有規律的 レギュラーメンバーともなれば、いつでも試合に出られ じゅんび　しあい　で る準備をしておかなければならない。 如果當上了正式選手，就必須保持隨時可出賽的體能狀態。
3229 □	レッスン 【lesson】 類 練習	名 一課；課程，課業；學習 教授のレッスンを受けられるとは、光栄の至りです。 きょうじゅ　う　こうえい　いた 能夠在教授的課堂上聽講，真是深感光榮。
3230 □	レディー 【lady】 類 淑女	名 貴婦人；淑女；婦女 窓から部屋に入るなんて、レディーにあるまじき行為だ。 まど　へや　はい　こうい 居然從窗戶爬進房間裡，實在不是淑女應有的舉止行為。

り

3231	れんきゅう **連休**	名 連假 れんきゅうゆえ　　　　　　　い　　　　　　ひと 連休故に、どこへ行っても人ずくめだ。 適逢連續假期，無論上哪兒全都人滿為患。
3232	**レンジ** 【range】	名 微波爐（「電子レンジ」之略稱）；範圍；射程；有效距離 　　　　　　　　　　　　　　　か　　　　　　まいにちりょうり レンジを買ったとはいえ、毎日料理をするわけではない。 即使買了微波爐，也沒有辦法每天烹煮三餐。
3233	れんじつ **連日**	名 連日，接連幾天 かぞく　　　　　　おも　　　　　　　れんじつざんぎょう　　　がんば 家族のためを思えばこそ、連日残業して頑張るのです。 正因為心裡想著是為了家人奮鬥，才有辦法接連好幾天都努力加班。
3234	れんたい **連帯**	名·自サ 團結，協同合作；（法）連帶，共同負責 かいしゃ　　しんよう　　　　　　　　そんしつ　　　れんたい　せきにん　お 会社の信用にかかわる損失は、連帯で責任を負わせる。 牽涉到公司信用的相關損失，必會使之負起連帶責任。
3235	**レンタカー** 【rent-a-car】	名 出租汽車 　　　　　　　　　　　　　　　　　　くるま　うんてん たとえレンタカーであれ、車を運転できるならそれだけ で嬉しい。 即使只是租來的車子，只要能夠坐上駕駛座就令人夠開心了。
3236	れんちゅう **連中**	名 伙伴，一群人，同夥；（演藝團體的）成員們 　　　れんちゅう　　　　　　　　　　さわ あの連中ときたら、いつも騒いでばかりいる。 那群傢伙總是喧鬧不休。
3237	**レントゲン** 【roentgen】	名 X光線 かのじょ　なみだ　　　　　　　　　　　　けんさ　けっか　はな 彼女は涙ながらにレントゲン検査の結果を話した。 她眼中噙著淚水，說出了放射線檢查的結果。

| 3239 | 連邦
 れんぽう | 名 聯邦，聯合國家
 連邦国家の将来について、私達なりに研究した。
 我們研究了關於聯邦國家的未來發展。 |

3239 連邦 れんぽう
名 聯邦，聯合國家
連邦国家の将来について、私達なりに研究した。
我們研究了關於聯邦國家的未來發展。

3240 連盟 れんめい
類 提携
名 聯盟；聯合會
水泳連盟の将来の発展を願ってやまない。
熱切期盼游泳聯盟的未來發展平安順遂。

3241 老衰 ろうすい
名・自サ 衰老
祖父は、苦しむことなしに、老衰でこの世を去った。
先祖父在沒有受到折磨的情況下，因衰老而壽終正寢了。

T87

3242 朗読 ろうどく
反 書く
類 読む
名・他サ 朗讀，朗誦
朗読は、話す速度や声の調子いかんで、印象が変わる。
朗讀時，會因為讀頌的速度與聲調不同，給人不一樣的感覺。

3243 浪費 ろうひ
反 蓄える
類 無駄遣い
名・他サ 浪費；糟蹋
これから駅まで走ったところで、時間を浪費するだけだ。
就算現在跑去車站，也只是浪費時間罷了。

3244 労力 ろうりょく
類 努力
名 （經）勞動力，勞力；費力，出力
日本のみならず、世界全体が、安い労力を求めている。
不只日本，全世界都在尋找廉價勞力。

3245 ロープ 【rope】
類 綱
名 繩索，纜繩
作業員は荷物を積むや否や、ロープできつく縛った。
作業員才將貨物堆好，立刻以繩索緊緊捆縛住。

3246 ロープウェー 【ropeway】
類 電車
名 空中纜車，登山纜車
ロープウェーは完成するなり、故障してしまった。
空中纜車才剛竣工旋即發生了故障。

れ

ろく

3247	ろく	名・形動 （物體的形狀）端正，平正；正常，普通；像樣的，令人滿意的；好的；正經的，好好的，認真的 祖母は、貧しさ故に、ろくな教育も受けられなかった。 祖母由於家境貧困，未曾受到良好的教育。
3248	ろく（な・に） 類 殆ど	名・形動・副 （下接否定）很好地，令人滿意地，正經地 日々残業で、ろくに眠れないなんて、同情を禁じえない。 每天加班沒能睡飽，讓人寄予無限同情。
3249	露骨 類 明らさま	名・形動 露骨，坦率，明顯；毫不客氣，毫無顧忌；赤裸裸 頼まれて、露骨に嫌な顔をするとは、失礼極まりない。 聽到別人有事拜託，卻毫不客氣地顯露厭煩之色，是非常沒有禮貌的舉動。
3250	ロマンチック 【romantic】	形動 浪漫的，傳奇的，風流的，神秘的 ライトが音楽とあいまって、ロマンチックな雰囲気があふれている。 燈光再加上音樂，瀰漫著羅曼蒂克的氣氛。
3251	論議 類 討論	名・他サ 議論，討論，辯論，爭論 君なしでは、論議は進められない。ぜひ参加してくれ。 倘若沒有你在場，就無法更進一步地討論，務請出席。
3252	論理 類 演繹	名 邏輯；道理，規律；情理 この論理は論じるに足るものだろうか? 這種邏輯值得拿出來討論嗎？

MEMO

3253 □	枠 わく	名 框；（書的）邊線；範圍，界線，框線 作家たる者、自分の枠を突破して作品を生み出すべきだ。 身為作家，必須突破自我的桎梏，創造出以生命蘸寫的作品。
T88		
3254 □	惑星 わくせい	名 （天）行星；前途不可限量的人 冥王星は天体といえども、惑星には属さない。 冥王星雖是天體星球，卻不屬於行星。
3255 □	技 わざ 類 技術	名 技術，技能；本領，手藝；（柔道、劍術、拳擊、摔角等）招數 彼はデザインもさることながら、成形の技も優れた美術家だ。 他既是位設計師，也是位模製本領高超的藝術家。
3256 □	わざわざ 類 故意	副 特意，特地；故意地 雨の中をわざわざお越しくださり、どうもありがとうございました。 渥蒙大雨之中特地移駕至此，謹致十二萬分由衷謝誠。
3257 □	和式 わしき	名 日本式 和式のトイレ。 和式廁所。
3258 □	煩わしい わずら 類 面倒臭い	形 複雜紛亂，非常麻煩；繁雜，繁複 せっかくの料理にハエがたかって、煩わしいこときわまりない。 好好的料理卻招來一群蒼蠅，真討厭！
3259 □	渡り鳥 わた　どり	名 候鳥；到處奔走謀生的人 渡り鳥が見られるのは、この季節ならではです。 只在這個季節才能看到候鳥。
3260 □	ワット 【watt】	名 瓦特，瓦（電力單位） 息子ときたら、ワット数を間違えて電球を買って来たよ。 我那個兒子真是的，竟然弄錯瓦特數，買錯電燈泡了。

ろ

和風

3261	和風 わ ふう ⊘洋風 類和式	② 日式風格，日本風俗；和風，微風 部屋を和風にすべく、こたつを置き、床の間を作った。 將房間佈置成日式風格，擺放暖爐矮桌，還做了壁龕。
3262	和文 わ ぶん	② 日語文章，日文 昔、和文タイプライターは貴重な事務用品だった。 過去，日文打字機曾是貴重的事務用品。
3263	藁 わら	② 稻草，麥桿 畳や草履以外に、藁で布団まで作れるとは！ 稻草除了可以用來編織成榻榻米以及草鞋之外，沒有想到甚至還可以製成被褥！
3264	割り当てる わ あ	② 分配，分擔，分配額；分派，分擔（的任務） 費用を等分に割り当てる。 費用均等分配。
3265	悪いけど わ る	慣 不好意思，但…，抱歉，但是… 悪いけど、金貸して。 不好意思，借錢給我。
3266	悪者 わ るもの 類悪人	② 壞人，壞傢伙，惡棍 住民の協力なくしては、悪者を逮捕することはできない。 沒有居民們的共同協助，就不可能將壞人繩之以法。
3267	我 わ れ ⊘あなた 類私	名·代 自我，自己，本身；我，吾，我方 上が決定したこととて、我々にはどうしようもない。 由於這是上頭所做的決定，所以我們也只能束手無策。
3268	ワンパターン 【(和) one + pattern】	名·形動 一成不變，同樣的 ワンパターンな人間。 一成不變的人。

日檢單字

N1
新制對應！

第一回　新制日檢模擬考題　文字・語彙

第二回　新制日檢模擬考題　文字・語彙

第三回　新制日檢模擬考題　文字・語彙

＊以「國際交流基金日本國際教育支援協會」的「新しい『日本語能力試驗』ガイドブック」為基準的三回「文字・語彙　模擬考題」。

問題1　漢字讀音問題　應試訣竅

　　這道題型要考的是漢字讀音問題，出題形式改變了一些，但考點是一樣的。問題預估為6題。

　　漢字讀音分音讀跟訓讀，預估音讀跟訓讀將各佔一半的分數。音讀中要注意的有濁音、長短音、促音、撥音…等問題。而日語固有讀法的訓讀中，也要注意特殊的讀音單字。當然，發音上有特殊變化的單字，出現比率也不低。我們歸納分析一下：

1. 音讀：接近國語發音的音讀方法。如，「花」唸成「か」、「犬」唸成「けん」。

2. 訓讀：日本原來就有的發音。如，「花」唸成「はな」、「犬」唸成「いぬ」。

3. 熟語：由兩個以上的漢字組成的單字。如：練習、切手、每朝、見本等。其中還包括日本特殊的固定讀法，就是所謂的「熟字訓読み」。如，「小豆」（あずき）、「土産」（みやげ）、「海苔」（のり）等。

4. 發音上的變化：字跟字結合時，產生發音上變化的單字。如：春雨（はるさめ）、反応（はんのう）、酒屋（さかや）等。

問題1 ＿＿＿＿＿の言葉の読み方として最もよいものを、１・２・３・４から一つ選びなさい。

1 やっと待望の<u>初雪</u>が降り始めた。

1　はつせつ　　　　2　はつゆき　　　　3　しょせつ　　　　4　しょゆき

2 人為的な抽選ではなく、機械によって<u>無作為</u>に当選者が選ばれます。

1　なさくい　　　　2　むさい　　　　3　むさくい　　　　4　うさくい

3 医者は１００％完治できると断言するが、きつい薬なので<u>副作用</u>がでるだろう。

1　ふくさくよう　　　2　ふくさっよう　3　ふくさよう　　　4　ふっさよう

4 ひどいアレルギー体質なので、金属や植物にもすぐ<u>気触れ</u>ます。

1　きふれ　　　　2　かふれ　　　　3　きぶれ　　　　4　かぶれ

5 ローン地獄の悪<u>循環</u>からなんとかして脱出したい。

1　じゅかん　　　　2　じゅんかん　　3　しゅかん　　　　4　しゅんかん

6 お餅を喉に<u>詰まらせて</u>危うく窒息しかけたが、応急措置のおかげで助かった。

1　のまらせて　　　　2　きまらせて　　3　とまらせて　　4　つまらせて

問題2　選擇符合文脈的詞彙問題　應試訣竅

　　這道題型要考的是選擇符合文脈的詞彙問題。這是延續舊制的出題方式，問題預估為7題。

　　這道題主要測試考生是否能正確把握詞義，如類義詞的區別運用能力，及能否掌握日語的獨特用法或固定搭配等等。預測名詞、動詞、形容詞、副詞的出題數都有一定的配分。另外，外來語也估計會出一題，要多注意。

　　由於我們的國字跟日本的漢字之間，同形同義字占有相當的比率，這是我們得天獨厚的地方。但相對的也存在不少的同形不同義的字，這時候就要注意，不要太拘泥於國字的含義，而混淆詞義。應該多從像「自覚が足りない」（覺悟不夠）、「絶対安静」（得多靜養）、「口が堅い」（口風很緊）等日語固定的搭配，或獨特的用法來做練習才是。這樣才能加深對詞義的理解、觸類旁通、豐富詞彙量的目的。

問題2 （　　　）に入れるのに最も適切なものを、1・2・3・4から一つ
　　　　選びなさい

7 同問題については、科学的（　　　）から、以下の説明をすることができます。
　1　見解　　　　　　2　視野　　　　　　3　論調　　　　　4　見地

8 （　　　）な時に限って、パソコンがフリーズしてしまい、仕事にならない。
　1　重心　　　　　　2　肝心　　　　　　3　要心　　　　　4　感心

9 今年は心機一転、一から（　　　）します。
　1　やりかけ　　　　2　出直　　　　　　3　出所　　　　　4　出始め

10 非常に早い（　　　）で、お店ができては消えていきます。
　1　レギュラー　　　2　マーク　　　　　3　ロープ　　　　4　サイクル

11 財布が（　　　）ので、ポイントカードは作らないようにしています。
　1　かたまる　　　　2　からまる　　　　3　かさばる　　　4　かくまる

12 来年のコンサートには、世界の（　　　）高いアーティストが集結するらしい。
　1　姓　　　　　　　2　名　　　　　　　3　芸　　　　　　4　術

13 他の人から聞いた意見を、彼は（　　　）自分で考えたかのように話す。
　1　だったら　　　　2　てんで　　　　　3　さも　　　　　4　ただ

這道題型要考的是替換同義詞的問題，這是延續舊制的出題方式，問題預估為6題。

這道題的題目會給一個較難的詞彙，請考生從四個選項中，選出意思相近的詞彙來。選項中的詞彙一般比較簡單。也就是把難度較高的詞彙，改成較簡單的詞彙。

預測名詞、動詞、形容詞、副詞的出題數都有一定的配分。另外，外來語估計也會出一題，要多注意。

針對這道題，準備的方式是，將詞義相近的字一起記起來。這樣，透過聯想記憶來豐富詞彙量，並提高答題速度。

問題3　　　　　　　　の言葉に意味が近いものを、1・2・3・4から一つ選びなさい。

14 こちらは地元で捕れたウニやイクラを<u>ふんだんに</u>使った特製ちらし寿司です。

1　やけに　　　　　2　もろに　　　　3　たくさん　　　4　もっぱら

15 イノシシは<u>おっかない</u>顔をしているけど、実は気が小さいんだって。

1　すばしこい　　2　しぶとい　　　3　こわい　　　　4　そっけない

16 誰もが<u>気兼ねなく</u>発言できる雰囲気でなければ、会議する意味がありません。

1　不服なく　　　　2　もったいなく　3　まぎれなく　4　遠慮なく

17 「美紀ちゃん、ほらほら。<u>おんぶして</u>あげるから、もう泣かないの。」

1　だっこして　　　　　　　　　2　せおって

3　のせて　　　　　　　　　　　4　良い子良い子して

18 記念祝賀会は伝統にのっとり、<u>おごそかに</u>執り行われました。

1　堂々と　　　　2　盛大に　　　　3　無事に　　　4　厳粛に

19 あまりに仕事が忙しく、長年にわたり家庭を<u>顧みなかった</u>結果、妻に離婚を迫られた。

1　気にかけなかった　　　　　　2　帰らなかった

3　無視した　　　　　　　　　　4　忘れた

　　這道題型要考的是判斷語彙正確用法的問題，這是延續舊制的出題方式，問題預估為6題。

　　詞彙在句子中怎樣使用才是正確的，是這道題主要的考點。預測名詞、動詞、形容詞、副詞的出題數都有一定的配分。名詞以2個漢字組成的詞彙為主，動詞有漢字跟純粹假名的，副詞就舊制的出題形式來看，也有一定的比重。

　　針對這一題型，該怎麼準備呢？方法是，平常背詞彙的時候，多看例句，多唸幾遍例句，最好是把單字跟例句一起背。這樣，透過仔細觀察單字在句中的用法與搭配的形容詞、動詞、副詞…等，可以有效增加自己的「日語語感」。而該詞彙是否適合在該句子出現，很容易就能感覺出來了。

問題４　次の言葉の使い方として最もよいものを、１・２・３・４から一つ選びなさい。

20　感触
　1　先方の反応も好感触だったので、近日中に話がまとまるでしょう。
　2　伊藤さんの話に感触されて、私も料理教室に通い始めました。
　3　ちょっと壁に感触しただけなので、大した怪我もなかったです。
　4　秋になってから、おじいちゃんは一人感触にふけることが増えた。

21　生やす
　1　最近は髭を生やしている若者が多いそうですね。
　2　温度設定が高かったせいか、冷蔵庫に入れておいたのに食パンにカビが生やした。
　3　頂いたお花を玄関に生やしてみたけど、どう？
　4　１歳を過ぎて、やっと歯が生やしてきた。

22 尚更

1 終わったことなんだから、尚更騒いでも仕方ない。

2 もともと好きだけど、暑くなると尚更おいしく感じる。

3 尚更、詳細については後ほど伊藤から報告いたします。

4 母の言葉は１０年たっても尚更心に残っています。

23 一息

1 職場まではほんの一息なので、徒歩で十分です。

2 ベッドに横になったと思ったら、一息に眠りに落ちてしまった。

3 ビールの一息飲みは危ないので、絶対しないでよ。

4 区切りの良いところで、一息入れてコーヒーでも飲みましょう。

24 はたく

1 大金をはたいて手に入れた乗用車なので、大切に扱っている。

2 この子はお尻をはたいてやらないと、いつまでもテレビゲームばかりしている。

3 もう新しい手をはたいてあるから、心配しなくていいよ。

4 これは５年もの月日をはたいて開発したロボットです。

25 延べ

1 １週間の出費を延べすると、毎週だいたい２万円ぐらいです。

2 ３日間のイベントに延べ３万人のファンが駆けつけた。

3 今年は延べ、北海道旅行より沖縄旅行が人気だったそうです。

4 あっという間に１０年延べが過ぎましたが、情景は鮮やかに覚えています。

問題1 ＿＿＿＿の言葉の読み方として最もよいものを、1・2・3・4から一つ選びなさい。

1　濡れた布巾で拭いた方が汚れがよく落ちる。
　1　むれた　　　　2　もれた　　　　3　ねれた　　　　4　ぬれた

2　掃除をさぼった罰として、校庭を五周走った。
　1　つみ　　　　　2　ばつ　　　　　3　つぐない　　　4　わび

3　これまでに蓄積した技術を現場で実践していくまでだ。
　1　ちくせき　　　2　ちょくせき　　3　るいせき　　　4　じっせき

4　灌漑設備が整ったお陰で、水害が大幅に減少した。
　1　がんかい　　　2　かんがん　　　3　がんかん　　　4　かんがい

5　初めて観測隊が南極に到達したのは、50年前の今日です。
　1　たったつ　　　2　とうちゃく　　3　とうた　　　　4　とうたつ

6　北東には丘陵地帯が連なっており、山の頂上からは街が一望できます。
　1　おかりょう　　　　　　　　　　2　きゅうりょう
　3　きゅっりょう　　　　　　　　　4　きゅりょう

問題2　（　　　）に入れるのに最もよいものを、1・2・3・4から一つ
選びなさい。

7　頭が（　　　）いるうちに、勉強をやってしまおう。
1　肥えて　　　　　2　添えて　　　　3　萎えて　　　　4　冴えて

8　お客さまからの（　　　）をお預かりしています。
1　言付け　　　　　2　言い付け　　　3　言い伝え　　　4　遺言

9　公認会計士の平均年収ですが、800万円（　　　）となっています。
1　高　　　　　　　2　弱　　　　　　3　安　　　　　　4　若干

10　読まなくなった書籍を小学校の図書館に（　　　）しようと思う。
1　贈送　　　　　　2　贈呈　　　　　3　寄託　　　　　4　寄贈

11　音楽の（　　　）っていくつぐらいに分けられるのですか。
1　エンジン　　　　2　アクセル　　　3　シック　　　　4　ジャンル

12　イギリスへ留学することは（　　　）より決めていた。
1　いまだ　　　　　2　あらかじめ　　3　かこ　　　　　4　かねて

13　伊藤さんの家にお邪魔すると、いつも奥さん手作りの料理で（　　　）くださ
います。
1　かまって　　　　2　もてなし　　　3　招待して　　　4　接客して

問題3 _____の言葉に意味が近いものを、1・2・3・4から一つ選びなさい。

14 ミルクもあげたし、オムツも換えたのにまだ泣きやみません。お手上げです。
1 どうしようもない　　　　　　　　2 おっかない
3 かなわない　　　　　　　　　　　4 うっとうしい

15 今日こそ彼女に僕の思いを打ち明けるつもりです。
1 相談する　　　　2 告白する　　　　3 話し合う　　　　4 討論する

16 目標に向かって一心に努力する彼の姿に、大いに刺激されました。
1 無心に　　　　　2 健全に　　　　　3 心おきなく　　　4 一生懸命に

17 噂で聞いたところによると、彼はあくどい手法でお金を儲けているそうです。
1 うまい　　　　　2 汚い　　　　　　3 しつこい　　　　4 こっけい

18 耳も聞こえないお年寄りからお金をだまし取るなんて、あまりにも浅ましい。
1 下劣だ　　　　　2 浅はかだ　　　　3 貧乏くさい　　　4 卑しい

19 朝、駅前に自転車を無断で駐車したら、駅長に厳しく注意された。
1 継続的に　　　　2 無許可で　　　　3 予告せず　　　　4 ただで

問題4　次の言葉の使い方として最もよいものを、1・2・3・4から一つ選びなさい。

20 把握

1 自分の健康状況を正しく<u>把握</u>してから、運動した方がいいよ。

2 軍の実権は大統領の実弟によって<u>把握</u>されている。

3 試験の結果に<u>把握</u>はありますか。

4 どんな小さなチャンスでもしっかり<u>把握</u>して頑張ります。

21 努めて

1 <u>努めて</u>平静を装っていたが、内心はドキドキだった。

2 <u>努めて</u>計画通り終了したが、改善すべき点は多々ある。

3 銀行からの融資を<u>努めて</u>受けられるようになって、とりあえず一安心です。

4 ご容赦いただきますよう、<u>努めて</u>お願い申し上げます。

22 でかい

1 華奢で<u>でかい</u>お嬢さんをお嫁にもらったそうです。

2 <u>でかく</u>小振りの活きのいいたこが手に入ったよ。

3 噂に聞いていた通り、確かに<u>でかい</u>気球だった。

4 これは一粒一粒手作りされた<u>でかい</u>ガラス玉なので、慎重に取り扱ってください。

23 独自

1 子どもはいずれ<u>独自</u>して、親元を離れていくものです。

2 <u>独自</u>の研究に基づいて、新たな理論を打ち出した。

3 ドリンクだけは、<u>独自</u>でご用意ください。

4 彼女はどこか<u>独自</u>のオーラを放っている。

24 とどこおる

1 あのフェリーは神戸港に1カ月とどこおる予定だそうです。

2 今朝起きたら、なんと目覚ましがとどこおっていた。

3 家賃の支払いが3カ月とどこおって、部屋を追い出された。

4 水道管が凍結して、水がとどこおって断水状態だった。

25 似通う

1 一目で親子と分かりますよ。眼も鼻が似通っている。

2 日本とドイツの経済成長モデルは似通っていますか。

3 これ真似して作ってみたの。一目見ただけじゃ、本物に似通ってるでしょ。

4 妹は華奢な外見に似通わず気が強い。

問題1 ＿＿＿＿＿の言葉の読み方として最もよいものを、1・2・3・4から一つ選びなさい。

1 二社が対等な立場で<u>合併</u>することは可能ですか。
　1　がっぺい　　　　2　がっへい　　　3　がっべい　　　4　ごうへい

2 年明けには金利が上昇すると思ったが、<u>目論見</u>が外れた。
　1　めろんみ　　　　2　めろんけん　　3　もくろんけん　4　もくろみ

3 聖書を読むと、心が研ぎ<u>清まされる</u>気がします。
　1　すまされる　　　2　きよまされる　3　しずまされる　4　すずしまされる

4 若い研究者の養成に関して、大学側が<u>折衷</u>案を提示した。
　1　おりちゅう　　　2　せつちゅう　　3　せちちゅう　　4　せっちゅう

5 女性は<u>些細</u>な言動から男性の下心を察知するそうです。
　1　しょうさい　　　2　せいさい　　　3　しゃさい　　　4　ささい

6 仮に報告書に<u>虚偽</u>の記載がある場合、罪に問われる可能性があります。
　1　きょい　　　　　2　きょぎ　　　　3　きょにせ　　　4　きょため

問題2 （　　　）に入れるのに最もよいものを、1・2・3・4から一つ選びなさい。

7 それでは、この言葉を心の中で10回（　　　）ください。
1　唱えて　　　　　2　口説いて　　　3　説いて　　　　4　請じて

8 ファッションモデルの（　　　）生活は意外と知られていない。
1　実　　　　　　　2　名　　　　　　3　被　　　　　　4　芸

9 お客様に支持される理由は、（　　　）アフターサービスにあります。
1　こまやかな　　　2　ささやかな　　3　しとやかな　　4　なだらかな

10 あの居酒屋は、事前に交渉しておけば、かなり（　　　）を利かしてくれますよ。
1　融和　　　　　　2　優待　　　　　3　融通　　　　　4　優遇

11 不況の影響を（　　　）に受けて、わが社の経営も非常に厳しいものとなっている。
1　もろに　　　　　2　げっそり　　　3　やたらに　　　4　くっきり

12 すみません、最後の一行を（　　　）いました。
1　過ごして　　　　2　看過して　　　3　見過ぎて　　　4　見落として

13 決勝戦が終わるやいなや、優勝（　　　）が始まった。
1　セクション　　　2　シナリオ　　　3　セレモニー　　4　ラベル

問題3 _____の言葉に意味が近いものを、1・2・3・4から一つ選びなさい。

14 彼女に男心を<u>がっちり</u>つかむコツを教えてもらった。
1　一気に　　　　　　2　しっかり　　　3　程好く　　　　4　あっさり

15 家族仲が良好だという家庭ほど相続対策に疎く、いざという時に<u>もめる</u>そうです。
1　争いが起きる　　2　解決しやすい　3　話し合う　　　4　問題がない

16 オフィスが入っているビルは、夜9時を過ぎても明かりが<u>こうこうと</u>灯っている。
1　ぼんやりと　　　2　どんよりと　　3　ぴかぴかと　　4　あかあかと

17 料理に用いる海鮮はすべて築地市場で<u>しいれて</u>きます。
1　こうにゅうして　2　こうどくして　3　こうばいして　4　はんばいして

18 どの国にも外国人からすると、<u>滑稽</u>に見える風習や習慣があるものです。
1　不思議に　　　　2　可笑しく　　　3　奇怪に　　　　4　愉快に

19 両親も年をとったので、実家には<u>ちょくちょく</u>電話するようにしています。
1　しばしば　　　　2　めったに　　　3　たまに　　　　4　時折

問題4 次の言葉の使い方として最もよいものを、1・2・3・4から一つ
選びなさい。

20 腐敗
1 死後1週間以上経過していたので、死体は腐敗した状態で見つかった。
2 大臣が関係企業から賄賂を受け取っていたという腐敗事件が明るみになった。
3 壁にぶつけただけなのに、ケースの穴が腐敗してしまった。
4 工場が密集する地域では、大気腐敗が進んでいる。

21 萎びる
1 毎日水をやっていたのに、買ってきて3日で花が萎びた。
2 泣きすぎで、涙も萎びた。
3 歌の歌いすぎで、喉が萎びた。
4 文章には萎びることのない絶望感が溢れている。

22 ぶかぶか
1 結婚してからというもの、ぶかぶかと太り続けている。
2 ウエストはぴったりだけど、ヒップはぶかぶかです。
3 池には捨てられたゴミがぶかぶか浮いている。
4 蒸したてのおまんじゅうはぶかぶかでなんともおいしい。

23 物議
1 選挙前の物議調査では、A党の方が明らかに優勢だった。
2 発言が人権侵害に当たるかどうか、各界の物議を呼んでいる。
3 明日の委員会では、食品の安全性について物議します。
4 物議のある人は、文書で見解を提出してください。

24 つつく

1 子どもの頃はよくいたずらしてオヤジに<u>つつかれた</u>ものだ。

2 金槌で釘を<u>つつけば</u>完成です。

3 そんなに勢いよくドアを<u>つつかないで</u>よ。

4 啄木鳥はくちばしで木を<u>つついて</u>巣を作ります。

25 不審

1 報道によると、犯人は<u>不審</u>な供述をしているそうだ。

2 どう考えても、さっきの発言は<u>不審</u>で彼らしくないよね。

3 彼女は<u>不審</u>な雰囲気を持った可愛らしいお嬢さんです。

4 昨日の夕方、<u>不審</u>な車両を見た人は、警察に届けてください。

第一回

問題1　1 2　　2 3　　3 3　　4 4　　5 2　　6 4

問題2　7 4　　8 2　　9 2　　10 4　　11 3　　12 2
　　　　13 3

問題3　14 3　　15 3　　16 4　　17 2　　18 4　　19 1

問題4　20 1　　21 1　　22 2　　23 4　　24 1　　25 2

第二回

問題1　1 4　　2 2　　3 1　　4 4　　5 4　　6 2

問題2　7 4　　8 1　　9 2　　10 4　　11 4　　12 4
　　　　13 2

問題3　14 1　　15 2　　16 4　　17 2　　18 1　　19 2

問題4　20 1　　21 1　　22 3　　23 2　　24 3　　25 2

第三回

問題1　1 1　　2 4　　3 1　　4 4　　5 4　　6 2

問題2　7 1　　8 1　　9 1　　10 3　　11 1　　12 4
　　　　13 3

問題3　14 2　　15 1　　16 4　　17 1　　18 2　　19 1

問題4　20 1　　21 1　　22 2　　23 2　　24 4　　25 4

新制日檢 29

增訂版

新制對應 絕對合格！日檢單字 **N1**（25K+MP3）

2013年11月　初版

● 著者　　吉松由美・西村惠子◎合著

● 出版發行　山田社文化事業有限公司
　　　　　106　臺北市大安區安和路一段112巷17號7樓
　　　　　電話　02-2755-7622
　　　　　傳真　02-2700-1887

　　　　◆ 郵政劃撥　19867160號　　大原文化事業有限公司
　　　　◆ 網路購書　日語英語學習網
　　　　　http://www. daybooks. com. tw

　　　　◆ 總經銷　　聯合發行股份有限公司
　　　　　　　　　　新北市新店區寶橋路235巷6弄6號2樓
　　　　　　　　　　電話　02-2917-8022
　　　　　　　　　　傳真　02-2915-6275

● 印刷　　上鎰數位科技印刷有限公司
● 法律顧問　林長振法律事務所　林長振律師

● 定價　　新台幣360元